UM HOMEM CHAMADO OVE

FREDRIK BACKMAN

UM HOMEM CHAMADO OVE

Tradução de Paulo Chagas de Souza

Rocco

Título original
EN MAN SOM HETER OVE
(título em inglês: A MAN CALLED OVE)

Este livro é uma obra de ficção. Referências a acontecimentos históricos, pessoas reais ou lugares foram usadas de forma fictícia. Outros nomes, personagens, lugares e acontecimentos são produtos da imaginação do autor, e qualquer semelhança com fatos reais, localidades ou pessoas, vivas ou não, é mera coincidência.

Copyright © 2012 *by* Fredrik Backman

Edição brasileira publicada mediante acordo com Salomonsson Agency.

Todos os direitos reservados.
Nenhuma parte desta obra pode ser reproduzida ou transmitida por meio eletrônico, mecânico, fotocópia, ou sob qualquer outra forma sem a prévia autorização do editor.

Direitos para a língua portuguesa reservados com exclusividade para o Brasil à
EDITORA ROCCO LTDA.
Rua Evaristo da Veiga, 65 – 11º andar
Passeio Corporate – Torre 1
20031-040 – Rio de Janeiro – RJ
Tel.: (21) 3525-2000 – Fax: (21) 3525-2001
rocco@rocco.com.br | www.rocco.com.br

Printed in Brazil/Impresso no Brasil

CIP-BRASIL. CATALOGAÇÃO NA PUBLICAÇÃO
SINDICATO NACIONAL DOS EDITORES DE LIVROS, RJ

B122h

    Backman, Fredrik
      Um homem chamado Ove / Fredrik Backman ; tradução Paulo Chagas de Souza. - 1. ed. - Rio de Janeiro : Rocco, 2023.

      Tradução de: En man som heter Ove
      ISBN 978-65-5532-320-7
      ISBN 978-65-5595-168-4 (recurso eletrônico)

      1. Ficção sueca. I. Souza, Paulo Chagas de. II. Título.

22-81424   CDD: 839.73
                           CDU: 82-3(485)

Gabriela Faray Ferreira Lopes - Bibliotecária - CRB-7/6643

O texto deste livro obedece às normas do
Acordo Ortográfico da Língua Portuguesa.

A Neda. Para sempre fazer você rir. Sempre

1

UM HOMEM CHAMADO OVE COMPRA UM COMPUTADOR QUE NÃO É UM COMPUTADOR

Ove tem cinquenta e nove anos.

Ele tem um Saab. Ove é o tipo de homem que, quando não vai com a cara de alguém, aponta para a pessoa como se seu indicador fosse uma lanterna de policial iluminando um assaltante. Ove está diante do balcão daquele tipo de loja a que as pessoas que têm carros japoneses vão para comprar cabos de cor branca. Ove observa o vendedor por um bom tempo, antes de sacudir uma caixa branca de papelão de tamanho médio na direção dele.

— Ah! Isso aqui é um daqueles Aipedes? — ele faz questão de saber.

O vendedor, um rapaz com IMC de um só algarismo, olha para Ove constrangido. É visível que está lutando contra o impulso de tomar imediatamente a caixa das mãos do cliente.

— Isso mesmo. Um iPad. Mas será que dá para você parar de sacudir pra lá e pra cá assim...?

Ove observa a caixa como se ela não fosse nada confiável. Como se andasse de scooter, usasse calça de ginástica, tivesse acabado de chamá-lo de "cara" e depois tentado vender um relógio para ele.

— Ok. Mas isso é um computador, certo?

O vendedor faz que sim com a cabeça. Depois fica na dúvida e faz que não.

— É... mas então, isso é um iPad. Alguns chamam de tablet e outros chamam de "dispositivo de navegação". Tem vários jeitos de entender um aparelho desses...

Ove encara o vendedor como se ele estivesse falando grego, antes de recomeçar a sacudir a caixa.

— Mas esse troço presta mesmo?

O vendedor concorda com a cabeça, indeciso.

— Presta. Mas... como assim?

Ove suspira e começa falando devagar, articulando as palavras, como se a única causa dessa discussão fosse o fato de o vendedor sofrer de perda auditiva.

— Ele... é... boooom? Esse computador é bom?

O vendedor coça o queixo.

— Então... É... É muito bom... Mas claro que depende do tipo de computador que você quer comprar.

Ove olha fixamente para ele.

— Eu quero um computador! Um computador normal!

Faz-se um silêncio entre os dois por um instante. O vendedor pigarreia.

— Pois é. Então, na verdade esse aqui não é um computador normal. Talvez você prefira um...

O vendedor faz uma pausa, obviamente procurando uma palavra que o homem diante dele consiga relacionar com alguma coisa. Então pigarreia novamente e diz:

— ... um laptop?

Ove balança a cabeça freneticamente e se inclina de modo ameaçador por cima do balcão.

— Não, eu não quero um laptop. Eu quero um *computador*!

O vendedor faz que sim, indicando que entendeu.

— Um laptop é um computador.

Injuriado, Ove mantém o olhar fixo no jovem e pressiona incisivamente o indicador-lanterna no balcão.

— Você certamente acha que eu não sei de nada!

Outro silêncio. Não muito diferente do que talvez tivesse surgido entre dois pistoleiros ao de repente se darem conta de ter esquecido os revólveres. Ove olha para a caixa demoradamente, como se esperasse obter dela uma espécie de confissão.

— De onde é que sai o teclado? — resmunga ele, por fim.

No canto do balcão, o vendedor coça a palma das mãos, nervoso, inquieto, apoiando-se num pé e depois no outro, como fazem os rapazes que trabalham nessas lojas e começam a perceber que as coisas vão tomar muito mais tempo do que imaginavam.

— Bem, na verdade... ele não tem teclado.

Ove ergue as sobrancelhas.

— Ah, tá certo. Deve ser porque a gente tem que comprar ele separado, né, como um item extra?

— Não... Quer dizer... Mas então: esse computador não tem teclado. Você dá os comandos todos direto na tela.

Descrente, Ove balança a cabeça, como se tivesse acabado de testemunhar o vendedor lambendo o vidro do balcão de uma sorveteria.

— Mas eu preciso de um teclado. Você entende isso, né?

O vendedor dá um suspiro profundo, como se fosse contar até dez.

— Ok. Entendi. Então eu acho que é melhor você não comprar esse computador. Em vez desse, acho que você deveria comprar, por exemplo, um MacBook.

A expressão de Ove denuncia que ele talvez não esteja totalmente convencido.

— Um Mequibuque?

O vendedor faz que sim, esperançoso, como se tivesse acabado de experimentar um avanço considerável e definitivo nas negociações.

— Isso.

Ove franze a testa, desconfiado.

— Um Mequibuque é um desses malditos "leitores digitais" de que todo mundo fala?

O vendedor dá um suspiro com a profundidade de um poema épico.

— Não. Um MacBook é um... é um... laptop... com teclado.

— Sei! — dispara Ove imediatamente.

O vendedor assente. Volta a coçar a palma das mãos.

— Isso.

Ove dá uma olhada em volta. Dá uma sacudida na caixa de novo.

— E ele é bom?

O vendedor baixa o olhar para o balcão, tentando resistir bravamente ao impulso de arranhar o próprio rosto. Em seguida, ele de repente olha para a frente com um sorriso cheio de energia.

— Sabe de uma coisa? Deixa eu ver se meu colega já atendeu o cliente dele, para ele vir aqui mostrar para você!

Ove confere o relógio de pulso. Balança a cabeça.

— Sabe, alguns de nós têm mais o que fazer, além de ficar aqui o dia inteiro esperando!

O vendedor imediatamente faz que sim com a cabeça, e desaparece atrás do balcão. Depois de alguns instantes, ele retorna com um colega, um rapaz que parece muito contente. Como alguém que ainda não trabalhou o bastante com vendas numa loja.

— Olá! Em que posso ser útil?

Ove crava o indicador-lanterna no balcão, exigindo:

— Eu quero um computador!

O rapaz não parece mais tão contente. Ele lança para o primeiro vendedor um olhar insinuando que depois ele vai ter o que merece.

— Está bem. Um "computador", certo. Então podemos passar aqui para a nossa seção de computadores portáteis — diz o rapaz sem muito entusiasmo, virando-se na direção de Ove.

Ove arregala os olhos na direção dele.

— Ei! Eu sei muito bem o que é um "laptop"! Você não precisa chamar de "computador portátil"!

O rapaz, prestativo, faz que sim com a cabeça. Enquanto isso, atrás dele, o primeiro vendedor resmunga "eu não aguento, vou almoçar".

Um homem chamado Ove

— Almoço, é só nisso que as pessoas pensam hoje em dia — diz Ove, bufando.

— O quê? — pergunta o rapaz, virando-se para ele.

— Al-mo-ço! — articula Ove.

2

(TRÊS SEMANAS ANTES) UM HOMEM CHAMADO OVE FAZ UMA RONDA DE INSPEÇÃO NO BAIRRO

O relógio indicava cinco minutos para as seis da manhã quando Ove e o gato se encontraram pela primeira vez. O gato detestou Ove imediatamente. O sentimento foi recíproco.

Fazia dez minutos que Ove tinha se levantado, como de costume. Ele não entendia as pessoas que perdem a hora e põem a culpa no "alarme que não tocou". Durante sua vida inteira, Ove jamais teve um despertador. Às quinze para as seis, ele simplesmente acorda e já se levanta.

Assim como fizera ao longo das quase quatro décadas vivendo naquele bairro de casas geminadas, ele coloca na cafeteira exatamente a mesma quantidade de café suficiente para ele e a mulher tomarem juntos toda manhã. Uma medida para cada xícara e uma extra para a garrafa térmica. Nem mais nem menos. As pessoas não sabem mais fazer isso: passar um café decente. Da mesma forma como hoje em dia ninguém mais sabe escrever à mão. Porque agora tudo são só computadores e máquinas de café expresso. E onde vai parar uma sociedade quando as pessoas não sabem mais escrever nem preparar um café? Hein? Ove fica pensando nisso.

Enquanto a xícara de café decente fica pronta, ele veste a calça azul e o casaco azul, coloca os sapatos, enfia as mãos nos bolsos, tal como um homem de meia-idade, sempre a esperar que um mundo completamente incompetente vá decepcioná-lo, e então sai para sua ronda de inspeção no bairro. Do mesmo jeito que faz toda manhã.

As outras casas estão em silêncio e com as luzes apagadas quando ele sai pela porta. Era de se esperar. Nesse bairro não há realmente ninguém que se esforce para se levantar mais cedo do que os compromissos requerem. Ove sabe disso. Hoje em dia aqui só moram profissionais liberais e esse tipo de gente sem laços.

O gato está no meio da passagem de pedestres entre as casas, sentado, com um ar indiferente. Nem é muito bem um gato, aliás. Ele tem meio rabo e só uma orelha. E aqui e ali faltam chumaços de pelo, como se alguém tivesse arrancado tufos do tamanho de um punho. A gente mal pode se referir realmente àquilo como um gato inteiro, pensa Ove.

Ele dá alguns passos pesados na direção do gato. O gato se levanta. Ove para. Eles ficam lá parados avaliando um ao outro por alguns instantes, como dois adversários em potencial prestes a brigar tarde da noite num bar do interior. Ove pensa em atirar um de seus sapatos nele. O gato parece maldizer o fato de não ter nenhum sapato para arremessar em resposta.

— Chispa! — rosna Ove, tão repentinamente que o gato se assusta.

O animal recua um pouco. Fica medindo o homem de cinquenta e nove anos e seus sapatos com o olhar. Então se vira com um pequeno tranco e sai andando compassadamente. Se Ove não soubesse que era impossível, ele poderia jurar que o gato revirou os olhos antes de sair.

"Esses bichos!", pensa, enquanto olha de relance seu relógio de pulso. Dois minutos para as seis. Está na hora de se apressar, senão o gato velho vai conseguir atrasar toda a ronda de inspeção. E isso seria ótimo.

Então ele sai caminhando pela passagem de pedestres entre as casas até o estacionamento, como faz todo dia de manhã. Para diante da placa que avisa que o tráfego de veículos é proibido dentro da área residencial. Dá um chute um pouco enérgico no poste em que ela está afixada. Não que o poste estivesse torto ou coisa do gênero, mas porque é sempre bom verificar. E Ove é o tipo de homem que verifica a situação das coisas dando um chute nelas.

Em seguida, ele sai pelo estacionamento e vai andando para um lado e para outro, passando por todas as garagens, para verificar se nenhuma foi invadida durante a noite, ou se alguma gangue de vândalos ateou fogo em uma delas. Não porque alguma coisa desse tipo já tivesse acontecido naquela área residencial. Mas, por outro lado, Ove também nunca deixou de fazer uma ronda de inspeção. Ele verifica três vezes a maçaneta da própria garagem, onde seu Saab está estacionado. Exatamente como faz toda manhã.

Depois disso, ele dá uma volta pelo estacionamento de visitantes, onde se pode estacionar por no máximo vinte e quatro horas, e anota cuidadosamente a placa de todos os carros em um bloquinho que ele carrega no bolso do casaco. Compara então o número de todas as placas com os que ele havia anotado no dia anterior. É que, caso a mesma placa apareça em dias sequenciais no seu bloquinho, ele vai para casa e liga para a Secretaria de Vias Públicas, solicita informações sobre o proprietário do veículo, depois liga para o indivíduo e o informa que o sujeito é um incompetente dos infernos e que não sabe nem ler as placas em sueco. Não que Ove realmente se importe com quem pare o carro no estacionamento de visitantes. É óbvio que não. Mas trata-se de uma questão de princípios. Se estava escrito na placa vinte e quatro horas, então isso era uma coisa que tinha de ser aceita. Pois como ficariam as coisas se todo mundo estacionasse onde quisesse o dia inteiro? Seria um caos, Ove sabia muito bem. Ia ter carro por toda parte.

Contudo, hoje não há nenhum veículo não autorizado no estacionamento de visitantes, então Ove prossegue suas anotações no bloquinho dando sua passada diária no depósito de lixo. Não que isso seja exatamente dever dele. Desde o início, Ove tinha feito o maior estardalhaço contra aquela iniciativa idiota dos caras da associação; recém-chegados no bairro, eles se empenharam para aprovar que o maldito lixo fosse depositado ali separado, para a coleta seletiva. Mas, se ficara decidido que o lixo deveria ser devidamente separado, então seria de fato necessário que alguém verificasse se isso estava sendo feito. Não que alguém tivesse dado a Ove essa missão. Mas, se pessoas como Ove não tomassem a iniciativa em situações assim, tudo viraria uma anarquia. Ove sabia disso. O lixo ia ficar espalhado por toda parte, fora das lixeiras específicas.

Ele deu chutes nas latas de lixo. Depois xingou e fisgou um vidro vazio de conservas da lixeira reservada para vidros, resmungou alguma coisa sobre os "incompetentes" e desenroscou a tampa de metal. Jogou o vidro de novo no contêiner de vidros e atirou a tampa de metal no contêiner de metais.

Quando Ove era presidente da associação de moradores, ele se empenhara ao máximo para convencê-los de que deveria haver câmeras vigiando os depósitos de lixo para impedir que alguém desse "destinação incorreta" aos resíduos. Para grande desgosto de Ove, a proposta fora rejeitada, já que os outros vizinhos achavam que aquilo seria "meio constrangedor", e além do mais ficaria complicado arquivar todas as fitas de vídeo. Isso apesar de Ove ter afirmado repetidas vezes que quem "não tinha culpa no cartório" não tinha que temer "a verdade".

Dois anos depois, quando ele acabou sendo afastado da presidência da associação (no que o próprio Ove iria se referir depois como "golpe de estado"), a questão foi trazida à tona novamente. Como era sabido, havia um tipo de câmera moderna ativada por sensores de movimento, que enviava as imagens imediatamente pela internet, segundo informava a nova direção numa carta espirituosa para todos do bairro. E com ela se poderia vigiar não só o depósito de lixo, mas também o estacionamento, para evitar vandalismo e arrombamentos. Além disso, o que era gravado em vídeo se apagava automaticamente após vinte e quatro horas, para não "invadir a privacidade dos moradores". Era necessária uma decisão unânime na associação para que as câmeras fossem instaladas. Um único morador votou não.

É que Ove não confia na internet. Ele escreve a palavra com um "I" maiúsculo, e também acentua o "-net", apesar de sua mulher sempre teimar que a palavra não tem acento. E então todos os moradores ficaram sabendo que essa tal de internet só espionaria Ove jogando fora o lixo se passasse por cima do cadáver dele; o governo ia ficar sabendo disso. Então não foi colocada nenhuma câmera. Melhor assim, pensou Ove. Era melhor fazer as rondas diárias de inspeção. Para as pessoas verem quem fazia o quê e poderem controlar o que acontecia. Qualquer um era capaz de compreender isso.

Quando finaliza sua inspeção do depósito de lixo, ele tranca a porta, exatamente como faz toda manhã, e verifica três vezes se ela está fechada. Em seguida, vira-se e avista uma bicicleta encostada na parede, fora do bicicletário, apesar de bem acima dela ter uma placa grande em que se lê com toda a clareza que é proibido estacionar bicicletas! Ao lado da bicicleta, algum vizinho também havia colado um pedaço de papel onde estava escrito à mão, com raiva: "Aqui não é estacionamento de bicicleta! Aprenda a ler as placas!" Ove resmunga alguma coisa sobre aqueles "idiotas", abre o bicicletário, pega a bicicleta e a põe direitinho em fila lá dentro. Tranca o bicicletário e verifica três vezes se a portinhola está fechada.

Depois arranca da parede o pedaço de papel com a mensagem escrita à mão. Ele sente muita vontade de encaminhar um pedido à associação de moradores exigindo que fosse colocada naquela parede uma placa decente de proibido afixar cartazes. Era óbvio que hoje em dia as pessoas acreditavam que podiam sair por aí colando suas mensagens de indignação onde quer que fosse. Aquela parede não era uma merda de um quadro de avisos.

Depois, Ove sai andando pela pequena passagem de pedestres entre as casas. Para na frente de sua casa, apoia-se nas pedras do calçamento e cheira com vontade a junção entre elas. Mijo. Está com cheiro de mijo. Com essa constatação, ele entra em casa, tranca a porta e toma o café.

Assim que dá o último gole, liga e cancela a assinatura do telefone e do jornal matinal. Conserta a torneira do lavabo. Coloca parafusos novos nas maçanetas das portas. Reorganiza as gavetas e o sótão. Arruma as ferramentas no depósito e muda de lugar os pneus de inverno do Saab. E agora Ove está lá, parado.

Não faz sentido a vida ser assim. É o que Ove sente.

―――

É uma terça-feira de novembro, são quatro da tarde, e Ove apagou todas as luzes. Desligou o aquecedor e a cafeteira. Poliu a bancada da cozinha, embora os jumentos da IKEA digam que essas bancadas não precisam ser polidas. Em sua casa, as bancadas são polidas uma vez a cada seis meses, sendo necessário ou não. Independentemente do que diga alguma menina com maquiagem de circo e camisa polo amarela do autoatendimento.

Ele está de pé na sala da casa de dois andares com meio sótão, olhando pela janela. Aquele almofadinha de quarenta anos com a barba por fazer da casa quase em frente passa fazendo jogging. Parece que ele se chama Anders. Faz pouco tempo que se mudou para cá, Ove sabe bem, não faz mais do que quatro ou cinco anos. E já conseguiu arrumar um lugar na diretoria da associação de moradores. Essa cobra. Agora ele pensa que é o dono da rua. Dizem que ele se mudou para cá depois que se separou, e aí pagou um preço exorbitante. Típico desses diabos. Vir para cá e fazer subir o valor tributável da casa das pessoas decentes. Como se aqui fosse alguma espécie de bairro chique. Ele tem um Audi, ainda tem mais essa, Ove já viu. Mas já se podia contar com isso. Os profissionais liberais e outros idiotas, eles todos têm Audis. Não conseguem pensar em outras alternativas.

Ove coloca as mãos nos bolsos da calça azul-escura. Dá um chute um pouco enérgico no rodapé. Na verdade, a casa é grande demais para Ove e a mulher. Talvez ele até possa admitir isso. Mas ela está paga. Não deve uma coroa sequer de empréstimo. Com certeza isso é mais do que aquele almofadinha pode se gabar. Hoje em dia tudo é emprestado, sabe-se lá como as pessoas conseguem. Mas Ove quitou a casa. Fez a sua parte. Trabalhou. Nunca faltou um dia sequer ao trabalho, nem por doença. Fez a sua parte. Assumiu responsabilidades. E isso ninguém mais faz: assumir responsabilidades. Agora é só computador e consultores e figurões que frequentam inferninhos e vendem imóveis com contratos ilegais. Paraísos fiscais e portfólios de ações. Ninguém mais quer trabalhar. Um país cheio de gente que só quer almoçar o dia inteiro.

"Com certeza vai ser bom poder ficar mais sossegado." Foi isso o que disseram ontem para Ove no trabalho, quando explicaram que havia "pouca atividade" e que iam "aposentar gradativamente a geração mais velha". Mais de trinta anos trabalhando no mesmo lugar, e é assim que se referem a Ove. Uma porcaria de "geração". Porque agora todo mundo tem trinta e um anos, usa calça justa e parou de beber café normal. E ninguém quer assumir responsabilidades. Um monte de homens com barbas bem aparadinhas, sujeitos que trocam de emprego e trocam de mulher e trocam a marca do carro. Seja como for. E o mais rápido possível.

Ove fica observando pela janela com o olhar parado. O almofadinha está correndo. Não que a corrida irrite Ove, de forma alguma. Ove está cagando e andando se as pessoas correm. Só que ele não compreende por que elas precisam fazer tanto estardalhaço. E ficar com aquele sorriso superior como se estivessem curando um enfisema pulmonar. Elas andam rápido, ou correm devagar, é isso que quem pratica jogging faz. Essa é a maneira de um homem de quarenta anos dizer ao mundo que no momento ele não consegue fazer nada direito. E que além disso precisa se vestir como uma ginasta romena de doze anos para poder se exercitar. Será que é realmente necessário? Será que é necessário parecer um membro da seleção olímpica de luge só porque a pessoa vai ficar se arrastando a esmo de um lado para outro durante quase uma hora?

E ele tem uma namorada, o almofadinha. Dez anos mais nova. Aquela loira bocó, é assim que Ove a chama. Fica dando voltas pelo bairro e cambaleando como um panda bêbado, de saltos altos do tamanho de uma chave inglesa, com maquiagem de palhaço no rosto e óculos de sol tão grandes que não dá para ter certeza se são óculos ou um capacete. Além disso, ela tem um animalzinho de bolso tão pequeno que corre para um lado e para outro sem coleira e late e mija na calçada diante da casa de Ove. Ela pensa que Ove não percebe, mas ele percebe.

Não era para a vida ser assim. Só isso.

"Com certeza vai ser bom poder ficar mais sossegado", foi o que disseram ontem no trabalho para ele. E agora Ove está lá, com a bancada da cozinha polida. Não era para ele passar o tempo se ocupando com isso numa terça-feira.

Ele olha pela janela para a casa idêntica que fica logo em frente. Pouco tempo antes um casal com filhos se mudou para lá. Estrangeiros, pelo que Ove ficou sabendo. Ele ainda não sabe que tipo de carro eles têm. Mas, de qualquer forma, ele espera que não seja um Audi. Ou, pior ainda: um carro japonês.

Ove faz que sim com a cabeça, como se tivesse acabado de dizer para si mesmo alguma coisa de que gostou muito. Olha para o teto da sala de estar. Hoje ele vai colocar um gancho lá. E não está pensando num gancho qualquer. Qualquer consultor de TI com uma doença com sigla e usando um daqueles cardigãs de tricô unissex que todos eles têm hoje em dia pode instalar uma porcaria de gancho. Mas o gancho de Ove vai ser firme como um rochedo. Ele quer que o gancho seja instalado de modo tão firme que, quando a casa for demolida, aquele seja o último componente a vir abaixo.

Daqui a alguns dias vai vir algum corretor esnobe com o nó da gravata do tamanho da cabeça de um bebê, tagarelando sobre o "potencial de renovação" e o "uso eficiente do espaço", e ele vai poder falar bastante de Ove, o desgraçado, mas nem uma palavra negativa sobre o gancho de Ove. Isso precisa ficar claro.

No chão da sala está o caixote de Ove com coisas "boas de se ter". É assim que a casa está dividida. Todas as coisas que a mulher de Ove comprou são "lindas" ou "divertidas". As que Ove comprou são "boas de se ter". Coisas que têm uma função. Ele as guarda em duas caixas diferentes, a grande e a pequena, com coisas boas de se ter. Esta é a pequena. Parafusos, pregos, chaves inglesas e coisas do gênero. As pessoas não têm mais coisas boas de se ter. Hoje em dia todo mundo só tem porcaria. Vinte pares de sapatos, mas não fazem ideia do que é uma calçadeira. As casas são cheias de fornos de micro-ondas e tevês de tela plana, mas o sujeito não consegue encontrar uma bucha decente para parafuso nem se alguém o ameaçar de morte com um estilete.

Ove tem uma divisão inteira da sua caixa de coisas boas de se ter reservada só para buchas. Ele fica diante delas, olhando-as como se fossem peças de xadrez. E não gosta de ficar estressado para decidir logo qual bucha usar. Essa é uma tarefa que tem de ser realizada com calma. Cada bucha faz parte de um processo, cada uma tem sua gama de usos. As pessoas não têm mais respeito pela funcionalidade pura e simples; hoje em dia tudo tem que ser só bonito e moderno. Mas Ove faz as coisas como elas precisam ser feitas.

"É bom poder ficar mais sossegado", disseram para ele no trabalho. Entraram no escritório dele numa segunda-feira e disseram que não queriam fazer aquilo na sexta para "não estragar o fim de semana de Ove". "Vai ser bom poder ficar mais sossegado agora", disseram. O que eles sabem sobre acordar de repente numa terça e não ter mais nenhuma função? Com a internet e os cafés expressos deles, o que sabem sobre assumir responsabilidade pelas coisas?

Ove fita o teto. Com os olhos semicerrados. É importante o gancho ficar centralizado, ele conclui.

E lá está ele em meio a todas essas coisas extremamente importantes quando é interrompido, com a maior falta de consideração, por um som prolongado de alguma coisa raspando. Nem um pouco diferente do som que se ouviria se um idiota fosse tentar dar ré com um carro japonês de reboque e passasse raspando ao longo de toda a fachada da casa de Ove.

3

UM HOMEM CHAMADO OVE DÁ RÉ COM UM REBOQUE

Ove afasta as cortinas de flores verdes que sua mulher há vários anos dizia querer trocar. Ele vê uma mulher de baixa estatura obviamente estrangeira, de cabelo curto e trinta e poucos anos. Ela está parada de pé, gesticulando furiosamente para um idiota magricelo loiro da mesma idade, alto demais, socado no assento dianteiro de um carro japonês, pequeno demais, com um reboque, e que está arranhando toda a fachada da casa de Ove.

Aparentemente, o magricelo quer comunicar com gestos e sinais sutis à mulher que aquilo, na realidade, não é tão fácil quanto parece. E a mulher quer responder a ele com gestos nem um pouco sutis que aquilo pode ter uma relação direta com o fato de o magricelo em questão ser um imbecil.

— Mas que porra é essa que... — urra Ove pela janela, quando uma roda do reboque passa por cima do seu canteiro de flores.

Ele joga no chão a caixa de coisas boas de se ter. Cerra os punhos. Alguns segundos depois, escancara a porta da rua como se ela se abrisse por vontade própria ou por medo de que, se assim não o fizesse, Ove simplesmente a atravessaria.

— Que porra é essa que vocês estão fazendo? — berra Ove para a mulher de cabelo escuro.

— Eu também gostaria de saber! — berra ela em resposta.

Ove fica estupefato por alguns segundos. Ele a encara com os olhos arregalados. Ela o encara de volta.

— É proibido, hein, andar de carro aqui dentro da área residencial! Será que você não sabe ler placas em sueco?

A mulherzinha estrangeira dá um passo na direção dele, e só então Ove repara que ela está numa fase avançada de gravidez ou tem o que Ove classificaria como obesidade mórbida.

— Mas não sou eu que estou dirigindo!

Ove a encara em silêncio durante alguns segundos. Em seguida, volta-se para o grande magricelo loiro que acabou de se desvencilhar do carro japonês com as mãos ao alto pedindo desculpas. Ele está usando um cardigã de tricô e tem a postura de alguém que obviamente sofre com a falta de cálcio.

— E quem é você? — quer saber Ove.

— Sou eu que estou dirigindo — diz o magricelo, esfuziante.

Ele deve ter quase dois metros de altura. Ove fica sempre desconfiado de qualquer pessoa com mais de um metro e oitenta e cinco. Nesses casos, o sangue não consegue chegar ao cérebro, é o que a experiência lhe diz.

— Ah, é? É mesmo? Pois não parece! — grita imediatamente para o magricelo a mulher grávida de cabelo preto, que é cerca de meio metro mais baixa, tentando dar tapas no braço do homem com ambas as mãos.

— E quem é ela? — pergunta Ove, olhando para a mulher.

— Ela é a minha esposa — diz o magricelo gentilmente.

— Não tenha tanta certeza de que isso vai continuar assim por muito tempo — retruca ela, de modo que o barrigão sacode para cima e para baixo.

— Não é tão fácil quanto pa... — o marido tenta dizer, mas é interrompido por ela no mesmo instante.

— Eu disse para a *direita*! E você continuou a vir de ré para a *esquerda*! Você não escuta! Você *nunca* escuta!

Então ela se lança num palavrório de meio minuto que Ove desconfia ser um desfile de xingamentos em árabe.

O magricelo loiro só fica concordando com um sorriso indescritivelmente harmonioso. O mesmo tipo de sorriso que faz com que as pessoas decentes queiram enfiar a mão na cara dos monges budistas, pensa Ove.

— Ah, me desculpe. Foi só um pequeno acidente, mas nós vamos tratar de resolver isso — diz ele alegremente para Ove quando a mulher por fim se cala.

Ele então tira despreocupadamente do bolso uma caixa redonda e coloca uma bolota de tabaco na boca. Dá a impressão de que também está pensando em dar um tapinha nas costas de Ove.

Ove olha para o magricelo como se ele tivesse acabado de se sentar no capô do carro de Ove e fazer cocô ali.

— Resolver? Você está em cima do meu canteiro de flores!

O magricelo olha para a roda do reboque.

— Mas isto não é um canteiro, é? — sorri ele, descontraído, ajustando o tabaco na boca com a ponta da língua.

— Isto é um can-tei-ro! — diz Ove, enfaticamente.

O magricelo meneia a cabeça. Observa o chão um instante. Olha para Ove como se tivesse acabado de ouvir uma brincadeira.

— Espera aí, meu senhor, isto é só terra.

Ove franze a testa formando um único sulco ameaçador.

— Isto é um can-tei-ro.

Hesitante, o magricelo coça a cabeça e acaba ficando com um pouco de tabaco no cabelo desgrenhado.

— Mas você não plantou nada nele...

— Você não tem porra nenhuma a ver com o que eu faço ou não faço com o meu canteiro!

O magricelo concorda rapidinho com a cabeça, agora ansioso para não provocar ainda mais esse homem estranho. Então ele se volta para a mulher, como se esperasse que ela viesse em seu socorro. Mas ela não dá a menor pinta de que vá fazer isso. O magricelo olha novamente para Ove.

— Mulher grávida. Sabe como é. Os hormônios e coisa e tal... — O magricelo tenta sorrir.

A mulher grávida não dá nenhum sorriso. Nem Ove. Ela cruza os braços. Ove coloca as mãos na cintura. É óbvio que o magricelo não faz a menor ideia de onde enfiar seus punhos imensos, então ele os balança para a frente e para trás, como se fossem feitos de pano e estivessem simplesmente tremulando ao vento.

— Vou mudar de lugar e tentar de novo — experimenta ele, sorrindo mais uma vez para Ove de forma pacífica.

Ove não olha para ele da mesma forma pacífica.

— É proibido andar de carro dentro da área residencial. Tem uma placa avisando.

O magricelo dá um passo para trás e faz que sim, ansioso. Dá uma corridinha e enfia de novo o corpo superdimensionado no subdimensionado carro japonês. "Pelo amor de Deus", sussurram ao mesmo tempo Ove e a mulher grávida, cansados. Na verdade, isso faz Ove ficar com uma opinião menos ruim dela.

O magricelo avança alguns metros, e Ove vê claramente que ele não consegue endireitar a posição do reboque. Então o magricelo começa a dar ré de novo. Acerta em cheio na caixa de correio de Ove, de modo que o canto do reboque dá uma bela amassada na chapa verde e a dobra no meio.

— Não... ah... — é o que Ove consegue pronunciar num único e demorado esbravejar, depois avança num disparo e abre com força a porta do carro.

O magricelo agita os braços, desculpando-se mais uma vez.

— Minha culpa! Minha culpa! *Sorry*, não vi a caixa de correio no retrovisor, sabe como é. É difícil com o reboque, eu nunca sei em que direção devo virar...

Ove esmurra a capota do carro com tanta força que o magricelo se sobressalta e bate a cabeça na moldura da porta. Ove inclina o rosto e chega tão perto dele que as palavras mal têm tempo de passar pelo ar antes de entrarem no ouvido do magricelo.

— Saia do carro!

— O quê?

— Saia do carro, eu falei!

O magricelo olha meio assustado para Ove, mas não parece correto ter a ousadia de perguntar por quê. Em vez disso, ele sai do carro e se posta ao lado dele como uma criancinha de castigo no canto da classe. Ove aponta na direção da rua estreita por entre as casas geminadas, para o bicicletário e o estacionamento.

— Vá para um lugar em que você não fique no caminho.

O magricelo faz que sim, um tanto perplexo.

— Meu Deus do céu! Alguém com o antebraço amputado e catarata teria conseguido dar ré nesse reboque mais rápido que você — resmunga Ove, ao se sentar no carro.

Como alguém pode não conseguir dar ré com um reboque?, ele se pergunta. Mas como? Será que é assim tão difícil virar para a direita e para a esquerda e depois fazer o contrário? Como é possível essas pessoas progredirem na vida?

Mas também... o câmbio é automático, constata ele. Dava para imaginar. Esses imbecis não querem mais ter nem que dirigir o próprio carro, pensa Ove, enquanto coloca o câmbio do carro japonês em *drive* e começa a fazer o veículo ir para a frente. Eles querem é que os carros andem sozinhos, como um robô. As pessoas não querem mais nem aprender a fazer baliza, e será que era para essa gente tirar mesmo carteira de motorista, se não dão conta nem de fazer isso? Ove realmente acha que não, não deveriam ter carteira de habilitação. Ove tem uma séria opinião de que a pessoa não devia poder votar nas eleições gerais se não soubesse dirigir.

Depois de avançar com o carro e endireitar o reboque, assim como gente um pouco civilizada faz, ele engata a ré. O carro japonês na hora começa a apitar, indignado. Ove olha irritado ao redor.

— Mas que porcaria que... por que você está fazendo esse barulho? — lança ele para o painel, furioso, esmurrando a direção. — Pare com isso, eu estou avisando! — rosna ameaçadoramente para uma luz vermelha que pisca com muita insistência.

No mesmo instante, surge o magricelo ao lado do carro e bate com todo cuidado na janela. Ove abaixa o vidro e olha irritado para ele.

— É só o sensor de ré que está apitando — diz o magricelo.

— Eu tô sabendo! — responde Ove.

O magricelo pigarreia.

— Ele é meio especial, esse carro, então eu achei que você ia querer que eu te mostrasse os controles...

Ove bufa.

— Eu também não sou nenhum idiota!

O magricelo, ansioso, concorda com a cabeça.

— Não, não, claro que não.

Ove olha furioso para o painel.

— O que ele está aprontando agora?

O magricelo mexe a cabeça, entusiasmado.

— Ele calcula quanta energia está sobrando na bateria. Você sabe, antes de passar do motor elétrico para o motor à gasolina... já que ele é um carro híbrido...

Ove não responde. Ele fecha a janela de novo. O magricelo fica parado ao lado do carro com a boca entreaberta. Ove olha para o espelho do lado esquerdo. Depois, para o do lado direito. Aí ele dá ré com o carro japonês chiando assustadoramente e coloca o reboque perfeitamente encaixado entre sua casa e a do magricelo e da mulher grávida.

Ele sai do carro e joga as chaves na mão do magricelo.

— Sensor de ré, sensores de estacionamento e câmeras e todas essas merdas. Um cara que precisa disso tudo para dar ré com um reboque não vai saber como dar ré com um reboque desde o início, porra.

O magricelo só concorda com a cabeça, contente.

— Obrigado pela ajuda — grita ele, como se Ove não tivesse acabado de ficar ofendendo-o sem parar durante dez minutos.

— Você não conseguiria dar marcha a ré nem em uma fita cassete — responde Ove, passando por ele.

A estrangeira grávida continua de pé com os braços cruzados, mas ela não parece mais tão brava assim.

— Obrigada! — diz em voz alta, dando um sorrisinho torto quando Ove passa por ela, de modo que Ove fica com a impressão de que ela está tentando segurar a risada.

Ela tem os maiores olhos castanhos que Ove já viu.

— Aqui a gente não anda de carro dentro da área residencial, isso vocês têm que simplesmente aceitar, caramba — responde ele.

Parece que a mulher percebeu que ele pronunciou "aceitar" como "acertar", mas ela não diz nada. Ove bufa, vira-se e vai em direção a sua casa novamente.

No meio do caminho de lajotas entre a casa e o depósito, Ove para. Torce o nariz de um jeito como só os homens da sua idade conseguem fazer, de forma que todo o tronco se retorce ao mesmo tempo. Então ele se ajoelha, inclina o rosto até chegar bem perto das lajotas que ele sistematicamente e sem exceção troca uma vez a cada dois anos, quer seja necessário, quer não. Ele funga de novo. Balança a cabeça afirmativamente para si mesmo. Levanta-se.

A morena grávida e o magricelo olham para ele.

— Mijo! Tem mijo por toda parte, aqui! — reclama Ove. Ele gesticula, apontando para as lajotas.

— O… kay… — diz a mulher de cabelo preto.

— Não! Não tem nada ok em lugar nenhum! — responde Ove.

Então ele entra em casa e bate a porta novamente.

Ove afunda no sofá da entrada e fica sentado lá um bom tempo antes de se acalmar o suficiente para ter condições de fazer alguma outra coisa. "Maldita mulher", pensa. O que ela e a família dela vão fazer aqui se não conseguem ler uma placa nem mesmo bem diante de seus olhos? Não se pode andar de carro na área residencial. Todo mundo sabe disso.

Ove se levanta e pendura a jaqueta azul no gancho, no meio do mar de casacos de sua mulher. Resmunga "idiotas" na direção da janela fechada, só para se garantir. Depois se posta no meio da sala de estar e fita o teto.

Ove não sabe quanto tempo ficou lá. Ele se perde em pensamentos. Sai flutuando como que numa névoa. Ele nunca foi o tipo de homem de fazer isso, nunca foi de sonhar acordado, mas ultimamente é como se algo se contorcesse em sua cabeça. Ele tem sentido cada vez mais dificuldade em se concentrar nas coisas. E não está gostando nem um pouco disso.

Quando tocam a campainha, é como se ele acordasse de um sono tranquilo. Esfrega os olhos com força, espiando ao redor como se estivesse com medo de ter sido observado.

Tocam a campainha de novo. Ove se vira e fita a porta, como se a pessoa devesse se envergonhar. Dá alguns passos em direção à entrada e descobre que o corpo todo está rígido como gesso seco. Ele não sabe se o rangido está vindo das tábuas do assoalho ou dele próprio.

— O que será agora? — pergunta para a porta antes mesmo de abri-la, como se fosse obter dela alguma resposta.

— O que será agora? — repete ele ao abrir bruscamente a porta, com tanta força que a menina de três anos é jogada de lado pela corrente de ar e se senta no chão, pasma.

Ao lado dela está uma menina de sete anos que parece apavorada. O cabelo delas é completamente preto. E elas têm os maiores olhos castanhos que Ove já viu.

— Sim? — diz Ove.

A menina de sete anos parece estar esperando. Ela lhe estende um pote plástico. Ove o pega a contragosto. Está quente.

— Arroz! — grita a menina de três anos, feliz, ficando de pé rapidamente.

— Com açafrão. E frango — acrescenta a menina de sete anos, bem mais contida.

Ove avalia as meninas, desconfiado.

— Vocês estão vendendo alguma coisa, é?

A menina de sete anos parece ressentida.

— Na verdade a gente *mora aqui*!

Ove fica calado alguns segundos. Depois concorda com a cabeça. Como se fosse possível ele aceitar essa premissa como explicação.

— Certo.

A menina de três anos balança a cabeça satisfeita e acena com as mangas compridas demais do macacão.

— A mamãe faou que cê tá co fome!

Ove olha para aquele pequeno erro linguístico balançante sem entender nada.

— Como?

— A mamãe disse que *parecia* que você tava com fome. Então era pra gente trazer comida pra você — esclarece a menina de sete anos, irritada.

— Vem, Nasanin — diz ela, e então segura a menina de três anos com força pela mão, lança um olhar acusador para Ove e sai andando.

Ove estica a cabeça pela porta aberta e fica olhando para elas. Ele vê do outro lado a mulher grávida de cabelo preto em pé na soleira sorrindo para ele, enquanto as meninas voltam correndo para casa. A menina de três anos se vira e acena contente para ele. A mulher grávida também acena. Ove fecha a porta.

Ele fica parado na entrada. Olhando para o pote quentinho com frango e arroz com açafrão como alguém talvez olhasse para uma caixa contendo nitroglicerina. Depois vai para a cozinha e o coloca na geladeira. Não que ele tenha o hábito de comer seja lá o que for que crianças estrangeiras e estranhas lhe tragam na porta da sua casa. Mas porque na casa de Ove não se joga comida fora. Por princípio.

Ele vai para a sala de estar. Põe as mãos no bolso. Fita o teto. Fica parado lá um bom tempo ponderando qual bucha vai ser a mais adequada para seu objetivo. Fica lá até seus olhos começarem a doer de tanto ele apertá-los. Olha para baixo e observa um tanto confuso seu relógio com a pulseira gasta. Então olha de novo pela janela e de repente se dá conta de que escureceu. Balança a cabeça, resignado.

Não dá certo começar a perfuração quando já está escuro, qualquer um sabe disso. Aí ele vai ter que acender todas as lâmpadas, e nesse caso sabe lá quando elas vão ser apagadas de novo. A companhia de eletricidade não ia se dar tão bem assim. Será que eles acham que ele vai deixar o medidor de energia ficar lá girando e marcando milhares de coroas de consumo? Podem tirar isso da cabeça.

    Ove pega sua caixa de coisas boas de se ter. Leva-a para o grande quarto do andar de cima. Pega a chave do sótão, que fica guardada atrás do aquecedor do quarto pequeno. Volta, estica-se e abre a portinha do sótão. Puxa a escada para baixo. Sobe até o sótão e coloca a caixa de coisas boas de se ter de volta em seu lugar, atrás dos banquinhos de cozinha que sua mulher o forçou a carregar ali para cima porque rangiam muito. Eles não rangiam nada. Ove sabe muito bem que era uma desculpa, porque sua mulher queria era comprar banquinhos novos. Como se a vida se resumisse a isso. Comprar banquinhos para a cozinha, comer em restaurantes e tocar a vida.

    Ele desce a escada de novo. Guarda a chave do sótão no lugar atrás do aquecedor do quarto pequeno. "Fique mais sossegado", foi o que disseram para ele. Um monte de almofadinhas de trinta e um anos que trabalham com computadores e não tomam café normal. Uma sociedade inteira em que ninguém sabe dar ré com um reboque, e são eles que lhe dizem que *ele* não é mais necessário. Isso faz sentido?

    Ove desce para a sala de estar. Liga a tevê. Não que vá ficar assistindo a algo, mas não dá para simplesmente permanecer sentado sozinho olhando para a parede a noite toda como um idiota. Ele pega a comida estrangeira na geladeira e come com um garfo direto do pote de plástico.

    Ove tem cinquenta e nove anos. É terça-feira à noite e ele cancelou a assinatura do jornal. Ele apaga todas as luzes.

    Amanhã vai instalar aquele gancho.

4

UM HOMEM CHAMADO OVE NÃO PAGA O ADICIONAL DE TRÊS COROAS

Ove estende as flores na direção dela. Duas. Claro que não era intenção deliberada que fossem duas. Mas é preciso certa moderação. Tinha sido questão de princípios, Ove explica a ela. Então ficaram sendo duas.

— Nada fica em ordem aqui quando você não está em casa — murmura ele, dando chutes na terra congelada.

A mulher dele não responde.

— Vai nevar hoje à noite — ele diz.

No noticiário dizem que não vai, mas, como Ove costuma dizer, essa é a melhor maneira de saber que vai acontecer exatamente o contrário. Então ele diz isso a ela. Ela não responde. Ove põe as mãos nos bolsos da calça azul e balança a cabeça brevemente.

— Não é natural andar arrastando os pés sozinho em casa o dia todo, enquanto você não está. É só o que eu digo. Isso não é maneira de viver.

Ela também não fala nada.

Ove balança a cabeça e chuta a terra novamente. Ele não entende as pessoas que dizem que querem a aposentadoria. Como se pode ansiar durante a vida toda por se tornar desnecessário? Ficar por aí sendo um fardo para a sociedade, que tipo de homem sonha com isso? Ir para casa e só ficar esperando pela morte. Ou pior. Podem levar o sujeito para um asilo porque não consegue mais cuidar de si mesmo. Ove não imagina nada mais revoltante que isso. Depender de outras pessoas para ir ao toalete. A mulher de Ove costuma rir, provocando, ao dizer que ele é a única pessoa que ela conhece que prefere ser conduzido num caixão a ser transportado numa van para deficientes. É bem provável que haja algo de verdade nisso.

 Aliás, aquele gato infernal estava sentado lá de novo hoje de manhã. Praticamente bem em frente à porta deles. Se é que se poderia chamar aquilo de gato.

 Ove tinha levantado às quinze para as seis. Feito café para ele próprio e a esposa. Andado pela casa e verificado todos os aquecedores para ter certeza de que ela não tinha aumentado a temperatura às escondidas de novo. Claro que todos estavam exatamente no mesmo nível do dia anterior, mas ele baixou mais um pouquinho. Só por garantia. Depois, ele pegou seu casaco do único gancho da entrada que não estava com roupas dela. Foi fazer sua ronda de inspeção. Anotou o número das placas e verificou os portões das garagens. Tinha começado a esfriar, ele percebeu. Já estava chegando a hora de trocar a jaqueta azul de outono pela jaqueta azul de inverno.

 Ele sempre sabe quando vai nevar, porque é quando a mulher dele começa a falar que precisa aumentar a temperatura da sala de estar. Bobagem, sentencia Ove, todo ano. Nenhum diretor de companhia elétrica vai ficar sentado enchendo o bolso de dinheiro só porque a estação do ano mudou. Subir a temperatura em cinco graus custa-lhe milhares de coroas por ano, Ove já calculou. Então todo inverno ele tira do sótão um gerador a diesel, que ele trocou por um gramofone antigo num mercado de pulgas. E então instala-o ligado a um aquecedor de carro que comprou em liquidação por trinta e nove coroas. Quando o gerador faz o aquecedor de carro funcionar, este opera durante meia hora com a pequena bateria à qual Ove o conectou, e assim sua mulher pode ficar com ele ao seu lado da cama por algum tempo antes de dormir. Mesmo que seja óbvio que Ove vai comentar que ela não deve ficar esbanjando. Pois o diesel também não é de graça. E a mulher de Ove nessas horas age como sempre: faz que sim com a cabeça e diz que Ove com certeza tem razão. E depois passa o inverno todo aumentando às escondidas a temperatura dos aquecedores quando ele não está olhando. É assim todo ano.

Ove chuta a terra mais uma vez. Ele pondera se deve contar a ela sobre o gato. Ele estava sentado lá de novo quando Ove voltou da ronda de inspeção. Ove olhou para o gato. O gato olhou para Ove. Ove apontou para ele e rosnou tão alto, para que desse no pé, que sua voz reverberou enfurecida entre as casas. O animal ficou olhando para Ove mais um pouco. Então se levantou de modo extremamente cerimonioso. Como se fizesse questão de demonstrar que, na verdade, não estava dando no pé porque Ove quisesse, mas porque tinha coisas melhores para fazer. Então virou a esquina do depósito e desapareceu.

Ove decide não contar nada à mulher. Ele presume que ela iria se irritar com sua história de enxotar o animal. Se fosse por ela, eles teriam a casa cheia de gatos sem-teto, com pelo e sem pelo.

Ele está usando o terno azul. Abotoou a camisa branca até o alto. Ela costuma dizer que ele pode deixar o último botão aberto se não for usar gravata, e toda vez Ove responde que não é "nenhum grego alugando cadeiras de praia" e fecha o botão de cima. Ele está com seu antigo relógio com a pulseira gasta, o que seu pai herdou do pai dele no mesmo ano em que fez dezenove anos, e que Ove, por sua vez, herdou de seu pai, falecido quando estava prestes a fazer dezesseis.

A mulher de Ove gosta desse terno. Sempre diz que ele fica elegante com ele. Claro que Ove, como toda pessoa razoável, é da opinião que só almofadinhas usam ternos chiques no dia a dia. Mas esta manhã ele decidiu que merece uma exceção. Até colocou seu sapato social preto e o lustrou com uma quantidade decente de graxa.

Quando pegou o casaco de outono do gancho da entrada antes de sair de casa, ele lançou um último olhar pensativo à coleção de casacos da mulher. Ficou imaginando como uma pessoa tão pequena pode ter tantos casacos. "Parece que a gente vai entrar no meio da roupa e parar em Nárnia", comentou uma vez uma amiga da mulher de Ove. Com certeza, Ove não fez a menor ideia do que ela quis dizer com isso. Mas sua mulher tinha um número assustador de casacos de inverno, de qualquer forma.

Ele saiu de casa antes que qualquer outra pessoa do bairro acordasse. Caminhou até o estacionamento. Abriu a garagem com a chave. É claro que Ove tem um controle remoto do portão da garagem, mas ele nunca entendeu para que aquilo havia de servir, se toda pessoa decente consegue abrir facilmente o portão com as próprias mãos. Ele tranca o Saab também com chave. Isso funciona bem há anos, não há motivo para mudar. Ove se sentou no banco da frente e girou o dial do rádio meia volta para um lado e meia volta para o outro. Corrigiu a posição de todos os retrovisores, como faz toda vez em que se senta no Saab. Como se algum vândalo sistematicamente arrombasse seu carro e mudasse de propósito a posição dos retrovisores e a estação de rádio.

Ao cruzar de carro o estacionamento, encontrou aquela estrangeira grávida da casa vizinha. Ela segurava a mão da menina de três anos. Aquele loiro magricelo grandão estava ao lado delas. Avistaram Ove e os três acenaram alegres para ele. Ove não respondeu. Primeiro pensou em parar e advertir aquela mulher que nesse bairro as crianças não ficam correndo pelo estacionamento como se fosse um playground. Mas concluiu que não tinha tempo disponível.

Em vez disso, ele saiu pela rua larga e passou em frente à fileira interminável de casas iguais à sua. Quando ele e sua mulher se mudaram, ali só havia seis casas. Agora são centenas. Antes, aquilo tudo era mato, mas agora são só casas por toda parte. Todas compradas à prestação, claro. É assim que as pessoas fazem hoje em dia. Compram a prazo, dirigem carros elétricos e contratam mão de obra sempre que precisam trocar uma lâmpada. Instalam aqueles carpetes de madeira, têm lareiras elétricas e assim vão levando a vida. Uma sociedade inteira que não consegue ver a diferença entre uma bucha decente e um tapa na cara; aparentemente, é assim que as coisas têm que ser agora.

Levou catorze minutos para chegar à floricultura do shopping. Ove respeita todos os limites de velocidade, mesmo nessa rua de cinquenta por hora em que todos os idiotas engravatados que mudaram para cá recentemente andam a noventa.

Nas proximidades de suas próprias casas, eles colocam placas de "crianças brincando" e as malditas tartarugas, mas, quando estão na área residencial dos outros, isso não é levado em conta. É o que Ove diz a sua mulher nos últimos dez anos, toda vez em que passam por ali. Além disso, as coisas estão ficando cada vez piores, ele costuma acrescentar. Para o caso de ela porventura não ter escutado o que ele disse das vezes anteriores.

Hoje ele não teve nem tempo de dirigir por dois quilômetros antes de uma Mercedes preta colar na traseira do Saab. Ove sinalizou três vezes com as luzes de freio. A Mercedes ligou o farol alto como resposta. Ove mostra a língua para o retrovisor. Como se, tão logo resolveram que os limites de velocidade não valem para eles, pudessem então andar quase encostando no carro da frente, não é? Ove não deu passagem. A Mercedes aumentou o farol de novo. Ove diminuiu a velocidade. A Mercedes buzinou. Ove diminuiu mais ainda. A Mercedes buzinou mais alto. Ove chegou a vinte por hora. Quando os dois veículos se aproximaram de uma lombada, a Mercedes passou por ele fazendo o maior barulho. O homem do carro, um quarentão de gravata com fones brancos pendurados nas orelhas, ergueu o dedo do meio em riste. Ove respondeu ao gesto como fazem todos os homens de cinquenta e nove anos com educação decente: bateu de leve com a ponta do indicador na lateral da cabeça. O homem da Mercedes deu um grito tão forte que borrifou saliva pelo lado de dentro da janela, pisou no acelerador e desapareceu.

Dois minutos depois, Ove chegou a um sinal vermelho. A Mercedes era a última da fila. Ove ligou o farol alto para ela. Ele viu como o homem deu um tranco com o pescoço, de forma que o fone branco bateu no painel. Ove balançou a cabeça satisfeito.

O sinal ficou verde. A fila não andava. Ove buzinou. Não aconteceu nada. Ove balançou a cabeça. Só podia ser uma mulher. Ou uma obra na rua. Ou um Audi. Quando já tinham se passado trinta segundos sem acontecer nada, Ove pôs o câmbio em ponto morto, abriu a porta e saiu do Saab com o motor ligado. Ficou em pé no meio da rua e olhou na direção da fila com as mãos na cintura. Mais ou menos como faria o Super-homem se ficasse preso no trânsito.

O homem da Mercedes buzinou. "Idiota", pensou Ove. Depois de alguns segundos, a fila começou a andar. Os carros à frente de Ove saíram. O carro atrás dele, um Volkswagen, buzinou. O motorista acenou impaciente para ele.

Ove olhou para o homem com raiva. Então sentou-se sem a menor pressa no Saab e fechou a porta.

— Como as pessoas são apressadas! — disse ele em voz alta, na direção do retrovisor, e saiu com o carro.

No sinal vermelho seguinte, parou atrás da Mercedes de novo. Mais uma fila. Ove olhou para o relógio e virou à esquerda. Era um caminho mais longo para o shopping, mas por ali havia menos sinais. Não que Ove fosse mão de vaca. Mas qualquer um que entende alguma coisa sabe que na realidade se gasta menos gasolina em movimento do que parado. E, como a mulher de Ove costuma dizer, "Se tem uma coisa que dá para escrever no obituário de Ove é que 'ele economizava combustível em qualquer circunstância'".

Ove chegou ao shopping pela entrada oeste. Só havia duas vagas em todo o estacionamento, ele viu logo de cara. O que todas aquelas outras pessoas faziam em um shopping num dia de semana estava além da sua compreensão. Mas era evidente que não tinham mais trabalho hoje em dia.

A mulher de Ove costuma suspirar assim que eles se aproximam de um estacionamento como esse. É que Ove quer ficar perto da entrada. "Como se houvesse uma competição para ver quem pega o melhor lugar", ela sempre diz, quando ele fica dando voltas e mais voltas xingando todos os cretinos com carros estrangeiros que estão no caminho. Às vezes eles chegam a dar seis ou sete voltas em busca de uma boa vaga, e se Ove finalmente acaba desistindo e se satisfaz com uma a vinte metros de distância, ele fica de mau humor o resto do dia. A mulher nunca entendeu isso. Mas também ela não entende muito bem essas "questões de princípios".

De início, Ove pensou em dar algumas voltas hoje também. Mas foi aí que ele viu a Mercedes circulando novamente. Ele veio pelo sul. Então era para cá que ele se dirigia, o homem de gravata com fones no ouvido. Ove não hesitou um segundo. Pisou no acelerador e se enfiou no cruzamento. A Mercedes freou bruscamente, o motorista enfiou a mão na buzina e foi atrás dele. E assim recomeçou o duelo.

As placas na entrada do estacionamento direcionavam o trânsito para a direita, mas lá o cara da Mercedes também deve ter visto claramente as duas vagas e tentou passar por Ove e entrar à esquerda. Mas Ove mudou como um raio a direção e bloqueou o caminho. E então os dois homens começaram a caçar um ao outro pelo asfalto.

Pelo retrovisor, Ove viu um pequeno Toyota que tinha vindo da rua atrás deles, seguido as placas e continuado devagarzinho pelo estacionamento numa grande curva à direita. Ove acompanhou seu movimento com o olhar enquanto avançava na direção oposta com a Mercedes em seu encalço. Claro que ele podia ter pego uma vaga, a que estava mais próxima da entrada, e assim ser magnânimo o suficiente para deixar a Mercedes ficar com a outra. Mas que espécie de vitória seria essa?

Em vez disso, Ove parou diante da primeira vaga e não arredou pé de lá. A Mercedes buzinou. Ove ficou parado. A Mercedes buzinou de novo. O pequeno Toyota se aproximou pelo outro lado. O Mercedes viu isso e compreendeu tarde demais o plano diabólico de Ove. O homem buzinou tresloucadamente, tentou passar pelo Saab, mas não tinha a mínima chance. Ove já havia acenado para o Toyota pegar uma das vagas. E, quando o carro já estava estacionado, Ove entrou serenamente na outra.

O vidro lateral da Mercedes ficou tão coberto de cuspe quando passou por Ove que não dava para ver o motorista lá dentro. Ove saiu do Saab triunfante como um gladiador romano. Em seguida, olhou para o Toyota.

— Que merda — resmungou ele, repentinamente contrariado.

A porta do Toyota se abriu.

— Olá! — disse em voz alta o loiro magricelo, desvencilhando-se alegremente do assento dianteiro.

Ove só balançou a cabeça.

— Oi, oi! — disse a estrangeira grávida do outro lado do Toyota, erguendo a menina de três anos.

Ove olhou irado na direção da Mercedes.

— Obrigado pela vaga! Sensacional — disse o magricelo, com um sorriso.

Ove não respondeu.

— Como cê chama? — imediatamente disparou a menina de três anos.

— Ove — ele respondeu.

— Eu chamo Nasanin! — disse ela, feliz.

Ove acenou com a cabeça.

— Eu me chamo Pat... — começou o magricelo.

Mas Ove já tinha se virado e ido.

— Obrigada pela vaga — gritou a estrangeira grávida, na direção dele.

Ove percebeu pela voz dela que estava rindo. Ele não gostou disso. Só resmungou um breve "tá bom" sem se voltar e entrou no shopping pelas portas giratórias. Virou à esquerda no primeiro corredor e olhou em volta várias vezes, como se estivesse com medo de que a família de vizinhos fosse segui-lo. Mas eles entraram à direita e desapareceram.

Ove ficou parado diante da mercearia, desconfiado. Inspecionou o cartaz com as ofertas da semana. Não porque Ove estivesse pensando em comprar presunto justamente nessa mercearia. Mas sempre é bom dar uma olhada nos preços, ele pensa. Pois se existe uma coisa que Ove realmente detesta nesse mundo é quando alguém tenta passar a perna nele. Sua mulher costuma brincar que as três piores palavras que Ove conhece no mundo são "pilhas não incluídas". Geralmente todo mundo ri quando ela diz isso. Mas Ove, não.

Ele passou da mercearia e entrou na floricultura. É claro que lá houve uma "briga", como a mulher de Ove chamava aquilo. Ou "discussão", como Ove insistia em afirmar. Ove colocou sobre o balcão um cupom em que se via escrito "2 flores por 50". Já que Ove só queria uma, ele argumentou com todo fundamento com a moça do caixa que então podia comprar uma só por vinte e cinco, já que era a metade de cinquenta. Mas a moça do caixa, uma garota de dezenove anos que não parava de digitar no celular e tinha claramente um cérebro de chiclete, não concordou. Ela argumentou que uma custava trinta e nove, e que "2 por 50" só se aplicava se a pessoa comprasse duas. A gerente teve que ser chamada. Levou quinze minutos para Ove conseguir que a gerente tivesse o bom senso de reconhecer que Ove tinha razão.

Para ser franco, a gerente havia apenas resmungado algo contra o punho fechado que soava como "velho de merda", e digitou vinte e cinco coroas na caixa registradora, e fez isso com tanta força que se poderia pensar que havia algo errado com o equipamento. Mas para Ove tanto fazia. Afinal, ele sabia como esses vendedores ficam o tempo todo tentando passar o pé no cliente. E não se passa o pé em Ove impunemente. O que é justo é justo!

Ove colocou o cartão do banco sobre o balcão. A gerente apontou condescendentemente com a cabeça para uma placa em que estava escrito "para compras no cartão abaixo de 50 coroas será cobrada uma taxa de 3 coroas." Então foi como foi.

———

Agora Ove está diante de sua mulher com duas flores. Porque era uma questão de princípios.

— Eles podem esquecer aquelas três coroas — diz Ove, olhando o chão de cascalho.

A mulher de Ove briga com frequência com ele porque ele sempre resmunga de tudo. Mas Ove não briga à toa. Ele só acha que o que é justo é justo. Não se trata de uma postura razoável diante da vida? É o que ele costuma perguntar a sua mulher. Ele ergue o olhar e a observa.

— Claro que você está brava porque eu não vim ontem, como prometi — murmura ele.

Ela não diz nada.

— Mas o bairro inteiro virou um manicômio — ele se justifica. — Um caos total. A gente precisa até sair para dar ré no reboque para eles hoje em dia. Não se pode nem instalar um gancho em paz — ele continua, como se ela tivesse protestado.

Ove pigarreia.

— Não deu para instalar o gancho porque já tinha escurecido, sabe como é. Aí não se pode prever quando as luzes poderão ser apagadas. Assim o medidor de energia vai ficar lá girando. Assim não dá.

Ela não responde. Ele chuta a terra congelada. Como se procurasse as palavras. Pigarreia de novo.

— Nada fica em ordem sem você em casa.

Ela não responde. Ove passa os dedos nas flores.

— Não é natural eu ficar andando pra lá e pra cá sozinho pela casa o dia inteiro enquanto você não está lá. Essa é a única coisa que eu digo. Isso não é jeito de viver.

De novo, ela não responde. Ele balança a cabeça. Segura as flores para que ela as veja.

— Elas são cor-de-rosa. Como você gosta. Resistentes. Eles disseram na loja que elas se chamam "perenes", mas eu sei bem como elas se chamam. É óbvio que elas vão morrer nesse frio, disseram também na loja, mas eles só falam isso para empurrar mais merda pra cima da gente.

A impressão que se tem é que ele está esperando a aprovação dela.

— Eles também põem açafrão no arroz — diz ele em voz baixa. — Os novos vizinhos, os estrangeiros, eles põem açafrão no arroz e mandam ver. Pra que será que isso serve? O bom pra mim é carne com batata e molho.

De novo silêncio.

Ele fica calado mexendo na aliança em seu dedo. Como se procurasse alguma outra coisa para dizer. Ove continua tendo uma dificuldade imensa de conduzir uma conversa. Essa era uma das coisas de que ela sempre cuidava. Em geral, o que ele mais fazia era responder. Essa continua sendo uma situação nova para ambos. Por fim, Ove fica de cócoras, arranca do chão a outra flor que ele tinha posto lá na semana anterior e a coloca com cuidado na sacola de plástico. Fica mexendo um bocado na terra enquanto arruma as flores novas. O solo está congelado.

— Também subiram a tarifa da eletricidade de novo — informa ele, ao ficar em pé.

Ove fica lá parado com a mão no bolso, só olhando para ela. Ao final, põe a mão com cuidado na lápide, e a passa com carinho de um lado para o outro, como se fosse um filho acariciando o rosto da mãe.

— Eu sinto sua falta — sussurra.

———

Faz seis meses que ela morreu. E Ove continua andando pela casa duas vezes por dia e pondo a mão no aquecedor para ver se ela não aumentou a temperatura às escondidas.

5

UM HOMEM CHAMADO OVE

Ove sabia muito bem que os amigos da mulher não entendiam por que ela tinha se casado com ele. E não podia censurá-los por isso.

As pessoas diziam que ele era amargo. Talvez elas tivessem razão, ele não sabia ao certo. Ele nunca tinha pensado mais detidamente sobre o assunto. As pessoas o chamavam de "antissocial" também, e Ove presumia que isso significava que ele não gostava lá muito de gente. E com isso ele até que podia concordar. As pessoas, em geral, não eram mesmo muito inteligentes.

Ove não era de jogar conversa fora. Ele já havia percebido que isso era uma grande falha de caráter hoje em dia. Atualmente as pessoas têm que ser capazes de tagarelar sobre qualquer coisa com qualquer maluco que esteja a um palmo de distância delas, só porque é "divertido". Ove não sabia fazer isso. Talvez fosse por causa de como ele fora criado. Talvez os homens da sua geração nunca tivessem se preparado o suficiente para um mundo em que todos só falavam de fazer as coisas, mas ninguém realmente as fazia. Agora as pessoas ficavam diante de suas casas recém-reformadas gabando-se como se elas mesmas as tivessem construído, apesar de na verdade não terem nem mesmo posto a mão numa chave de fenda. E elas nem tentavam fingir que era diferente: elas se orgulhavam disso! As pessoas não davam mais valor a saber assentar direito um assoalho sozinhas, ou reformar um banheiro, ou colocar pneus de inverno no carro. Saber fazer alguma coisa direito era algo que não valia mais nada. E se você de repente só pudesse comprar as coisas, de que valeria? De que valeria um homem?

    Ove sabia muito bem que os amigos da mulher não compreendiam por que ela, de livre e espontânea vontade, acordava ao seu lado e decidia compartilhar o dia com ele. Nem ele compreendia. Ele fazia uma estante para ela, e ela a enchia de livros de pessoas que escreviam páginas e mais páginas sobre sentimentos. Ove entendia de coisas que ele podia ver e pegar. Concreto e cimento. Vidro e aço. Ferramentas. Coisas que se podia contar. Ele entendia de ângulos retos e instruções claras. Maquetes e plantas. Coisas que podia desenhar num papel. Ele era um homem em preto e branco.

―――

E ela era a cor. Toda a cor dele.

―――

A única coisa que ele tinha amado antes de vê-la pela primeira vez eram os números. Ele não tem nenhuma lembrança especial da juventude além deles. Ninguém o intimidava nem ele intimidava os outros; não era bom em esportes, mas tampouco era ruim. Ele nunca ficava no meio e nunca ficava de fora; ele era alguém que simplesmente estava lá. Ove também não se lembra muito da infância e da adolescência, ele nunca foi o tipo de homem que fica lembrando coisas à toa. Ele se lembra, sim, que era bastante feliz, e que alguns anos depois não era mais.

    E se lembra dos números. Que enchiam sua cabeça. Lembra-se de como queria que as aulas de matemática começassem logo. Para os outros, talvez elas fossem uma tortura; para ele, não. Ele não sabe por quê. Nem fica especulando sobre isso. Ove nunca entendera por que as pessoas insistiam em saber como as coisas eram como eram. A gente é o que é, e faz o que pode fazer, e é bom que seja assim, pensa ele.

    Ove tinha sete anos quando os pulmões da mãe pifaram numa manhã de agosto. Ela trabalhava numa indústria química. Nessa época, não se sabia muito sobre doenças respiratórias e segurança no trabalho, Ove compreendeu mais tarde. Ela também fumava sem parar. A lembrança mais clara que Ove tem dela é de como ficava sentada na janela da cozinha da pequena casa de subúrbio em que eles moravam, com aquela névoa ao seu redor, olhando para o céu, todo sábado de manhã. E que às vezes ela cantava, e que Ove ficava sentado embaixo da janela com o livro de matemática no colo escutando, disso ele também se lembra. A voz dela era fraca, e uma nota ou outra saía errada, às vezes, mas ele se lembra de que gostava mesmo assim.

O pai de Ove trabalhava na estrada de ferro. A palma de suas mãos parecia o couro de um animal sulcado com faca, e as rugas no rosto eram tão profundas que, quando ele fazia esforço físico, o suor escorria por elas como em canais até o peito. O cabelo dele era liso e o corpo, magro, mas os músculos dos braços eram tão delineados que pareciam entalhados numa rocha. Uma vez, quando Ove era bem pequeno, ele acompanhou os pais a uma grande festa na casa de colegas de trabalho. Depois de já ter bebido algumas cervejas, o pai foi desafiado para uma queda de braço. Ove nunca tinha visto homens tão truculentos. Eles sentaram-se, um de cada vez, com as pernas afastadas no banco de madeira de frente para seu pai. Alguns pareciam pesar duzentos quilos. O pai derrotou cada um dos desafiantes. Quando estavam indo a pé para casa naquela noite, o pai pôs o braço ao redor dos ombros de Ove e disse: "Só um cretino pensa que volume e força são a mesma coisa, Ove. Lembre-se disso." E Ove nunca se esqueceu da lição.

O pai nunca erguia os punhos. Nem para Ove nem para nenhuma outra pessoa. Ove tinha colegas que às vezes iam para a escola com um olho roxo ou marcas de cintadas aqui e ali no corpo. Mas Ove, nunca. "As pessoas da nossa família não são de brigar", o pai costumava dizer. "Nem entre si, nem com outras pessoas."

O pai era querido na estrada de ferro. Era um sujeito caladão, mas legal. Havia quem dissesse que ele era "legal demais". Ove lembra que, quando criança, nunca conseguia entender como isso poderia ser uma coisa ruim.

Então sua mãe morreu. E seu pai se tornou mais calado ainda. Como se ela houvesse levado consigo as poucas palavras que ele conhecia.

Eles nunca foram de falar muito, o pai e Ove, mas gostavam da companhia um do outro. Ficavam satisfeitos de sentar lado a lado na mesa da cozinha em silêncio. E tinham como se manter ocupados. Criavam uma família de pássaros nos fundos da casa, numa árvore apodrecida, e os alimentavam a cada dois dias. Era importante, Ove entendia, que fosse a cada dois dias. Ele nunca soube o motivo, mas também nunca tivera necessidade de compreender aquilo direito.

De noite, ele e o pai comiam linguiça e batatas. Depois jogavam cartas. Nunca tiveram muito, mas sempre tinham o suficiente.

As únicas palavras do pai que a mãe aparentemente não tivera interesse em levar consigo quando morreu foram aquelas sobre motores. O pai podia falar sobre isso até dizer chega. "Os motores sempre te dão o que você merece", ele dizia. "Se você os trata com respeito, eles te dão liberdade. Se você se comporta como um cretino, eles a tiram de você."

Durante muito tempo ele não teve carro, mas, quando os chefes e diretores da estrada de ferro nos anos 1940 e 1950 começaram a comprar os seus, logo se espalhou pelos escritórios o boato de que aquele homem calado, que trabalhava nos trilhos, era uma boa pessoa para se ter como amigo. O pai de Ove não terminara a escola, não entendia muito bem os números nas apostilas do filho. Mas entendia de motores.

Quando uma filha do diretor da estrada de ferro ia se casar, e o carro que ia transportá-la com pompa e circunstância até a igreja quebrou, mandaram chamá-lo. O pai de Ove foi de bicicleta com uma caixa de ferramentas tão pesada debaixo do braço que foram necessários dois outros homens para levantá-la quando ele chegou. E, fosse qual fosse o problema quando ele apareceu, não era mais um problema quando ele partiu. A mulher do diretor convidou-o para a festa de casamento, mas o pai de Ove, reticente, explicou para ela que não pegava bem ficar no meio de tanta gente grã-fina quando se é o tipo de homem com manchas de óleo tão profundas nos braços que elas se tornaram pintas naturais da pele. Mas ele aceitava de bom grado um saco de pão e carne para o menino em casa, disse. Ove tinha acabado de completar oito anos. Quando o pai pôs o jantar naquela noite, o menino imaginou que a comida dos reis devia ser daquele jeito.

Alguns meses depois, o diretor mandou chamar novamente o pai de Ove. No estacionamento diante do prédio havia um Saab 92 bem maltratado. Era o primeiro carro de passeio que a Saab produziu, e que não era mais fabricado desde que o Saab 93, consideravelmente melhor, fora lançado. O pai de Ove reconheceu muito bem o modelo. Tinha tração dianteira e o motor transversal fazia um barulho parecido com o de uma cafeteira. O motorista tinha se envolvido em um acidente, explicou o diretor, passando os dedos pelos suspensórios por baixo do paletó. A carroceria verde-garrafa estava com um belo amassado na parte da frente, e a situação debaixo do capô não era nada bonita de se ver, o pai de Ove concordou. Mas ele tirou uma pequena chave de fenda do bolso de seu macacão sujo e, depois de inspecionar o carro, constatou que, com um pouco de tempo, bastante cuidado e as ferramentas certas, conseguiria pô-lo em condições de uso.

— De quem é? — perguntara ele, empertigando-se e removendo o óleo dos dedos com um pano.

— Ele pertencia a um parente meu — disse o diretor, pegando uma chave no bolso da calça do terno e colocando-a na palma da mão dele. — E agora é seu.

O diretor deu um tapinha no ombro dele, virou-se e entrou novamente no escritório. E o pai de Ove ficou lá parado no pátio tentando recuperar o fôlego. Naquela noite, ele teve de explicar uma vez após outra, e após outra, e mostrar tudo o que havia para saber a respeito daquele monstro mágico que estava agora no quintal diante dos olhos arregalados do filho. Ele se sentou no banco da frente com o menino no colo por metade da noite e explicou como toda a mecânica funcionava. Ele podia fazer um relatório sobre cada parafuso e cada pequena mangueira. Ove nunca tinha visto um homem tão orgulhoso como seu pai. Ele tinha oito anos e naquela noite mesmo decidiu nunca ter outro carro que não fosse um Saab.

Nos sábados em que o pai não trabalhava, ele levava Ove para o quintal, abria o capô e ensinava-lhe em detalhes como se chamavam as várias peças do carro e qual a função de cada uma. Aos domingos, iam à igreja. Não porque o pai ou Ove tivessem um relacionamento próximo com Deus, mas porque a mãe de Ove sempre tinha feito questão disso. Eles se sentavam bem no fundo e ficavam observando cada mancha do chão até o serviço religioso acabar. E, para dizer a verdade, os dois dedicavam mais tempo para refletir sobre quanto sentiam falta dela do que sobre quanto sentiam a falta de Deus. Esse tempo se tornava de certa forma o tempo dela, mesmo que não estivesse mais lá. Depois disso, Ove e o pai davam um longo passeio com o Saab fora da cidade. Para Ove, essa era sua hora favorita da semana.

Para evitar que ele ficasse perambulando sozinho antes de ir para casa, naquele mesmo ano o pai começou a deixar que Ove o acompanhasse nos trilhos quando o filho não tinha aula. Era um trabalho de merda e também mal pago, mas era, como o pai costumava resmungar, "um trabalho honesto, e isso já vale alguma coisa".

Ove gostava de todos os colegas do pai que trabalhavam nos trilhos, menos de Tom. Ele era um sujeito alto e barulhento, com punhos grandes como uma carroceria de caminhão e olhos que pareciam sempre à procura de um animal indefeso para chutar.

Quando Ove tinha nove anos, o pai mandou-o ajudar Tom a esvaziar um vagão quebrado. De repente, Tom apanhou esfuziante no chão uma bolsa esquecida por algum passageiro apressado. Ela tinha caído do bagageiro e espalhado seu conteúdo pelo chão, e Tom saiu engatinhando e passando a mão em tudo o que enxergava.

— Achado não é roubado — disse ele, sorrindo ironicamente para Ove com uma expressão no olhar que fez o menino sentir-se como se houvesse insetos rastejando por baixo de sua pele.

Tom deu uma pancada tão forte nas costas de Ove que o deixou com dor na omoplata. Ove não disse nada. Quando ia saindo, esbarrou numa carteira. Ela era feita de um couro tão maleável que, nas pontas ásperas dos dedos de Ove, dava a sensação de ser feita de algodão. E não tinha nenhum elástico à sua volta, como a carteira velha do pai, para não se despedaçar. Essa tinha um pequeno fecho de prata que estalava ao ser aberto. Havia mais de seis mil coroas dentro dela. Uma bela fortuna para qualquer um naquela época.

Um homem chamado Ove

Tom a avistou e tentou arrancá-la da mão de Ove. Mas, tomado por uma teimosia instintiva, o menino resistiu. Ele viu como Tom ficou chocado com a resistência dele, e com o canto do olho Ove teve tempo de perceber que aquele homem enorme cerrava o punho. Ove se deu conta de que não conseguiria fugir, então fechou os olhos, segurou a carteira com todas as forças e ficou esperando o soco.

Nenhum dos dois teve tempo de ver o pai de Ove se colocar entre eles. O olhar de Tom cruzou o do pai, e aquele homem enorme respirou tão fundo de raiva que parecia ter um chocalho no pescoço. Mas o pai de Ove permaneceu onde estava. Por fim, Tom baixou o punho e deu um passo cauteloso para trás.

— Achado não é roubado, sempre foi assim — rosnou ele para o pai de Ove, encarando a carteira.

— Quem encontra é quem decide isso — respondeu o pai, sem desviar o olhar.

Os olhos de Tom já estavam escurecidos de raiva nesse instante. Mas ele deu mais um passo para trás, ainda com a bolsa na mão. Ele trabalhava nos trilhos havia muitos anos, mas Ove nunca tinha ouvido os colegas do pai dizerem uma única palavra elogiosa sobre ele. Tom era desonesto e mau, era o que Ove ouvia depois que tomavam algumas cervejas. Mas ele nunca tinha ouvido o pai dizer isso. "Quatro filhos e uma esposa doente", era só o que o pai dizia para os colegas de trabalho, olhando-os um a um. "Homens de índole bem melhor do que a de Tom já teriam se tornado piores numa situação semelhante." E aí os colegas mudavam de assunto.

O pai ficou de olho na carteira na mão de Ove.

— É você quem decide — disse.

Ove manteve a mirada fixa no chão, sentindo como se o olhar de Tom estivesse perfurando sua cabeça. Então ele declarou em voz baixa, mas firme, que a seção de achados e perdidos seria o melhor lugar para levá-la. O pai balançou a cabeça sem dizer nada, tomou Ove pela mão e os dois seguiram pelos trilhos numa caminhada de meia hora até lá sem dizer uma palavra. Ove ouviu Tom gritar para eles, com a voz repleta de raiva fria. Ove nunca esqueceria o episódio.

A mulher que estava no balcão da seção de achados e perdidos mal conseguia acreditar no que viu, quando eles colocaram a carteira sobre o balcão.

— E ela estava caída no chão sem mais nada? Vocês não encontraram nenhuma bolsa ou coisa do gênero? — perguntou ela.

Ove olhou para o pai sem saber o que dizer, mas o pai ficou calado, então Ove fez a mesma coisa. A mulher do balcão pareceu ter ficado satisfeita com a resposta silenciosa.

— São poucos os que vêm devolver uma carteira com tanto dinheiro assim — disse ela, sorrindo para Ove.

— Muitos também não têm nada na cabeça — disse o pai, pegando Ove pela mão e fazendo meia-volta para retornar ao trabalho.

Uns duzentos metros depois Ove pigarreou, criou coragem e perguntou por que o pai não disse nada sobre a bolsa que Tom havia pegado.

— Nós não somos dessas pessoas que contam o que as outras fazem — respondeu o pai.

Ove concordou. E os dois continuaram andando em silêncio.

— Eu pensei em ficar com o dinheiro — murmurou Ove por fim, apertando mais forte a mão do pai, como se estivesse com medo de que ele fosse soltá-la.

— Eu sei — disse o pai, segurando-a um pouco mais forte.

— Mas eu sei que você teria devolvido, e eu sei que alguém como Tom não faria isso — disse Ove.

O pai concordou. E não tocaram mais nesse assunto.

Se Ove fosse o tipo de homem que fica meditando como e quando a gente se torna o homem que é, talvez ele tivesse constatado que foi naquele dia que aprendeu o que é justo. Mas não era de ficar repisando esse tipo de coisa. Ele ficava satisfeito de lembrar que foi naquele dia que decidiu ser o menos diferente possível do pai.

Um homem chamado Ove

Ove tinha acabado de completar dezesseis anos quando o pai morreu. Um vagão desgovernado nos trilhos. Para Ove não ficou muito mais do que um Saab, uma casa caindo aos pedaços a dezenas de quilômetros da cidade e um relógio de pulso gasto. Nunca soube explicar direito o que aconteceu com ele naquele dia, mas deixou de ser feliz. E passou muitos anos sem ser feliz depois disso.

Durante o enterro, o pastor quis falar com ele sobre a possibilidade de ser adotado por uma família, mas Ove não tinha sido criado para aceitar esmola, o pastor ficou sabendo. Ove também deixou claro para o pastor que não precisava lhe reservar nenhum lugar nos bancos da igreja nos cultos de domingo num futuro próximo. Não porque ele não acreditasse em Deus, explicou para o pastor, mas porque achava que esse Deus na verdade parecia ser um filho da mãe dos diabos.

No dia seguinte, ele foi até o setor financeiro da estrada de ferro e devolveu o dinheiro que tinha ficado a mais do pagamento mensal do pai. Claro que as senhoras do escritório não entenderam nada, então Ove teve que explicar impaciente que seu pai tinha falecido no dia 16. Então eles não poderiam, como eles próprios com certeza compreendiam, esperar que o pai fosse vir trabalhar os catorze dias restantes daquele mês. E, como o pai recebia o salário adiantado, Ove estava lá para devolver a diferença.

As mulheres pediram a ele, relutantes, que sentasse e esperasse, e foi o que Ove fez. Uns quinze minutos depois, veio o diretor olhar aquele rapaz estranho de dezesseis anos sentado numa cadeira no corredor, com o envelope de pagamento do falecido pai nas mãos. O diretor sabia muito bem quem era ele. E, depois de se convencer de que não havia forma de fazer o rapaz ficar com o dinheiro, o diretor não viu outra alternativa a não ser convidar Ove de improviso a trabalhar o restante do mês para compensar aquele pagamento. Ove achou os termos razoáveis e informou na escola que faltaria nas duas semanas seguintes. Ele nunca mais voltou.

Ove trabalhou por cinco anos na estrada de ferro. Então, certa manhã embarcou num trem e a avistou pela primeira vez. Foi a primeira vez em que riu desde que o pai morrera. E sua vida nunca mais seria a mesma.

———

Antes as pessoas afirmavam que Ove sempre via o mundo em preto e branco. Ela era a cor. Toda a cor dele.

6

UM HOMEM CHAMADO OVE E UMA BICICLETA QUE DEVIA FICAR ONDE AS BICICLETAS DEVIAM FICAR

Ove só quer poder morrer em paz. Seria pedir muito? Ove acha que não. Claro que ele já poderia ter resolvido essa questão seis meses antes. Logo depois do enterro dela. Ele admite isso. Mas não podia ter feito isso, caramba, foi o que concluiu. Ele tinha um trabalho de que precisava cuidar. E como seria se as pessoas de tudo quanto é lado simplesmente parassem de trabalhar porque se mataram?

A mulher de Ove morreu numa sexta-feira e foi enterrada no domingo. Na segunda, Ove estava de volta ao trabalho, porque era assim que se devia fazer. E assim se passaram seis meses, e de repente os chefes vieram falar com ele numa segunda-feira e disseram que não quiseram falar na sexta porque "não queriam estragar o fim de semana dele". E na terça lá estava ele polindo a bancada da cozinha.

Ele já tinha preparado tudo na hora do almoço da segunda-feira. Havia pagado a agência funerária e comprado um lugar no cemitério ao lado dela. Tinha ligado para o advogado, escrito uma carta com instruções claras e a colocado num envelope com todas as notas fiscais importantes, o contrato de compra da casa e o livreto de manutenção do Saab. Tinha posto o envelope no bolso de dentro do paletó. Apagara todas as luzes e pagara todas as contas. Não havia nenhum empréstimo. Nenhuma dívida. Ninguém precisaria arrumar nada depois que ele se fosse. Ove lavou sua xícara de café e cancelou a assinatura do jornal. Ele está pronto.

A única coisa que quer é poder morrer em paz, pensa ele ao entrar no Saab e ficar olhando pelo portão aberto da garagem. Se ao menos conseguisse evitar os vizinhos, talvez já desse para partir naquela tarde mesmo.

Ele vê, pela abertura da garagem, o rapaz obeso que mora na casa ao lado da sua passar se arrastando pelo estacionamento. Não que Ove não goste das pessoas obesas. De jeito nenhum. As pessoas podem ter a aparência que quiserem. Ele só nunca conseguiu entendê-las direito. Ele não entende o comportamento dessas pessoas. Quanto uma pessoa consegue realmente comer? Como uma pessoa tem que agir para ficar daquele porte? Devia ser necessária certa persistência, pensa Ove. O rapaz o avista e acena feliz. Reservado, Ove responde com um gesto de cabeça. O rapaz continua acenando, de modo que a gordura do peito fica chacoalhando por baixo da camiseta. Ove costuma dizer que aquele rapaz é a única pessoa que ele conhece que parece uma manada inteira quando ataca um saco de batatas fritas. Mas aí a mulher de Ove reclama que não se pode dizer uma coisa dessas.

Ou melhor, ela reclamava.

Ela gostava daquele rapaz obeso, a mulher de Ove. Uma vez por semana, todos esses anos depois que a mãe dele morreu, ela ia até a casa dele com potes de comida. "Assim ele pode provar uma comidinha caseira de vez em quando", dizia ela. Ove comentava que ele nunca devolvia os potes, e acrescentava que ele não devia saber a diferença entre pote e comida. Mas aí a mulher de Ove dizia que agora já bastava. E então tinha que bastar.

Ove espera até o devorador de potes de comida sumir de vista para sair do Saab. Verifica três vezes a trava. Fecha o portão da garagem ao sair. Verifica três vezes a maçaneta. Sobe até a ruela que passa entre as casas. Para em frente ao bicicletário. Uma bicicleta está encostada na parede. De novo. Isso bem embaixo da placa que informa de maneira clara que é proibido estacionar bicicletas ali.

Ove a ergue. O pneu da frente está furado. Ele abre o depósito, empurra a bicicleta e a coloca direitinho na fileira.

Tranca a porta e verifica três vezes se está fechada, quando ouve a voz de um adolescente reclamar no seu ouvido.

— Ei! Que porra você tá fazendo?

Ove se volta para trás e dá de cara com o moleque a poucos metros dele.

— Colocando a bicicleta no bicicletário.

— Mas você não pode fazer isso! — protesta o moleque. Ele deve ter dezoito anos, desconfia Ove, olhando mais atentamente. A rigor, é mais um pirralho do que um moleque.

— Claro que posso.

— Mas eu vou consertar ela! — exclama o pirralho, de modo que sua voz falha nas notas mais altas, como uma distorção em alto-falantes velhos.

— Esta é uma bicicleta de menina — diz Ove.

— É — concorda com impaciência o pirralho, como se aquilo fosse irrelevante.

— Então ela provavelmente não é sua — conclui Ove.

— Sim, é de menina, e daí? — geme o pirralho, revirando os olhos.

— Ah, tá — diz Ove, pondo as mãos nos bolsos da calça, como se isso encerrasse o assunto.

Faz-se um silêncio de expectativa. O pirralho olha para Ove como se pensasse que ele na verdade fosse um pouco burro. Já Ove olha para o pirralho como se o pirralho na verdade fosse apenas um grande desperdício de oxigênio. Atrás do pirralho, como Ove vê nesse momento, há outro pirralho. Mais magro ainda que o primeiro e coberto de um negócio preto ao redor dos olhos. O segundo pirralho puxa o primeiro pirralho cuidadosamente pela jaqueta e murmura alguma coisa como "não criar confusão". O primeiro pirralho dá um chute desafiador na neve. Como se fosse culpa da neve.

— É da minha namorada — resmunga ele finalmente.

Ele diz isso mais exausto do que incomodado. O tênis que está usando é grande demais, e o jeans, pequeno, repara Ove. A jaqueta está puxada por cima do queixo para protegê-lo do frio. O rosto opaco é cheio de cravos, e o penteado dá a impressão de que alguém o salvou de se afogar num barril de cola puxando-o pelo cabelo.

— E onde ela mora? — Ove quer saber.

O pirralho aponta com o braço inteiro, com a linguagem corporal de quem tivesse sido atingido com um tranquilizante, para a casa que fica bem no fim da rua de Ove. Aquela dos comunistas que aprovaram a coleta seletiva do lixo. Ove balança a cabeça.

— Então ela pode guardar a bicicleta no bicicletário — diz Ove.

Ele bate ostensivamente com a ponta do dedo na placa que proíbe o estacionamento de bicicletas fora do bicicletário. Ele vira-se e vai em direção às casas.

— Ah! Velho de merda! — xinga o pirralho por trás dele.

— Shhh! — sai da boca do outro pirralho com fuligem nos olhos.

Ove não responde.

Ele passa pela placa que proíbe claramente o tráfego de veículos dentro da área residencial. Aquela que a estrangeira grávida obviamente não sabia ler, embora Ove tivesse plena consciência de que é absolutamente impossível passar batido por uma placa daquela. Ove sabia bem isso, pois foi ele quem a pregou lá. Ele vai andando incomodado pela rua estreita por entre as casas e movendo os pés a cada passo de tal maneira que quem o visse acharia que ele estava tentando alisar o asfalto. Como se já não fosse ruim o suficiente com todos os malucos que já moram nesse bairro, pensa ele. Como se a área residencial inteira não estivesse já se transformando em uma maldita lombada na evolução humana. O almofadinha do Audi e a loira bocó que moram na casa quase em frente à sua, e bem lá longe aquela família de comunistas com filhas adolescentes que têm cabelo vermelho e usam short por cima da calça e têm rostos parecidos com os de texugos espelhados. Ah, sim, claro que eles estão de férias na Tailândia agora. Mas mesmo assim.

Na casa ao lado da de Ove mora o rapaz de vinte e cinco anos que pesa quase um quarto de tonelada. Ele também tem cabelo comprido, como uma mulher, e usa camisetas esquisitas. Ele morava com a mãe até ela morrer, de alguma doença, faz alguns anos. Parece que ele se chama Jimmy, foi isso que a mulher de Ove lhe disse. Ove não sabe com que Jimmy trabalha, mas deve ser alguma coisa criminosa. Ou talvez ele seja degustador de bacon?

Na casa no fim da rua, ao lado da casa de Ove, moram Rune e a mulher dele. Não que Ove possa chamar Rune de seu inimigo. Quer dizer, na verdade é isso mesmo. Tudo que deu errado na associação de moradores na realidade começou com Rune. Ele e sua mulher, Anita, mudaram-se para o bairro no mesmo dia em que Ove e sua mulher. Naquela época, Rune tinha um Volvo, mas depois ele comprou uma BMW. E é evidente que não adiantava argumentar com uma pessoa que se comporta desse jeito, pensava Ove.

Aliás, foi Rune quem planejou o golpe de estado que afastou Ove da presidência da associação. E veja só como o bairro ficou agora. Contas de luz mais caras, bicicletas que não ficam no bicicletário e gente que dá ré com um reboque dentro da área residencial. Apesar de haver placas que dizem *claramente* que isso é proibido. Ove avisou as pessoas, mas ninguém deu ouvidos. E desde então ele não pôs mais o pé nas reuniões da associação de moradores.

Toda vez que pronuncia mentalmente "reunião da associação de moradores", Ove faz um movimento com a boca como se estivesse pensando em cuspir. Como se aquilo fosse um palavrão.

Ele está a cerca de quinze metros de sua caixa de correio quebrada quando avista a loira bocó. De início, não compreende de forma alguma o que ela está fazendo. Ela está na calçada, equilibrando-se sobre saltos altíssimos e gesticulando histérica na direção da fachada da casa de Ove. Correndo em volta dela está aquela coisinha que late e costuma mijar nas lajotas. Ove nem tem certeza de que é um cachorro mesmo. Mais provavelmente é uma bota de inverno com olhos.

A loira bocó está berrando alguma coisa na direção da fachada, e seus movimentos fazem com que os óculos de sol deslizem até a ponta do nariz. A bota de inverno late mais alto ainda. "Então agora essa vaca finalmente perdeu o juízo", pensa Ove, parando cauteloso a alguns metros atrás dela. É só nesse momento que ele vê que ela não está gesticulando na direção da fachada. Ela está atirando pedras. E não é na fachada. É no gato.

Ele está sentado espremido bem no canto atrás do depósito de Ove. E tem pequenas manchas de sangue no pelo. Ou no que restou do pelo. A bota de inverno está mostrando os dentes. O gato responde rosnando.

— Não se rosna para o Prince! — grita a loira bocó, apanhando outra pedra do canteiro de Ove e a atirando na direção do gato.

O gato pula para trás. A pedra acerta o parapeito da janela.

A loira bocó cata mais uma pedra e se prepara para atirá-la. Ove dá dois passos rápidos para a frente e se aproxima tanto que provavelmente dá para ela sentir sua respiração.

— Se você jogar mais uma pedra no meu terreno eu vou jogar é você no seu!

Ela vira-se para ele. Os olhos dos dois se cruzam. Ove está com as mãos no bolso, ela agita os punhos diante dele como se tentasse espantar moscas gigantescas. Ove só se digna a fazer um movimento facial.

— Aquele monstro nojento feriu o Prince! — desabafa ela, com os olhos transtornados de fúria.

Ove olha para a bota de inverno. Ela rosna para ele. Ove olha para o gato, que está sentado, pálido e sangrando, mas com a cabeça desafiadoramente erguida.

— Ele está sangrando. Então parece que terminou empatado — diz Ove.

— Uma ova! Eu vou é matar esse capeta! — corta a loira bocó.

— Não, não vai, não — responde Ove friamente.

A bocó faz uma cara ameaçadora.

— Com certeza ele está cheio de doenças nojentas, e raiva, e tudo que é possível!

Ove olha para o gato. Olha para a bocó. Balança a cabeça.

— Você provavelmente também está. Mas nem por isso a gente sai jogando pedra em você.

O lábio inferior da bocó fica tremendo. Ela coloca os óculos de sol mais próximos dos olhos.

— Cuidado com o que diz! — retruca ela.

Ove balança a cabeça. Fica olhando a bota de inverno. A bota de inverno tenta morder a perna dele, mas Ove bate o pé tão rápido que ela recua imediatamente.

— Ele precisa andar com coleira aqui dentro da área residencial — diz Ove.

Ela joga o cabelo loiro tingido e solta o ar com tanta força que Ove meio que fica esperando que saia um ranho pequenininho de uma das narinas.

— E ele!? — berra ela na direção do gato.

— Vá à merda — responde Ove.

A bocó olha para ele como só podem fazer pessoas que se sentem claramente superiores, mas ao mesmo tempo profundamente ofendidas.

A bota de inverno mostra os dentes, em silêncio.

— Você acha que é o dono da rua, seu idiota? — diz ela.

Ove fica de novo olhando em silêncio para a bota de inverno.

— Na próxima vez que ele mijar nas minhas lajotas eu vou mandar eletrificar.

— O Prince não mijou na porcaria das suas lajotas nojentas! — diz ela, com raiva e dando dois passos para a frente com o punho erguido.

Ove nem se mexe. Ela para. Está esbaforida. Então dá a impressão de estar recuperando pelo menos parte do juízo extremamente limitado que ainda tem.

— Venha, Prince — diz ela com um aceno.

Em seguida, ela ergue o indicador na direção de Ove.

— Eu vou contar isso para o Anders. E aí você vai se arrepender.

— Diga a esse Anders que ele pare de fazer alongamento da virilha diante da minha janela — responde Ove.

— Idiota maldito — explode ela, indo na direção do estacionamento.

— E diga que ele tem uma merda de carro! — acrescenta Ove.

Ela faz um gesto que ele não sabe identificar, mas mesmo assim consegue imaginar o significado. Então ela e a bota de inverno desaparecem indo na direção da casa daquele Anders.

Ove se vira para seu depósito. Vê as gotas frescas de xixi de cachorro nas lajotas do canto do canteiro. Se ele não estivesse ocupado com coisas mais importantes à tarde, teria feito essa bota de inverno virar um capacho de uma vez por todas. Mas agora na verdade ele tem outras coisas com que se ocupar. Então, em vez disso, ele entra no depósito, pega a furadeira e a caixa de brocas.

Quando sai, o gato está sentado olhando para ele.

— Pode dar o fora daqui agora — diz Ove.

O bichano não se mexe. Ove sacode a cabeça, resignado.

— Escuta, eu não sou seu amigo.

O gato continua sentado. Ove sacode os braços.

— Ah, meu Deus, seu gato velho, isso de eu ficar do seu lado quando aquela vaca está jogando pedras em você só quer dizer que eu antipatizo menos com você do que com aquela bocó. — Ele aponta na direção da casa daquele Anders. — E isso não é nenhum grande feito. Que fique bem claro.

O gato dá a impressão de estar pensando a respeito disso. Ove aponta para a calçada.

— Suma daqui!

O gato fica se lambendo, nem um pouco estressado com as manchas de sangue no pelo. Ele olha para Ove como se aquilo fosse uma negociação e ele estivesse avaliando uma oferta. Então se levanta lentamente, sai andando e desaparece por trás do depósito. Ove não dá nem uma olhada na direção dele. Entra direto em sua casa e bate a porta de novo.

―――

Porque agora já chega. Agora Ove vai morrer.

7

UM HOMEM CHAMADO OVE FAZ UM BURACO PARA PENDURAR UM GANCHO

Ove vestiu a calça do terno e colocou a camisa de sair. Estendeu com cuidado a lona plástica no chão, como se cobrisse uma preciosa obra de arte. Não que o piso seja exatamente novo, mas ele foi polido há menos de dois anos. E na verdade também não é bem por causa de si mesmo que estende ali a lona. Ele tem certeza de que não fica um monte de sangue quando alguém se enforca, e também não é exatamente porque tem receio do monte de pó que a furadeira vai deixar. Ou porque vão ficar marcas quando ele chutar o banquinho e cair. Aliás, ele grudou um calço sob os pés do banquinho, então não deve ficar marca nenhuma. Não, a lona plástica que Ove estende com grande precisão por todo o hall, a sala de estar e em boa parte da cozinha, como se estivesse pensando em encher a casa de água, não é de forma alguma por causa dessas coisas.

Mas ele fica pensando que provavelmente vai haver uma correria danada ali com um monte de almofadinhas corretores de imóveis sedentos, que vão entrar na casa antes de o pessoal da ambulância ter ao menos removido o corpo. E os desgraçados não vão entrar correndo calçando sapatos e arranhar o assoalho de Ove. Nem por cima do cadáver de Ove. Isso precisa ficar claro para eles.

Ele coloca o banquinho no meio do piso. Está coberto de pelo menos sete manchas coloridas de tipos diferentes. É que sua mulher decidiu deixar que ele repintasse um dos cômodos da casa regularmente a cada semestre. Ou, para ser mais exato, ela percebeu que gostaria de ter uma cor diferente em um dos cômodos uma vez por semestre. Então ela contou isso a Ove, ao que ele disse que ela poderia esquecer isso. Assim, ela ligou para um pintor para solicitar um orçamento. E disse a Ove quanto achava que pagaria ao pintor. Foi então que Ove foi buscar seu banquinho de pintura.

A gente sente falta de coisas estranhas quando perde alguém. Coisas pequenas. Da risada. Da maneira que ela se vira enquanto dorme. De pintar um cômodo para ela.

Ove vai buscar sua caixa de brocas. Essa é a coisa mais importante quando se vai fazer um furo. Não a furadeira, mas as brocas. É como ter pneus de verdade no carro, em vez de se preocupar com freios de cerâmica ou outra baboseira dessas. Qualquer um que entende de alguma coisa sabe disso. Ove se posta no meio do cômodo e mede a distância. Depois vasculha com o olhar a caixa de brocas, tal como um cirurgião o faz com seus instrumentos. Ele escolhe uma delas, coloca-a na furadeira, experimenta apertar um pouco o gatilho para a furadeira zunir. Balança a cabeça, conclui que essa não parece ser a broca certa, então coloca outra. Faz isso quatro vezes antes de ficar satisfeito e atravessa a sala de estar sacudindo a furadeira na mão como se ela fosse um grande revólver.

Ove para no meio do cômodo e fica olhando para o teto. Ele precisa medir antes de começar, conclui. Para o furo ficar bem centrado. A pior coisa para Ove é quando alguém faz um furo no teto de qualquer jeito.

Ele então vai buscar uma fita métrica. Mede a partir dos quatro cantos. Duas vezes para ter certeza. Marca uma cruz exatamente no meio do teto.

Ove desce do banquinho. Caminha ao redor dele para verificar se a lona plástica está colocada corretamente. Destranca a porta para ela não ser arrebentada quando forem entrar para pegá-lo. É uma porta boa. Ainda vai durar muitos anos.

Ele veste o paletó e verifica se o envelope está no bolso de dentro.

Por fim, vira a foto de sua mulher que está no parapeito, de forma que ela fique posicionada para a janela que dá para o depósito. Ele não quer que ela tenha de olhar quando ele estiver fazendo tudo, mas por outro lado ele também não tem coragem de deitar a foto. Ela, a mulher de Ove, sempre ficava extremamente chateada quando eles paravam em algum lugar sem vista. Ela dizia o tempo todo que "precisava de alguma coisa viva para olhar". Então ele vira a foto dela na direção do depósito. Ove acha que talvez aquele gato velho vá passar correndo de novo. E sua mulher não gosta de gatos velhos.

Ele vai buscar a furadeira, pega o gancho, sobe no banquinho e começa a perfurar. Na primeira vez em que a campainha toca, ele considera óbvio que ouviu errado, e por isso a ignora. Na segunda vez, percebe que realmente há alguém tocando a campainha, e por isso a ignora.

Na terceira vez, Ove para de furar e olha para a porta, irritado. Como se ele pudesse convencer quem está do outro lado a desaparecer só com a força do pensamento. Mas isso não funciona. Fica evidente que o dito-cujo acredita que o único motivo para ele não ter atendido da primeira vez foi não ter ouvido a campainha.

Ove desce do banquinho, atravessa a sala de estar pisando na lona plástica e chega até o hall. Precisa ser tão difícil levar a vida em paz? Precisa mesmo? Ele realmente acha que não.

— Sim? — diz Ove, no mesmo instante em que abre a porta.

Por um triz, o magricelo consegue afastar a cabeçona a tempo de não ser atingido bem no rosto.

— Olá! — exclama a estrangeira grávida ao lado dele, meio metro mais perto do chão.

Ove olha para cima, para o magricelo, e depois para baixo, para ela. O magricelo está ocupado passando as mãos hesitantes pelo rosto, para verificar se todas as suas partes protuberantes continuam no lugar certo.

— Isto é para você — diz a mulher grávida gentilmente e coloca uma caixa de plástico azul nos braços de Ove.

Ove parece não acreditar.

— São biscoitos — explica ela, com entusiasmo.

Ele faz que sim com a cabeça, lentamente.

— Como você está bem-vestido — fala a mulher, sorrindo.

Ove balança a cabeça novamente.

E lá ficam os três dando a impressão de que estão esperando que um dos outros diga alguma coisa. Por fim, ela olha para o magricelo e balança a cabeça, inquieta.

— Será que dá para você parar de cutucar o rosto, amor? — sussurra ela, dando um chega pra lá nele.

O magricelo levanta o olhar, encontrando o dela, e depois balança a cabeça. Olha para Ove. Ove olha para a mulher grávida. O magricelo aponta para a caixa e sua expressão se abre.

— Ela é iraniana. Sabe como é. Eles levam comida para todo lugar.

Ove olha para ele, impassível. O magricelo fica um pouco mais hesitante, mas prossegue:

— Sabe... é por isso que eu me dou tão bem com os iranianos. Eles gostam de cozinhar e eu gosto de... — tenta continuar, com um sorriso um pouco largo demais.

E se cala. Ove mantém seu olhar espetacularmente desinteressado.

— ... comer — conclui o magricelo.

Ele pensa em perguntar se o outro entendeu a piada. Mas aí olha para a estrangeira grávida e aparentemente conclui que aquilo seria uma má ideia.

Ove, que estava de frente para ele, vira-se na direção dela. Com o olhar cansado de quem estava olhando uma criança que comeu açúcar demais.

— Sim? — Ove diz mais uma vez.

Ela se estica e coloca as mãos na barriga.

— Nós só queríamos nos apresentar, já que agora somos vizinhos — diz ela, sorrindo.

Ove balança a cabeça de leve.

— Ok. Tchau.

Ele tenta fechar a porta. Ela o impede com o braço.

— Nós também queremos agradecer por você ter dado ré no reboque. Foi muita gentileza sua!

Ove deixa escapar um grunhido. A contragosto, mantém a porta aberta.

— Não foi nada que precisasse agradecer.

— Ah, não, foi supergentil — protesta ela.

Ove olha para o magricelo sem parecer muito impressionado, e diz:

— Eu achei que não precisava agradecer, já que qualquer homem adulto conseguiria dar ré com um reboque sozinho.

O magricelo olha para ele como se estivesse muito na dúvida se aquilo tinha sido uma ofensa. Ove resolve não ajudá-lo a descobrir. Ele recua e tenta fechar a porta mais uma vez.

— Eu me chamo Parvaneh! — diz a estrangeira grávida, pondo o pé na soleira.

Ove olha fixamente para o pé e, em seguida, para o rosto ao qual ele está ligado. Como se lhe custasse absorver o fato de que ela realmente tinha feito aquilo.

— E eu me chamo Patrick! — diz o magricelo.

Nem Ove nem Parvaneh prestam atenção.

— Você é sempre assim tão desagradável? — pergunta Parvaneh, interessada.

Ove parece ter se ofendido.

— Eu não sou nada desagradável.

— Você é um pouco desagradável, sim.

— Não sou, não!

— Ah, sim. Realmente, suas palavras são como abraços — responde a mulher, fazendo com que Ove desconfie de que ela não está sendo nem um pouco sincera.

Ele solta a maçaneta da porta por um momento. Examina o pote de biscoitos que está na sua mão.

— Certo. Biscoitos árabes? São bons mesmo? — murmura ele, finalmente.

— Persas — corrige ela.

— Como?

— Eu sou do Irã. Quem é de lá é persa — explica ela.

— Como os tapetes?

— Isso.

— Ah, tá, bom saber.

A risada dela o pega de surpresa. Como um refrigerante que alguém despeja rápido demais e transborda. A cena não combina nem um pouco com todo aquele cimento cinza e aquelas lajotas alinhadas do jardim. É um riso estridente e escandaloso que não está de acordo com as regras e normas.

Ove dá um passo para trás. Seu pé enrosca na fita que está na soleira. Quando tenta afastá-la, irritado, rasga o canto da lona plástica. Ao tentar se livrar tanto da fita quanto da lona, acaba tropeçando e arrancando um pedaço ainda maior de lona. Ele recupera o equilíbrio, com raiva. Fica em pé na soleira da porta e se recompõe. Põe a mão de novo na maçaneta e olha para o magricelo mudando imediatamente de assunto.

— E você faz o quê? — pergunta Ove.

O magricelo ergue um pouco os ombros e sorri, desajeitado.

— Sou consultor de TI!

Ove e Parvaneh balançam a cabeça de modo tão coordenado que aquilo poderia ser parte de um número de nado sincronizado. E isso faz com que, mesmo muito a contragosto, durante alguns segundos Ove pense menos mal dela.

O magricelo não parece nem ter percebido. Em vez disso, ele observa curioso a furadeira que Ove segura firme com uma das mãos, tão indiferente e natural como rebeldes africanos que costumam empunhar metralhadoras quando jornalistas ocidentais os entrevistam logo antes de eles invadirem o palácio do governo. Quando o magricelo deixa de observar aquele equipamento, inclina-se para a frente e dá uma espiada na casa de Ove.

— O que você está fazendo?

Ove olha para ele como talvez se deva olhar para alguém que acabou de perguntar "o que você está fazendo?" para alguém que está com uma furadeira na mão.

— Eu estou fazendo um furo.

Parvaneh olha para o magricelo e revira os olhos, e se não fosse pelo fato de que sua barriga na verdade depõe que, apesar de tudo, ela própria estava contribuindo de livre e espontânea vontade pela terceira vez para a sobrevivência dos genes do magricelo, Ove quase poderia ter achado simpático aquele gesto da mulher.

— Ah — diz o magricelo, concordando com a cabeça.

Então ele se inclina para a frente mais uma vez, dá uma espiada lá dentro e observa como o chão da sala de estar está forrado cuidadosamente com lona plástica. Ele se alegra, olha para Ove e dá uma risadinha.

— Daria até para pensar que você vai matar alguém!

Ove o observa em silêncio. O magricelo pigarreia um pouco, hesitante.

— Meio que parece um episódio de *Dexter* — diz ele, com um sorriso não tão convicto quanto antes. — É um seriado de tevê... sobre um cara que mata pessoas — completa baixinho o magricelo, começando a cutucar com o sapato entre os vãos da soleira da porta de Ove.

Ove balança a cabeça. Não fica muito claro essencialmente a que parte do que o magricelo acabou de dizer esse seu gesto se refere.

— Eu tenho coisas para fazer — diz ele sucintamente para Parvaneh, segurando mais firme a maçaneta da porta.

Parvaneh dá um cutucão significativo no magricelo com o cotovelo. Ele cria coragem, olha para Parvaneh e então olha para Ove com a expressão de alguém que parece esperar que o mundo inteiro, a qualquer momento, vá atirar nele com um estilingue.

— Ah, sim, então, nós viemos aqui na verdade porque eu queria pedir algumas coisas emprestadas...

Ove ergue as sobrancelhas.

— Que tipo de "coisas"?

O magricelo pigarreia.

— Uma escada. E uma chave alien.

— Você quer dizer uma chave Allen?

Parvaneh faz que sim. O magricelo parece ter ficado desconcertado.

— O nome é chave *alien*, não?

— Chave Allen — corrigem Parvaneh e Ove, em uníssono.

Parvaneh balança a cabeça impaciente e aponta triunfante na direção de Ove.

— Eu disse que o nome era esse!

O magricelo murmura alguma coisa inaudível.

— Mas você só ficava dizendo "Nããão! O nome é chave *alien*!" — Parvaneh diz, rindo.

O magricelo parece meio magoado.

— Ah, mas eu não disse isso com essa voz.

— Disse, sim!

— Não disse, não!

— Disse, *sim*!

— *Não disse, não!*

O olhar de Ove vagueia de um para outro como um cachorro grande observando dois ratinhos que não o deixam dormir.

— Disse, sim — diz um dos ratos.

— Você é quem fala assim — insiste o outro.

— Todo mundo fala assim!

— Nem sempre todo mundo está certo!

— Vamos ver no Google?

— Claro! Olha no Google! Na Wikipédia!

— Me dá aí o seu celular, então.

— Usa o seu!

— Ah! Eu não estou com o meu!

— Azar o seu!

Ove olha para um. Depois para outro. A gritaria continua. Como duas panelas de pressão zunindo ao mesmo tempo.

— Ai, meu Deus — murmura ele.

Parvaneh começa a imitar o que Ove supõe que seja um inseto voando. Ela fica fazendo um pequeno zumbido com os lábios para irritar o magricelo. E funciona. Tanto com ele quanto com Ove. Ove desiste.

Um homem chamado Ove

Ele entra no hall, pendura o paletó, põe a furadeira de lado, calça seus sapatos e sai passando pelos dois para ir até o depósito. Ove tem a impressão absoluta de que os dois nem perceberam que ele havia passado por eles. E ainda os ouve batendo boca quando começa a sair com a escada.

— Vê se ajuda ele, Patrick — exclama Parvaneh quando o vê.

O magricelo pega a escada com alguns movimentos desajeitados. Ove o observa como a um cego dirigindo um ônibus. E é só depois disso que Ove se dá conta de que em sua ausência mais uma pessoa acaba de invadir seu território.

Anita, a mulher de Rune, aquela lá do fim da rua, está ao lado de Parvaneh olhando quieta todo aquele espetáculo. Ove conclui que a única coisa racional a se fazer no momento é fingir que ela não está ali. Ele sente que qualquer outra reação dele só vai incentivá-la.

Ove estende para o magricelo um recipiente cilíndrico com chaves Allen cuidadosamente classificadas.

— Nossa! Quantas! — diz o magricelo, indeciso, ao se deparar com a caixa.

— De que tamanho você precisa? — pergunta Ove.

O magricelo olha para ele como quem não tem controle suficiente de seus impulsos para não dizer o que está pensando.

— Do tamanho... normal?

Ove fica olhando muito, mas muito tempo mesmo para ele.

— Para que você precisa dessas coisas? — diz, por fim.

— Para consertar uma cômoda da IKEA que nós meio que desmontamos quando fomos nos mudar. E depois eu também esqueci onde deixei a chave *alien* — conta o magricelo, aparentemente sem o menor acanhamento.

Ove olha para a escada. Olha para o magricelo.

— E agora você vai colocar a cômoda no telhado?

O magricelo dá uma risadinha e balança a cabeça.

— Ah, não, não! Eu preciso da escada porque a janela do andar de cima emperrou. Não quer abrir.

Ele diz aquela frase final como se sem tal informação Ove fosse ter dificuldade de compreender o significado do verbo "emperrar".

— Então você está pensando em abri-la pelo lado de fora? — pergunta Ove.

O magricelo faz que sim. Ove dá a impressão de querer dizer mais alguma coisa, mas então parece mudar de ideia. Ele se volta para Parvaneh.

— E por que exatamente você está aqui mesmo?

— Para dar apoio moral — diz ela, cantarolando.

Ove não parece muito convencido. Nem o magricelo.

O olhar de Ove se desloca a contragosto até onde está a mulher de Rune. Ela continua lá. Parece fazer anos que ele não a vê. Ou ao menos anos que ele não olha realmente para ela. Ela envelheceu. Parece que todo mundo anda envelhecendo pelas costas de Ove hoje em dia.

— Sim? — diz Ove.

A mulher de Rune sorri e coloca as mãos nos quadris.

— Bem, Ove, você sabe que eu não quero incomodar você com isso, mas trata-se do aquecedor da nossa casa. Ele não está aquecendo nada — diz ela cautelosamente, sorrindo em sequência para Ove, o magricelo e Parvaneh.

Parvaneh e o magricelo retribuem o sorriso. Ove só olha para a pulseira gasta de seu relógio.

— Será que ninguém mais neste bairro tem que estar no trabalho a essa hora? — ele se pergunta em voz alta.

— Eu sou aposentada — diz a mulher de Rune, dando a impressão de querer se desculpar.

— Eu estou de licença-maternidade — diz Parvaneh, alisando despreocupada a barriga.

— Eu sou consultor de TI! — diz o magricelo.

Ove e Parvaneh balançam a cabeça novamente em sincronia.

A mulher de Rune toma novo impulso.

— De qualquer forma, eu acho que pode ser alguma coisa no aquecedor.

— Você já limpou o filtro? — diz Ove.

Ela faz que não com a cabeça, com curiosidade.

— Você acha que pode ter a ver com isso?

Ove revira os olhos.

— Ove! — berra Parvaneh imediatamente, como uma professora dando uma bronca.

Ove olha furioso para ela. Ela retribui.

— Pare de ser desagradável — ela ordena.

— Eu já disse que eu não sou desagradável, caramba!

Ela não desvia o olhar. Ele resmunga alguma coisa, sai andando e se posta na porta novamente. Ove realmente acha que agora já chega. Na verdade, ele só quer morrer. Por que esses idiotas não podem respeitar isso?

Parvaneh põe a mão no braço da mulher de Rune, tentando animá-la.

— Com certeza Ove pode te dar uma ajuda com o aquecedor.

— Seria incrivelmente gentil, Ove — diz a mulher de Rune, alegrando-se.

Ove enfia as mãos nos bolsos. Chuta a lona plástica solta na soleira.

— O seu marido não consegue consertar uma coisa dessas em sua própria casa?

A mulher de Rune balança a cabeça com tristeza.

— Não, sabe como é, Rune tem andado muito doente. Dizem que é Alzheimer. Ele, bem, fica ausente a maior parte do tempo. Também fica na cadeira de rodas. Tem sido meio difícil...

Ove balança a cabeça. Como se tivesse se lembrado de algo que sua mulher tinha dito para ele mil vezes, mas que ele sempre acabava esquecendo.

— Tá bom, tá bom — diz ele, impaciente.

Parvaneh crava os olhos nele.

— Mas vê se você se comporta, Ove!

Ove olha para ela como se quisesse responder à altura, mas termina por baixar o olhar.

— Você bem que podia ir lá dar uma olhada no aquecedor dela, Ove, será que seria pedir demais? — diz Parvaneh, decidida, cruzando os braços sobre a barriga.

Ove balança a cabeça.

— Não é só dar uma olhada, vai ter que con-ser-tar... meu Deus.

Ele olha para os céus antes de baixar a cabeça e indagar aos três:

— Vocês nunca limparam o filtro de um aquecedor antes?

— Não — responde Parvaneh, inabalável.

A mulher de Rune olha um pouco amedrontada para o magricelo.

— Eu não tenho a menor ideia do que eles estão falando — o magricelo diz tranquilamente.

A mulher de Rune concorda com ele, resignada. Olha novamente para Ove.

— Seria muita gentileza sua, Ove, se não der trabalho demais...

Ove fica olhando fixamente a soleira.

— As pessoas podiam ter pensado nisso antes de arquitetar um golpe de estado na associação de moradores — diz ele em voz baixa, como se as palavras surgissem esporadicamente em meio a uma série de pequenas tossidelas.

— Como? — diz Parvaneh.

A mulher de Rune pigarreia.

— Mas Ove, querido, não foi nenhum golpe de estado...

— Foi, sim — responde Ove, resmungando.

A mulher de Rune olha para Parvaneh com um sorriso um tanto ansioso.

— Ah, sabe como é, Rune e Ove nem sempre se deram muito bem. Antes de Rune ficar doente, ele era presidente da associação de moradores. E, antes disso, Ove era presidente. Então, quando Rune foi eleito, pode-se dizer que o fato gerou uma certa rusga entre os dois.

Ove aponta um indicador para ela, corrigindo-a.

— Um golpe de estado! Isso é que foi!

A mulher de Rune se volta para Parvaneh.

— Ah, sim, antes da reunião Rune angariou votos para sua proposta de mudarmos o sistema de aquecimento em todas as casas, e Ove ach...

— E que porra que o Rune entende de sistemas de aquecimento, caramba? Hein? — pergunta Ove, ressentido, mas logo Parvaneh olha para ele de um jeito que o faz achar melhor não completar o comentário.

A mulher de Rune balança a cabeça.

— Não, não, com certeza você tem razão nisso, Ove. Mas, de qualquer forma, ele está muito doente agora... então isso não faz mais a menor diferença.

Seu lábio inferior começa a tremer. Ela se recompõe, levanta a cabeça e pigarreia.

— Os assistentes sociais disseram que vão tirá-lo de mim e colocá-lo num asilo — desabafa.

Ove põe as mãos no bolso de novo e dá um passo para trás, decidido a entrar em casa. Por hoje ele já ouviu o suficiente.

Enquanto isso, o magricelo parece ter decidido que está na hora de mudar de assunto, aliviar o clima, e dá uma olhada no chão do hall de Ove.

— O que é aquilo?

Ove se vira para o pedacinho do assoalho que a lona plástica deixou descoberto.

— Está parecendo que você tem tipo... rastros de pneu aí no chão. Você anda de bicicleta dentro de casa, é? — pergunta o magricelo.

O olhar de Parvaneh segue Ove atentamente quando ele dá mais um passo para trás entrando para bloquear a visão do magricelo.

— Não é nada.

— Mas dá para ver que é... — começa o magricelo, perplexo.

— Foi a mulher de Ove, Sonja, ela estava... — tenta explicar a mulher de Rune gentilmente, mas não consegue prosseguir antes de Ove, por sua vez, interrompê-la, de repente com uma fúria indiscriminada no olhar:

— Agora chega! Tratem de *calar a boca*!

Eles se calam, todos os quatro quase igualmente chocados. As mãos de Ove estão tremendo quando ele entra no hall e bate a porta.

Ele ouve a voz suave de Parvaneh do lado de fora perguntar à mulher de Rune "do que se tratava". Depois ele ouve a mulher de Rune nervosa buscando as palavras e de repente exclamando: "Ah, provavelmente é melhor eu ir para casa. Com relação à mulher de Ove... ah, não foi nada. Sabe como é. Velhas como eu falam demais..." Ove escuta o riso forçado da mulher e, em seguida, seus passinhos se arrastando e desaparecendo apressados ao virar a esquina de seu depósito. Pouco depois, a grávida e o magricelo também vão embora.

E só sobrou o silêncio no hall da casa de Ove.

Ele afunda no banquinho e respira fundo. As mãos tremem como se ele estivesse num buraco no gelo. O peito palpita. Isso tem acontecido com cada vez mais frequência. Ele também fica sem fôlego, como um peixe que alguém tirou do aquário. O médico da empresa disse que isso é crônico, que não era para ele se preocupar. É fácil falar.

"Seria bom ir para casa e descansar agora", disseram os chefes no trabalho. "Já que você tem um pequeno problema no coração e coisa e tal." Eles chamaram aquilo de aposentadoria antecipada, mas podiam mesmo era ter dito o que realmente era, pensou Ove: "acerto de contas." Um terço de século no mesmo trabalho e eles o reduzem a isso: um "problema".

Ove não sabe ao certo quanto tempo fica sentado no banquinho com a furadeira na mão e o coração batendo tão forte que chega a sentir a pulsação dentro da cabeça. Há uma foto de Ove e sua esposa, Sonja, na parede ao lado da porta da frente. Ela está com quase quarenta anos. Daquela vez que eles viajaram de ônibus para a Espanha. Ela usa um lenço vermelho, está bronzeada e parece feliz. Ove está ao lado dela, segurando-a pela mão. Ele permanece sentado ali com certeza por uma hora sem tirar os olhos dessa foto. De tudo que ele pode pensar que sentiria mais saudade, é exatamente aquilo que ele desejava poder fazer de novo. Segurar sua mão. Ela tinha um jeito de cutucar a palma da mão dele com o indicador, como que escondendo-o na curvatura. E ele sempre sentia que nada no mundo inteiro era impossível quando ela fazia isso. De todas as coisas que ele ia ter saudade, era disso que ele ia sentir mais falta.

Ele se levanta lentamente. Vai para a sala de estar. Sobe na escada. E então faz o furo do gancho de uma vez por todas. Desce da escada de novo e contempla o resultado. Vai para o hall e veste o paletó. Apalpa para verificar se o envelope está no bolso de dentro. Ele tem cinquenta e nove anos. Apagou todas as luzes. Lavou sua xícara de café. Instalou um gancho na sala de estar. Está pronto.

Ele pega a corda no gancho do hall. Passa cuidadosamente o dorso da mão uma última vez pelos casacos dela. Em seguida, vai para a sala de estar, passa a corda por um laço no gancho, sobe no banquinho, coloca a cabeça no laço. Chuta o banquinho.

Ove fecha os olhos e sente o laço apertando seu pescoço como as mandíbulas de uma fera.

8

UM HOMEM QUE SE CHAMAVA OVE E ALGUMAS PEGADAS ANTIGAS DO PAI

Ela acreditava no destino. Acreditava que todos os caminhos da vida, de um modo ou de outro, "levam para aquilo a que você está predestinado; é o destino". Claro que Ove só murmurava algo inaudível e ficava extremamente ocupado apertando o parafuso de alguma coisa ou algo do gênero quando ela começava a ficar martelando essas coisas. Mas ele não dizia nada contra. Para ela, "destino" talvez fosse "alguma coisa", e ele não se metia nisso. Mas, para ele, o "destino" era "alguém".

Ficar sem os pais aos dezesseis anos de idade é algo marcante. Perder a família muito antes de poder formar a sua para substituí-la. É um tipo muito peculiar de solidão.

Ove trabalhou suas duas semanas nos trilhos. Com afinco e dedicação. E, para seu próprio espanto, logo descobriu que gostava daquilo. Havia algo de libertador em poder fazer um trabalho. Pôr a mão em alguma coisa e ver o resultado. É verdade que Ove nunca tinha achado a escola ruim, mas ele não compreendia direito para que aquilo servia. Ele gostava de matemática, mas nela ele já estava dois anos à frente de seus colegas de classe. E, sinceramente, para as outras matérias ele não dava muita bola. Aquilo, o trabalho nos trilhos, era algo completamente diferente. Algo que casava muito melhor com ele.

Quando encerrou seu turno nos últimos dias, ele estava emburrado e deprimido. Não só porque ele ia ter que voltar para a escola, mas porque só agora ele tinha se dado conta de que não sabia como ia se manter. Claro que o pai dele tinha sido bom de muitas maneiras, mas não tinha deixado nenhuma grande herança, nada além de uma casa caindo aos pedaços, um Saab velho e um relógio com a pulseira gasta. E esmola da igreja estava fora de questão, isso precisava ficar muito claro para Deus. Ove disse isso em alto e bom som quando estava no vestiário, talvez tanto para si mesmo quanto para Deus.

— Se você vai me tirar o pai e a mãe, você pode ficar com seu dinheiro! — gritou ele para o teto.

Depois pegou suas coisas e foi embora. Se foi Deus ou outra pessoa que ouviu, claro que ele nunca ficou sabendo. Mas quando Ove saiu do vestiário, de alguma forma, lá estava um homem do escritório do diretor, esperando-o.

— Ove? — perguntou ele.

Ove fez que sim com a cabeça.

— O diretor mandou dizer que você fez um ótimo trabalho nessas duas semanas — disse o homem, sem rodeios.

— Obrigado — agradeceu Ove, e ia indo embora.

O homem pegou de leve no braço dele. Ove parou.

— O diretor ficou pensando se você poderia continuar a fazer um bom trabalho aqui.

Ove ficou parado olhando para o homem sem dizer palavra. Talvez mais para ver se era algum tipo de brincadeira.

Depois que ele deu mais alguns passos, o homem lhe disse em voz alta.

— O diretor mandou dizer que você é igualzinho a seu pai!

Ove não se virou. Mas sua postura ficou mais ereta quando ele continuou a andar.

Então aconteceu que ele acabou ficando com o antigo posto de trabalho do pai. Ele trabalhava duro, nunca reclamava, nunca ficava doente. E com certeza os caras mais velhos do turno achavam que ele era calado e um pouco estranho, pois Ove não tinha vontade de ir com eles beber umas cervejas depois do expediente nem parecia muito interessado em mulheres, o que por si só já chamava bastante atenção. Mas ele era o filho de seu pai, e nenhum deles jamais tinha tido nenhuma queixa do pai dele. Se alguém pedia para Ove dar uma mão, ele dava. Se alguém pedia a ele que cobrisse seu turno, ele o fazia sem estardalhaço. Com o tempo, quase todos do turno dele já tinham ficado devendo a ele um favor ou dois. Então eles o aceitaram.

Quando o velho caminhão que usavam para ir para lá e para cá ao longo dos trilhos pifou certa noite, a vinte quilômetros da cidade e embaixo da maior tempestade do ano, Ove conseguiu consertá-lo com pouco mais que uma chave de fenda e meio rolo de fita isolante. E depois disso, pelo menos no que se referia aos caras dos trilhos, ele era ok.

À noite, Ove preparava linguiça e batata. Ele se sentava à mesa da cozinha e ficava olhando pela janela. Cutucava a comida. Por fim, levantava-se, pegava o prato, saía, sentava no Saab e comia.

No dia seguinte, voltava para o trabalho. E essa passou a ser sua vida. Ele apreciava as rotinas. Gostava de saber sempre o que se podia esperar. Depois da morte do pai, tinha começado a distinguir cada vez mais as pessoas que faziam o que deviam fazer e as que não faziam. As pessoas que faziam e as pessoas que só falavam em fazer. Assim, Ove foi falando cada vez menos e fazendo cada vez mais.

Ele não tinha amigos. Mas por outro lado também não tinha inimigos diretos. Ninguém além de Tom, pelo menos, que quando foi promovido a chefe tratou de tornar a vida um suplício para Ove em qualquer oportunidade que tinha. Tom dava para ele as tarefas mais nojentas e mais pesadas, gritava com ele. Já na hora do café da manhã, mandava-o ir depressa para baixo dos vagões, quando não os punha em movimento com Ove desprotegido lá embaixo nos trilhos. Quando Ove se afastava, apenas assustado, Tom ria sarcasticamente e rugia: "Se cuida, senão vai acontecer que nem com seu pai!"

Ove abaixava a cabeça e se calava. Ele não via graça nenhuma em desafiar um homem que era duas vezes maior que ele. Ove ia para o trabalho todo dia e fazia sua parte. Se isso tinha bastado para o pai, então poderia bastar para ele também, pensava. Os demais colegas aprenderam a respeitá-lo por isso. "Quem não fala muito raramente fala merda, seu pai costumava dizer", um dos colegas mais velhos comentou com ele uma tarde, perto dos trilhos. E Ove balançou a cabeça. Havia aqueles que entendiam isso e havia aqueles que não entendiam.

Também havia aqueles que entenderam o que Ove tinha ido fazer naquele dia no escritório do diretor, e havia aqueles que não entenderam.

Fazia quase dois anos que o pai fora enterrado. Ove tinha acabado de completar dezoito anos, e alguém ficou sabendo que Tom tinha roubado dinheiro da féria de um dos vagões. Foi o próprio Ove quem o viu pegar a quantia, e os dois eram os únicos que estavam no vagão quando o dinheiro sumiu. E, como um homem sério da diretoria explicou para Ove quando ele e Tom receberam ordens de comparecer lá, não havia um único ser humano na terra que poderia pensar que Ove era o culpado dentre os dois. E claro que ele não era.

Ove foi colocado numa cadeira no corredor, diante da diretoria. Ele ficou sentado lá com o olhar fixo no chão durante quinze minutos antes de a porta se abrir. Tom saiu com os punhos tão cerrados que a pele ficou branca pela falta de circulação, e o tempo todo ele tentava fazer contato visual com Ove. Ove continuou olhando só para o chão, mesmo enquanto era conduzido para o escritório do diretor.

Vários homens sérios de terno estavam de pé ou sentados espalhados dentro da sala. O próprio diretor ficou andando para lá e para cá atrás de sua escrivaninha, com uma cor no rosto que insinuava estar com muita raiva para ficar parado.

— Você quer se sentar, Ove? — disse um dos homens de terno, por fim.

O olhar de Ove encontrou o dele. Ele sabia quem aquele homem era. Seu pai tinha consertado o carro dele uma vez. Um Opel Manta azul. Com motor grande. Ele deu um sorriso gentil para Ove e fez um gesto breve em direção a uma cadeira no meio da sala. Como que para dizer que ele estava entre amigos agora e podia relaxar.

Ove fez que não com a cabeça. O homem do Opel Manta assentiu, amigável.

— Então. Isso aqui é uma mera formalidade, Ove. Ninguém aqui acredita que você pegou o dinheiro. A única coisa que você precisa fazer é dizer quem fez isso.

Ove baixou o olhar. Meio minuto se passou.

— Ove? — disse o homem do Opel Manta.

Ove não respondeu. Por fim, a voz pesada do diretor rompeu o silêncio com impaciência:

— Responda à pergunta, Ove!

Ove continuou calado. Olhando para o chão. Os homens de terno em volta dele alternavam expressões que iam da convicção até uma ligeira perplexidade.

— Ove... você entende que precisa responder à pergunta. Foi você quem pegou o dinheiro? — disse o homem do Opel Manta.

— Não — disse Ove, com a voz monocórdica.

— Então quem foi?

Ove permaneceu calado.

— Responda à pergunta! — ordenou o diretor.

Ove ergueu o olhar. Ficou de pé bem ereto.

— Eu não sou dessas pessoas que contam o que as outras fazem — disse ele.

A sala ficou em silêncio durante o que pareceram ser muitos minutos.

— Você provavelmente compreende, Ove... que, se não contar quem foi, e se nós tivermos um ou dois outros depoimentos contra você, nós seremos forçados a acreditar que foi mesmo você — disse o homem do Opel Manta, agora já não tão amigável.

Ove concordou. Mas não disse mais nada. O diretor o observou como se tentasse examinar um jogador que estivesse blefando num jogo de cartas. Ove não mexeu um dedo. O diretor balançou a cabeça, resignado.

— Então pode ir embora.

E Ove foi.

Tom tinha colocado toda a culpa em Ove quando esteve no escritório do diretor, quinze minutos antes. Durante a tarde também se apresentaram, de repente, dois dos trabalhadores mais jovens do turno de Tom, ansiosos como os jovens são para ser aceitos pelos mais velhos, afirmando que tinham visto com os próprios olhos Ove pegar o dinheiro. Se Ove tivesse denunciado Tom, teria ficado a palavra de um contra a dos outros. Mas agora só havia a palavra dos outros contra seu silêncio. Então, na manhã seguinte, ele recebeu do líder do setor a ordem de esvaziar seu armário e comparecer ao escritório do diretor.

Tom ficou diante da porta do vestiário sorrindo sarcasticamente para ele, quando Ove passou.

— Ladrão — disse Tom entre os dentes.

Ove passou por ele sem erguer o olhar.

— Ladrão! Ladrão! Ladrão! — ficou repetindo alegremente pelo vestiário um dos colegas mais jovens que testemunhou contra Ove, até que um dos colegas mais velhos, e que era amigo do pai de Ove, deu uma pancada na orelha do rapaz e ele se calou.

— Ladrão! — gritou Tom ostensivamente, de forma que a palavra depois ficasse ecoando na cabeça de Ove durante vários dias.

Ove saiu do prédio sem se virar para trás. Respirou fundo. Estava furioso, mas não porque o tinham chamado de ladrão. Ele nunca seria a espécie de homem que se importa com o que os outros o chamassem. Mas a vergonha de ter perdido um trabalho ao qual seu pai tinha dedicado a vida queimava como um ferro em brasa no seu peito.

Teve tempo suficiente para refletir sobre sua existência durante a caminhada para o escritório, quando foi até lá com o uniforme num embrulho nos braços, pela última vez. Ele tinha gostado de trabalhar lá. Tarefas adequadas, ferramentas adequadas, um trabalho de verdade. Ove decidiu que, quando a polícia fosse fazer o que eles faziam com ladrões nessas situações, ele tentaria se enfiar em algum lugar onde pudesse arranjar um novo trabalho como esse. Talvez tivesse que viajar para longe, pensou. Presumia que uma ficha policial precisava de uma distância razoável para ficar tão apagada que ninguém se importasse com ela. Mas, por outro lado, ele não tinha nada que o segurasse ali. Não tinha nada que o segurasse em lugar algum, ele se deu conta enquanto andava. Mas pelo menos não tinha se tornado um homem que conta o que outras pessoas fizeram. Ele esperava que isso fizesse com que o pai fosse tolerante com o fato de ele ter perdido o emprego, quando se reencontrassem.

Ove teve que ficar sentado numa cadeira no corredor durante quase quarenta minutos, até que uma senhora mais velha sisuda, de saia preta e de óculos enormes, viesse dizer que ele podia entrar no escritório. Ele entrou e fechou a porta. Ficou de pé no meio da sala e continuou abraçando o uniforme. O diretor permaneceu sentado atrás da escrivaninha com os dedos entrelaçados sobre ela. Os dois homens ficaram observando um ao outro durante tanto tempo que cada um deles poderia ter sido um quadro excepcionalmente interessante em um museu.

— Foi o Tom que pegou aquele dinheiro — disse o diretor.

Ele não falou a frase como uma pergunta. Apenas era uma breve constatação. Ove não respondeu. O diretor balançou a cabeça e continuou:

— Mas os homens da sua família não são do tipo que contam as coisas.

Aquilo também não era uma pergunta. E Ove também não respondeu nada. Mas o diretor viu que o rapaz se empertigou um pouco quando ele disse "os homens da sua família". Então o diretor balançou a cabeça mais uma vez. Colocou os óculos, olhou para uma pilha de papéis e começou a escrever alguma coisa em um deles. Como se naquele instante Ove tivesse desaparecido da sala. Ove ficou de pé diante dele durante tanto tempo que sinceramente ficou com dificuldade de decidir se o outro de fato estava ciente de que ele ainda estava lá. Por fim, pigarreou baixinho. O diretor ergueu o olhar.

— Sim?

— As pessoas são o que são pelo que elas fazem. Não pelo que dizem — afirmou Ove.

O diretor olhou para ele, surpreso. Era uma sequência maior de palavras do que qualquer um da ferrovia já tinha ouvido o rapaz dizer desde que começara a trabalhar lá dois anos antes. Na verdade, nem o próprio Ove sabia ao certo de onde essas palavras tinham vindo. Ele só sentiu que elas precisavam ser ditas.

O diretor olhou novamente para a pilha de papéis. Escreveu alguma coisa em um deles. Jogou-o para o outro lado da mesa. Sinalizou para que Ove assinasse.

— Esta é uma declaração de que você pediu demissão de livre e espontânea vontade — disse ele.

Ove assinou. E esticou o corpo num ímpeto de coragem.

— Pode dizer para eles entrarem agora. Eu estou pronto.

— Eles quem? — perguntou o diretor.

— A polícia — Ove disse, com os punhos cerrados ao lado do corpo.

O diretor balançou a cabeça rapidamente e voltou a mexer em sua pilha de papéis.

— Tenho a impressão de que aqueles depoimentos acabaram sumindo nessa bagunça toda.

Ove oscilou de um pé para outro sem saber direito o que fazer com aquela informação. O diretor, sem olhar para ele, fez-lhe um gesto com uma das mãos.

— Agora você já pode ir.

Ove deu meia-volta. Foi em direção ao corredor. Fechou a porta quando saiu. Estava se sentindo meio zonzo. Justamente quando chegou na porta que dava acesso à rua, a mulher que o deixou entrar o alcançou com passos rápidos e, sem que ele tivesse tempo de protestar, ela botou um papel na mão dele.

— O diretor mandou avisar que você está contratado como faxineiro noturno nos trens que saem da cidade. Apresente-se ao coordenador amanhã cedo — disse ela, muito séria.

Ove ficou olhando fixamente para a mulher. E depois para o papel. Ela se inclinou mais na direção dele, e lhe disse em volume mais baixo:

— O diretor mandou dizer que você não pegou aquela carteira quando tinha nove anos. E que tinha certeza de que você não pegou porcaria nenhuma agora. E que Deus o livrasse de ser responsável por pôr o filho de um homem confiável na rua só porque o filho também é.

Então aconteceu que Ove se tornou faxineiro noturno durante dois anos. E, se não tivesse se tornado faxineiro, ele nunca teria saído do seu turno naquela manhã e nunca a teria visto. Com os sapatos vermelhos, o broche de ouro e aquele seu cabelo dourado. E o riso que pelo resto da sua vida faria com que ele sentisse cócegas dentro do peito.

Ela dizia com frequência que "todos os caminhos levam para aquilo a que você está predestinado; é o destino". Para ela, talvez o destino fosse alguma coisa.

Mas para Ove o destino era alguém.

9

UM HOMEM CHAMADO OVE CONSERTA UM AQUECEDOR

Dizem que o cérebro funciona mais rápido quando se está caindo. Como se a repentina explosão de energia cinética forçasse a capacidade mental a acelerar numa proporção que nos faz perceber o ambiente em câmera lenta.

Então deu tempo de Ove pensar bastante.

Principalmente no aquecedor.

———

Porque, afinal, existe um jeito certo e um jeito errado de fazer as coisas, todo mundo sabe disso. E mesmo que já faça muitos anos da briga sobre qual sistema de aquecimento central a associação de moradores deveria utilizar, e embora Ove agora não consiga se lembrar direito do que ele considerava certo na época, ele de qualquer forma se recordava claramente que o que Rune defendia estava errado. E é claro que não se tratava apenas do sistema de aquecimento central. Rune e Ove já se conheciam havia quase quarenta anos, e eles já não se davam há pelo menos trinta e sete anos.

Com toda honestidade, Ove não se lembrava como aquilo tinha começado. Não era o tipo de briga que seja marcante para uma pessoa. Era mais o tipo em que todos os pequenos conflitos acabam se emaranhando tanto uns nos outros que cada nova palavra pronunciada se torna uma bomba pronta para explodir e, no final, não se pode mais abrir a boca sem que pelo menos quatro conflitos antigos venham à tona novamente. Foi uma briga que só tinha continuado e continuado e continuado. Até que um dia ela simplesmente acabou.

Claro que não era por causa dos carros. Mas é preciso dizer que Ove tinha um Saab. E Rune tinha um Volvo. Todo mundo deveria ter entendido que uma amizade entre os dois nunca ia durar. E mesmo assim eles tinham sido amigos no início. Pelo menos tão amigos quanto dois homens como Ove e Rune poderiam ser. Evidentemente, as coisas tinham sido assim sobretudo por causa das esposas deles. Os quatro se mudaram na mesma época para aquele bairro, e Sonja e Anita se tornaram quase de imediato melhores amigas, de uma forma que só mulheres que são casadas com homens como Ove e Rune poderiam se tornar.

Ove se lembrava de que pelo menos ele não tinha antipatizado com Rune nos primeiros anos, até onde ia sua memória. Foram eles dois que deram início juntos à diretoria da associação de moradores do bairro. Ove era o presidente, Rune era o vice. E foram eles dois que se mantiveram unidos quando a prefeitura quis cortar as árvores do bosque atrás da casa de Ove e de Rune para construir mais casas. A prefeitura alegou que era óbvio que essa construção já tinha sido planejada décadas antes de Rune e Ove se mudarem para lá, mas esse tipo de argumento não dava muito resultado contra Rune e Ove. "Agora é guerra, seus demônios!", berrou Rune ao telefone falando com eles. E foi assim dali por diante. Recursos e intimações e abaixo-assinados e cartas para os editores dos jornais. Um ano e meio depois, a prefeitura desistiu e iniciou a construção em outro local.

Rune e Ove sorveram cada qual seu pequeno copo de uísque na varanda de Rune naquela noite. Para falar a verdade, eles não ficaram muito felizes por terem se saído vitoriosos, segundo o que suas resignadas esposas observaram. Os dois homens estavam mais decepcionados pelo fato de que a prefeitura tinha se rendido mais rápido do que qualquer outra coisa. Aqueles tinham sido alguns dos dezoito meses mais divertidos na vida dos dois.

— Será que não existe mais ninguém que esteja preparado para brigar por seus princípios? — perguntara Rune.

— Nem uma alma — respondera Ove.

Então eles fizeram um brinde aos inimigos indignos.

Claro que isso foi bem antes do golpe de estado na associação de moradores. E antes de Rune comprar uma BMW. "Idiota", pensou Ove, tanto naquele dia quanto nos mais recentes, tantos anos depois. E em todos os dias entre eles também, aliás. "Como se poderia ter uma conversa equilibrada com alguém que compra uma BMW, porra?", era o que Ove costumava perguntar a Sonja quando ela queria saber por que os dois não conseguiam mais ter uma conversa equilibrada. E então Sonja costumava achar melhor revirar os olhos e murmurar: "Você não tem jeito mesmo."

Não que ele não tivesse jeito, pensava Ove. Ele achava que podia haver um pouco de ordem nas coisas. Não pensava que as pessoas deviam passar pela vida como se tudo nela fosse substituível. Como se a lealdade não valesse nada. Hoje em dia as pessoas substituem tudo com tanta rapidez que todo o conhecimento de como realmente construir coisas duráveis se tornou desnecessário. A qualidade é algo com que ninguém mais se preocupa. Nem Rune, nem os outros vizinhos, nem os chefes do trabalho de Ove. Agora tudo tem que ser computadorizado, como se não se construíssem casas muito antes desses empreiteiros com camisas justas demais terem aprendido a usar um laptop. Como se o Coliseu e as pirâmides de Gizé tivessem sido construídos assim. Pelo amor de Deus! Construíram a torre Eiffel em 1889, mas hoje em dia ninguém sabia mais desenhar uma porcaria de uma casa térrea sem precisar fazer uma pausa para carregar a bateria do celular.

No mundo de hoje a gente fica ultrapassado antes de ficar caquético. Um país inteiro que fica de pé e aplaude o fato de que ninguém mais sabe fazer nada direito. Um tributo irrestrito à mediocridade.

Ninguém que saiba trocar um pneu. Instalar um dimmer. Colocar azulejos. Passar massa corrida numa parede. Dar ré com um reboque. Cuidar da sua própria declaração de imposto de renda. Tudo isso são conhecimentos que perderam sua relevância. Era sobre esse tipo de coisas que Ove em geral conversava com Rune.

Mas aí Rune foi e comprou uma BMW.

Uma pessoa "não tem jeito" só porque ela acha que existem limites? Ove realmente não achava isso.

E, claro, ele não se lembrava exatamente de como a briga com Rune tinha começado. Ela simplesmente não tinha fim. Tinha sido por causa do sistema de aquecimento central e das vagas do estacionamento e das árvores que não deveriam ser derrubadas e da limpeza da neve e dos cortadores de grama e do veneno de rato que Rune utilizava. Há mais de trinta e cinco anos eles iam cada um para sua varanda, as duas idênticas, cada um em sua casa, as duas idênticas, e ficavam olhando demoradamente por cima da cerca. E então certo dia, um ano antes, isso simplesmente terminou. Rune ficou doente. Nunca mais saiu de casa. Ove nem sabia mais se ele ainda tinha a BMW.

E havia uma parte de Ove que tinha saudade daquele filho da mãe desgraçado.

Dizem que o cérebro trabalha mais rápido quando se está em uma queda. Como se a gente conseguisse repassar milhares de pensamentos em frações de segundo. Então Ove tem tempo de refletir sobre muita coisa nos instantes que se passam desde que chutou o banquinho para longe até o objeto ficar estatelado no meio da sala, e com um estrondo enorme ele próprio aterrissar no chão, debatendo-se com raiva. Aí, ele permanece lá, deitado de costas, desamparado, olhando o gancho que continua firme como uma montanha no teto, durante o que parece ser a metade da eternidade. Chocado, ele não tira o olho da corda, que se partiu em dois longos pedaços.

Essa sociedade, caramba!, pensa Ove. Não sabem nem mais fabricar cordas? Ele fica xingando em voz alta enquanto tenta desemaranhar suas pernas. Como é possível não conseguirem mais nem fabricar uma corda? Hein?

Não, nada mais tem boa qualidade, conclui Ove, levantando-se. Ele espana a roupa, olha ao redor no andar térreo da casa. Sente o rosto pegar fogo, mas nem sabe direito se é mais de raiva ou vergonha.

Ele olha em direção à janela e às cortinas puxadas, como que com medo de que alguém o tenha visto.

É bem típico mesmo, pensa ele, nos dias de hoje, uma pessoa não conseguir mais nem tirar a própria vida de forma apropriada. Ele apanha a corda arrebentada e vai jogá-la no lixo da cozinha. Dobra a lona plástica e a coloca nas sacolas da IKEA. Acondiciona a furadeira e as brocas nas caixas, e leva tudo de novo para o depósito.

Ove fica de pé lá fora alguns instantes pensando como Sonja sempre falava que ele tinha que arrumar o depósito. Ele sempre se recusava a fazer isso. Sabia muito bem que liberar mais espaço seria apenas uma desculpa para sair e comprar mais tranqueiras para armazenar no espaço livre. E agora já é tarde demais para arrumar, conclui ele. Agora que não tem mais ninguém que queira sair e comprar mais tranqueiras. Agora a arrumação só ia deixar como resultado um enorme vazio. E Ove odeia os vazios.

Ele vai até a bancada, apanha uma chave inglesa e um pequeno recipiente de água. Sai, tranca o depósito, verifica três vezes a maçaneta. Sai caminhando pela rua estreita entre as casas, faz uma curva ao chegar à última caixa de correio e toca a campainha. Anita abre a porta. Ove olha para ela sem dizer uma palavra. Vê que Rune está lá sentado na cadeira de rodas na sala de estar com o olhar perdido na direção da janela. Essa parece ser a única coisa que ele tem feito nos últimos anos.

— Onde fica o seu aquecedor? — murmura Ove.

Anita dá um sorrisinho esperançoso e balança a cabeça, tanto ansiosa como perplexa.

— Ah, Ove, claro que seria muita bondade sua, se não for incomo...

Ove entra no hall sem deixar que ela termine de falar e sem tirar os sapatos.

— Tá bom, tá bom. Esse dia de merda já tá mesmo todo ferrado.

10

UM HOMEM CHAMADO OVE
E UMA CASA QUE OVE CONSTRUIU

Uma semana depois de completar a maioridade, Ove fez os exames da autoescola, telefonou para o número de um anúncio e andou vinte e cinco quilômetros para comprar seu primeiro Saab. Azul. Ele vendeu o antigo Saab 92 do pai e comprou um modelo mais novo. Era só um Saab 93 ligeiramente mais novo e bem gasto, é verdade, mas um homem não era um homem de verdade enquanto não comprasse seu primeiro carro, achava Ove. Então foi isso que aconteceu.

Foi na época em que o país passava por mudanças. As pessoas se mudavam, arranjavam emprego novo e compravam televisões; e os jornais começavam a falar de uma "classe média" aqui e ali. Ove não sabia exatamente o que era aquilo, mas sabia bem que não fazia parte dela. A classe média construía novos bairros residenciais, com casas alinhadas e gramados cuidadosamente aparados, e logo Ove se deu conta de que a casa de seus pais estava no meio do caminho desse desenvolvimento. E, se havia alguma coisa de que aquela classe média realmente parecia não gostar nesse mundo era quando alguma coisa ficava no meio do caminho do desenvolvimento.

Ove recebeu várias cartas de alguma repartição, a respeito de algo como a "redefinição dos limites municipais". Ele não entendeu bem o conteúdo, mas compreendeu que a casa de seus pais não se encaixava direito entre as casas recém-construídas no restante da rua. A repartição comunicava que a intenção era que ele vendesse o terreno para a prefeitura. Assim seria possível demolir a casa e construir outra coisa ali.

Ove não soube exatamente o que dentro dele o fez rejeitar a proposta. Talvez porque não tivesse gostado do tom daquela carta da repartição. Ou talvez porque a casa era a última coisa que lhe tinha sobrado de sua família.

Mas, fosse pelo que fosse, naquela noite, Ove estacionou seu primeiro carro próprio no jardim. Ficou sentado no banco da frente por várias horas contemplando a casa. Ela estava muito velha. Embora seu pai fosse bom com máquinas, com construções não era lá essas coisas. Ove também não era muito melhor que o pai nesse quesito. Agora, por exemplo, ele utilizava só a cozinha e a pequena sala que ficava na frente dela, enquanto todo o andar de cima lentamente se transformava num resort para os ratos. Ove ficou observando a casa do carro como se esperasse que ela fosse começar a se consertar sozinha, se ele tivesse paciência suficiente. Ela ficava bem no limite entre dois municípios, bem na linha do mapa que a tal repartição agora aparentemente pretendia mudar numa direção ou na outra. Ela era a última que tinha sobrado de um extinto vilarejo bem na saída de um bosque, exatamente vizinho ao bairro de casas reluzentes para onde as pessoas engravatadas estavam se mudando com suas famílias.

Os engravatados não gostavam nem um pouco daquele jovem solitário do barraco do final da rua, prestes a ser demolido. As crianças não eram autorizadas a brincar nas proximidades da casa de Ove. Os engravatados queriam morar de preferência perto de outros engravatados, foi a conclusão de Ove. Ele também, por seus princípios, não tinha nenhuma objeção às preferências deles. Mas, afinal, eram eles que tinham se mudado para a rua de Ove. E não o contrário. Então, tomado por uma espécie de teimosia acentuadamente rebelde, que de fato fez com que seu coração batesse mais rápido pela primeira vez em anos, Ove resolveu não vender a casa de jeito nenhum para a prefeitura. Decidiu fazer o contrário: reformá-la.

Claro que ele não fazia a menor ideia de como faria isso. Ele não sabia distinguir um nível de pedreiro de uma panela com batatas. Então, ao se dar conta de que com seu novo horário de trabalho teria parte do dia livre, ele foi até uma obra nas redondezas e lá pediu emprego. Pensou que esse seria o melhor lugar para aprender como se constrói uma casa e, de qualquer modo, ele não dormia muito mesmo. A única vaga que havia era uma de mensageiro. Ove aceitou.

Durante a noite, ele recolhia lixo na linha férrea saindo da cidade no sentido sul, dormia então três horas, e o resto do dia ele passava batendo prego, subindo e descendo de andaimes e escutando quando os caras de capacete plástico ficavam conversando sobre técnicas de construção. Um dia por semana, ele tirava folga, e então arrastava sacos de cimento e vigas de madeira por dezoito horas sem parar, para lá e para cá, suando solitário, e derrubava e reconstruía a única coisa que seu pai havia lhe deixado, além do Saab e do relógio de pulso. Ove ficou musculoso e aprendeu rápido.

O encarregado da obra gostava daquele rapaz que trabalhava com tanto afinco, e numa sexta-feira à tarde ele foi com Ove até uma pilha de madeiras. Tábuas feitas sob encomenda que tinham sido danificadas e, por isso, seriam atiradas ao fogo.

— Se eu por acaso olhar para outro lado e sumir daqui alguma coisa que você achar que precisa, eu vou supor que você queimou — disse o encarregado e saiu andando.

Assim que a história da reforma da casa se espalhou entre os colegas mais velhos do emprego, aconteceu de um deles perguntar a Ove sobre isso. Quando ele ergueu uma das paredes da sala de estar, foi um colega magro e musculoso, com os dentes da frente tortos, que, depois de vinte minutos o chamando de idiota porque Ove já devia saber como se fazia aquilo, ensinou a ele como se avaliava a resistência de uma estrutura. Quando Ove foi colocar o piso na cozinha, foi um colega mais robusto, que não tinha o dedo mindinho de uma das mãos, que, depois de tê-lo chamado de "imbecil" mais de trinta vezes, ensinou-lhe como medir direito os cortes das peças.

Certa tarde, na hora de Ove voltar do trabalho para casa, havia uma pequena caixa com ferramentas usadas perto de suas roupas, com os dizeres "Para o filhote" escrito num pedaço de papel.

Um homem chamado Ove

Foi aos poucos, mas a casa tomou forma. Parafuso a parafuso, tábua a tábua. Não havia ninguém vendo isso, mas não precisava. A satisfação de um trabalho bem-feito já era pagamento suficiente, o pai sempre dizia, e Ove concordava.

Ele se mantinha afastado dos vizinhos tanto quanto possível. Sabia que não gostavam dele, e Ove não via nenhuma chance de dar a eles uma oportunidade de reforçar essa opinião. A única exceção foi um incidente envolvendo o senhor de idade que morava com a mulher na casa em frente à sua. Este senhor de idade era o único homem em todo o bairro que não usava gravata, embora Ove tivesse plena certeza de que ele usara quando era um pouco mais jovem.

Ove alimentava os pássaros rigorosamente dia sim, dia não, desde a morte do pai. Ele só se esqueceu de fazer isso uma única manhã. Quando, na manhã seguinte, saiu para compensar o esquecimento do dia anterior, Ove quase trombou com o senhor de idade onde estava a casa de passarinhos. O senhor de idade olhou ofendido para Ove. Ele levava comida de pássaro nas mãos. O senhor de idade e Ove não disseram nada um para o outro. Ove o cumprimentou com a cabeça num gesto breve, o senhor de idade fez o mesmo. Ove entrou novamente em casa e decidiu alimentar os pássaros somente nos dias que lhe cabiam.

Os dois nunca conversavam. Mas, certa manhã, quando o senhor de idade descia os degraus da entrada, Ove tinha pintado seu lado da cerca. E quando acabou de fazer isso, resolveu também pintar o lado da cerca daquele vizinho. O senhor de idade não disse nada sobre aquilo, mas quando Ove passou na altura da janela da cozinha dele à noite, eles se cumprimentaram com a cabeça. E, no dia seguinte, Ove encontrou uma torta de maçã caseira na porta de casa. Ove não comia torta de maçã caseira desde a morte da mãe.

Ove recebeu mais cartas da tal repartição. E eram cartas com um tom cada vez mais ameaçador, por ele não ter entrado em contato para falar a respeito da venda da propriedade. Por fim, começou a jogá-las fora sem nem abrir o envelope. Se quisessem ficar com a casa do pai dele, eles que fossem ali e tentassem arrancá-la dele, como Tom certa vez tentara arrancar de suas mãos uma carteira que ele havia encontrado.

Algumas manhãs depois, Ove estava passando pela casa vizinha quando viu o senhor de idade alimentando os pássaros acompanhado de um menino. Um neto, Ove deduziu. Ele os observou furtivamente pela janela da sala. A forma como o senhor de idade e o menino conversavam baixinho, como se dividissem um grande segredo, trouxe a Ove algumas lembranças.

Ove comeu no Saab naquela noite.

Semanas depois, ele pregou o último prego da casa. E quando o sol surgiu sobre o horizonte, lá estava ele, de pé no jardim com as mãos enfiadas nos bolsos da sua calça azul, olhando orgulhoso para sua obra.

Ove tinha descoberto que gostava de casas. Talvez principalmente quando elas ficavam reconhecíveis. Dava para calcular e desenhar no papel. Elas vazavam água se você não fizesse direito a vedação; desabavam se você não as sustentasse corretamente. As casas eram justas. Elas davam a você o que você merecia. E isso, infelizmente, era sempre mais do que se podia dizer das pessoas.

E assim se passavam os dias. Ove ia para o trabalho, voltava para casa e comia linguiça e batatas. Ele nunca se sentia sozinho, mas também nunca tinha companhia. E então, num domingo em que Ove, como de costume, arrastava tábuas para um lado e para outro, apareceu por puro acaso diante de seu portão um homem feliz, de rosto redondo e terno azul meio mal-ajambrado. Escorria suor de sua testa, e aquele homem perguntou se Ove poderia lhe arranjar um copo d'água bem gelada. Ove não viu nenhum motivo para recusar e, enquanto o homem bebia a água diante do portão, os dois conversaram um pouquinho. Na verdade, foi o homem de rosto redondo que falou mais, claro. Pelo que se viu depois, estava muito interessado na casa. Aparentemente, estava reformando a própria casa, a todo vapor, em outra parte da cidade. Então, o homem de rosto redondo logo se convidou para entrar na cozinha de Ove para tomar café. Evidentemente, Ove não estava nem um pouco acostumado com esse tipo de cara de pau, mas depois de algum tempo de conversa sobre construção de casas ele compreendeu que, de qualquer forma, talvez não fosse tão chato ao menos uma vez ter companhia na cozinha.

Pouco antes de o homem ir embora, ele perguntou de repente se Ove tinha feito seguro da casa. Ove respondeu com a verdade, que nunca tinha pensado nisso. O pai nunca tinha sido muito a favor de fazer seguro.

O homem alegre de rosto redondo ficou preocupado e explicou para Ove que seria uma verdadeira catástrofe se lhe acontecesse alguma coisa com a casa. Depois de um momento de alerta, Ove se sentiu um tanto forçado a concordar. Ele nunca tinha pensado muito a respeito disso. E tal constatação fez com que ele se sentisse meio burro.

O homem de rosto redondo perguntou se podia usar o telefone, e Ove achou que não havia problema. Pelo que se viu, o homem, grato pela hospitalidade de um estranho num domingo de calor, agora tinha achado uma maneira de retribuir a gentileza. Acontece que ele trabalhava numa seguradora, e depois de um breve telefonema afirmou ter conseguido uma oferta extraordinária para Ove contratar o seguro da casa.

Ove se manteve cético de início e passou um bom tempo negociando para baixar o preço um pouco mais.

— Você é um homem de negócios danado — disse o sujeito de rosto redondo, dando uma risadinha.

Ove se sentiu realmente mais orgulhoso do que esperava ao ouvir aquilo. O homem do rosto redondo deu a ele um pedaço de papel com seu número de telefone e disse que viria de novo tomar café e conversar sobre as reformas num outro dia, com prazer. Essa foi a primeira vez que alguém expressava o desejo de ser amigo de Ove.

Então Ove pagou o seguro ao homem de rosto redondo com dinheiro vivo. Um ano adiantado. Eles apertaram as mãos.

Nunca mais teve notícias do homem de rosto redondo. Numa ocasião, Ove tentou ligar para ele, mas ninguém atendeu. Ove experimentou uma breve decepção, mas decidiu não pensar mais no assunto. Quando um corretor de outra seguradora ligou, ele pôde dizer com a consciência tranquila que já tinha seguro. E isso de qualquer forma já era alguma coisa.

Ove continuava evitando os vizinhos. Não estava a fim de arranjar problema com eles. Mas infelizmente parece que, ao contrário, os problemas é que tinham decidido vir ao seu encontro. Algumas semanas depois de sua casa ter ficado pronta, a casa de um dos engravatados foi arrombada. Era a segunda vez em pouco tempo no bairro. Os engravatados se reuniram cedinho na manhã seguinte, num conselho, para chegar à conclusão de que o rapaz do barraco a ser demolido tinha algo a ver com aquilo. Eles deduziram, então, "de onde ele havia tirado o dinheiro para aquela reforma". À noite, alguém colocou um bilhete por baixo da porta de Ove, no qual se lia: "Se sabe mesmo o que é bom para você, é melhor desistir!" Na noite seguinte, jogaram uma pedra na janela dele. Ove pegou a pedra e trocou o vidro. Ele nunca confrontou os engravatados. Não via graça nisso. Mas também não pensava em se mudar dali.

Logo bem cedo na manhã seguinte, ele acordou com cheiro de fumaça.

Ove pulou da cama num movimento só. A primeira coisa que pensou foi que quem tinha jogado a pedra decerto não achou aquilo suficiente. Enquanto descia a escada, instintivamente ele pegou um martelo. Não porque Ove já tivesse sido um homem violento alguma vez. Mas nunca se sabe.

Ele estava só de cueca quando abriu a porta da frente. Carregar o material de construção naqueles últimos meses tinha, em grande parte sem que o próprio Ove tivesse notado, feito dele um rapaz musculoso, para dizer o mínimo. O tronco nu e o martelo balançando no punho direito cerrado fizeram por um instante com que o grupo de pessoas na rua desviasse o olhar do incêndio para ele, e em seguida, desse alguns passos cautelosos para trás.

E foi só aí que Ove percebeu que não era a casa dele que estava pegando fogo. Era a do vizinho.

Os engravatados estavam parados na rua olhando a casa como bichos fitam faróis de carro. O senhor de idade surgiu do meio da fumaça, com sua mulher apoiando-se em seu braço. Ela tossia convulsivamente. Quando o senhor de idade a deixou com a mulher de um dos engravatados e depois virou-se novamente na direção do incêndio, vários dos engravatados gritaram para que ele deixasse para lá. "Já é tarde demais! Espere o corpo de bombeiros!", gritavam eles. O senhor de idade nem escutava. Escombros em brasa despencaram por cima da soleira da porta quando ele tentou entrar de novo no mar de chamas.

Ove ficou avaliando por longos segundos a situação como um todo. Notou que o vento estava vindo na direção de seu portão, e viu como as fagulhas espalhadas já tinham tomado conta da grama seca entre a casa dele e a do vizinho. O fogo ia atingir sua casa em poucos minutos se ele não fosse correndo imediatamente pegar a mangueira. Ele viu o senhor de idade afastando uma estante caída para tentar entrar de novo na casa. Os engravatados gritaram seu nome e tentaram convencê-lo a deixar tudo como estava, mas a mulher do senhor de idade gritou outro nome.

O nome do neto.

Ove estava nervoso, transferindo o peso de um pé para o outro. Observava as fagulhas que vinham se insinuando por sobre a grama. Com toda a sinceridade, nem pensou muito no que queria mesmo fazer. Pensou mais no que o pai dele teria feito. E, quando pensou bem, claro que não havia muita escolha quanto ao que faria.

Ove resmungou um tanto irritado, olhou para sua casa uma última vez e calculou mentalmente quantas horas tinha levado para construí-la. E então saiu andando na direção do fogo.

A casa estava tão cheia de fumaça espessa e escura que lhe causava a sensação de ser atingido por uma pá no rosto. O senhor de idade lutava para sair de baixo da estante caída que tinha bloqueado a porta. Ove a arremessou para o lado como se ela fosse feita de papel e foi abrindo caminho escada acima. Quando saíram de novo para a luz do amanhecer, o senhor de idade carregava o menino nos braços, coberto de fuligem. Ove estava com grandes arranhões pelo peito e pelos braços, sangrando.

Na rua, as pessoas corriam para lá e para cá gritando. O ar foi atravessado pelas sirenes. Bombeiros de uniforme rodearam o grupo.

Ainda só de cueca, e com os pulmões doendo, Ove viu as primeiras chamas atingirem sua casa. Ele correu pelo gramado, mas foi impedido imediata e enfaticamente por um batalhão inteiro de bombeiros. De repente, eles estavam por toda parte. E se recusavam a deixar que ele fosse em frente.

Um homem de camisa branca, um tipo de comandante, pelo que Ove percebeu, postou-se de pernas abertas diante dele e explicou que não podiam deixar que tentasse apagar o fogo de sua casa, porque era perigoso demais. E, infelizmente, o homem de camisa branca explicou em seguida, apontando para seus papéis, o corpo de bombeiros também não podia apagar o incêndio antes de receber uma autorização explícita das autoridades.

Acontecia que, como a casa de Ove estava localizada exatamente na divisa dos municípios, era necessária uma explícita autorização por rádio dos respectivos oficiais, antes que qualquer pessoa pudesse atuar naquele território. Tinham que pedir a autorização, e o papel precisava ser carimbado.

— Regras são regras — explicou o homem de camisa branca, impassível, quando Ove protestou.

Ove conseguiu se desvencilhar e saiu correndo transtornado na direção da mangueira. Mas não adiantou. O fogo o havia derrotado. Quando os bombeiros finalmente receberam a autorização necessária pelo rádio para começar a apagar o fogo, a casa já estava envolta em chamas.

Ove ficou desolado em seu jardim, vendo as chamas se avolumando.

Algumas horas depois, quando ligou de uma cabine telefônica para a seguradora, Ove ficou sabendo que eles nunca tinham ouvido falar do homem feliz de rosto redondo. E que não havia seguro da casa em lugar algum. A mulher da seguradora suspirou, antes de finalmente dizer:

— Tem um bocado desses vigaristas que vão de porta em porta. Espero ao menos que você não tenha pagado em dinheiro vivo!

Ove pôs o telefone no gancho com uma das mãos. E cerrou com força a outra no bolso da calça.

11

UM HOMEM CHAMADO OVE E UM MAGRICELO QUE NÃO CONSEGUE ABRIR UMA JANELA SEM CAIR DE UMA ESCADA

São quinze para as seis, e a primeira neve de verdade do ano deixou uma espécie de cobertor branco sobre todo o bairro de casas geminadas, que ainda dorme. Ove pega a jaqueta azul no gancho e sai de casa para fazer sua ronda diária de inspeção. Descobre com partes iguais de surpresa e insatisfação que o gato está sentado na neve em frente à sua porta. E dá a impressão de ter ficado sentado ali a noite toda.

Ove bate a porta de entrada com mais força, para assustá-lo. Mas é óbvio que o animal não tem nem o bom senso de se assustar e sair correndo. Em vez disso, simplesmente permanece no meio da neve, lambendo a barriga. Sem um pingo de medo. Ove não gosta nem um pouco desse traço de caráter dos gatos. Ele sacode a cabeça e se posta de pernas abertas diante do bichano, como quem está prestes a perguntar: "Como estão as coisas por aqui?" O gato, com ar arrogante, levanta a cabecinha sem muito interesse e fica olhando para Ove. Ove tenta enxotá-lo agitando as mãos. O gato não se mexe.

— Isso aqui é terreno particular! — diz Ove.

Como o gato não esboça nenhuma reação, Ove perde a paciência e num único movimento chuta seu sapato na direção dele. Logo depois nem consegue discernir se a intenção tinha sido aquela mesmo. A mulher de Ove com certeza teria ficado furiosa se tivesse visto a cena.

Mas isso não tem tanta importância. De qualquer forma, o gato não reage. O sapato perfaz uma ampla parábola e passa bem a um metro e meio à esquerda do gato, antes de ricochetear na parede do depósito e cair na neve. O gato olha, inabalável, primeiro para o sapato, depois para Ove. Ele não parece lá muito assustado. Mas mesmo assim, por fim, ele se levanta, sai andando sem pressa, vira a esquina do depósito de Ove e desaparece.

Ove vai andando só de meia pela neve para apanhar o sapato. Ele olha para o objeto como se devesse ficar com vergonha da falta de pontaria. Então se recompõe e vai fazer sua ronda. Só porque vai morrer hoje, não há motivo para ele deixar os vândalos saquearem livremente.

Então Ove dá um puxão nas alças dos portões da garagem, anota placas no estacionamento de visitantes e verifica o depósito de lixo.

Quando volta para casa, vai arrastando os pés pela neve e abre a porta do depósito. Há cheiro de benzina e mofo lá dentro, assim como deve haver em um depósito decente. Ele passa por cima dos pneus de verão até chegar ao Saab e ergue as latas com parafusos de diversos tamanhos misturados. Vai abrindo caminho para passar pela bancada, com cuidado para não derrubar as latas de benzina com pincéis dentro. Levanta as cadeiras de jardim e a churrasqueira. Põe de lado a chave transversal e apanha a pá de neve. Avalia seu peso com a mão, como se aquilo fosse uma espada. Fica lá em silêncio, observando-a.

Não era para a vida ser assim, é a única coisa que ele sente. O sujeito trabalha duro, cuida da vida, junta dinheiro. Compra seu primeiro Saab. Então se instrui, faz exames, vai a entrevistas de emprego, arruma um trabalho honesto, diz obrigado, nunca fica doente, paga imposto. Faz a sua parte. Encontra uma mulher, casa com ela, trabalha duro, recebe uma promoção. Compra um Saab mais novo. Vai ao banco, faz um empréstimo que se pode quitar em cinco anos, compra uma casinha onde a mulher acha que vai ser bom criar os filhos. Paga as dívidas. Junta dinheiro. Compra um novo Saab. Sai de férias para algum lugar onde tocam música estrangeira nos restaurantes e toma o vinho tinto que a mulher acha exótico. Então volta para casa e vai trabalhar de novo. Assume responsabilidades. Faz a sua parte.

O sujeito reforma a casa. Pouco a pouco vai montando uma caixa de ferramentas respeitável. Troca as calhas. Passa massa corrida. Instala uma bancada e latas com benzina no depósito. Troca o piso da frente do depósito a cada dois anos, quer seja necessário, quer não. O sujeito faz tudo isso. E na verdade não era para Ove se tornar o tipo de homem que tem tempo para polir a bancada da cozinha numa terça-feira.

Quando ele sai do depósito com a pá na mão, o gato está sentado de novo na neve diante da sua casa. Ove crava os olhos nele, verdadeiramente embasbacado com a cara de pau daquele bicho. Está pingando neve derretida do pelo dele. Ou o que sobrou do pelo. Há mais manchas sem pelo do que propriamente pelo naquela criatura. Ele também tem uma longa cicatriz que começa em cima de um olho e desce até o focinho. Se o gato tem sete vidas, é evidente que esse aí está pelo menos na sexta ou na quinta.

— Sai daqui — diz Ove.

O gato o observa, avaliando-o como se estivesse numa entrevista de emprego e do lado da escrivaninha que toma as decisões.

Ove toma impulso com a pá e joga um pouco de neve na direção dele. O gato se afasta com um salto e o fita, indignado. Cospe um pouco de neve. Bufa. Depois se vira, sai andando silenciosamente e de novo vira a esquina do depósito de Ove.

Ove põe a pá para trabalhar. Leva quinze minutos para liberar a calçada entre a casa e o depósito. Faz isso meticulosamente. Linhas retas, ângulos precisos. As pessoas não removem mais a neve desse jeito. Hoje em dia só querem limpar o caminho usando máquinas e tudo que puderem. E fazem isso de qualquer jeito, jogando a neve amontoada ao redor. Como se a única coisa que tivesse algum sentido na vida fosse abrir caminho.

Quando acaba, apoia-se com a pá num monte de neve na rua estreia por alguns instantes. Solta o peso do corpo e vê o sol se levantar por cima das casas que ainda dormem. Ove ficou acordado durante a maior parte da noite, matutando o que deveria fazer para morrer. Até já tinha desenhado diagramas e esquemas para deixar claras as várias alternativas. Após ponderar o suficiente as vantagens e desvantagens, concluiu que o que vai fazer hoje deve ser a alternativa menos ruim. Para falar a verdade, não lhe agrada o fato de o Saab continuar ligado em ponto morto gastando um monte de gasolina cara depois que partir dessa para melhor, mas essa é uma circunstância que ele precisará aceitar pura e simplesmente, se quiser que isso seja feito.

Ove guarda a pá no depósito e entra em casa de novo. Veste o terno azul. Vai ficar manchado e cheirando muito mal depois de tudo, claro, mas Ove conclui que sua mulher pode pelo menos ficar satisfeita por ele estar usando o traje quando chegar.

Ele toma o café da manhã e ouve rádio. Lava a louça, seca o balcão da pia. Depois anda pela casa e desliga todos os aquecedores. Apaga todas as luzes. Verifica se o fio da cafeteira está fora da tomada. Coloca a jaqueta azul por cima do paletó e os sapatos nos pés, então entra no depósito de novo, sai de lá com uma mangueira grossa e comprida enrolada. Tranca a porta do depósito e a porta da frente, verifica cada uma três vezes. Sai pela rua estreita entre as casas.

O Škoda branco vem da esquerda e lhe causa tanta surpresa que ele quase cai sentado no monte de neve ao lado do depósito. Ove sai correndo pela rua estreita atrás dele, brandindo o punho.

— Você não sabe ler, não, seu idiota de uma figa? — grita.

O motorista, um homem magro com um cigarro na mão, parece tê-lo ouvido. Quando o Škoda vira perto do bicicletário, o olhar dos dois se encontra pelo vidro da janela. O homem olha direto para Ove e abaixa o vidro. Ergue as sobrancelhas, distante.

— Tráfego de veículos proibido! — esbraveja Ove, aponta para a placa onde há essa exata inscrição e vai na direção do Škoda com os punhos cerrados.

O homem coloca o braço esquerdo pendurado pela janela, sacudindo sem pressa a cinza do cigarro. Seus olhos azuis estão completamente indiferentes. Ele olha para Ove como se olhasse para um animal detrás de um cercado. Sem agressividade, só uma total indiferença. Como se Ove fosse uma coisa que o homem poderia remover com um pano de prato umedecido.

— Leia a pla... — diz Ove rispidamente, aproximando-se, mas o homem já subiu o vidro.

Ove grita na direção do Škoda, mas o homem o ignora. Ele nem mesmo sai cantando os pneus, só manobra com o carro na entrada da garagem e depois segue tranquilamente para a rua principal, como se na realidade a gesticulação de Ove não fosse nada mais dramático do que uma lâmpada quebrada da rua.

E ali permanece Ove, tão alterado que seus punhos tremem. Quando o Škoda some de vista, ele se vira e vai andando por entre as casas tão furioso que quase tropeça. Diante da casa de Rune e Anita, onde o Škoda branco estava estacionado descaradamente, há duas guimbas de cigarro no chão. Ove as apanha como se fossem pistas de um complexo caso criminal.

— Olá, Ove — diz Anita atrás dele, com cautela.

Ove se vira. Ela está na escada, com um cardigã cinza sobre os ombros. Parece que o casaco está tentando envolver o corpo dela como se fossem duas mãos querendo agarrar uma pedra molhada de sabão.

— Sim, sim. Oi — responde Ove.

— Ele era da prefeitura — diz ela, fazendo um gesto com a cabeça na direção para onde seguiu o Škoda até desaparecer.

— O tráfego de veículos é proibido na área residencial — diz Ove.

Ela concorda com a cabeça, apreensiva.

— Ele disse que tem permissão da prefeitura para ir de carro até a porta.

— Ele não tem nenhuma mer... — começa Ove, mas se detém e cerra o maxilar.

Os lábios de Anita tremem.

— Eles querem levar o Rune embora daqui — diz ela.

Ove balança a cabeça sem responder. Ele ainda está segurando a mangueira com uma das mãos e enfia a outra no bolso. Por um instante fica pensando em dizer a Anita alguma coisa, mas, em vez disso, no instante seguinte baixa o olhar, vira-se e sai andando. Só depois de alguns metros é que ele percebe que está carregando as guimbas de cigarro no bolso, mas aí já é tarde para fazer alguma coisa a respeito.

A loira bocó está na rua. A bota de inverno começa a latir histericamente assim que avista Ove. A porta da casa atrás deles está aberta. Ove conclui que estão esperando o tal do Anders. A bota de inverno leva alguma coisa na boca, parece um tufo de pelos. Satisfeita, a loira bocó dá um sorriso largo. Ove fica de olho quando ela passa, e ela não olha para baixo. Dá um sorriso mais largo ainda. Como se estivesse sorrindo para Ove. Quando ele chega no espaço entre sua casa e a do magricelo e da estrangeira grávida, o magricelo está lá parado na soleira da porta.

— Salve, Ove! — grita ele.

Ove vê sua escada apoiada na fachada da casa do magricelo. O magricelo acena contente. É evidente que ele se levantou cedo hoje. Ou, pelo menos, cedo para um consultor de TI. Ove percebe que ele está segurando uma faca de cozinha de prata. E se dá conta de que o magricelo provavelmente está pensando em usá-la para forçar a abertura da janela que ficou emperrada no andar de cima. A escada de Ove, na qual o magricelo obviamente pensa em subir, está afundada num enorme monte de neve.

— Tenha um bom dia! — diz alegremente em voz alta o magricelo na direção de Ove, quando ele passa.

— Tá — responde Ove sem se virar.

A bota de inverno está parada diante da casa do tal de Anders latindo tresloucadamente. Pelo canto do olho, Ove vê que a loira bocó ainda está ali do lado sorrindo na direção dele. Isso o incomoda. Ove não sabe bem por que, mas isso o incomoda até a raiz dos cabelos.

Depois de passar por entre as casas, passa também pelo bicicletário e vai dar no estacionamento, e é quando percebe, a contragosto, que está procurando o gato. Mas não o vê em lugar algum.

Ele levanta o portão da garagem e abre o Saab com a chave. Então fica de pé na penumbra com as mãos nos bolsos da calça durante o que depois pareceu a ele ter sido mais do que meia hora. Ove não sabe bem por que está fazendo isso, só sente que uma atitude dessas deve exigir alguma forma de silêncio cerimonial antes de prosseguir.

Ele fica pensando que o verniz do Saab vai ficar imundo depois de tudo. Ao menos supõe que sim. Lamentável, constata, mas agora já não há muito o que fazer com relação a isso. Ove chuta os pneus meio que para verificar o estado deles. São bons e resistentes. Bons para pelo menos mais três invernos, estima ele com o último chute como única forma de avaliação. E isso imediatamente o faz se lembrar da carta no envelope do bolso de dentro do paletó, de modo que ele então a pega para verificar se lembrou de deixar instruções a respeito dos pneus de verão. Ah, sim, deixou. Está escrito lá, no item "Saab+Acessórios": pneus de verão no depósito; e depois vêm instruções claras, que mesmo um imbecil entenderia, explicando onde ficam os parafusos do aro, no porta-malas. Ove põe a carta de volta no envelope e o envelope de volta no bolso de dentro do paletó.

Ele dá uma olhada por cima do ombro na direção do estacionamento. Não que agora esteja se preocupando com aquele gato velho, isso é óbvio. Só espera que não tenha acontecido nada com o bicho, porque senão vai ser uma encrenca dos diabos com sua mulher, ele sabe bem disso. Ove só não quer levar bronca por causa do gato velho. Apenas isso.

Ao longe ouvem-se as sirenes de uma ambulância se aproximando, mas ele mal escuta. Senta no banco da frente e liga o motor. Aperta o botão da janela de trás para abri-la uns cinco centímetros. Sai do carro. Fecha o portão da garagem. Encaixa bem a mangueira em volta do escapamento. Vê a fumaça saindo lentamente na outra extremidade. Coloca a ponta para dentro do carro pelo vidro traseiro aberto. Senta no carro. Fecha a porta. Ajeita os retrovisores. Gira o botão do dial do rádio meia volta para um lado e meia volta para o outro. Recosta-se no banco. Fecha os olhos. Sente a fumaça espessa do escapamento ir enchendo a garagem e seus pulmões centímetro cúbico por centímetro cúbico.

Não era para ser daquela maneira. A gente trabalha, paga as dívidas, paga imposto e faz a nossa parte. A gente se casa. Na riqueza e na pobreza até que a morte nos separe. Mas não foi com isso que eles concordaram? Ove se lembra claramente que foi isso. E não era para ela morrer primeiro. Claro que estava subentendido que era da morte *dele* de que eles estavam falando, caramba. Será que não era isso?

Ove escuta alguém bater no portão da garagem. Ele ignora. Endireita o vinco da calça do terno. Olha a si mesmo no retrovisor. Fica pensando se talvez devesse ter colocado gravata. Ela gostava quando ele usava gravata. Fica se olhando como se fosse o cara mais estiloso do mundo. Imagina como ela vai olhar para ele agora. Se ela vai ficar com vergonha por ele chegar com um terno de merda e sem trabalho, para encontrá-la no além. Se ela vai ficar achando que ele é um idiota que nem consegue segurar um emprego honesto sem ser dispensado, só porque suas capacidades foram superadas por algum computador. Se ela vai continuar a vê-lo como antes, considerando-o alguém em quem se pode confiar. Alguém que podia se responsabilizar pelas coisas e consertar um aquecedor de água, se fosse necessário. Se ela vai gostar dele do mesmo jeito agora que ele é um velho sem mais nenhuma função.

Batem freneticamente no portão da garagem de novo.

Ove olha para lá de mau humor. Batem mais uma vez. E então Ove realmente fica achando que agora já chega.

— Mas agora já chega! — berra ele, abrindo a porta do Saab com tanta pressa que a mangueira desencaixa do vão entre o vidro traseiro e a moldura da janela, caindo no chão de concreto.

O gás do escapamento se espalha em todas as direções.

A essa altura, a estrangeira grávida talvez já devesse ter aprendido a não ficar perto demais de portas quando Ove está do outro lado. Mesmo assim, ela não consegue evitar que o portão da garagem bata bem na sua cara quando Ove o levanta com um tranco repentino.

Ove olha para ela e para no meio do movimento. Ela está ocupada com o nariz e lhe devolve o olhar claramente como alguém que acabou de levar uma pancada com o portão da garagem no nariz. O gás vai saindo da garagem numa nuvem espessa e faz metade do estacionamento ficar envolto numa névoa pegajosa e fedorenta.

— Ah... seu nariz está san... você precisa tomar cuidado quando alguém está abrindo o portão da garagem... — Ove consegue pronunciar.

— O que você está fazendo? — retruca a grávida, observando o Saab com o motor ligado e a fumaça que sai da ponta da mangueira no chão.

— Eu... nada — diz Ove, com cara de quem mais do que tudo quer fechar o portão da garagem novamente.

Gotas vermelhas espessas se formam nas narinas dela.

Ela põe uma mão no rosto e acena para ele com a outra.

— Eu preciso de uma carona para o hospital — diz ela, com a cabeça inclinada para trás.

Ove parece não acreditar.

— Mas que merda, você bem que podia se controlar. É só um pouco de sangue no nariz.

Ela começa a xingar numa língua que Ove supõe ser persa enquanto comprime o nariz com força entre o polegar e o indicador. Em seguida, sacode a cabeça impaciente, fazendo com que o sangue pingue na jaqueta que está usando.

— Não é porque está saindo sangue do nariz!

Ove fica meio sem entender. Coloca as mãos no bolso.

— Ah, que bom, então tudo bem.

Ela começa a choramingar.

— Patrick caiu da escada.

Ela inclina a cabeça para trás, de forma que Ove fica falando com seu queixo.

— Quem é Patrick? — pergunta Ove para o queixo.

— Meu marido — responde o queixo.

— Aquele cara meio idiota? — pergunta Ove.

— Ele mesmo — responde o queixo.

— Então ele caiu da escada? — procura esclarecer Ove.

— Caiu. Quando ia abrir a janela.

— Sei. Ah, eu tinha certeza de que isso ia acontecer, já se via de longe que...

O queixo desaparece, dando lugar aos grandes olhos castanhos. Eles não parecem muito satisfeitos.

— Nós vamos ficar aqui discutindo isso, é?

Ove coça a cabeça, meio preocupado.

— Nã... não... mas você pode levar ele, né? Naquela maquininha de costura japonesa em que vocês estavam há poucos dias — diz ele, em tom de protesto.

— Eu não tenho habilitação — responde ela, enxugando o sangue dos lábios.

— Como assim, não tem carteira? — pergunta Ove, como se as palavras não tivessem mais significado para ele.

Ela suspira impaciente mais uma vez.

— Eu não tenho habilitação, qual é o problema?

— Quantos anos você tem mesmo? — pergunta Ove, agora quase fascinado.

— Trinta — responde ela, impaciente.

— Trinta! E não tem carteira de habilitação? Tem alguma coisa errada com você?

Ela choraminga, coloca uma das mãos diante do nariz enquanto estala irritada os dedos da outra mão no ar, na altura dos olhos de Ove.

— Melhor ter foco agora, Ove! O hospital! Você precisa nos levar para o hospital!

Ove parece ofendido.

— Como assim "nos levar"? Você pode muito bem chamar uma ambulância, já que o homem com quem você é casada não consegue nem abrir uma janela sem cair da escada...

— Eu já fiz isso! Eles já levaram ele para o hospital. Mas não tem lugar para mim na ambulância. E agora, com a neve, todos os táxis da cidade estão ocupados, e os ônibus estão presos por toda parte!

Escorrem fiozinhos de sangue por uma das bochechas dela. Ove cerra a mandíbula com tanta força que os dentes rangem.

— Que merda, não dá para confiar nos ônibus. Os caras que dirigem ônibus quase sempre estão bêbados — diz Ove em voz baixa, com o queixo num ângulo que poderia fazer quem o visse acreditar que ele tentava esconder as palavras no colarinho da camisa.

Talvez ela estivesse prestando atenção em como o estado de espírito dele mudou assim que ela disse a palavra "ônibus". Talvez não. De qualquer modo, ela demonstra concordar, como se isso de alguma forma resolvesse o assunto.

— Tá bom. Então você pode nos levar.

Ove faz uma tentativa corajosa de apontar ameaçadoramente para ela. Mas sente, para sua própria consternação, que não foi tão convincente quanto gostaria.

— Eu não tenho obrigação de fazer nada. Eu não sou nenhuma porcaria de companhia de transporte! — consegue finalmente desabafar.

Mas ela só faz apertar mais o indicador e o polegar no nariz. Balança a cabeça de um jeito que talvez sugerisse não ter ouvido absolutamente nada do que ele acabou de dizer. E com a mão livre, aponta irritada na direção da garagem e da mangueira que está caída no chão, vomitando uma nuvem de fumaça cada vez mais espessa em direção ao teto.

— Eu não tenho tempo de ficar discutindo com você. Dá um jeito nisso para nós podermos ir. Eu vou buscar as crianças.

— Que crianças??? — grita Ove para ela, mas não recebe nenhuma resposta.

Ela já tinha saído andando como uma pata com aqueles dois pezinhos que parecem extremamente subdimensionados para aquele barrigão de grávida, virado perto do bicicletário e seguido na direção das casas.

Ove permanece parado como se esperasse que alguém fosse correndo buscá-la e dissesse que ele ainda não tinha acabado de falar o que precisava dizer. Mas ninguém faz isso. Ele põe as mãos na cintura e lança um olhar para a mangueira no chão da garagem. Não é sua responsabilidade que as pessoas não consigam se segurar na escada que ele emprestou, ele realmente acha que não.

Mas é claro que ele não consegue evitar de pensar no que sua mulher teria dito para ele fazer nessa situação, se ela estivesse ali. E, infelizmente, não é tão difícil deduzir o que ela lhe diria, Ove percebe.

Então, por fim, ele anda e tira a mangueira do escapamento com o pé. Senta no Saab. Verifica os espelhos. Coloca em primeira e sai com o carro. Não que agora ele esteja preocupado com a ida da estrangeira grávida ao hospital. Mas Ove sabe muito bem que vai levar uma porcaria de um sermão da sua mulher se a última coisa que ele fizer nesta vida for causar uma hemorragia nasal numa grávida e depois deixá-la pegar um ônibus.

E, mesmo que a gasolina esteja quase acabando, ele deve conseguir ir até lá e voltar. "Pelo menos assim talvez a mulher me deixe em paz", pensa Ove.

―――

Mas é claro que as coisas não acontecem desse jeito.

12

UM HOMEM CHAMADO OVE E O DIA EM QUE ELE FICOU DE SACO CHEIO

As pessoas sempre diziam que Ove e sua esposa eram como o dia e a noite. Lógico que Ove entendia que queriam dizer que ele era a noite. Ele não se importava. Mas sua mulher sempre se divertia quando alguém dizia isso, porque então, rindo muito, ela precisava comentar que o único motivo para as pessoas acreditarem que Ove era a noite seria porque ele era pão-duro demais para acender o sol. Ele nunca entendeu por que ela o tinha escolhido. Ela só amava coisas abstratas, como música e livros e palavras estranhas. Ove era um homem repleto de coisas concretas. Ele gostava de chaves de fenda e filtros de óleo. Ele passava pela vida com as mãos enfiadas no bolso da calça. Ela dançava.

— Só é preciso um único raio de sol para espantar as sombras — disse ela certa vez, quando ele perguntou por que ela se obrigava a ser tão imensamente alegre o tempo todo.

Ao que parece, algum monge chamado Francisco tinha escrito isso em um de seus livros.

— Você não me engana, amor — disse ela então, com um sorrisinho provocante e se enfiando no abraço dele. — Você dança por dentro, Ove, quando ninguém está vendo. E eu vou sempre amar você por isso. Quer você queira, quer não.

Ove nunca entendeu direito o que ela queria dizer com aquilo. Ele nunca foi muito de dança. Dançar parecia simplesmente aleatório e confuso demais. Ele gostava de linhas retas e mensagens claras, por isso sempre tinha gostado de matemática. Em matemática existem respostas certas e erradas. Não como naquelas outras matérias idiotas para as quais tentavam atraí-lo na escola, nas quais se podia "argumentar a favor de uma causa". Como se houvesse uma forma de encerrar uma discussão: vencia quem conhecesse mais palavras difíceis. Ove queria que quem estivesse certo estivesse certo, e que quem estivesse errado estivesse errado.

Ele sabia muito bem que alguns o viam só como um velho resmungão que nunca confiava nas pessoas. Mas isso era consequência, pura e simplesmente, do fato de as pessoas nunca terem dado a ele motivo para agir de outro jeito.

Porque chega um momento na vida de todo mundo em que você decide que tipo de pessoa quer ser. Do tipo que deixa outras pessoas pisarem em você, ou não. Se alguém não conhece a história, então não conhece as pessoas.

Nas noites que se seguiram ao incêndio que destruiu sua casa, Ove dormiu no Saab. Na primeira manhã ele tentou limpar as cinzas e os escombros com as próprias mãos. Na segunda manhã, ele finalmente conseguiu aceitar que aquilo nunca ia dar certo. A casa estava perdida, junto com todo o trabalho que ele tivera com ela.

Na terceira manhã vieram dois homens usando o mesmo tipo de camisa branca que aquele comandante tinha usado. Pararam diante do portão dele, à primeira vista completamente indiferentes à ruína que tinham diante dos olhos. Eles não se apresentaram com seus nomes, mas com o nome da repartição de onde vinham. Como se fossem robôs enviados por uma nave mãe.

— Nós enviamos várias cartas para você — disse um dos camisas brancas, estendendo um monte de documentos para Ove.

— Muitas cartas — disse o outro camisa branca, anotando alguma coisa num bloco.

— Você não respondeu a nenhuma — disse o primeiro camisa branca, como se enxotasse um cachorro.

Ove se manteve impassível diante deles, sem responder.

Um homem chamado Ove

— Que pena isso aqui — disse o outro camisa branca, com um gesto curto em direção ao que tinha sido a casa de Ove.

Ove fez que sim.

— O inquérito do incêndio diz que a causa foi um problema elétrico inofensivo — disse o primeiro camisa branca, apontando para um papel que estava em sua mão.

Ove tinha, naturalmente, algumas objeções ao modo como eles usaram a expressão "inofensivo".

— Nós enviamos várias cartas para você — repetiu o segundo camisa branca, brandindo seu bloco.

Ove novamente fez que sim.

— A divisa entre os municípios está sendo alterada — prosseguiu o segundo camisa branca.

— O terreno onde fica sua casa vai ser utilizado para várias novas construções — disse o primeiro camisa branca, com um gesto em direção às recém-construídas casas chiques dos engravatados.

— O terreno onde *ficava* sua casa — corrigiu o segundo camisa branca.

— A prefeitura está disposta a desapropriar seu terreno pelo valor de mercado — disse o primeiro camisa branca.

— Sim... o valor de mercado... considerando que não há mais uma casa no terreno — esclareceu o segundo camisa branca.

Ove pegou os papéis. Começou a ler.

— Você não tem muita escolha — disse o primeiro camisa branca.

— A decisão não é sua, mas da prefeitura — disse o segundo camisa branca.

O primeiro camisa branca batia impacientemente com uma caneta nos papéis. Ove olhou para ele. O camisa branca apontou para uma linha bem lá embaixo onde se lia "assinatura".

Ove ficou ali perto do portão lendo o papel deles em silêncio. Sentiu uma baita de uma dor no peito. Levou um bocado de tempo para entender o que era.

Ódio.

Ele odiava os homens de camisa branca. Ove não conseguia se lembrar de ter odiado alguma coisa antes, mas agora era como se houvesse uma bola de fogo dentro de seu peito. Os pais de Ove tinham comprado aquela casa. Ove tinha crescido ali. Aprendeu a andar ali. Foi ali que seu pai lhe ensinou tudo que havia para saber sobre o motor de um Saab. E aí alguém de uma repartição resolveu que outra coisa seria construída ali. E um homem de rosto redondo lhe vendeu um seguro que não era um seguro. Um homem de camisa branca impediu que Ove apagasse um incêndio e agora havia dois outros camisas brancas no mesmo lugar falando de "valor de mercado".

Mas realmente não havia nenhuma outra escolha. Ele podia ficar parado lá até o sol parar de nascer de manhã, mas nunca poderia mudar as coisas.

Então ele assinou o papel com uma das mãos. E pôs a outra, bem cerrada, no bolso.

Ele deixou aquele lugar onde fora a casa dos pais e nunca mais voltou ali. Alugou um quartinho na casa de uma senhora no centro da cidade. Ficou sentado com o olhar vazio na direção da parede o dia inteiro. À noite, foi trabalhar. Fez a faxina dos seus vagões. De manhã, ele e os outros faxineiros receberam a ordem de não se trocarem no vestiário como sempre, mas em vez disso se dirigirem ao escritório central para retirar seus novos uniformes.

Quando estava passando pelo corredor, Ove se deparou com Tom. Era a primeira vez que se cruzavam desde que Ove fora responsabilizado pelo roubo. Um tipo de homem mais sensato do que Tom talvez tivesse evitado o contato visual, tentando fazer de conta que o incidente nunca havia acontecido. Mas Tom não era o tipo mais sensato de homem.

— Nossa, não é o ladrãozinho? — exclamou ele com um sorriso agressivo.

Ove não respondeu. Tentou passar, mas levou uma forte cotovelada de um dos colegas mais novos que rodeavam Tom. Ove ergueu os olhos. O colega mais jovem deu um sorriso irônico.

— Segurem bem suas carteiras, o ladrão está aqui! — disse Tom, a voz tão alta que ecoou pelos corredores.

Ove segurou mais firme a pilha de roupas em um dos braços. Apertou o outro punho no bolso. Entrou num vestiário vazio. Pendurou o uniforme velho e sujo, tirou o relógio de pulso com pulseira amassada do pai e o colocou no banco. Quando virou-se para entrar no chuveiro, Tom estava em frente à porta.

— Nós ficamos sabendo do incêndio — disse ele.

Ove viu que Tom tinha esperança de que ele respondesse. Ele decidiu não dar esse prazer ao homem enorme de barba preta.

— Seu pai teria orgulho de você! Nem ele era tão inútil a ponto de incendiar a própria casa! — gritou Tom, assim que Ove entrou no chuveiro.

Ove escutou os colegas mais novos rirem em coro. Ele fechou os olhos, apoiou a testa na parede e deixou a água quente escorrer pela cabeça. Ficou lá mais do que vinte minutos. O banho mais demorado que tomou na vida.

Quando saiu para o vestiário, o relógio que tinha sido do seu pai havia desaparecido. Ove vasculhou as roupas que estavam no banco, procurou pelo chão, passou pente-fino em todos os armários.

Porque chega um momento na vida de todo mundo em que você decide que tipo de pessoa quer ser. Do tipo que deixa outras pessoas pisarem em você, ou não.

Talvez fosse por Tom ter colocado a culpa nele pelo roubo no vagão. Talvez fosse o incêndio. Talvez fosse o falso corretor de seguros. Talvez fossem os camisas brancas. Talvez simplesmente já tivesse sido suficiente. Mas, naquele momento, foi como se alguém arrancasse um fusível da cabeça de Ove. Tudo em sua visão ficou um tom mais escuro. Ele saiu do vestiário, ainda nu e com água pingando dos músculos retesados. Foi até o fim do corredor, até o vestiário dos chefes, empurrou a porta com um chute e foi abrindo passagem por entre o monte de gente boquiaberta que havia lá dentro. Tom estava ao lado de um espelho na outra ponta do vestiário, aparando sua grande barba. Ove o agarrou pelo ombro e gritou, fazendo com que as divisórias de metal tremessem.

— Me dá o relógio!

Tom o encarou com um olhar superior, projetando sua enorme sombra escura por cima de Ove.

— Eu não peguei a mer...

— Me dá agora! — berrou Ove, antes que ele tivesse tempo de concluir, e tão alto que todos os outros homens no vestiário instintivamente perceberam que era melhor ficarem um pouco mais afastados.

Um segundo depois, Ove arrancou a jaqueta de Tom de suas mãos com tanta força que ele nem conseguiu protestar. Só ficou parado lá, mudo, como uma criancinha sendo castigada, enquanto Ove tirava o relógio do bolso interno.

Aí veio o soco. Apenas um. E isso bastou. Tom despencou como um saco de farinha molhado. Quando o corpo pesado chegou no chão, Ove já tinha saído dali.

Chega um momento na vida de todo mundo em que você decide que tipo de pessoa quer ser. E, se alguém não conhece a história, não conhece as pessoas.

Tom foi levado para o hospital. Perguntavam o tempo todo o que tinha acontecido, mas ele só desviava o olhar e murmurava que tinha "escorregado". E o mais espantoso é que ninguém que estava presente no vestiário naquela ocasião se lembrava de ter visto alguma coisa.

Essa foi a última vez que Ove viu Tom. E também decidiu que aquela era a última vez que tinha deixado alguém enganá-lo.

Ove continuou com o emprego de faxineiro noturno, mas pediu demissão do trabalho na obra. Ele não tinha mais uma casa para construir, e àquela altura já tinha aprendido tanto sobre construção de casas que os caras de capacete não tinham mais nada para lhe ensinar.

Deram a ele uma caixa de ferramentas como presente de despedida. Com ferramentas novinhas, dessa vez. "Para o filhote. Tente construir alguma coisa que dure", estava escrito no papel.

Ove não tinha nenhum uso específico para aquelas ferramentas, então só carregou a caixa para lá e para cá durante vários dias. Por fim, a senhora de quem ele alugava o quarto se compadeceu e começou a procurar coisas na casa para ele consertar. A situação assim ficou mais tranquila para os dois. Mais tarde naquele ano ele se alistou. Obteve a pontuação mais alta em cada um dos testes físicos. O oficial do alistamento militar gostou daquele rapaz calado e forte como um urso, e o incentivou a considerar a possibilidade de ser militar de carreira. Ove achou que parecia uma boa ideia. Ele via que os militares usavam uniforme e seguiam ordens. Todos sabiam o que deviam fazer. Cada um tinha uma função. Organização. Ove concluiu que poderia dar um bom soldado. Desceu a escada para fazer o exame médico obrigatório com o coração mais leve do que havia se sentido em muitos anos. Como se de repente tivessem dado a ele um rumo. Um objetivo. Alguma coisa para ser.

A alegria durou dez minutos.

O oficial do alistamento militar afirmou que o exame médico era "uma mera formalidade". Mas quando o estetoscópio encostou no peito de Ove, ouviu-se alguma coisa que não devia estar lá. Ele foi encaminhado para um médico na cidade. Uma semana depois, comunicaram-lhe que ele tinha um raro defeito cardíaco congênito. Foi dispensado definitivamente do serviço militar. Ove telefonou e protestou. Escreveu cartas. Consultou três outros médicos na esperança de que alguém tivesse cometido um engano. Mas nada adiantou.

— Regras são regras — disse um homem de camisa branca na seção de alistamento, quando Ove foi lá pela última vez tentar apelar.

Ele ficou tão decepcionado que nem esperou o ônibus: fez a pé todo o caminho de volta para a estação de trem. Sentou-se na plataforma. Não sentia a alma tão sombria daquele jeito desde a morte do pai.

Alguns meses mais tarde, ele iria passear justamente por aquela plataforma com a mulher com quem iria se casar. Mas claro que ele não sabia nada disso naquele momento.

Ove voltou para o trabalho como faxineiro. Ficou mais calado do que nunca. A senhora de quem ele alugava o quarto por fim ficou tão cansada de ver seu ar tristonho que deu um jeito de ele conseguir uma vaga de garagem emprestada na vizinhança. Afinal, o rapaz tinha aquele carro que ele sempre ficava parafusando, disse ela. Talvez com isso ele conseguisse se divertir.

Ove desmontou seu Saab inteiro na garagem na manhã seguinte. Ele limpou todas as peças e depois o remontou. Para ver se conseguia. E para ter alguma coisa para fazer. Quando terminou, vendeu o Saab, e com o lucro comprou um Saab 93 de um modelo mais novo. A primeira coisa que fez foi desmontá-lo. Para ver se conseguia. E conseguiu.

Assim se passavam os dias, de modo lento e metódico. E então numa manhã ele a viu. Ela tinha cabelo castanho-claro, olhos azuis, usava sapatos vermelhos e uma grande presilha amarela.

E depois disso Ove nunca mais teve paz e sossego.

13

UM HOMEM CHAMADO OVE
E UM PALHAÇO CHAMADO BEPPO

— Ove é divertiiiido — diz animada a menina de três anos, rindo.

— Ô! — murmura a menina de sete anos, nem um pouco impressionada. Ela pega a irmãzinha pela mão e sai andando com passos adultos na direção da entrada do hospital.

A mãe delas passa a impressão de estar pensando em dar uma bronca em Ove, mas depois parece decidir que não tem tempo para isso agora. Então ela também vai em direção à entrada com uma das mãos apoiada na barriga de grávida, como se estivesse com medo do bebê escapar.

Ove vai atrás dela arrastando os pés. Ele não está nem aí se ela está pensando que "é mais simples só pagar e parar de discutir", pois na realidade trata-se de uma questão de princípios. E se aquele guarda do estacionamento disse que multaria Ove por ter questionado o fato de se ter que pagar para estacionar diante de um hospital, Ove realmente não é o tipo de homem que se cala e deixa de gritar "policial de araque" para o guarda do estacionamento. Apenas isso.

As pessoas vão para o hospital para morrer, Ove sabe disso. E na verdade ele pensa que já basta o governo querer cobrar por tudo o que a gente faz enquanto está vivo. Além disso, ainda querem cobrar estacionamento quando uma pessoa vai ali para morrer, então, para Ove já é demais. Foi isso que ele explicou para o guarda do estacionamento. E foi então que o guarda do estacionamento começou a brandir seu talão de multas. E foi aí que Parvaneh começou a dizer que ela podia pagar. Como se o importante na discussão fosse *isso*.

As mulheres não entendem nada de princípios.

Ele ouve a menina de sete anos resmungar que a roupa estava cheirando a fumaça. Embora todos os vidros do Saab tivessem ficado abaixados durante a viagem até lá, o cheiro não tinha saído completamente. A mãe das meninas havia perguntado a Ove o que de fato ele estava fazendo na garagem, mas Ove só tinha emitido como resposta um som que parecia mais ou menos o de uma banheira ao ser arrastada por azulejos. Claro que a menina de três anos achou que era a aventura da vida dela poder andar de carro com todas as janelas abertas quando lá fora a temperatura estava abaixo de zero. A de sete anos, por outro lado, tinha enfiado o rosto no cachecol e agido de forma bem mais desconfiada com aquilo tudo. Além disso, estava irritada de ficar com o bumbum escorregando em cima do papel-jornal que Ove espalhou no banco de trás para ela e a irmã não "fazerem cocô" no carro. Ele também tinha espalhado papel-jornal no banco da frente, mas a mãe delas arrancou tudo antes de sentar. Ove transpareceu ter ficado mais chateado com a atitude dela do que deveria, mas não disse nada. Em vez disso, sentou-se no banco e ficou lançando olhares apreensivos para a barriga dela até o hospital, como se estivesse com receio de que ela fosse começar a "vazar" no estofamento.

— Sejam boazinhas e fiquem quietinhas aqui — diz a mãe para as meninas quando entram na recepção do hospital.

Eles estão rodeados de paredes de vidro e bancos que cheiram a produtos de limpeza. Há um pessoal de roupa branca e sandálias de plástico bem coloridas, e também idosos que deslizam para lá e para cá pelos corredores apoiados em instáveis andadores. Uma grande placa informa que o elevador 2 do saguão A não está funcionando, e que portanto os visitantes da ala 114 devem se dirigir ao elevador 1 do saguão C. Embaixo desse aviso há outro, que avisa que o elevador 1 do saguão C não está funcionando, e que portanto os visitantes da ala 114 devem se dirigir ao elevador 2 do saguão A. Embaixo desse aviso há um terceiro, esclarecendo que a ala 114 está fechada para reforma naquele mês. Embaixo desse aviso há um papel com a foto de um palhaço. Ele informa que o palhaço Beppo vai visitar as crianças no hospital naquele dia.

— Mas onde Ove foi parar agora? — exclama Parvaneh.

— Acho que ele foi ao banheiro — murmura a menina de sete anos.

— Paiaço! — diz a menina de três anos, apontando feliz para a placa.

— Você sabia que a gente precisa *pagar* para poder ir ao banheiro aqui? — exclama Ove por trás de Parvaneh.

Ela se vira e olha estressada para ele.

— Ah, tá, então você está aí. Você precisa de dinheiro, é?

Ove parece ter ficado ofendido.

— Por que eu precisaria de dinheiro?

— Para ir ao banheiro!

— Eu não preciso ir ao banheiro.

— Ah, mas você disse... — começa ela, mas se detém e balança a cabeça. Então, pergunta: — Esquece, esquece... Você pagou quanto tempo de estacionamento?

— Dez minutos.

Ela solta um suspiro.

— Mas você tem noção de que isso aqui vai demorar mais do que dez minutos, não tem?

— Se for assim, eu posso muito bem sair e pagar para ficar mais dez minutos — responde Ove, como se fosse óbvio.

— Mas por que você não faz isso de uma vez? — pergunta ela, parecendo se arrepender do que disse no mesmo instante em que a pergunta sai de seus lábios.

— Porque é exatamente isso que eles querem! Mas eles não vão receber dinheiro por um tempão que talvez nós nem *usemos*, pode ter certeza disso!

— Então, eu não tenho condições de... — suspira Parvaneh, pondo a mão na testa. Ela olha para as filhas. — Fiquem sentadas aqui com o tio Ove enquanto a mamãe vai ver como as coisas estão com o papai? Tá bom?

— Tá, tá — concorda a menina de sete anos, de mau humor.

— Siiiiiim! — grita exaltada a de três anos.
— Quê? — diz Ove.
Parvaneh se levanta.
— Como assim "com o tio Ove"? Onde você acha que vai se meter? — pergunta ele.

E, para sua grande irritação, a grávida parece nem sequer registrar o grau de indignação de sua voz.

— Você pode ficar aqui tomando conta das meninas — declara ela sucintamente, já desaparecendo no fim do corredor antes que Ove tenha tempo de se opor.

Ove fica parado olhando na direção da mulher. Como que esperando que ela voltasse correndo e gritasse que só estava brincando. Mas ela não faz isso. Então Ove se volta para as meninas. Dá a impressão de que dali a alguns segundos ele vai focar a luz de uma lanterna no rosto delas e perguntar onde elas estavam "na hora do assassinato".

— *Livro!* — grita a de três anos imediatamente e vai correndo para o canto da sala de espera, onde há um verdadeiro caos de brinquedos, bichinhos de pelúcia e livros ilustrados.

Ove balança a cabeça para si mesmo e então, constatando que a de três anos pelo menos parece poder se virar sozinha, dirige sua atenção para a de sete anos.

— Certo, e você?
— Que tem eu? — contra-ataca a de sete anos, meio ofendida.
— Ah... você precisa de alguma coisa para comer, ou ir fazer xixi, ou alguma coisa assim?

A de sete anos o olha como se ele tivesse acabado de lhe oferecer uma cerveja e um cigarro.

— Eu já tenho quase *oito* anos! Eu já sei ir *sozinha* ao banheiro!

Ove sacode os braços abruptamente.

— Claro, claro. Porra! Mil desculpas por ter perguntado.
— Tá — diz a de sete anos, bufando.
— Você falou palavão! — berra a de três anos, ressurgindo correndo para lá e para cá em volta das pernas de Ove.

Ele fica olhando bem descrente aquela catastrofezinha da natureza com déficit linguístico. Ela olha para cima e dá um sorriso de orelha a orelha para ele.

— Lê! — pede ela, erguendo um livro com as mãos tão esticadas que quase perde o equilíbrio.

Desconfiado, Ove fica olhando para o livro, como se o objeto fosse, na verdade, a oferta *very lucrative* de um negócio, feita por um príncipe nigeriano que só precisa dos seus dados e do número da sua conta bancária para "desenrolar rapidinho uma coisa".

— Lê! — diz a menina de três anos, trepando no banco da sala de espera.

Ove se afasta da menina a pelo menos um metro de distância no banco. A de três anos suspira impaciente, some de sua vista e, um segundo depois, enfia a cabeça embaixo do braço dele, com as mãos penduradas como uma manivela no joelho de Ove e o nariz enfiado nos desenhos supercoloridos do livro.

— "Era uma vez um trenzinho" — começa Ove, com o entusiasmo de quem lê em voz alta uma declaração de imposto de renda.

Depois ele vira a página. A de três anos o detém e vira a página de volta. A de sete anos balança a cabeça, cansada.

— Você tem que contar também o que acontece na página. E fazer vozes — diz.

Ove olha fixamente para ela.

— Que mer...

Ele pigarreia no meio da frase.

— Que vozes? — prossegue, corrigindo-se.

— Vozes dos personagens — responde a de sete anos.

— Você falou palavão — declara a de três anos, com benevolência.

— De jeito nenhum — diz Ove.

— Falou, sim — insiste a de três anos.

— Aqui não vai ter nenhuma mer... nenhuma voz — diz Ove.

— Você não entende nada de ler histórias — comenta a de sete anos.

— Talvez você não entenda de escutar histórias! — retruca Ove.

— Talvez você não entenda de *contar* histórias! — esnoba a de sete anos.

Ove olha para o livro, nem um pouco impressionado.

— O que é isso, afinal? Um trem falante? Não tem nada sobre carros?

— Talvez eles tenham alguma coisa sobre velhinhos chatos, em vez disso — murmura a de sete anos.

— Eu não sou um velhinho — dispara Ove.

— Paiaço! — grita a de três anos, alegre.

— E eu também não sou nenhum *palhaço*! — retruca Ove imediatamente.

A de sete anos revira os olhos na direção de Ove, não muito diferente do jeito que a mãe dela costuma fazer.

— Ela não está falando de você. Ela está falando do palhaço.

Ove ergue o olhar e avista um homem parado na porta da sala de espera, e que de fato está vestido de palhaço. E ainda tem pintado no rosto um grande sorriso forçado e ridículo.

— Paiaaaaaaço! — berra a de três anos, pulando em cima do banco de um modo que faz Ove ficar convencido de que a menina definitivamente usa drogas.

Sim, ele já ouviu falar disso, crianças que têm aquelas síndromes cujo nome é uma combinação letras e, por isso, podem tomar anfetamina com receita médica.

— O que nós temos aqui para essa menininha? Será que ela quer ver um truque de mágica? — exclama o palhaço, insinuante, bamboleando como um alce bêbado na direção dela e de Ove. Ele usa um par de sapatos vermelhos grandes demais que, Ove constata, só uma pessoa completamente desmiolada se submeteria a usar em vez de arranjar um emprego de verdade.

O palhaço olha contente para Ove.

— Será que o tio da menininha teria uma moeda de cinco coroas?

— Não. Acho que não tem — responde Ove.

O palhaço parece aturdido. O que não é uma aparência lá muito favorável para um palhaço.

— Mas... veja só... este é um truque de mágica, com certeza você tem uma moeda, não? — murmura o palhaço, com sua voz agora um pouco mais normal, que contrasta muito acentuadamente com o personagem que ele está representando. Isso revela que por trás daquele palhaço idiota obviamente se esconde um idiota totalmente comum, provavelmente de uns vinte e cinco anos.

O olhar de Ove encontra o do palhaço, obrigando-o a imediatamente dar um passo cauteloso para trás.

— Ora... vamos lá! Afinal, eu sou palhaço de hospital. É pelas crianças. Eu devolvo.

— Dá pra ele uma moeda de cinco, vai — diz a de sete anos.

— Paiaçoooo! — grita a de três anos.

Ove olha para a de três anos. Torce o nariz.

— Tá certo — murmura ele, tirando uma moeda de cinco coroas da carteira.

Então ele aponta o dedo para o palhaço.

— Mas você vai me devolver. E logo. Eu vou pagar o estacionamento com ela.

O palhaço, ansioso, faz que sim e arranca a moeda da mão dele.

Dez minutos depois, Parvaneh volta pelo corredor para a sala de espera. Ela fica parada e varre o ambiente de um lado a outro com o olhar.

— Você está procurando suas filhas? — pergunta uma enfermeira atrás dela.

— Sim... — responde Parvaneh, atônita.

— Ali — diz a enfermeira de maneira não muito animada, apontando para um banco perto das grandes portas de vidro que dão para o estacionamento.

Lá está Ove, sentado de braços cruzados e com uma cara muito brava. Ao lado dele, de um lado está sentada a de sete anos, entediada, olhando sem parar para o teto, e do outro a de três, com uma cara de quem acabou de saber que vai ter sorvete no café da manhã todo dia durante um mês. De cada lado do banco estão de pé dois dos extremamente grandes seguranças do hospital, ambos com fisionomia muito séria.

— Elas são suas filhas? — pergunta um deles.

E ele não está nem um pouco com cara de quem vai poder tomar sorvete no café da manhã.

— São. Elas fizeram alguma coisa? — pergunta Parvaneh, agora quase apavorada.

— Não. *Elas* não fizeram nada — responde o outro segurança, com um olhar muito acusador para Ove.

— Nem eu — murmura Ove, mal-humorado.

— Ove bateu no paiaço! — grita a de três anos, eufórica.

— Dedo-duro — diz Ove.

Parvaneh olha fixamente para ele com a boca aberta e não consegue dizer uma palavra.

— Ele não é nada bom para fazer mágica — reclama a de sete anos. — Podemos ir para casa agora? — ela pergunta, levantando-se então do banco.

Parvaneh fica olhando para todos, a de sete anos, a de três anos, Ove e os dois seguranças.

— Por que... espera aí... qual... como assim... palhaço?

— O paiaço Beppo — explica a de três anos, fazendo que sim com a cabeça, muito bem-informada.

— Então, ele ia fazer mágica — diz a de sete anos.

— Mágica de merda — diz Ove.

— Ele ia fazer desaparecer a moeda de cinco de Ove — explica a de sete anos.

— E depois ele tentou devolver *outra* moeda! — intervém Ove, olhando ofendido para os seguranças a seu lado, como se aquilo devesse realmente esclarecer toda a situação.

— Ove *bateu* no paiaço, mamãe — conta a de três anos, rindo, como se aquela fosse a melhor coisa que já tivesse acontecido em toda a vida dela.

Parvaneh continua encarando por um bom tempo Ove, as filhas e os dois seguranças.

— Nós vamos entrar para visitar meu marido. Ele foi trazido para cá por causa de um acidente. As crianças vão poder entrar e dizer oi para ele agora — ela explica aos seguranças.

— Papai caiu! — diz a de três anos.

— Tudo bem — assente um dos seguranças.

— Mas ele fica aqui — determina o outro, apontando para Ove.

— Bati nada... Eu só dei um cutucãozinho nele — murmura Ove. — À merda com esses policiais de araque — acrescenta ele, para se defender.

— Ele não era mesmo nada bom para fazer mágica — diz a de sete anos, chateada, em defesa de Ove, enquanto caminha na direção do quarto do pai.

Uma hora depois, eles estão novamente em frente à garagem de Ove. O magricelo obviamente ficou no hospital com um braço e uma perna engessados e vai permanecer internado alguns dias, Ove ficou sabendo por Parvaneh. Quando ela lhe disse isso, Ove teve que morder bem o lábio para não rir do magricelo, que ele considera um puta desastrado. E teve a sensação de que Parvaneh fez a mesma coisa. O Saab ainda está com cheiro de fumaça quando ele começa a recolher os jornais dos bancos.

— Ove, você tem certeza de que eu não preciso mesmo pagar as multas de estacionamento? — diz Parvaneh.

— Por acaso o carro é seu? — resmunga Ove.

— Não.

— Então — responde ele.

— Mas eu fico com a sensação de que foi culpa minha — insiste ela, com toda a consideração.

— Não é você quem distribui multas. É a prefeitura. Então é culpa da porcaria da prefeitura — diz Ove, fechando a porta do Saab. — E daqueles policiais de araque do hospital — acrescenta ele, evidentemente ainda muito ofendido por terem-no forçado a ficar sentado quieto no banco até que Parvaneh voltasse e o chamasse para ir embora.

Como se não fosse possível deixá-lo livre entre os outros visitantes do hospital.

Parvaneh fica olhando para ele por um bom tempo, pensativa e em silêncio. A de sete anos cansa de esperar e sai atravessando o estacionamento para voltar para casa. A de três anos olha para Ove com um sorriso de quem está se divertindo.

— Você é engraçado! — diz ela, rindo.

Ove olha para ela e enfia as mãos no bolso da calça.

— Certo. Tá bom. Pode ser que você se torne uma boa pessoa.

A de três anos faz que sim, saltitante. Parvaneh olha para Ove, olha para a mangueira que está caída no chão da garagem dele. Olha de novo para Ove, um pouco preocupada.

— Eu precisaria de ajuda para trazer a escada de volta... — diz, como se estivesse no meio de alguma reflexão.

Ove chuta o asfalto distraído.

— E nós ainda temos um aquecedor que não está funcionando — ela acrescenta, como que de passagem. — Seria muito gentil se você pudesse dar uma olhada nele. Sabe como é, Patrick não sabe como se faz algo assim — continua, pegando a de três anos pela mão.

Ove balança a cabeça devagar.

— Não. Não. Pode esquecer.

Parvaneh assente. Então de repente explode num sorriso de satisfação.

— Mas você não pode deixar as meninas morrerem congeladas à noite, não é, Ove? Já chega o fato de elas terem visto você bater num palhaço, não?

Ove olha para ela, com a cara fechada. Em seus pensamentos, como se estivesse em uma negociação, concorda que não, claro que ele não poderia deixar as meninas morrerem congeladas à noite só porque o incapaz do pai delas não consegue abrir uma janela sem cair da escada. Ele teria de aguentar a repreensão da mulher se chegasse no céu como matador de crianças.

Então ele apanha a mangueira do chão, pendura-a num gancho na parede. Tranca o Saab com a chave. Fecha a garagem. Verifica três vezes se ela está fechada. E vai buscar suas ferramentas no depósito.

Amanhã também pode ser um bom dia para alguém tirar a própria vida.

14

UM HOMEM CHAMADO OVE E UMA MULHER NUM TREM

Ela estava de sapatos vermelhos, usando uma grande presilha amarela e um broche de ouro no peito em que os reflexos do sol brincavam muito indecentemente pela janela do trem. Eram seis e meia da manhã, Ove tinha acabado de sair de seu turno e ia pegar outro trem para voltar para casa. Mas aí ele a viu na plataforma, com aquele seu cabelo castanho-claro, seus olhos azuis e seu sorriso tão brilhante. Então ele entrou no trem de novo. Claro que nem sabia direito por quê. Ove nunca tinha sido um homem que fosse muito espontâneo ou muito interessado em mulheres. Mas, quando ele a viu, houve alguma coisa que saiu do eixo, ele mesmo concluiu depois.

Ove convenceu um dos condutores a lhe emprestar uma calça e uma camisa, para ele não ficar com a aparência de um faxineiro de trem, e depois decidiu sentar-se ao lado de Sonja. Foi a melhor decisão que ele tomou na vida.

Ele não sabia o que dizer, mas isso se arranjava. Ove mal teve tempo de se acomodar no banco antes de ela se virar contente para ele e dizer-lhe "oi", sorrindo cordialmente. Ele pôde responder "oi" sem que isso representasse nenhuma grande estranheza. E quando ela percebeu que ele olhava a pilha de livros que ela tinha no colo, ergueu-os ansiosa para que ele pudesse ler os títulos. Ove só entendeu metade das palavras que havia naquelas capas.

— Você gosta de ler? — perguntou ela, animada.

Ove fez que não com a cabeça, ligeiramente inseguro, mas a reação dele não pareceu ser grande coisa para ela.

— Eu amo ler! — exclamou, simplesmente.

E então ela começou a falar do que tratava cada livro no seu colo. E Ove percebeu que, pelo resto de sua vida, ele amaria ouvi-la falar de coisas que ela amava.

Ove nunca tinha ouvido nada tão fantástico como aquela voz. Ela falava como se estivesse sempre sorrindo. E quando ela riu assim de leve, soou como Ove pensava que ririam as bolhas de champanhe se elas pudessem rir. Ele não sabia direito o que devia dizer para não parecer ignorante e burro, mas logo percebeu que esse era um problema bem menor do que pensava. Ela gostava de falar, e Ove gostava de ficar calado. Ove concluiu mais tarde que era a isso que as pessoas se referiam quando diziam que duas pessoas se completavam.

Muitos anos depois, ela contou ter pensado que ele era meio estranho quando se sentou ao seu lado lá no vagão. Um tanto abrupto e obtuso. Mas ele tinha ombros largos e braços tão musculosos que esticavam a camisa. E olhos suaves. Ele escutava quando ela falava, e ela gostava de fazê-lo rir. Além disso, a viagem para a escola todo dia de manhã era tão entediante que o simples fato de ter companhia já era agradável.

Ela estava estudando para ser professora. Pegava o trem todo dia. Depois de algumas dezenas de quilômetros, baldeava para outro e depois para um ônibus. Ao todo, era uma hora e meia na direção errada para Ove. Só quando eles caminharam naquela plataforma pela primeira vez um ao lado do outro e ficaram no ponto de ônibus dela foi que Sonja conseguiu perguntar o que ele de fato fazia lá. E quando Ove se deu conta de que só estava a uns cinco quilômetros do quartel em que ele estaria servindo não fosse o tal problema de coração, as palavras lhe escaparam da boca sem que ele soubesse exatamente por quê.

— Eu presto serviço militar ali — disse ele, apontando para o lugar discretamente.

Ela, contente, fez que sim com a cabeça.

— Então talvez nos encontremos também no trem de volta. Eu vou para casa às cinco!

Ove não conseguiu responder. Lógico que ele sabia que quem presta serviço militar não vai do quartel para casa às cinco, mas era evidente que ela não entendia dessas coisas. Então ele só encolheu os ombros. Depois ela entrou no ônibus e foi embora.

Ove concluiu que tudo estava se tornando indiscutivelmente muito pouco prático, e de diversas formas. Mas não havia muito o que fazer a respeito. Então começou a andar, seguindo as placas daquele pequeno centro de estudos em que ele de repente se encontrava, a pelo menos duas horas de viagem da sua casa. Foi perguntando durante uns quarenta e cinco minutos até localizar o único alfaiate do lugar, entrou decidido e perguntou se era possível mandar passar uma camisa e uma calça lá, e quanto tempo isso iria levar.

— Dez minutos, se você esperar — foi a resposta.

— Então eu volto lá pelas quatro — Ove respondeu.

E saiu.

Ele caminhou todo o percurso até a estação de trem novamente, deitou e dormiu em um banco no saguão de espera. Às três e quinze ele partiu novamente para a alfaiataria, onde mandou passar a camisa e a calça enquanto ficou esperando só de cueca no toalete dos funcionários. Depois caminhou de volta para a estação, pegou o trem com ela e em uma hora e meia chegou na estação em que ela descia. E levou mais de meia hora até voltar à sua estação. No dia seguinte, fez a mesma coisa. E também no outro dia. No terceiro dia, o homem do caixa da estação o abordou e deixou claro que ele não podia deitar e dormir ali como um vagabundo, ele com certeza entendia isso, não? Ove admitiu que entendia perfeitamente, mas que no seu caso o que estava em jogo era uma mulher. O homem do caixa da estação então fez que sim e o deixou dormir dali em diante numa sala de bagagens. Afinal, até mesmo os caixas de estação já se apaixonaram alguma vez.

E assim Ove fez a mesma coisa todos os dias, durante três meses. Por fim, ela se cansou de ele nunca convidá-la para jantar. Então ela mesma se convidou.

— Eu vou estar aqui esperando você amanhã às oito da noite. Quero que esteja usando um paletó e que vá comigo a um restaurante — disse ela, logo que desceu do trem numa sexta-feira à noite.

E foi isso que aconteceu.

Nunca tinham perguntado a Ove como ele vivia antes de conhecê-la. Mas, se tivessem perguntado, ele diria que não vivia.

Na noite de sábado, ele vestiu o velho paletó marrom de seu pai; ficava apertado nos ombros. Em seguida, comeu duas salsichas e sete batatas que preparou na cozinha do seu pequeno quarto e deu uma volta pela casa para apertar uns parafusos que a senhora tinha pedido a ele.

— Você vai encontrar alguém? — exclamou ela, entusiasmada, enquanto ele descia a escada.

Ela nunca o tinha visto de paletó. Ove resmungou que sim.

— Ahã — disse ele, de um modo que tornou difícil julgar se aquilo era uma palavra ou simplesmente o som de sua respiração.

A senhora concordou com a cabeça e tentou esconder um sorrisinho.

— Deve ser alguém muito especial, para você se vestir assim — disse ela.

Ove inspirou novamente e fez um contido gesto de concordância com a cabeça. Quando ele estava passando pela porta, a senhora de repente falou em voz alta lá da cozinha, ansiosa.

— E as flores, Ove?

Ele colocou a cabeça para dentro do cômodo, fitando-a sem entender.

— Ela deve gostar de flores — afirmou a senhora, com certa ênfase.

Ove pigarreou e fechou a porta da entrada.

Durante mais de quinze minutos ele a esperou na estação, com seu paletó marrom apertado e seus sapatos recém-engraxados. Ove desconfiava de gente que chegava atrasada. Seu pai sempre dizia que não se devia confiar numa pessoa que chegasse atrasada. "Se não se pode confiar em alguém com relação a horário, não se vai poder confiar também para coisas mais importantes", ele resmungava quando alguma pessoa, atrasada três ou quatro minutos, vinha chegando no trem com a maior lerdeza para entregar o talão de passes, como se aquilo não fizesse a menor diferença. Como se o trem pudesse ficar lá simplesmente esperando por ela a manhã toda sem ter nada melhor para fazer.

Então, durante cada um dos quinze minutos em que Ove ficou lá esperando na estação, ele ficou um pouquinho irritado. Depois a irritação se transformou em certa ansiedade, e então ele ficou convencido de que Sonja tinha mesmo era feito uma brincadeira com ele quando combinou o encontro. Ele nunca tinha se sentido tão burro em toda a sua vida. Lógico que ela não queria se encontrar com ele. O que deu nele para acreditar naquilo? A vergonha quando se deu conta disso escorreu como uma corrente de lava dentro dele, e Ove ficou com muita vontade de simplesmente jogar o buquê de flores no cesto de lixo mais próximo e sair de lá sem olhar para trás.

Pensando depois, ele não conseguia explicar direito por que permanecera esperando. Talvez porque sentisse que marcar um encontro, afinal, era uma espécie de acordo, um compromisso. Ou talvez por algum outro motivo, algo mais difícil de identificar.

Claro que naquele momento Ove não sabia, mas passaria tantos quartos de hora de sua vida esperando-a que seu pai provavelmente ficaria vesgo se soubesse disso. E quando ela finalmente apareceu, com uma saia florida comprida e um cardigã que era tão vermelho que fez Ove transferir o peso do corpo do pé direito para o esquerdo, ele resolveu que teria de conviver com a incapacidade dela de cumprir horários.

A mulher da floricultura tinha perguntado o que ele "queria". E ele explicou para ela que aquela era uma pergunta ingrata. Afinal, era *ela* quem vendia as flores e ele quem comprava, e não o contrário! A mulher pareceu um pouco insatisfeita com o comentário, mas por fim perguntou se quem ia ganhar as flores tinha uma cor favorita.

— Rosa — disse Ove, convicto.

Não que ele soubesse exatamente lidar com a situação.

E agora ela estava lá, diante da estação, com aquele cardigã vermelho e apertando contente suas flores contra o peito, fazendo o resto do mundo parecer composto apenas de tons de cinza.

— As flores são incrivelmente lindas — disse ela, sorrindo daquele jeito que fazia Ove olhar para o chão e chutar o cascalho.

Ove tinha dificuldade com restaurantes. Ele nunca entendeu por que alguém deveria comer fora gastando um dinheirão quando podia comer em casa. Ele não era muito de decoração sofisticada e culinária excêntrica, e tinha plena consciência de que não era muito bom de papo também. Mas, do jeito que as coisas estavam se encaminhando, ele pensava que, como já tinha comido em casa antes de sair, podia simplesmente deixá-la pedir o que quisesse do menu, e ele então escolheria o que fosse mais barato. Além de que, se ela lhe perguntasse alguma coisa, ele não estaria com a boca cheia na hora de responder. Considerou que aquele era um bom plano.

Assim, quando ela fez o pedido, o garçom sorriu solícito. Ove tinha plena consciência do que tanto aquele garçom quanto os demais clientes do restaurante que os viram entrar estavam pensando que ela era demais para Ove, era isso que eles pensavam. E Ove se sentia muito burro por causa disso. Ainda mais porque ele também tinha a mesma opinião.

Ela falou animada de seus estudos, dos livros que tinha lido, dos filmes que tinha visto. E, quando olhou para Ove, ela fez com que ele pela primeira vez se sentisse como se fosse o único homem no mundo inteiro. E Ove não era mais um homem inferior, agora que ele finalmente percebeu que o que era justo era justo. Ele não podia ficar sentado ali e continuar mentindo. Então Ove pigarreou, criou coragem, e foi aí que ele contou a verdade a ela. Que ele não estava prestando serviço militar coisa nenhuma, mas sim que era um simples faxineiro com um problema no coração, e que tinha mentido sem nenhum motivo especial além do fato de gostar muito de andar de trem com ela. Ove já dava como certo que aquele seria o único jantar que teria com Sonja e não achava que ela merecia jantar com um impostor. Quando terminou sua história, colocou o guardanapo na mesa e pegou a carteira para pagar, levantar-se e sair.

— Sinto muito — ele murmurou, envergonhado e dando chutes na perna da cadeira, antes de acrescentar tão baixinho que mal dava para se ouvirem as palavras: — Eu só queria saber qual era a sensação de ser olhado por você novamente.

Quando ele se levantou, ela estendeu o braço por cima da mesa e pôs a mão sobre a dele.

— Até agora eu ainda não tinha ouvido você falar tantas palavras de uma só vez — ela disse, sorrindo.

Ele murmurou alguma coisa sobre como aquilo não mudava os fatos. Que ele era um mentiroso. Mas, quando ela pediu que ele se sentasse, Ove atendeu ao pedido e afundou na cadeira de novo. E ela não ficou brava como ele achou que ficaria. Ela começou a rir. Por fim, viu que na verdade não teria sido tão difícil deduzir que ele não estava prestando serviço militar, já que ele nunca estava de uniforme.

— Além disso, todo mundo sabe que é muito difícil um soldado poder ir para casa às cinco horas em dia de semana.

Ove não tinha, digamos assim, exatamente a discrição de um espião russo, ela acrescentou. Mas presumira que ele tinha seus motivos para agir como agiu. E gostou do jeito que a escutava. E de fazer com que ele risse. E isso, disse ela, tinha lhe bastado.

Depois ela perguntou o que de fato ele queria fazer da vida, se sonhava com alguma coisa. Então ele respondeu sem nem pensar que queria construir casas. Montá-las. Projetá-las. Avaliar a melhor forma de fazer com que ficassem de pé onde ficariam. Ela não começou a rir, como ele pensava que iria fazer. Ela ficou brava.

— Mas por que você não *faz* isso então? — perguntou ela, num tom exigente.

E para isso é claro que, naquele momento, Ove não tinha mais nenhuma boa resposta.

Na segunda-feira ela foi até a casa dele com folhetos de um curso por correspondência para o exame de engenheiro. A senhora de quem Ove alugava o quarto ficou impressionada com a moça bonita quando a viu subir as escadas com passos confiantes. Aquela senhora foi chamar Ove e bateu nas suas costas ao sussurrar que tinha sido um investimento muito bom ter comprado as flores. E Ove estava inclinado a concordar.

Quando ele subiu para seu quarto, Sonja o esperava sentada na cama. Ove ficou amuado na porta com as mãos no bolso da calça. Ela olhou para ele e sorriu.

— A gente está junto, então? — perguntou ela.
— Ah, sim, podemos dizer que sim — respondeu ele.
Então foi assim.

Ela entregou os folhetos para ele. O curso tinha duração prevista de dois anos, mas aconteceu que todo o tempo que Ove reservou para estudar sobre construção de casas mostrou não ter sido um desperdício tão grande como ele pensava. Ele talvez não tivesse muita cabeça para leitura no sentido tradicional, mas entendia de números e entendia de casas. Isso foi o bastante. Ove fez um dos exames do curso depois de seis meses. Depois mais um. E mais um. E por fim, ele conseguiu seu trabalho na construtora, onde permaneceria durante mais de um terço de século. Trabalhou duro, nunca ficava doente, pagou suas dívidas, pagou imposto, fez a sua parte. Comprou um pequeno sobrado num bairro recém-construído no bosque. Ela queria se casar, então Ove fez o pedido. Ela queria ter filhos, e podia até dar certo, pensava Ove. E, aliás, criança tem que morar num bairro residencial, no meio de outras crianças, isso eles também tinham decidido.

E não mais de quarenta anos depois não havia nenhum resquício de bosque ao redor da casa. Só outras casas. E um dia, em uma cama de hospital, ela segurou a mão dele e disse que não devia se preocupar. Que tudo ficaria bem. Fácil para ela dizer, pensou Ove, com o peito palpitando de raiva e tristeza. Mas ela só pôde sussurrar "vai ficar tudo bem, Ove querido" e apoiar a cabeça no seu braço. Depois entrelaçou cuidadosamente seus dedos nos dele. Então fechou os olhos e morreu.

Ove ficou lá sentado com a mão dela na sua durante algumas horas. Até que o pessoal do hospital entrou e, com vozes afetuosas e movimentos cautelosos, explicou que tinham que levar embora o corpo dela. Assim, Ove se ergueu da cadeira, assentiu com a cabeça para si mesmo e foi para a agência funerária cuidar da papelada. No domingo, ela foi enterrada. Na segunda, ele foi trabalhar.

Mas, se alguém perguntasse, ele diria que não tinha vivido antes de conhecê-la. Nem depois de perdê-la.

15

UM HOMEM CHAMADO OVE E UM TREM QUE SE ATRASA

O homem rechonchudo do outro lado do acrílico tem o cabelo penteado para trás e os braços cobertos de tatuagens. Como se não fosse suficiente ter um cabelo que parece lambuzado com um pote inteiro de margarina, o sujeito ainda resolve aplicar um monte de rabiscos no corpo também, pensa Ove. E nem há um tema específico, nota. Só um monte de desenhos. Será que isso é algo que um homem adulto saudável faz de livre e espontânea vontade, andar por aí com os braços parecendo tecido para pijamas?

— Sua máquina não está funcionando — informa Ove.

— Não? — diz o homem atrás do acrílico.

— Como assim "não"?

— Ah... não está funcionando?

— Foi o que eu disse!

O homem atrás do acrílico parece hesitar.

— Talvez haja algum problema com o seu cartão... Não seria sujeira na tarja magnética? — ele arrisca.

Ove faria a mesma cara se o homem atrás do acrílico tivesse questionado a capacidade de ele ter uma ereção. O homem atrás do acrílico permanece em silêncio.

— Não tem sujeira nenhuma na minha tarja magnética, que isso fique bem claro — diz Ove, apontando para ele.

O homem atrás do acrílico faz que sim. Ele se arrepende e balança a cabeça em negação. Depois tenta explicar a Ove que a máquina "realmente vinha funcionando durante o dia inteiro". Claro que Ove considera a informação absolutamente irrelevante, já que é óbvio que agora ela está quebrada. O homem atrás do acrílico pergunta se, em vez disso, Ove não tem dinheiro em espécie. Ove responde que o homem atrás do acrílico pode ir à merda. Faz-se um silêncio um tanto tenso.

Por fim, o homem atrás do acrílico pede para "dar uma olhada no cartão". Ove olha para ele como se os dois tivessem acabado de se encontrar num beco escuro e o homem tivesse pedido para "dar uma olhada" no relógio de Ove.

— Sem enganação — avisa Ove, enquanto passa hesitante o cartão pelo vão.

O homem atrás do acrílico pega o cartão e o esfrega sem o menor constrangimento na perna da calça. Como se Ove nunca tivesse lido absolutamente nada sobre esses "truques" nos jornais. Como se Ove fosse um idiota.

— O que você está fazendo!? — grita Ove, espalmando a mão contra o acrílico.

O homem devolve-lhe o cartão.

— Experimente agora — diz ele.

Ove olha para o homem atrás do acrílico dizendo-lhe que pare de fazê-lo perder tempo. E fala para o homem atrás do acrílico que qualquer um sabe que, se o cartão não funcionou há meio minuto, ele também não vai funcionar agora, que saco!

— Será mesmo? — diz o homem atrás do acrílico.

Ove solta um suspiro muito enfático. Passa o cartão de novo, sem tirar o olho do acrílico. O cartão funciona.

— Viu? — diz o homem atrás do acrílico, sorrindo.

Ove olha fixamente para o cartão enquanto o coloca de volta na carteira, como se achasse que haviam lhe pregado uma peça.

— Tenha um bom dia — diz contente o homem atrás do acrílico para ele, em voz alta.

— Vamos ver — resmunga Ove.

Nos últimos vinte anos, ninguém nessa sociedade fez nada além de pentelhar Ove dizendo que ele deveria usar cartão de crédito. Mas dinheiro vivo tem servido muito bem para Ove. Aliás, dinheiro vivo serviu muito bem para a humanidade durante milhares de anos. E Ove não confia nos bancos e nos sistemas eletrônicos deles.

Mas é claro que sua mulher teimou em arranjar um maldito cartão desses para ele, apesar de Ove ter lhe avisado para deixar para lá. Então, quando ela morreu, o banco pura e simplesmente enviou um cartão novo no nome de Ove, ligado à conta dela. E agora, depois que Ove comprou flores para o túmulo dela com o cartão durante seis meses, restam 136 coroas e 54 centavos na conta. E Ove sabe muitíssimo bem que, se morrer agora sem ter acabado com o dinheiro, ele vai parar no bolso de algum diretor de banco.

Mas agora que Ove quer usar esse maldito cartão de plástico, é óbvio que ele não funciona. Ou então querem descontar um monte de taxas extras nas transações. E isso só prova que Ove tinha razão o tempo todo. E ele com certeza pretende contar isso para sua mulher assim que encontrá-la de novo. Isso precisa ficar claro para ela.

Porque agora vai ser assim de qualquer jeito. Agora Ove vai morrer.

Ele tinha saído de casa antes mesmo de o sol despontar acima do horizonte, muito antes de qualquer um de seus vizinhos. Tinha estudado o quadro de horários do trem detalhadamente no hall. Depois apagou todas as luzes, desligou todos os aquecedores, trancou a porta da frente e colocou o envelope com as instruções no capacho diante da porta. Ove supôs que alguém o encontraria quando fossem até a casa.

Ele tinha pegado a pá, tirado a neve da frente da casa e guardado de volta no depósito. Trancou a porta do depósito. Se Ove fosse um pouquinho mais observador, quando começou a andar em direção ao estacionamento talvez tivesse prestado atenção no enorme buraco em forma de gato no monte de neve bem em frente a seu depósito. Mas como ele agora tinha coisas melhores a fazer, não prestou atenção.

Tendo aprendido com a experiência altamente involuntária dos recentes acontecimentos, ele não pegou o Saab e foi andando até a estação. Pois desta vez nem estrangeiras grávidas, nem loiras bocós, nem a mulher de Rune, tampouco alguma corda de qualidade duvidosa iam ter chance de atrapalhar a manhã de Ove. Ele tinha limpado o filtro do aquecedor dessas pessoas, emprestado suas coisas, dado carona para elas até o hospital. Mas agora bastava. Agora finalmente ia conseguir realizar seu objetivo.

Ove verificou o quadro de horários dos trens mais uma vez. Ele detestava se atrasar. Isso estragava todo o planejamento. Fazia tudo perder a sincronia. A mulher dele sempre foi um desastre com relação a se manter de acordo com o planejado. Mas, afinal, é assim que são as mulheres. Elas não conseguem se manter de acordo com um plano, mesmo que alguém cole nelas um papel com o passo a passo, era isso que Ove tinha aprendido. Quando ele ia de carro para algum lugar, fazia o esquema e os horários e determinava onde iam abastecer e quando iam tomar café para otimizar o tempo da viagem. Ele estudava mapas e avaliava exatamente quanto tempo cada etapa ia levar, como evitar a hora do rush e qual atalho pegar, coisa, aliás, que esse pessoal fã de GPS nem imagina. Ove sempre tinha uma estratégia de viagem clara. Já a mulher dele, pelo contrário, sempre vinha com bobagens, dizendo que eles deviam "se deixar levar" e "relaxar". Como se isso fosse jeito de um adulto ir a algum lugar na vida. E depois ela sempre acabava tendo que dar um telefonema ou esquecia uma echarpe. Ou então, no último instante, ela lembrava que tinha que pôr na mala sabe lá qual sobretudo. Ou então era outra coisa. E depois ela sempre esquecia o café na garrafa térmica em cima da pia, a *única* coisa que era realmente essencial. Quatro casacos naquelas malditas malas, mas nada de café. Como se desse para ficar parando num posto uma vez por hora e ainda comprar aquele mijo de raposa queimado que costumam ter por lá. De forma que eles ficavam mais atrasados ainda. E quando Ove ficava bravo ela sempre questionava por que era tão importante ter horários planejados quando se vai viajar de carro. "Afinal, nós não temos pressa", dizia ela. Como se *isso* tivesse alguma coisa a ver com a história.

Ove enfia as mãos nos bolsos da calça quando desce para a plataforma da estação. Ele não está de paletó. Estava manchado demais e cheirando muito a fumaça, então ele achou que ela iria lhe dar uma bronca se ele aparecesse de paletó. Ela também não gosta muito da camisa e do pulôver que ele está usando, mas pelo menos estão inteiros e limpos. Está fazendo quase quinze graus abaixo de zero. Ove ainda não trocou a jaqueta azul de outono pela jaqueta azul de inverno, e o vento frio atravessa o tecido. Bem que ele tem andado meio distraído ultimamente, isso ele tem que admitir. Não refletiu direito sobre como se espera que uma pessoa se vista quando vai para o andar de cima. Desde o início, ele tinha pensado que teria que estar bem-vestido e chique. Mas, quanto mais ele pensa nisso agora, mais conclui que talvez haja algum tipo de uniforme no além, para evitar confusão. Afinal, deve haver todo tipo possível de gente morta. Estrangeiros e tudo mais, cada um com roupa mais estranha do que o outro. Então provavelmente era melhor que as vestimentas fossem providenciadas por lá. Devia haver algum tipo de vestiário.

A plataforma ainda está vazia. Do outro lado do trilho, há alguns jovens sonolentos de cabelo comprido e com mochilas grandes demais que, Ove conclui, com certeza estão cheias de drogas. Mais ou menos perto deles há um homem com quarenta e poucos anos, de terno cinza e sobretudo preto, lendo o jornal. Um pouco mais para lá, algumas mulheres na flor da idade papeando, com o emblema do conselho do condado no peito e presilhas lilases no cabelo. Estão fumando cigarros extralongos de menta, um atrás do outro.

Do lado do trilho em que Ove está, a plataforma parece quase vazia, só se veem ali três funcionários da prefeitura. Eles aparentam uns trinta e cinco anos, são grandes e usam calça de uniforme e capacete de construção. Estão perto de um buraco, olhando para dentro dele. À sua volta, há uma fita de isolamento laranja colocada de qualquer jeito. Um deles segura uma xícara de café do 7-Eleven, outro come uma banana, e o terceiro tenta digitar no celular sem tirar as luvas. O buraco continua ali. E depois as pessoas se mostram espantadas quando o mundo inteiro se afunda numa crise financeira, pensa

Ove. Quando a única coisa que as pessoas fazem é ficar comendo banana e olhando dentro de um buraco dias inteiros.

Ove olha o relógio. Falta um minuto. Ele se posta bem no fim da plataforma. Com o peso na lateral da sola do sapato. Não é mais do que um metro e meio, avalia visualmente. Possivelmente um metro e sessenta. Há algo simbólico no fato de ser um trem que vai tirar sua vida, mas ele não está pensando muito nisso. Não lhe ocorrera que o maquinista vai ter que testemunhar o desastre. Então ele decide que vai pular quando o trem estiver bem perto, assim será mais a lateral do primeiro vagão a atingi-lo do que o grande para-brisa da frente. Ele olha na direção de onde o trem vai surgir e conta devagar em silêncio. É importante que o timing seja perfeito, conclui. O sol ainda está nascendo e brilha teimosamente bem contra seus olhos, como uma criança que acabou de ganhar uma lanterna e aponta seu foco de luz.

E é então que ele ouve o primeiro grito.

Ove levanta o olhar a tempo de ver o homem de terno e sobretudo preto oscilando para a frente e para trás, como um panda a que alguém tivesse dado Valium demais. Isso dura alguns segundos, e então o olhar do homem de terno se volta para cima, sem vida, e seu corpo todo parece ser atingido por algum tique nervoso generalizado. Os braços se sacodem como numa convulsão. E então, como se o instante fosse uma longa série de imagens estáticas, o jornal cai de suas mãos, e ele desmaia. Cai da beira da plataforma na linha do trem com um ruído surdo, como se ele fosse um saco de cimento. E lá fica ele deitado.

As moças que fumam sem parar com o emblema do conselho do condado no peito berram em pânico. Os jovens drogados ficam olhando para a linha do trem com as mãos segurando firme as alças de suas mochilas, como se se segurassem para não cair também. Ove fica parado na beira da plataforma do outro lado, olhando irritado para o homem e para as outras pessoas.

— Puta merda — diz Ove por fim para si mesmo. E então pula para a linha do trem. — Ajude aqui! — grita ele para o cara de mochila com o cabelo mais comprido, na beira da plataforma.

O da mochila se desloca lentamente para a beirada. Ove levanta o homem de terno como uma pessoa que nunca pôs o pé numa academia, mas que carregava fácil dois blocos de concreto de uma vez, um embaixo de cada braço, durante toda a vida. Ergue o corpo de um tranco, carregando-o nos braços, exatamente como não conseguem fazer, de modo algum, os jovens que dirigem um Audi e compram calças de corrida fluorescentes.

— Vocês percebem que ele não pode ficar aqui deitado nos trilhos, não é mesmo!?

Desorientados, os jovens de mochila fazem que sim, e por fim, com o esforço conjunto, o homem de terno é colocado em cima da plataforma. As moças do conselho do condado continuam gritando, como se realmente acreditassem que isso é o que há de construtivo e prestativo a fazer numa situação dessas. O tórax do homem de terno se movimenta devagar mas continuamente, para cima e para baixo, quando ele é virado de costas sobre a plataforma. Ove permanece na linha do trem. Ele ouve o veículo se aproximando. Não foi bem assim que as coisas haviam sido planejadas, mas serve.

Então ele vai voltando em silêncio para o meio da linha, põe as mãos nos bolsos e olha fixamente para os faróis. Ele ouve o sinal de aviso, que parece uma sirene. Sente os trilhos tremerem violentamente sob seus pés, como se fosse um touro cheio de testosterona tentando derrubá-lo de suas costas. Ele respira fundo. Em meio a toda aquela trepidação, a todo estrondo e o grito transtornado de pavor dos freios do trem, ele sente um profundo alívio.

Finalmente. A morte.

Para Ove, o instante que se segue parece ser tão demorado como se o próprio tempo tivesse freado e feito tudo ao seu redor se deslocar muito depressa. A explosão de sons fica abafada como um murmúrio baixinho em seus ouvidos, o trem vem se aproximando como se puxado por dois bois velhos e pisca desesperadamente os faróis em sua direção. Ove olha bem para a luz. E no intervalo entre uma pestanejada e outra, enquanto não está ofuscado, faz contato visual com o maquinista. Não deve ter mais do que uns vinte anos. Um daqueles que ainda são chamados de "filhote" pelos colegas mais velhos.

Ove olha bem no rosto do filhote. Cerra os punhos nos bolsos como se estivesse se amaldiçoando pelo que vai fazer agora. Mas não dá mais para evitar, ele pensa. Existe um jeito certo de fazer as coisas. E um jeito errado de fazer as coisas.

Então o trem está a quinze ou vinte metros de distância quando Ove solta um palavrão. E calmamente, como se só tivesse se levantado para ir buscar uma xícara de café, dá um passo para o lado e, de um salto, sobe novamente na plataforma.

O vagão está emparelhado com ele quando o maquinista finalmente consegue parar. O pavor sugou todo o sangue do rosto do filhote. Fica evidente que ele está segurando o choro. Os dois homens olham um para o outro pela janela da locomotiva como se tivessem acabado de chegar a pé, cada um de uma direção, após atravessar um deserto apocalíptico, e constatar que nenhum dos dois era o último ser humano vivo na terra. Um, aliviado com o que vê. O outro, decepcionado. O rapaz da locomotiva faz que sim com a cabeça, devagar. Ove responde com o mesmo gesto, resignado.

É claro que Ove não quer continuar vivo. Mas Ove não é desses que destroem a vida de uma pessoa fazendo contato visual com ela segundos antes de deixar o próprio corpo se transformar numa mancha de sangue em seu para-brisa, isso ele não é, porra! Nem seu pai nem Sonja jamais o perdoariam se ele agisse assim.

— Está tudo bem com você? — diz em voz alta um dos homens de capacete de construção, por trás de Ove.

— Você conseguiu pular no último instante! — grita um dos outros dois com capacete de construção.

Eles olham fixamente para Ove, exatamente como olhavam pouco antes para dentro daquele buraco. Essa parece ser de fato a atribuição principal deles, ficar olhando as coisas fixamente. Ove também olha fixamente para eles.

— No último momento mesmo — reitera o terceiro homem, que continua segurando a banana.

— Isso podia ter dado muito errado — diz o primeiro deles, sorrindo.

— Totalmente errado — apoia o segundo.

— Realmente podia ter morrido — reforça o terceiro.

— Mas que herói você é! — grita o primeiro.

— Você salvou ele! — concorda o outro enfaticamente com a cabeça.

— "Você *o* salvou" — corrige Ove e escuta a voz de Sonja em sua própria voz.

— Senão ele teria morrido — reforça o terceiro, mordendo a banana despreocupado.

Nos trilhos está o trem com todos os freios de emergência vermelhos e em brasa, ofegante e chiando como uma pessoa muito gorda que tivesse acabado de vir correndo e trombado contra uma parede. E de dentro dos vagões escorre um monte de exemplares do que Ove presume que sejam consultores de TI e outras pessoas zonzas na plataforma. Ove coloca as mãos nos bolsos da calça.

— Claro que agora vai haver um monte de atrasos com os trens, uma merda — diz ele, olhando particularmente chateado para o tumulto que se formou.

— É — diz o primeiro capacete.

— Provavelmente — diz o outro.

— Um monte, um monte de atrasos — apoia o terceiro.

Ove emite um som que parece o de uma gaveta pesada que ficou presa ao tentarem abri-la. Passa pelos três sem uma palavra.

— Aonde você vai? Afinal, você é um herói! — grita para ele o primeiro homem de capacete, abismado.

— É sim! — grita o segundo.

— Um herói! — repete o terceiro.

Ove não responde. Ele passa pelo homem atrás do acrílico, volta para as ruas cobertas de neve e começa seu caminho para casa a pé. Enquanto a cidade à sua volta lentamente acorda com seus carros estrangeiros e seus computadores e seus empréstimos e todas as outras merdas.

E então esse dia também já estava arruinado, constata Ove amargamente.

Quando está chegando ao bicicletário do estacionamento, ele encontra o Škoda branco. O veículo está vindo da casa de Anita e Rune. Uma mulher com ar de decidida está sentada no banco do passageiro, usando óculos e com o colo cheio de pastas e papéis. Ao volante, está o homem de camisa branca. Ove consegue saltar da rua para não ser atropelado quando o carro vira a esquina.

O homem de camisa branca ergue um cigarro aceso na direção de Ove pela janela do carro quando eles se cruzam e dá um breve sorriso de superioridade. Como se fosse Ove quem tivesse feito alguma coisa errada ao andar na rua e o homem de camisa branca que tivesse agido corretamente ao ser tolerante com ele.

— Idiota! — grita Ove na direção do Škoda, mas o homem de camisa branca não parece esboçar a mínima reação.

Ove memoriza o número da placa antes que o carro suma após a curva.

— Não esquenta que logo vai chegar sua vez — esbraveja uma voz atrás dele, em tom maldoso.

Ove se vira para trás com o punho cerrado erguido por instinto e imediatamente vê a si mesmo na imagem refletida nos óculos de sol da loira bocó. Ela está com a bota de inverno no colo, que rosna para ele.

— Eles eram do serviço social — diz a bocó, sorrindo e apontando para a rua com a cabeça.

No estacionamento, Ove vê aquele almofadinha do Anders sair de ré da garagem com seu Audi. O carro tem aqueles novos faróis ondulados, repara Ove. De modo que ninguém pode, nem mesmo no escuro, deixar de ver que na certa lá vem um carro dirigido por um completo filho da mãe.

— Por acaso o que ocorreu aqui é da sua conta? — pergunta Ove para a bocó.

Os lábios dele se contraem como os de uma mulher depois de tanto injetar lixo ambiental e neurotoxina neles.

— É da minha conta porque, desta vez, é aquele desgraçado lá do fim da rua que vai para um asilo. E da próxima vez vai ser você!

Ela cospe no chão e vai andando na direção do Audi. Ove olha para ela com o tórax arqueando pesadamente sob a jaqueta. Quando o Audi faz a curva, ela lhe ergue o dedo do meio pela janela. O primeiro instinto de Ove é correr atrás e arrebentar aquele monstro de aço alemão inteirinho, incluindo o almofadinha, a bocó, a bota de inverno e os faróis ondulados. Mas de repente ele se sente sem fôlego, como se tivesse acabado de correr a toda pela neve. Ele se inclina para a frente, põe a palma das mãos nos joelhos e nota, para sua própria ira, que tem dificuldade para respirar. Seu coração bate como se fosse sair do peito.

Ele se endireita após alguns minutos. Algo parece cintilar de leve no campo de visão de seu olho direito. O Audi foi embora. Ove se vira e vai andando lentamente na direção de casa com uma das mãos pressionada contra o peito.

Ao chegar diante da porta, ele para ao lado do depósito. Fica olhando para baixo, para o buraco em forma de gato no monte de neve.

Há um gato inerte lá no fundo. Dava para adivinhar.

16

UM HOMEM CHAMADO OVE E UM CAMINHÃO NUM BOSQUE

Antes que aquele rapaz fechado, de corpo um tanto musculoso e rígido e tristes olhos azuis se sentasse ao lado de Sonja no trem naquele dia, ela de fato só tinha amado três coisas na vida de maneira totalmente incondicional: os livros, o pai e gatos.

Claro que ela teve pretendentes, não era isso. Eles tinham vindo de todas as formas. Altos, e morenos, e baixos, e loiros, e brincalhões, e tristes, e elegantes, e convencidos, e bonitos, e ávidos, e se eles todos não tivessem ficado igualmente assustados com aquelas histórias que corriam pelas cidadezinhas, de que o pai de Sonja guardava uma ou várias armas de fogo na solitária casa de madeira lá no bosque onde morava, decerto teriam sido mais ousados. Mas nenhum deles tinha olhado para ela como aquele rapaz olhava quando sentava ao seu lado no trem. Como se ela fosse a única moça do mundo.

Às vezes acontecia, principalmente nos primeiros anos, de as amigas dela lhe questionarem o juízo. Sonja era bonita demais para ele, algo que grande parte das pessoas ao seu redor considerava importante dizer-lhe o tempo todo. Além disso, ela amava rir e, independentemente do que a vida punha diante de seu nariz, era uma pessoa sempre positiva com tudo. E Ove era, ah, ele era o Ove. Algo que obviamente essas pessoas também não demoravam para dizer a Sonja em tom de crítica.

Afinal, ele era o tipo de homem que desde a escola fundamental se mostrava mal-humorado. E claro que ela conseguiria encontrar coisa melhor, as pessoas argumentavam.

Mas, para Sonja, Ove nunca era fechado, brusco e sarcástico. Para ela, ele era as flores cor-de-rosa ligeiramente bagunçadas do primeiro jantar que tiveram juntos. Ele era o paletó um tanto apertado do pai em seus ombros largos e tristes. E Ove era todas as coisas em que ele acreditava com tanta intensidade, no que diz respeito a justiça, moral e trabalho duro, um mundo em que o certo simplesmente seria certo mesmo. Não porque as pessoas fossem ganhar uma medalha ou tapinhas nas costas por causa disso, mas simplesmente porque seriam como deveriam ser. Não se faziam mais muitos homens assim, Sonja tinha percebido. Então ela decidiu agarrar aquele que conhecera. Talvez ele não escrevesse poesia para ela, não cantasse serenatas, não chegasse à casa dela com presentes caros. Mas nenhum outro rapaz tinha andado de trem durante horas na direção errada todo dia, ao longo de meses, só porque gostava de ficar sentado ao seu lado enquanto ela falava.

E quando ela se apoiava no antebraço dele, do tamanho da coxa dela, e o provocava até que o rosto daquele rapaz mal-humorado explodisse num riso como se fosse uma forma de gesso que rachasse ao redor de uma joia, havia alguma coisa que cantava dentro de Sonja. E eram só dela todos esses momentos.

"Dizem que as pessoas se formam com seus erros, e que aquelas que erram se tornam muito melhores do que alguém que jamais tenha errado", dizia ela para Ove naquela noite em que pela primeira vez os dois saíram para jantar, quando ele contou que tinha mentido ao dizer que prestava serviço militar.

Ela não ficou brava com ele naquela noite. Claro que ela ficou brava com ele inúmeras vezes depois disso, mas não naquela noite. E durante todos aqueles anos que esteve ao seu lado, Ove nunca mais mentiria para ela.

— Quem disse isso? — perguntou Ove olhando para o conjunto de três talheres que estava diante dele na mesa como se olharia talvez para uma caixa que alguém tivesse acabado de abrir e dito "escolha sua arma".

— Shakespeare — afirmou Sonja.

— Ele é alguém importante? — perguntou Ove.

— Ele é fantástico. — Sonja balançou a cabeça, sorrindo.

— Nunca li nada que ele tenha escrevido — murmurou Ove por trás do guardanapo.

— "Que ele tenha *escrito*" — corrigiu Sonja, pondo amorosamente sua mão sobre a dele.

Durante seus quase quarenta anos juntos, Sonja fez com que centenas de alunos com dificuldades de leitura e escrita lessem as obras reunidas de Shakespeare. E durante esse mesmo tempo ela não conseguiu fazer com que Ove lesse nem ao menos uma peça do grande escritor. Mas, assim que eles se mudaram para a nova casa, durante várias semanas Ove passou boa parte das noites no depósito. E, quando ele terminou, as estantes mais lindas que ela já tinha visto vieram para a sala de estar da residência.

— Afinal, os livros têm que ficar em algum lugar — murmurou ele, cutucando um machucado no polegar com a ponta da chave de fenda.

E ela se achegava nos seus braços e dizia que o amava. E ele fazia que sim.

Ela só perguntou uma vez das queimaduras nos braços dele.

Então, a partir dos fragmentos abruptos que Ove, meio contra a vontade, lhe ofereceu ao contar a história por cima, ela teve que tentar montar sozinha o quebra-cabeça das circunstâncias exatas de como ele perdeu a casa dos pais. Mas por fim ficou sabendo de algum modo de onde tinham vindo aquelas cicatrizes. E depois, quando algumas de suas amigas perguntavam por que ela o amava, ela respondia que era porque a maioria das pessoas foge de um incêndio, mas pessoas como Ove correm na direção dele.

Ove não encontrou o pai de Sonja mais vezes do que ele podia contar em seus dedos. O pai dela morava bem ao norte, bem no meio do mato. Era como se aquele homem tivesse olhado um mapa de todas as regiões habitáveis do país e escolhesse exatamente o lugar mais distante possível de outras pessoas, levando-se em conta todos os pontos cardeais.

A mãe de Sonja morrera no parto. O pai nunca mais se casou.

"Eu tenho uma mulher. Ela só não está em casa agora", chiava ele nas poucas vezes que alguém ousava discutir a questão em voz alta quando ele estava por perto.

Sonja se mudou para a cidade quando começou seus estudos. O pai a olhou com uma indignação sem fim quando ela sugeriu que ele também se mudasse. "O que eu vou fazer lá? Encontrar gente?", rosnava o homem. Ele sempre pronunciava "gente" como se fosse um palavrão. Então Sonja o deixou em paz. E, tirando as visitas dela nos fins de semana, e a ida mensal dele com o caminhão até a mercearia na cidadezinha mais próxima, o pai de Sonja só tinha Ernest como companhia.

Ernest era o maior gato doméstico do mundo. Quando Sonja era pequena, ele parecia um pônei. Ele se aproximava e entrava na casa deles quando dava vontade, mas não morava lá. Na prática, onde ele morava ninguém sabia. Sonja o batizara de Ernest por causa de Ernest Hemingway. O pai dela nunca havia dado bola para livros, mas quando a filha se sentou e leu o jornal do dia sozinha com cinco anos de idade, claro que ele não foi idiota e percebeu que alguma coisa precisava ser feita. "Uma menina não pode ficar lendo uma merda dessas, senão ela vai perder o juízo", declarou ele enquanto a conduzia até o balcão na biblioteca da cidadezinha. A velha bibliotecária do lugar não sabia exatamente o que ele queria dizer com isso, mas por outro lado não havia dúvida de que a menina tinha um talento absolutamente especial.

Então, sem que fosse necessário falar mais do assunto, a bibliotecária e o pai resolveram juntos que as idas mensais à mercearia simplesmente teriam que começar a ser completadas com uma ida mensal à biblioteca. O resultado foi que, quando Sonja completou doze anos, ela já tinha lido todos os livros da biblioteca local pelo menos duas vezes. Aqueles de que ela gostava, como *O velho e o mar*, ela tinha lido tantas vezes que já havia perdido a conta.

E foi assim que Ernest ficou se chamando Ernest. E ninguém era dono dele. Mas gostava de acompanhar o pai de Sonja nas pescarias, sem nunca falar nada nessas horas, claro. E o homem tanto apreciava esse traço de caráter que dividia com justiça o que tinham pescado quando voltavam para casa.

Da primeira vez que Sonja levou Ove até a antiga casa de madeira no bosque, Ove e o pai dela, mesmo de frente um para o outro, ficaram sentados absolutamente calados, olhando fixamente para a comida durante quase uma hora. Enquanto isso ela tentava inutilmente conseguir que houvesse alguma forma de conversação civilizada. Nenhum dos dois homens entendia direito o que eles estavam fazendo lá, só que isso obviamente era importante para a única mulher com que ambos se preocupavam. Os dois bem que tinham protestado em voz alta e veementemente contra esse arranjo todo, cada um para seu lado, sem resultado.

O pai de Sonja já havia reagido negativamente desde o início. A única coisa que ele sabia daquele rapaz era que era da cidade e que não gostava nem um pouco de gato, pois Sonja tinha lhe contado isso. Dois traços de caráter que, na opinião do pai de Sonja, eram plenamente suficientes para diagnosticar Ove como não confiável.

Ove, por sua vez, sentia-se como se estivesse numa entrevista de emprego. E ele não se dava lá muito bem nessas entrevistas. Então, quando Sonja não estava falando, coisa que, aliás, era muito rara, se fazia um tal silêncio na sala como só pode existir entre um homem que não quer perder sua filha e um homem que ainda não tem certeza de que foi escolhido para tirá-la do pai. Por fim, Sonja deu um chute na canela de Ove para ver se conseguia fazê-lo dizer alguma coisa. Ove ergueu os olhos do prato, surpreso, e percebeu os sinais no canto dos olhos dela, indicando que estava muito brava. Ele pigarreou e olhou em volta com certo desespero para encontrar algo que perguntar àquele velho. Porque foi isso que Ove aprendeu, que, se não se tem nada para dizer, sempre é melhor perguntar alguma coisa. E, se há uma ocasião que faz as pessoas esquecerem de pensar mal de alguém, é quando têm uma oportunidade de falar de si mesmas.

Por fim, Ove lançou um olhar para fora da janela da cozinha e se fixou no caminhão do velho.

— É um L10, não? — perguntou ele, apontando com o garfo.

— É — disse o velho, ainda olhando para o prato.

— É a Saab que fabrica — afirmou Ove, fazendo um breve movimento de cabeça.

— É a Scania! — rosnou o velho prontamente, fitando Ove, instigado.

E a sala foi envolta novamente por aquele silêncio que só pode existir quando se está entre a moça a quem se ama e o pai dela. Ove olhou decidido para seu prato. Sonja deu um chute na canela do pai. O pai olhou para ela, irritado. Mas então ele viu aqueles movimentos no canto de seus olhos, e ele não era tão burro que não soubesse que, se possível, era melhor evitar aquilo que normalmente viria depois. Então, pigarreou, bravo, e deu uma cutucada na comida.

— Foi só alguém de terno da Saab acenar com a carteira para comprar a fábrica e aí a Scania já não existe mais — resmungou ele em voz baixa e num tom ligeiramente menos acusador, enquanto afastava a canela um pouquinho do sapato da filha.

O pai de Sonja sempre havia tido caminhões da Scania. Ele não conseguia entender por que se deveria ter outra coisa. Considerou então uma traição que ele nunca poderia perdoar o fato de que, depois de décadas de fidelidade inabalável como consumidor, a Scania tivesse se unido à Saab. Ove, que por sua vez tinha ficado muito interessado na Scania no instante em que ela se uniu à Saab, olhou pensativo através da janela para o caminhão e mordeu uma batata.

— Ele está funcionando bem? — perguntou.

— Não — resmungou o velho, de mau humor, voltando-se para seu prato. — Nenhum daqueles modelos funciona direito. Nenhum foi fabricado direito. Os mecânicos vão ficar ricos de tanto consertar eles — acrescentou de um modo que facilmente poderia dar a impressão de ter explicado tudo isso para alguém que estava embaixo da mesa.

— Se quiser, eu posso dar uma olhada nele — disse Ove, de repente com uma expressão de entusiasmo.

De fato, aquela foi a primeira vez que Sonja podia se lembrar de ele ter parecido entusiasmado com alguma coisa.

Os dois homens olharam um para o outro durante um instante. O pai de Sonja fez que sim. E Ove retribuiu o breve gesto. Então, eles se levantaram tão sérios e decididos como dois homens talvez fizessem se acabassem de combinar de sair para tirar a vida de um terceiro. Alguns minutos mais tarde, o pai de Sonja entrou na cozinha de novo, apoiado em sua bengala, e afundou em uma cadeira com seu crônico resmungo de insatisfação. Ficou um bom tempo sentado lá enchendo o cachimbo meticulosamente, antes de por fim apontar para as panelas com a cabeça e finalmente dizer:

— Comida boa.

— Obrigado, papai — disse ela com um sorriso.

— Você que fez. Não fui eu — disse ele.

— Eu não agradeci pela comida — respondeu ela, recolhendo os talheres.

Sonja beijou o pai afetuosamente na testa ao mesmo tempo em que viu Ove sair de baixo do capô do caminhão lá no jardim.

O pai não disse nada, só se levantou com o cachimbo na mão e pegou o jornal na pia da cozinha. No caminho para a poltrona reclinável na sala de estar, contudo, ele parou e ficou ali com certa dúvida, apoiado na bengala.

— Ele pesca? — resmungou por fim, sem olhar para ela.

— Acho que não — respondeu Sonja.

O pai balançou a cabeça, desapontado. Ficou calado um bom tempo.

— É. Mas bem que podia. Ele é bom para aprender as coisas — murmurou ele, colocando o cachimbo na boca e seguindo para a sala de estar.

―――

Sonja nunca tinha ouvido o pai fazer comentário tão elogioso a ninguém.

17

UM HOMEM CHAMADO OVE E UM GATO VELHO NUM MONTE DE NEVE

— Ele está morto? — pergunta Parvaneh, apavorada, correndo tão rápido quanto a barriga de grávida lhe permite, para depois olhar fixamente dentro do buraco.

— Eu não sou veterinário — responde Ove.

Ele não diz isso de forma indelicada. Apenas como uma explicação pura e simples. Ove não entende de onde essa mulher aparece o tempo todo. Será que não se pode mais nem se inclinar por cima de um buraco em forma de gato num monte de neve em seu jardim em paz e tranquilidade?

— Mas você precisa tirar ele daí! — diz ela em voz alta, batendo com a luva no ombro dele.

Ove fecha a cara e enfia a mão mais fundo no bolso da jaqueta. Ele continua com certa dificuldade de respirar.

— Não preciso coisa nenhuma — diz ele.

— Mas... você é idiota ou o quê? — diz ela.

— Eu não me dou muito bem com gatos — informa Ove, plantando os calcanhares na neve.

O olhar da mulher quando se vira na direção dele, entretanto, faz com que Ove se afaste um pouco de seu alcance.

— Talvez ele esteja dormindo — deduz ele, dando uma olhada no buraco.
— Ou então talvez saia quando a neve derreter... — acrescenta.

Quando a luva novamente vem furiosa na sua direção, Ove percebe que ter se afastado foi evidentemente uma ótima ideia.

No instante seguinte, Parvaneh se enfia no monte de neve e ressurge com a criaturinha totalmente congelada em seus braços finos. O animal parece um grande picolé que derreteu, enrolado em um lenço velho.

— Abra a porta! — ela grita, agora completamente fora de si.

Ove enfia a sola dos sapatos mais fundo na neve. Na verdade, ele não começou esse dia com nenhuma intenção de arrastar uma mulher ou um gato para sua casa, isso ele queria deixar claro. Mas ela avança bem na direção dele, com o bicho no colo e a resolução no passo, como se fosse somente uma questão de atropelá-lo ou passar a seu lado, a depender da reação que ele demonstrasse. Ove nunca tinha ficado perto de uma mulher pior que essa, que não dá ouvidos ao que as pessoas sensatas lhe dizem. Ele ainda está com o fôlego curto. Luta contra o impulso de pôr a mão no peito.

Ela continua avançando. Ele sai da frente. Ela passa pisando firme. E o pequeno monte de pelos congelado nos seus braços desencadeia lembranças de Ernest, sem que Ove tenha tempo de se rebelar e forçar o cérebro a detê-las. Lembranças do Ernest burro, gordo e velho que Sonja amava tanto que o coração dela dava pulos ao vê-lo.

— Abra a droga dessa porta! — berra Parvaneh, fazendo um gesto com a cabeça na direção de Ove como se estivesse prestes a lhe dar uma chicotada.

Ove tira as chaves do bolso como se alguma outra pessoa tivesse tomado o controle de seu braço. Tem dificuldade de aceitar o que está fazendo. Como se uma parte dele estivesse sentada gritando "não" dentro de sua cabeça, enquanto o restante do corpo estivesse fugindo numa espécie de revolta de adolescente.

— Traga cobertores! — ordena Parvaneh, passando acelerada de sapato pela soleira.

Ove fica parado por alguns instantes tentando recuperar o fôlego, antes de seguir cambaleando atrás dela.

— Está frio demais aqui. Aumente a temperatura do aquecedor! — esbraveja Parvaneh, como se aquilo fosse algo absolutamente óbvio, mexendo impacientemente um dos braços para Ove enquanto deita o gato no sofá.

— Aqui não se aumenta a temperatura do aquecedor — responde Ove. "Ah, mas agora também já chega", pensa ele. Ele fica estacado na porta da sala imaginando se ela vai tentar bater nele com a luva de novo se ele lhe disser que pelo menos coloque jornais embaixo do gato. Quando ela se vira em sua direção, ele decide não fazer isso. Ove não sabe se alguma vez já viu uma mulher com tanta raiva.

— Eu tenho um cobertor no andar de cima — diz ele por fim, fazendo-se repentinamente de muito interessado na luz do hall quando, na verdade, evitava o olhar dela.

— Traga ele logo! — ela avisa.

Parece que Ove está repetindo as palavras dela em voz baixa para si mesmo, com um tom afetado e irônico, mas de qualquer jeito ele tira os sapatos e atravessa a sala de estar a uma distância cautelosa do raio de ação das luvas.

No caminho inteiro até o andar de cima e no caminho inteiro descendo a escada ele murmura para si mesmo que vai ser realmente impossível conseguir ter paz e tranquilidade naquele bairro. No andar de cima, ele para e respira profundamente algumas vezes. A dor no peito passou. O coração está batendo normalmente de novo. Isso acontece de vez em quando, então ele para de se preocupar com isso. Sempre passa. E, afinal de contas, agora ele nem vai mais precisar tanto desse coração. Então não faz tanta diferença.

Ove escuta vozes vindo da sala de estar. Ele mal consegue acreditar em seus ouvidos. Não é possível que aqueles mesmos vizinhos que constantemente o impedem de morrer não se acanhem de querer levar um homem à loucura e à beira do suicídio. Eis uma coisa que é certa.

Quando Ove desce a escada com o cobertor na mão, o rapaz obeso da vizinhança está no meio da sala de estar olhando curioso para o gato e Parvaneh.

— Oi, cara! — diz ele, alegre, acenando para Ove.

O rapaz está só de camiseta, apesar de tudo estar coberto de neve lá fora.

— Como? — diz Ove, constatando em silêncio que bastou subir uma escada para descer e descobrir que se abriu uma pensão.

— Eu ouvi alguém gritando, cara, só queria checar se estava tudo na boa por aqui — responde o rapaz alegremente, encolhendo os ombros de um jeito que faz a gordura das costas amassar um bocado a camiseta.

Parvaneh puxa o cobertor da mão de Ove e embrulha o gato com ele.

— Assim você nunca vai aquecê-lo — diz o rapaz amavelmente.

— Não se meta nisso aqui — responde Ove, que certamente não é nenhum expert em congelamento de gatos, mas por outro lado também não aprecia nem um pouco que as pessoas venham entrando em sua casa e comecem a dar ordens de como fazer as coisas.

— Fique calado, Ove! — diz Parvaneh, olhando provocante para o rapaz.

— O que nós vamos fazer? Ele está congelado!

— Não me diga para ficar calado — resmunga Ove.

— Ele vai morrer — diz Parvaneh.

— Morrer uma pinoia, ele está só um pouco congelado... — comenta Ove, numa nova tentativa de assumir o controle de uma situação que ele agora considera já totalmente fora de controle.

A grávida coloca o indicador nos lábios e ordena que ele se cale. Ove fica tão perturbado por causa disso tudo que parece que vai dar uma cambalhota de tanta raiva.

— Eu pego ele — interrompe o rapaz, fazendo um gesto na direção do gato, e com isso desconsiderando totalmente o fato de que Ove está justo do lado dele tentando explicar que naquela casa não se vai simplesmente entrando como um palhaço e carregando gatos para um lado e para outro.

Quando Parvaneh ergue o gato, o bicho já começou a mudar de cor, passando de roxo para branco. Ove parece ter um tanto menos de certeza quando vê isso. Ele dá uma olhada rápida em Parvaneh. Recua um passo a contragosto, para abrir espaço.

Então o rapaz obeso tira a camiseta.

— Mas e agora... agora também já... o que que é *isso*? — pergunta Ove, gaguejando.

Seu olhar se desvia de Parvaneh, que agora está de pé ao lado do sofá, o gato descongelando em seu colo e com água pingando no chão, e vai na direção do rapaz, que agora está com o tronco nu no meio da sala de estar de Ove, a gordura chacoalhando desde o peito até os joelhos como se ele fosse um único grande pote de sorvete que alguém derreteu e depois congelou de novo.

— Aqui, dê ele para mim — diz o rapaz, estendendo dois braços grossos como troncos de árvores em direção a Parvaneh.

Quando ela entrega o gato para o rapaz, ele o envolve em seus braços enormes e o puxa contra o peito, como se tentasse fazer um gigantesco rolinho primavera com recheio de gato.

— Aliás, eu me chamo Jimmy — diz ele para Parvaneh, dando risada.

— Eu me chamo Parvaneh — diz ela.

— Bonito nome — elogia Jimmy.

— Obrigada! Significa "borboleta" — diz Parvaneh, sorrindo.

— Lindo! — diz Jimmy.

— Você vai sufocar o gato — diz Ove.

— Ah, dá um tempo, Ove — diz Jimmy.

Ove aperta os lábios fazendo uma linha fina e pálida. Dá um chute irritado num rodapé. Ele não sabe muito bem o que o rapaz quis dizer com esse "dá um tempo", só sabe que não está disposto a fazer isso.

— O gato com certeza prefere poder morrer congelado, de uma forma mais ou menos civilizada, do que estrangulado — Ove diz para Jimmy fazendo um gesto com a cabeça na direção da bola de pelo gotejante que está comprimida no colo do rapaz.

Jimmy sorri amavelmente com seu rosto redondo.

— Fica frio, Ove. Você sabe que eu sou gordinho. Podem dizer um monte de coisa de nós, gordos, cara, mas nós somos danados para produzir calor!

Inquieta, Parvaneh olha para o braço chacoalhante de Jimmy e põe cuidadosamente a palma da mão no nariz do gato. Seu rosto se ilumina.

— Ele está começando a ficar mais quente — alegra-se ela, virando-se triunfante na direção de Ove.

Ele balança a cabeça. Pensa em soltar alguma resposta sarcástica para ela, mas percebe que está desagradavelmente aliviado com a notícia. Ove tem dificuldade para aceitar esse sentimento, então, quando ela olha em sua direção, ele se ocupa de verificar como está o controle remoto da TV.

Não porque agora ele esteja se preocupando com o gato. Mas é claro que Sonja bem que ficaria contente, pensa ele. Nada além disso.

— Vou esquentar um pouco d'água! — diz Parvaneh, que num movimento rápido consegue passar por Ove e de repente está na cozinha mexendo nas portas dos armários dele.

— Desgraçados — resmunga Ove, soltando o controle remoto e indo atrás dela.

Ela está em silêncio e confusa no meio da cozinha, com uma chaleira na mão, quando Ove chega. Ela parece um tanto desconcertada, como se só agora tivesse se dado conta de tudo.

É a primeira vez que Ove vê aquela mulher ficar realmente sem saber o que dizer. A cozinha está arrumada e com as coisas guardadas, mas também está empoeirada.

Cheira a café que ficou no fogo tempo demais, tem sujeira nas dobradiças, e há coisas da mulher de Ove por toda parte. Seus pequenos enfeites na janela, suas presilhas esquecidas na mesa de madeira, sua letra nos recados da geladeira.

O chão está repleto daquelas marcas suaves de rodas. Como se alguém tivesse rolado um pneu de bicicleta para lá e para cá em toda a casa milhares de vezes.

E o fogão e a pia são visivelmente mais baixos que o normal.

Como se a cozinha fosse construída para uma criança. Parvaneh fica olhando para essas coisas como todos que olham o lugar pela primeira vez. Ove já se acostumou com isso. Foi ele quem reconstruiu a cozinha depois do acidente. Claro que a prefeitura se recusou a ajudar, então ele fez sozinho.

Parvaneh dá a impressão de ter empacado no meio de um movimento.

Ove toma a chaleira de suas mãos, sem olhar em seus olhos. Enche lentamente com água e a coloca no fogo.

— Eu não sabia, Ove... — sussurra ela, envergonhada.

Ove permanece inclinado por cima da pia, com as costas viradas para Parvaneh. Ela dá uns passos para a frente e coloca cuidadosamente a ponta dos dedos no ombro dele.

— Desculpe, Ove. De verdade. Eu não devia ter entrado correndo na sua cozinha sem perguntar.

Ove pigarreia e faz que sim com a cabeça, sem se virar. Ele não sabe mais há quanto tempo estão lá. Ela deixa sua mão repousar sem esforço no ombro dele. Ove resolve não tirá-la de lá. A voz de Jimmy interrompe o silêncio.

— Tem alguma coisa para comer? — grita ele da sala.

O ombro de Ove se desvencilha da mão de Parvaneh. Ele balança a cabeça, passa a mão rapidamente pelo rosto e sai andando em direção à geladeira ainda sem olhar diretamente para ela.

Jimmy dá uma risadinha de agradecimento quando Ove sai da cozinha e põe um sanduíche na mão dele. Ove se posta a alguns metros de distância do rapaz e parece determinado.

— Como ele está? — pergunta Ove, com um pequeno gesto de cabeça na direção do gato que está no colo de Jimmy.

A água continua escorrendo pelo chão, mas o bicho começa a recuperar, devagar e sempre, tanto seus contornos quanto a cor.

— Tá com uma cara melhor, né, cara? — diz Jimmy, sorrindo, devorando o sanduíche numa única e enorme mordida.

Ove o observa, incrédulo. Jimmy parece estar suando como um pedaço de bacon numa sauna. Ele fica um pouco triste consigo mesmo quando encontra o olhar de Ove.

— Sabe como é... foi... muito triste isso da sua mulher, Ove. Eu sempre gostei dela. Ela fazia, tipo, o melhor rango da cidade.

Ove olha para ele, pela primeira vez durante essa manhã sem aparentar que está com raiva.

— É. Ela fazia... uma comida muito gostosa — concorda ele.

Ele se afasta até a janela, dá uma verificada no fecho da vidraça com as costas voltadas para a sala. Aperta o encaixe do batente.

Parvaneh fica parada na entrada da cozinha com os braços cruzados sobre a barriga.

— Ele pode ficar aqui até descongelar, depois você terá de levá-lo — diz Ove em voz alta, apontando com o ombro na direção do gato.

Pelo canto do olho, Ove vê como Parvaneh o observa. Como se tentasse descobrir que carta ele esconde do outro lado de uma mesa de cassino. Isso o incomoda.

— Não dá — diz ela, então. — As meninas têm... alergia — acrescenta.

Ove nota a pequena pausa antes que ela tivesse pronunciado "alergia". Ele olha desconfiado para ela pelo reflexo na janela, mas não responde. Em vez disso, vira-se para Jimmy.

— Então você pode cuidar dele — Ove diz para o rapaz obeso.

Jimmy, que agora não só está suando horrores, mas também está começando a ficar com o rosto completamente manchado e avermelhado, olha bondosamente para o gato no seu colo. O bicho começou lentamente a mexer seu toco de cauda e já foi enfiando o focinho gotejante mais fundo no maciço estoque de gordura do braço de Jimmy.

— Acho que não é uma boa ideia eu cuidar do bichano. *Sorry*, cara — diz Jimmy, encolhendo os ombros e deixando o gato rolar para cima e para baixo como se estivesse num parque de diversões.

— Mas por que não? — Ove quer saber.

Jimmy afasta um pouco o gato do peito e estende os braços. A pele está tão vermelha que ele parece estar pegando fogo.

— Eu também sou um pouco alérgico...

Parvaneh dá um berro e vai disparada até ele, toma de suas mãos o gato e novamente envolve o animal no cobertor.

— Precisamos ir para o hospital! — grita ela.

— Eu estou barrado no hospital — responde Ove, sem nem pensar direito.

Quando aperta os olhos e vê que ela parece estar querendo arremessar o gato nele, Ove olha para baixo e geme, exausto. E a única coisa que eu queria era poder morrer sossegado, pensa ele consigo mesmo, pressionando os dedos do pé sobre uma das tábuas do assoalho, que cede um pouco.

Ove ergue o olhar na direção de Jimmy. Olha para o gato.

Varre o chão molhado com o olhar. Balança a cabeça para Parvaneh.

— Então vamos pegar meu carro — murmura ele.

Ele pega a jaqueta do gancho e abre com força a porta da rua. Após alguns segundos, Ove enfia a cabeça no hall de novo. Olha furioso para Parvaneh.

— Mas eu não vou trazer o carro até a casa porque é proibi...

Ela o interrompe dizendo alguma coisa em persa que Ove não decodifica, mas mesmo assim compreende que é algo desnecessariamente dramático. Então ela aconchega mais o gato no cobertor e passa por ele até chegar à rua coberta de neve.

— Regras são regras mesmo — diz Ove, mal-humorado, quando ela sai andando rumo ao estacionamento. Mas ela não responde.

Ove vira-se e aponta para Jimmy.

— E você, trate de vestir um agasalho. Senão nem vai entrar no Saab, que isso fique bem claro.

———

Parvaneh pagou o estacionamento no hospital. Ove não brigou por causa disso.

18

UM HOMEM CHAMADO OVE E UM GATO QUE SE CHAMAVA ERNEST

Não que Ove não gostasse desse gato especificamente. Ele não gostava era de gatos em geral. Ove sempre considerou extremamente difícil confiar neles. Principalmente quando, como no caso de Ernest, eles eram do tamanho de uma motocicleta. Às vezes era realmente difícil alguém dizer de cara se aquele era um gato anormalmente grande ou se um leão anormalmente pequeno. E não se deve ficar amigo de algo que, sabe lá, se quiser pode te devorar enquanto você estiver dormindo, assim pensava Ove.

Mas Sonja amava Ernest incondicionalmente. Então é lógico que Ove aprendeu a guardar esse tipo de argumentação racional para si mesmo. Ele sabia que não devia falar mal daquilo que ela amava porque, afinal de contas, ele sabia como era ser amado por ela, apesar de ninguém entender por quê. Assim, Ove e Ernest aprenderam a conviver de forma civilizada durante as visitas à casa de madeira no bosque. Ou pelo menos passaram a manter a distância um do outro. Exatamente como Ove e o pai de Sonja faziam.

Uma exceção foi o fato de que certa vez Ernest mordeu Ove quando ele sentou no seu rabo num dos bancos da cozinha. Porque, embora Ove insistisse que o maldito gato velho não podia sentar em um banco e deixar o rabo em outro, era isso que acontecia. Por causa de Sonja.

Ove nunca aprendeu a pescar. Mas os dois outonos em que ele continuou a visitar Sonja foram os primeiros em que o telhado da casa ficou sem goteira desde que foi construído. E o motor do caminhão passou a pegar toda vez que alguém girava a chave, sem engasgar. Evidente que o pai de Sonja nunca demonstrou gratidão explícita com relação a isso. Mas ele também não mencionava mais o fato de Ove ser "da cidade". E isso para o pai de Sonja era uma prova de carinho como poucas.

―――

Vieram duas primaveras. E dois verões. E no terceiro, numa noite fresca de junho, o pai de Sonja faleceu. Ove nunca tinha visto alguém chorar como Sonja então chorou. Nos primeiros dias ela mal conseguia levantar da cama. Ove ficou perplexo, dando voltas na cozinha da casa. É que, embora já tivesse se deparado várias vezes com a morte, ele tinha um relacionamento muito limitado com os sentimentos relacionados a essas coisas. O pastor da igreja da cidadezinha veio conversar sobre os detalhes do enterro.

— Um bom homem — declarou o pastor sucintamente, apontando para uma foto de Sonja com o pai na parede da sala.

Ove concordou. Não sabia o que se esperava dele como resposta em tal ocasião. E saiu para verificar se havia algo no caminhão que precisasse ser parafusado e coisas do gênero.

No quarto dia, Sonja se levantou da cama e começou a arrumar a casa toda com um tal frenesi que Ove se manteve longe dela como as pessoas inteligentes se mantêm afastadas de um tornado que se aproxima. Ele ficou perambulando pelo quintal procurando coisas com que se ocupar. Reconstruiu o galpão que tinha sido derrubado por uma ventania numa das tempestades da primavera. Nos dias que se seguiram, encheu-o de lenha recém-cortada. Aparou a grama. Cortou os galhos que pendiam por cima do terreno. Tarde da noite no sexto dia ligaram da mercearia.

Claro que todos disseram que foi um acidente. Mas nenhuma pessoa que conhecia Ernest conseguia acreditar que ele tivesse passado correndo na frente de um carro. A tristeza faz coisas estranhas com os seres vivos. Ove dirigiu mais rápido do que nunca pelas estradas naquela noite. Sonja ficou segurando a enorme cabeça de Ernest em suas mãos durante todo o trajeto. Ele ainda respirava quando chegaram ao veterinário, mas os ferimentos eram graves demais, e ele havia perdido muito sangue.

Depois de duas horas agachada ao lado dele na sala de procedimentos cirúrgicos, Sonja deu um beijo na testa do enorme gato e sussurrou "adeus, Ernest querido". E então, como se as palavras saíssem de sua boca envolta em nuvens:

— E adeus, papai tão querido.

Após isso, o gato fechou os olhos e morreu.

Quando Sonja saiu para a sala de espera, ela pousou todo o peso de sua testa no peito largo de Ove.

— Eu sinto tanta saudade, Ove. Sinto tanta saudade que é como se meu coração batesse fora do corpo.

Eles permaneceram por um longo tempo em silêncio, com os braços ao redor um do outro. Por fim, ela ergueu seu rosto até encostar no dele e olhou com seriedade em seus olhos.

— Agora você vai precisar me amar em dobro — pediu ela.

Ante tal pedido, Ove mentiu dizendo que faria isso.

Pois ele sabia muito bem que era impossível amá-la mais do que já amava.

Eles enterraram Ernest às margens do lago onde o pai de Sonja costumava pescar. O pastor estava presente e recitou palavras sábias. Depois disso, Ove pegou o Saab e foi dirigindo pelas estradinhas com a cabeça de Sonja apoiada em seu ombro. No caminho de volta para a cidade, ele parou no primeiro lugar com um pequeno centro comercial aonde chegaram. Sonja havia combinado de se encontrar com alguém lá. Ove não sabia quem. Esse era um dos traços de caráter dele que ela mais apreciava, diria ela muito tempo depois. Sonja não conhecia mais ninguém que pudesse ficar sentado num carro durante uma hora inteira esperando sem exigir saber quem, por que ou quanto tempo ela iria demorar. Não que Ove não reclamasse, porque os deuses sabem que ele reclamava. Principalmente se tivesse que pagar o estacionamento. Mas ele nunca ficava perguntando o que ela fazia. E ele sempre a esperava.

Então, quando finalmente retornou, Sonja sentou-se de novo no carro, fechou a porta do Saab com todo o cuidado que tinha aprendido a ter, para que ele não ficasse magoado como se ela tivesse acabado de chutar um ser vivo, e pôs cuidadosamente a mão sobre a dele.

— Acho que talvez tenhamos que comprar uma casa para nós, Ove — ela disse suavemente.

— Por que a gente precisaria disso? — Ove perguntou.

— Eu acho que criança tem que crescer é numa casa — Sonja respondeu, pondo a mão dele delicadamente em cima da barriga dela.

Ove ficou um bom tempo calado. Foi muito tempo até para Ove. Ele ficou olhando pensativo para a barriga, como se esperasse que dali fosse se erguer algum tipo de bandeira. Por fim, Ove se empertigou no assento, girou o dial do rádio meia volta para um lado e meia volta para o outro. Ajustou os retrovisores. Assentiu com objetividade e disse:

— Então nós precisamos comprar uma *station wagon*.

19

UM HOMEM CHAMADO OVE E UM GATO QUE JÁ CHEGOU ESTROPIADO

Ove olha para o gato. O gato olha para Ove. Ove não gosta de gato. E os gatos não gostam de Ove. Ove sabe disso. Ernest não gostava de Ove, nem Ove gostava de Ernest, e, no entanto, de todos os gatos que já tinha encontrado, Ernest era o gato com que Ove menos havia antipatizado.

Realmente este gato aqui não é nada parecido com Ernest, conclui Ove. E a diferença vai bem além do jeitão de convencido, pois isso ele supõe que todos os gatos têm em comum. Este é tão pequeno e sem brilho que poderia muito bem ser um rato grande. E parece que ele perdeu ainda mais pelos durante a noite. Como se isso fosse possível, dado o estado em que ele já se encontrava.

"Eu não me dou bem com gato, estou lhe dizendo, mulher!", Ove tinha tentado repetidas vezes convencer Parvaneh no dia anterior.

Depois ele ainda praticamente gritara para ela ouvir que aquele gato moraria em sua casa só se passasse por cima do seu cadáver.

E agora ele está ali. Olhando para o gato. E o gato olhando para ele. E Ove é completamente o contrário de morto. Isso tudo é extremamente irritante.

Um homem chamado Ove

Ove tinha acordado meia dúzia de vezes naquela noite porque o gato viera deitar ao seu lado na cama, um tanto desrespeitosamente. E o mesmo tanto de vezes o gato tinha acordado porque Ove o chutou bem bruscamente de volta para o chão.

E agora que Ove se levantou, às quinze para as seis, o gato está sentado no chão no meio da cozinha, olhando para Ove como se ele lhe devesse algum dinheiro. Ove também observa o gato com a mesma desconfiança, como se o bicho tivesse acabado de tocar a campainha de sua porta com uma Bíblia embaixo da pata, perguntando se ele estava "pronto para deixar Jesus entrar em sua vida".

— Lógico que você está esperando comida, eu deduzo — murmura Ove, por fim.

O gato não responde. Fica mordiscando as manchas do pelo da barriga e lambendo a pata, indiferente.

— Mas nesta casa não se fica só resmungando, esperando que a comida voe para dentro da boca — acrescenta Ove, apontando um indicador crítico para o gato a fim de deixar claro com quem ele está falando.

O gato dá a impressão de que pretende fazer uma bola de chiclete cor-de-rosa na frente dele.

Ove se posta ao lado da pia da cozinha. Liga a cafeteira. Olha para o relógio. Olha para o gato. Parvaneh tinha conseguido, depois que deixaram Jimmy no hospital, localizar durante a noite um conhecido que era veterinário. O veterinário tinha vindo olhar o gato e diagnosticou "lesões graves de congelamento e subnutrição acentuada". Em seguida, ele deu a Ove uma extensa lista de instruções sobre o que o gato precisava comer e como deveriam "cuidar dele". Como se Ove fosse dono de uma clínica de reabilitação de gatos.

— Eu não tenho uma clínica de reabilitação de gatos — ele explica para o gato.

O gato não responde.

— Você só está aqui porque não dá para argumentar com aquela mulher grávida — diz Ove, apontando com a cabeça numa direção que passa pela sala de estar e pela janela até a casa de Parvaneh.

O gato parece ocupado tentando lamber os próprios olhos.

Ove ergue quatro pequenas meias na direção do bichano. São as meias que ele recebeu do veterinário. Obviamente o gato velho precisa de exercício mais do que qualquer outra coisa, e com relação a isso Ove acha que pode mesmo ser útil. Quanto mais longe aquelas garras ficarem dos papéis de parede de sua casa, melhor, calcula.

— Calce essas meias para podermos ir andar lá fora. Eu estou atrasado!

O gato se levanta lentamente e anda com passos confiantes na direção da porta da rua. Como se estivesse sobre um tapete vermelho. De início, ele olha desconfiado para as meias, mas apesar disso não resiste além do necessário quando Ove coloca bruscamente uma em cada pata. Quando acaba de calçar o gato, Ove se levanta e o examina por cima e por baixo. Balança a cabeça.

— Meia para gato... isso não pode ser natural.

Já o gato, que agora também está curioso, fica examinando seu novo calçado, e parece de repente muito satisfeito consigo mesmo. Como se pensasse em tirar uma selfie com o celular e postá-la no seu blog. Ove veste a jaqueta azul, enfia as mãos peremptoriamente nos bolsos e aponta com a cabeça na direção da porta.

— De qualquer forma, você não pode ficar aqui todo imponente a manhã toda. Já pra fora!

E então acontece de pela primeira vez Ove ter companhia durante sua ronda diária de inspeção pelo bairro. Ele dá um chute na placa que diz que o tráfego de automóveis é proibido dentro do bairro. Aponta veementemente para a placa um pouco menor que salta na neve de um gramado alguns metros mais para a frente na rua, onde está escrito "Proibido exercitar animais domésticos dentro da área residencial". Foi ele mesmo quem colocou aquela placa, quando era presidente da associação de moradores, Ove informa ao gato num tom decidido.

— Naquela época, havia pouca ordem por aqui — acrescenta Ove, andando rumo à garagem.

O gato parece mais preocupado em achar um lugar para fazer xixi.

Ove dá uns passos à frente e põe a mão na maçaneta do portão da sua garagem. Inspeciona o depósito de lixo e o bicicletário. O gato vai perambulando atrás dele com o porte de um bicho convencido, talvez de um pastor-alemão de sessenta quilos do esquadrão antidrogas da polícia. Ove desconfia que é justamente a ausência total de autopercepção que fez com que aquele gato ficasse sem cauda e sem metade da pelagem. Quando o gato se mostra um pouco interessado demais no cheiro de uma das latas no contêiner de reciclagem do depósito de lixo, Ove o cutuca asperamente com o pé e o enxota para fora.

— Desce daí. Você não pode comer lixo, caramba!

O gato olha bravo para Ove, mas não diz nada. Logo em seguida, quando Ove vira as costas, o gato desce para o gramado coberto de neve, ao lado da calçada, e faz xixi na placa de Ove.

Ove faz uma última curva e vai até o fim da rua. Diante da casa de Anita e Rune ele apanha uma guimba de cigarro. Ele a passa entre os dedos. Aquele funcionário público fumante, que dirige um Škoda, parece ficar dando volta de carro aqui no bairro como se achasse que é dono do lugar! Ove fala um palavrão e enfia a guimba no bolso.

Quando voltam para casa, Ove abre uma lata de atum e a coloca no chão da cozinha.

— É, eu não teria mesmo mais sossego se deixasse você morrer de fome.

O gato come direto da lata. Ove toma seu café em pé ao lado da pia. Assim que terminam, Ove coloca tanto a xícara quanto a lata na pia, lava a louça com capricho e coloca tudo para secar. O gato parece prestes a questionar por que Ove coloca uma lata de atum para secar, mas deixa pra lá.

— Eu tenho coisas para fazer, então não podemos ficar sentados aqui o dia todo — declara Ove quando termina. Porque, apesar de não querer nem um pouco, Ove talvez seja forçado a morar junto com aquela pequena criatura.

Mas também ele não seria obrigado a deixar a fera sozinha em casa só por isso. Então o gato tem que acompanhá-lo. Ainda que ambos discordassem sobre o fato de o gato precisar ir sentado num forro de papel-jornal no banco do passageiro no Saab. Primeiro, Ove joga o animal sobre duas folhas do caderno de entretenimento, ante o que o gato logo se mostra muito ofendido, pois afasta as folhas para o chão com as patas traseiras e logo se instala confortavelmente no banco macio. Ove então ergue o gato puxando-o com força pelo cangote, e a reação do bicho não é nada passivo-agressiva; então agora Ove estica três folhas com notícias culturais e críticas de livros embaixo dele. O gato lança um olhar raivoso quando Ove o larga, mas depois surpreendentemente acaba se sentando quieto no papel-jornal, apenas olhando um pouco ofendido pela janela. Até Ove concluir ter vencido o duelo, balançar a cabeça satisfeito e colocar a chave do Saab em *drive* para sair andando pela rua mais larga. Pois é justo nesse instante que o gato resolve rasgar o papel com as próprias garras e, em seguida, posicionar as duas patas dianteiras diretamente sobre o banco, ameaçando repetir o feito ao mesmo tempo que olha bastante desafiador para Ove, como se pensasse em perguntar: "E o que você vai fazer agora, hein?"

Ove pisa com tudo nos freios do Saab, fazendo com que o gato saia voando para a frente e bata o focinho no painel. Ele então olha para o gato como se pensasse em responder: "Vou fazer isso!" Depois, pelo resto da viagem o gato se recusa a olhar para Ove e só fica aninhado em um canto do banco esfregando muito ofendido o focinho com uma das patas. Porém, quando Ove está dentro da floricultura, o bichano se levanta e passa a língua no volante, no cinto e por toda a parte de dentro da porta do carro.

Quando Ove volta com as flores e descobre que seu carro está cheio de saliva de gato, ele aponta com raiva na direção do animal, como se seu indicador fosse uma arma. E então o gato morde a arma dele. Depois disso, Ove se recusa a se dirigir ao gato até o final da viagem.

Quando eles chegam ao cemitério, Ove resolve se garantir. Ele enrola o que sobrou do jornal formando um bastão e com ele empurra o gato asperamente para fora do carro. Então apanha as flores no porta-malas, tranca o Saab com a chave e verifica se todas as portas de fato estão fechadas. O gato fica sentado no chão o observando. Ove passa por ele como se não existisse.

Juntos, os dois sobem por um caminho cascalhado rumo ao morro da capela, fazem a curva e vão andando pesadamente pela neve, antes de pararem perto do túmulo de Sonja. Ove limpa a neve da lápide com o dorso da mão e sacode um pouco as flores.

— Trouxe flores — murmura ele. — Rosas, como você gosta. Dizem que morrem com o frio, mas é só para fazer a gente comprar das mais caras.

O gato afunda com o traseiro na neve. Ove olha mal-humorado para ele, e depois para a lápide.

— Ah... sim, esse é o gato velho. Ele está morando lá em casa agora. Estava morrendo congelado na frente da nossa casa.

O gato olha um tanto ofendido para Ove. Ove pigarreia.

— Quando fui ver, ele já estava com essa aparência — esclarece ele com um tom repentinamente defensivo, apontando com a cabeça primeiro para o gato e depois para a lápide.

— Não fui eu que arrebentei com ele. Ele já chegou estropiado — acrescenta para conhecimento de Sonja.

Tanto a lápide quanto o gato permanecem em silêncio ao lado dele. Ove fica olhando algum tempo para os sapatos. Resmunga. Abaixa-se, apoiando um joelho no chão, e retira um pouco mais de neve da lápide. Põe a mão cautelosamente sobre ela.

— Eu tenho muita saudade de você — sussurra.

Logo surge um brilho no canto do olho de Ove. Ele sente algo macio que roça em seu braço. Leva alguns instantes para perceber que é o gato, que pousou cuidadosamente a cabeça na palma de sua mão.

20

UM HOMEM CHAMADO OVE
E UMA INVASORA

Ove permanece sentado durante pelo menos vinte minutos no banco do Saab, com o portão da garagem aberto. Nos primeiros cinco minutos o gato fica olhando do banco do passageiro para ele, impaciente, como se achasse que alguém devia dar um peteleco na orelha daquele homem. Nos cinco minutos seguintes, fica ainda mais inquieto. Depois se seguem alguns minutos em que ele tenta abrir a porta sozinho. Quando vê que não consegue, ele se deita no banco e pega no sono.

Ove dá uma olhada enquanto ele rola, fica de lado e começa a ronronar. É preciso admitir que aquele gato velho tem uma forma muito direta de resolver problemas. Tem, sim.

Ele dá mais uma olhada pelo estacionamento. Observa a garagem do outro lado da rua. Ove esteve ali com Rune centenas de vezes. Antes, os dois eram amigos. Não há muitas pessoas das quais Ove podia dizer isso. Ove e sua mulher foram os primeiros que se mudaram para aquele bairro de casas geminadas há tantos anos. Quando o lugar estava recém-construído e tudo em volta eram árvores. Um dia depois, foram Rune e Anita que se mudaram para lá. Anita também estava grávida, e claro que ela e Sonja se tornaram melhores amigas do jeito que só as mulheres conseguem ser. E exatamente como todas as mulheres que se tornam melhores amigas, claro que as duas fizeram com que Rune e Ove também se tornassem melhores amigos. Pois, afinal, eles tinham muitos "interesses em comum". Ove não entendia de forma alguma o que elas queriam dizer com isso. Porque o que Rune tinha era um Volvo.

Não porque Ove tivesse alguma coisa contra Rune nos demais aspectos, especificamente. Rune tinha um trabalho decente e não falava além do necessário. Ele tinha aquele Volvo, é verdade, mas, afinal, como a mulher de Ove teimava em lhe dizer, ele talvez não precisasse só por causa disso ser obrigatoriamente um idiota completo. Então Ove o suportava. Depois de um tempo, de vez em quando ele até emprestava ferramentas para Rune. E numa tarde os dois ficaram um bom tempo lá no estacionamento, cada qual com o polegar enfiado no cinto, discutindo o preço dos cortadores de grama. Quando se despediram, eles então apertaram as mãos. Como se essa decisão recíproca de serem amigos fosse uma espécie de transação.

Quando depois os dois homens ficaram sabendo que logo todo tipo de gente se mudaria para lá, para ocupar as outras quatro casas, eles se sentaram na cozinha de Ove e Sonja para deliberar. Ao final, eles tinham um conjunto comum de regras para o bairro, placas com instruções sobre o que era permitido e o que não era, e uma recém-indicada diretoria para a associação de moradores. Ove ficou sendo o presidente, e Rune, o vice.

Nos meses que se seguiram eles fizeram muita coisa juntos. Brigaram com as pessoas que estacionavam errado. Pechincharam na loja de ferragens, ao comprar a tinta das fachadas e das calhas e, quando a companhia telefônica veio puxar os cabos e instalar tomadas, permaneceram um de cada lado do funcionário, apontando rispidamente com as duas mãos como ele devia proceder. Não porque um ou outro soubesse com exatidão como deveriam ser instalados os fios de telefone, mas porque os dois sabiam muito bem que, se ninguém supervisionar esse tipo de serviço, eles tentam enganar a gente. Só por isso.

Às vezes os dois casais jantavam juntos. A verdade, porém, é que em muitos desses jantares acontecia de Ove e Rune ficarem no estacionamento chutando os pneus de seus respectivos carros e comparando o espaço do bagageiro, a rotação dos motores e outras coisas essenciais a noite toda.

A barriga de Sonja e de Anita cresciam sem parar, o que, segundo Rune, fazia Anita ficar "com o cérebro completamente em pedaços". Depois que ela entrou no terceiro mês de gestação, ele volta e meia encontrava o bule de café quente na geladeira e coisas assim. Já Sonja desenvolvera um humor que oscilava mais rápido do que uma porta de saloon num filme de John Wayne, o que fez com que Ove evitasse abrir a boca, fosse como fosse. O que obviamente a irritava. E, se ela não estava suando, estava congelando. Assim que Ove cansava de brigar com ela e ia aumentar a temperatura do aquecedor da casa um pouquinho, ela começava a suar de novo, então ele tinha que voltar e abaixar a temperatura de novo. Ela também comia bastante banana, e em tal quantidade que o pessoal da mercearia provavelmente acreditava que Ove tinha aberto um zoológico em casa, pela frequência com que era forçado a ir lá.

— Os hormônios estão fazendo uma dança de guerra — Rune arriscou dizer, balançando perspicazmente a cabeça, numa das noites em que Ove estava sentado com ele no pátio nos fundos da casa, enquanto as mulheres permaneciam na cozinha falando das coisas de que as mulheres falam.

Rune então contou ter encontrado Anita chorando ruidosamente diante do rádio, no dia anterior, pelo simples motivo de estar tocando "uma música bonita".

— Uma... música bonita? — disse Ove, meio sem entender.

— Uma música bonita — confirmou Rune.

Os dois homens balançaram a cabeça ao mesmo tempo e ficaram olhando a escuridão. Calados.

— A grama está precisando ser cortada — disse Rune, por fim.

— Eu comprei lâminas novas para o cortador — concordou Ove.

— Quanto você pagou? — perguntou Rune.

E assim continuou o relacionamento daqueles dois homens.

À noite, Sonja tocava música para a barriga, pois ela dizia que nessas horas o bebê se mexia. Enquanto ela fazia isso, Ove em geral ficava sentado meio descrente em sua poltrona do outro lado da sala, fingindo assistir à TV. Ele estava inquieto com relação a como seria de fato quando aquele bebê resolvesse sair. Pensava em todos os detalhes. Por exemplo, se o bebê não ia gostar nada dele por ele não gostar muito de música.

Não era disso que Ove tinha medo. Ele só não sabia como alguém se prepara para ser pai. Ove pediu a Sonja que lhe arranjasse algum tipo de manual, mas ela só riu dele. Ele não entendeu por quê. Existe manual para todas as outras coisas.

Ele ficava na dúvida se seria um bom pai. Na verdade, Ove não gostava muito de criança. Ele próprio nunca tinha nem sido muito bom em *ser* criança. Sonja achava que ele devia conversar sobre isso com Rune, já que eles "estavam na mesma situação". Ove não fazia a menor ideia do que ela queria com isso. Afinal, Rune não ia ser pai do filho dele, mas sim do próprio filho. Mas, de qualquer maneira, Rune parecia concordar com Ove que eles não tinham muito o que discutir, e isso já era alguma coisa. Então, quando Anita vinha de noite conversar com Sonja sobre dores aqui e ali, sentadas na cozinha, Ove e Rune justificavam que eles tinham "coisas para discutir" e saíam para o depósito de Ove. E simplesmente ficavam lá em silêncio, mexendo nas coisas da bancada.

Quando pela terceira noite seguida permaneceram lá um ao lado do outro, com a porta fechada e sem saber o que fazer, eles concordaram que precisavam de alguma coisa com que se ocupar antes que, como Rune expressou, "os novos vizinhos começassem a pensar que eles estavam aprontando alguma lá dentro".

Ove concordou que ele talvez tivesse mesmo razão. Então foi o que procuraram fazer. Eles não passaram a conversar tanto assim um com o outro, a partir dali, mas ficaram ocupados fazendo desenhos, medindo ângulos e cuidando para os cantos saírem retos e certinhos. E certa noite, quando Anita e Sonja estavam no quarto mês de gestação, dois berços azul-claros já estavam prontos no quarto do bebê de cada uma das casas.

— A gente pode lixar e pintar de rosa se for uma menina — murmurou Ove quando Sonja o viu.

Sonja pôs os braços ao redor dele, e Ove sentiu o pescoço molhado com as lágrimas dela. Hormônios completamente irracionais, como dizem.

— Eu quero que você me peça em casamento — sussurrou ela.

Então foi assim. Eles se casaram no centro da cidade, com toda a simplicidade. Nenhum dos dois tinha família, então só Rune e Anita compareceram à cerimônia. Sonja e Ove trocaram alianças, e depois os quatro foram comer num restaurante. Ove pagou, mas Rune preferiu antes verificar a conta para ver "se estava tudo certo". Claro que não estava. Então depois de mais ou menos uma hora fazendo cálculos os dois convenceram o garçom de que seria melhor ele simplesmente conceder um bom desconto, senão eles iriam "denunciar". Não ficou muito claro exatamente para quem eles iam denunciar o quê, e por que motivo, mas o garçom por fim cedeu, foi até o caixa e trouxe uma outra conta. Ele agora viera xingando e sacudindo os braços, enquanto Rune e Ove balançavam a cabeça sérios um para o outro em concordância, sem notar que suas mulheres, exatamente como costumavam fazer, já tinham pegado um táxi vinte minutos antes.

———

Ove balança a cabeça para si mesmo, sentado no Saab e olhando para o portão da garagem de Rune. Não consegue se lembrar de quando foi que o viu aberto pela última vez. Ele apaga as luzes do Saab, cutuca o gato fazendo-o acordar com um tranco e sai andando.

— Ove? — diz uma voz desconhecida, demonstrando curiosidade.

Nos segundos seguintes, uma mulher estranha, claramente combinando com a voz estranha, coloca a cabeça para dentro da garagem. Ela está na faixa dos quarenta e cinco anos, usa jeans surrados e uma jaqueta verde impermeável grande demais para seu tamanho. Está sem maquiagem e com o cabelo preso num rabo de cavalo. A mulher entra sem cerimônia na garagem dele e fica olhando ao redor, interessada. O gato dá um passo adiante e mostra os dentes para ela, alertando-a. Ela para. Ove põe as mãos no bolso.

— Sim?

— Ove? — repete, daquele jeito animado demais que as pessoas que tentam vender alguma coisa para você fazem quando fingem que não estão tentando vender alguma coisa para você.

— Não vou comprar nada — diz Ove, fazendo um sinal com a cabeça na direção do portão da garagem, numa clara indicação de que ela não precisa se preocupar em procurar outra porta para não notarem que ela saiu por onde entrou.

Ela parece feliz, e não perturbada, com isso.

— Eu me chamo Lena! Sou jornalista no jornal local e... — começa ela, estendendo a mão.

Ove olha para a mão dela. Olha para ela.

— Eu não vou comprar nada — diz ele novamente.

— Como? — diz ela.

— Você vende assinaturas, claro. Mas eu não vou querer.

Ela parece atônita.

— Bem... ah... eu não vendo jornal. Eu escrevo para ele. Sou jornalista — começa ela, com aquele tipo de pronúncia forçada que os jornalistas sempre adotam quando acham que o único problema que gente sensata tem com eles é não terem ouvido o que eles disseram na primeira vez.

— De qualquer jeito, eu não vou comprar nada — responde Ove, começando a empurrá-la pelo portão da garagem.

— Mas eu quero falar com você, Ove! — protesta ela, tentando se meter pela abertura de novo.

Ove faz um gesto com as duas mãos para ela, como se estivesse sacudindo um tapete invisível para fazer com que ela saísse pelo portão.

— Você salvou a vida de um homem lá na estação ontem! Eu quero fazer uma entrevista com você sobre isso — repete ela, entusiasmada.

Fica claro que ela quer dizer mais alguma coisa, mas percebe que de repente perdeu a atenção de Ove. O olhar dele a atravessa. Os olhos dele se estreitam.

— Mas que diabo! — murmura ele.

— Eu... eu queria perguntar... — Ela tenta continuar, mas Ove já forçou a passagem e começa a correr em direção ao Škoda branco que acaba de fazer a curva no estacionamento para vir na direção das casas.

A mulher de óculos no banco do passageiro fica tão pasma quando Ove vem correndo e bate no vidro que ela acaba jogando as pastas com todos os papéis em seu próprio rosto. O homem de camisa branca, no entanto, parece inabalado. Ele abaixa o vidro.

— Sim? — pergunta ele.

— É proibido o tráfego de automóveis na área residencial — rosna Ove, apontando com a mão aberta em sequência para as casas, para o Škoda, para o homem de camisa branca e para o estacionamento. — Aqui a gente estaciona no es-ta-cio-na-men-to!

O homem de camisa branca olha para as casas. Em seguida, para o estacionamento. Depois, para Ove.

— Eu tenho autorização da prefeitura para ir de carro até a casa. Então vou pedir para você sair daí.

Ove fica tão indignado com essa resposta que leva alguns segundos para formular uma frase que não consista só em palavrões. Enquanto isso, o homem de camisa branca pega um maço de cigarro do painel e o bate de encontro à perna.

— Faça a gentileza de tomar mais cuidado — ele diz a Ove.

— O que você veio fazer aqui? — despeja Ove.

— Não precisa se preocupar com isso — responde o homem de camisa branca secamente, como se aquilo fosse uma mensagem gravada dizendo para Ove aguardar na linha até ser atendido.

Ele coloca o cigarro no canto da boca e o acende. Ove respira com tanto esforço que é possível notar seu abdômen se movimentando por baixo da jaqueta. A mulher do banco do passageiro recolhe seus papéis e endireita os óculos. O homem de camisa branca suspira como se Ove fosse uma criança desobediente que se recusa a parar de andar de skate na calçada.

— Você sabe o que eu vim fazer aqui. Nós vamos cuidar de Rune, da casa do fim da rua.

Ele põe o braço para fora da janela e bate a cinza do cigarro no retrovisor do Škoda.

— "Cuidar"? — repete Ove.

— É — diz o homem de camisa branca, fazendo que sim, indiferente.

— E se Anita não quiser? — resmunga Ove, enfiando o indicador no teto do carro.

O homem de camisa branca olha para a mulher de óculos no banco do passageiro e ri, resignado. Então ele se vira na direção de Ove e fala muito devagar. Como se Ove não fosse entender de outra maneira.

— Não cabe a Anita tomar essa decisão. Cabe ao comitê.

A respiração de Ove se torna mais penosa. Ele sente o coração pulsar no pescoço.

— Você não pode andar com esse carro aqui dentro da área residencial — diz ele, por entre os dentes.

Os punhos estão cerrados. O tom é extremamente ameaçador. Mas o homem de camisa branca parece absolutamente tranquilo. Ele apaga o cigarro no verniz do exterior do carro, e o deixa cair no chão.

Como se tudo que Ove estava dizendo não fosse nada mais do que o falatório incoerente de um sujeito senil.

— E o que exatamente você vai fazer para me impedir, Ove? — diz o homem, por fim.

A forma como ele dispara seu nome faz com que Ove sinta como se o tivessem atravessado com um aríete. Com a boca ligeiramente aberta e o olhar vagando pelo carro, ele fita o homem de camisa branca.

— Como você sabe meu nome?

— Eu sei muita coisa sobre você — diz o homem.

Por um triz Ove consegue tirar o pé da frente da roda quando ele põe o Škoda novamente em movimento rumo às casas. Ove fica parado, chocado e seguindo-o com o olhar.

— Quem era? — diz a mulher da jaqueta impermeável atrás dele.

Ove dá meia-volta.

— Como você sabe o meu nome? — exige ele da jornalista imediatamente.

A jornalista dá um passo para trás. Afasta da testa alguns fios de cabelo sem tirar os olhos dos punhos cerrados de Ove.

— Eu trabalho no jornal local... nós já entrevistamos pessoas que estavam na plataforma quando você salvou aquele homem...

— Como você sabe o meu nome? — diz Ove novamente, agora com a voz pulsando de raiva.

— Você usou o cartão quando pagou a passagem do trem. Eu tive acesso ao registro dos pagamentos no caixa — diz ela, dando mais um passo para trás.

— E ele? Como ele sabe o meu nome? — urra Ove, acenando na direção em que o Škoda desapareceu, as veias da testa se movendo como cobras sob o couro de um tambor.

— Eu... eu não sei — diz ela.

Ove respira pesadamente pelo nariz e crava o olhar na mulher. Como se tentasse descobrir se ela está mentindo.

— Eu não faço ideia, nunca vi aquele homem antes — ela garante.

Ove crava os olhos mais intensamente nela. Por fim, balança a cabeça para si mesmo, resignado. Em seguida, vira-se e vai andando na direção de casa. A jornalista o chama, mas ele não reage. O gato o acompanha até o hall. Ove fecha a porta. Mais para o fim da rua, o homem de camisa branca e a mulher de óculos e pastas tocam a campainha da casa de Anita e Rune.

Ove despenca no banquinho do hall. Está trêmulo de humilhação. Ele quase tinha esquecido a sensação. A degradação. A impotência. A percepção de como não se pode brigar com um homem de camisa branca.

E agora eles voltaram. Não vinham aqui desde que ele e Sonja retornaram da Espanha. Depois do acidente.

21

UM HOMEM CHAMADO OVE E PAÍSES EM QUE TOCAM MÚSICA ESTRANGEIRA NOS RESTAURANTES

Claro que a viagem de ônibus tinha sido ideia dela. Ove não entendia de forma alguma qual seria a vantagem. Se eles tinham mesmo que ir a algum lugar, podiam muito bem ir com o Saab. Mas Sonja teimava em dizer que de ônibus era "romântico", e afinal isso era superimportante, Ove tinha entendido. Então foi assim. Apesar de todo mundo na Espanha parecer se importar apenas em andar por aí ceceando, tocando música estrangeira nos restaurantes e deitando no meio do dia. Sem contar as pessoas do ônibus bebendo cerveja desde a manhã, como se trabalhassem no circo.

Ove fez o máximo para não pensar em nada disso. Mas Sonja estava tão empolgada que talvez fosse mesmo inevitável que o estado de espírito dela o acabasse contagiando. Ela ria tão alto quando ele punha o braço em volta dela que ele sentia o corpo inteiro da mulher vibrar. Nem Ove podia ficar sem gostar disso.

Eles ficaram hospedados num hotel pequeno, com uma piscina pequena e um restaurante igualmente pequeno, que era administrado por um homem baixinho que Ove entendeu que se chamava Hossé. Escrevia-se "José", mas em questões de pronúncia obviamente as pessoas não eram muito meticulosas na Espanha, entendia Ove. Hossé não falava sueco, mas tinha muito interesse em aprender a falar, tinha sim. Sonja virava as páginas de um livrinho e tentava dizer "pôr do sol" e "presunto" em espanhol. Ove achava que a última palavra não ia deixar de ser o traseiro de um porco só porque pronunciada em outra língua, mas ele não dizia nada.

E ele também tentava convencê-la de que não devia dar dinheiro aos mendigos da rua, porque eles com certeza só iam comprar bebida. Mas ela dava mesmo assim.

— Eles podem fazer o que quiserem com o dinheiro — dizia ela.

E, quando Ove protestava, ela só ria e pegava as mãos grandes dele e as beijava.

— Ove, quando uma pessoa dá algo para outra, não é a pessoa que recebe que é abençoada. Abençoada é a pessoa que dá.

No terceiro dia ela foi se deitar no meio do dia. Pois era assim que se fazia na Espanha, disse ela, e com certeza havia razão no provérbio "em Roma, aja como um romano". Claro que Ove desconfiava não se tratar de seguir o costume nenhum daqui nem dali, mas sim que aquilo servia muito bem a ela como desculpa. Afinal, de qualquer forma, desde que ficara grávida, ela vinha dormindo dezesseis das vinte e quatro horas do dia. Era como viajar de férias com um cachorrinho.

Ove deu uma caminhada enquanto ela cochilava. Saiu andando pela estrada que descia do hotel para a cidade. Todas as casas eram de pedra, ele notou. Nenhum batente de janela decente até onde a vista alcançava. Muitas das casas não tinham nem soleira na porta da frente. Ove considerou isso um pouco bárbaro. Não se podia construir casas assim, caramba!

Ele estava voltando para o hotel quando avistou Hossé curvado por sobre um carrinho marrom fumegando na esquina. Havia duas crianças e uma mulher bem velha com um xale, sentadas no carro. Parecia que ela não estava bem.

Hossé avistou Ove e acenou para ele muito nervoso, um olhar quase em pânico. "Sennioor", ele chamou, exatamente como fazia a cada vez que falava com Ove desde que eles chegaram ao hotel. Ove supôs que aquela palavra talvez significasse "Ove" em espanhol, ele não tinha olhado com tanta atenção o livro de Sonja. De qualquer modo, Hossé apontou para o carro e gesticulou loucamente para Ove de novo. Ove pôs as mãos nos bolsos da calça e ficou parado a uma distância apropriada, meio que esperando alguma coisa.

— Hospital! — gritou Hossé, apontando para a velha no carro. Ela não parecia nem um pouco saudável, avaliou Ove novamente. Hossé apontava para a mulher e apontava para baixo do capô com o motor fumegante, repetindo desesperado "Hospital! Hospital!". Ove ficou olhando com muita atenção todo o espetáculo e concluiu, por fim, que a marca daquele carro espanhol devia ser "Hospital".

Ele se inclinou por cima do capô e deu uma olhada. Não parecia complicado, pensou.

— Hospital — repetia Hossé, balançando a cabeça várias vezes, totalmente apavorado.

Ove não sabia o que se esperava que ele respondesse, mas parecia claro que ali na Espanha a marca do carro era algo muito importante e, afinal de contas, quanto a esse ponto Ove era mesmo bastante empático.

— Sa-ab — disse ele por fim, apontando ostensivamente para seu peito.

Hossé ficou olhando para ele por um tempo, sem entender. Em seguida, apontou para si mesmo.

— Hossé!

— Eu não perguntei o seu nome, porra, eu só di... — começou Ove, em sueco, mas se deteve quando só viu um olhar perdido do outro lado do capô.

Era evidente que Hossé entendia ainda menos de sueco do que Ove entendia de espanhol. Ove suspirou e olhou bastante preocupado para as crianças no banco traseiro. Elas estavam segurando a mão da velhinha e pareciam apavoradas. Ove olhou para o motor do carro de novo.

Então arregaçou as mangas da camisa e sinalizou para que Hossé desse licença.

Sonja, por mais que olhasse naquele livro tentando descobrir, nunca conseguiu saber exatamente por que eles comeram de graça no restaurante de José durante o resto daquela semana. Mas ela ria a ponto de chorar cada vez que o rosto do pequeno espanhol dono do restaurante se iluminava quando avistava Ove, estendia-lhe os braços e exclamava: "Señor Saab!"

Os cochilos dela e os passeios de Ove se tornaram um ritual diário. No segundo dia Ove passou por um homem que estava construindo uma cerca e resolveu parar para explicar que aquele jeito de construir a cerca estava completamente errado. O homem não entendeu uma palavra, então Ove decidiu que seria mais rápido se lhe mostrasse como fazer. No terceiro dia, Ove já estava construindo um muro novo em uma das edificações da igreja local, junto com o padre. No quarto dia, ele acompanhou Hossé até uma área de campo fora da cidade e ajudou um dos amigos dele a desatolar um cavalo de uma vala enlameada.

Muitos anos depois, Sonja perguntou a ele o que tinha feito naqueles dias. Quando Ove contou, ela ficou um bom tempo balançando a cabeça, admirada.

— Então, enquanto eu dormia, você saía de fininho e ajudava as pessoas do local a... consertar a cerca? Digam o que quiserem, Ove, mas você é o super-herói mais estranho de que eu já ouvi falar.

No ônibus, retornando da Espanha, ela encostou a mão de Ove em sua barriga, e ele sentiu o bebê chutar pela primeira vez. Fraquinho, fraquinho, como se alguém cutucasse a palma da mão dele por trás de uma luva de forno muito grossa. Eles ficaram lá várias horas, sentados, sentindo aquelas pancadinhas abafadas. Ove não dizia nada, mas Sonja viu quando ele, ao se levantar da cadeira e murmurar alguma coisa como "tenho que ir ao toalete", passou o dorso da mão nos olhos.

Aquela foi a semana mais feliz da vida de Ove. Ela seria seguida pela pior de todas.

22

UM HOMEM CHAMADO OVE E ALGUÉM NUMA GARAGEM

Ove e o gato estão sentados em silêncio no Saab estacionado na zona de carga em frente à entrada do hospital.

— Pare de ficar com essa cara como se a culpa fosse minha — diz Ove para o gato.

O gato olha para ele como se não estivesse bravo, mas sim decepcionado. Ove olha bravo pela janela. Não era para estar sentado ali diante do hospital novamente. Afinal, ele, que odeia hospital, já esteve ali três vezes em menos de uma semana. Isso não é nem certo nem justo. Mas, afinal, agora não restara escolha para ele. O que ele sente é que foi quase pressionado a ficar sentado ali.

Pois esse dia foi pro buraco desde o começo.

A manhã tinha começado com Ove e o gato, em sua ronda diária de inspeção, descobrindo que alguém tinha atropelado a placa que proibia o tráfego de automóveis na área residencial. Ove notou que a tinta branca estava descascando no canto da placa, raspou a superfície com a unha do polegar e xingou tanto que até o gato pareceu ficar surpreso. Perto da casa de Anita e Rune, Ove encontrou guimbas de cigarro na rua. Ele ficou tão furioso que resolveu até fazer mais uma ronda de inspeção só para se acalmar. Assim que voltou, o gato estava sentado olhando para ele, de um jeito acusador.

— Não é culpa minha — murmurou Ove para o bichano, entrando no depósito.

Ele saiu com a pá de neve na mão. Foi para o caminho entre as casas. Ficou lá, a jaqueta azul se erguendo e abaixando no compasso da sua respiração. Ove, rangendo o maxilar, olhou na direção da casa de Anita e Rune.

— Não é culpa minha se aquele babaca foi ficar velho — disse ele, um pouco mais determinado.

Mas, vendo que o gato não considerou aquilo como uma explicação aceitável, Ove aponta a pá na direção dele.

— Você acha que esta é a primeira vez que eu tenho que me entender com as autoridades, é? Essa decisão sobre Rune, você acha que isso já terminou? Isso não vai terminar *nunca*! Vão recorrer, analisar, meditar e repisar aquela merda de burocracia! Você entende isso? As pessoas acham que vai ser rápido, mas leva meses! Anos! Você acha que eu pretendo ficar esperando aqui tanto tempo só porque aquele babaca não pode mais se defender?

O gato não respondeu.

— Você não entende isso. Entende? — protesta Ove, dando as costas para o bichano.

E ficou pressentindo os olhares do gato às suas costas, enquanto tirava a neve com a pá.

Sim. Verdade seja dita, com certeza não é esse o motivo pelo qual Ove e o gato estão agora sentados no Saab, no estacionamento diante do hospital. Mas o fato de estarem ali tem relação bem direta com o fato de Ove ter ficado tirando a neve quando a jornalista da jaqueta verde impermeável surgiu diante da casa dele.

— Ove? — perguntou ela atrás dele, como se estivesse preocupada talvez com o fato de ele ter mudado de identidade desde que ela viera perturbá-lo da outra vez.

Ove continuou tirando a neve sem fazer nenhum movimento que o denunciasse ter percebido a presença dela.

— Eu só queria fazer algumas perguntas... — disse.

— Vá fazer perguntas em outro lugar. Não aqui — respondeu Ove, continuando a jogar neve ao seu redor, de uma maneira que tornava difícil saber se ele estava abrindo caminho ou cavando um buraco.

— Mas eu só queri... — ela ia dizendo, mas foi interrompida quando Ove e o gato entraram de novo na casa e lhe bateram a porta na cara.

Ove e o gato se encolheram no hall e ficaram esperando a mulher ir embora. Mas ela não foi. E começou a bater na porta e bradar:

— Mas você é um herói!

— Ela é completamente psicótica — disse Ove para o gato.

O gato não respondeu nada.

Enquanto a jornalista continuava batendo na porta e gritando cada vez mais alto, Ove ficou sem saber o que devia fazer. Então abriu a porta de uma vez, pôs o indicador diante da boca e fez "shhh" para ela, como se no instante seguinte ele pretendesse advertir que aquela casa na verdade era uma biblioteca.

Ela sorriu para ele, acenando com o que Ove instintivamente deduziu que talvez fosse algum tipo de câmera. Ou alguma outra coisa. Afinal, hoje em dia não é mais tão fácil saber o que é ou não uma câmera nessa maldita sociedade.

Em seguida, ela tentou adentrar o hall da casa. Mas talvez não devesse ter tentado fazer isso.

É que Ove esticou o braço e lhe deu um empurrão como por reflexo, a fim de que ela recuasse para lá da soleira. Ela quase rolou de cabeça na neve.

— Não vou comprar nada — disse Ove.

Ela recuperou o equilíbrio, acenou com a câmera para ele novamente e começou a gritar alguma coisa. Ove não deu ouvidos. Ele ficou olhando para a câmera como se fosse uma arma e então decidiu fugir. Era evidente que com aquela mulher não se podia argumentar.

Então o gato e Ove saíram da casa, ele trancou a porta e andou tão rápido quanto possível em direção ao estacionamento. A jornalista foi correndo atrás.

Ah. Sim. Claro que nenhuma parte desse episódio é motivo para Ove estar sentado diante do hospital agora. Mas, quando Parvaneh chegou, uns quinze minutos mais tarde, e bateu na porta da casa de Ove de mãos dadas com a menina de três anos e ninguém abriu, ela ouviu vozes vindo do estacionamento. E, por assim dizer, isso tem muito a ver com o porquê de Ove estar agora diante do hospital.

Parvaneh e a menina de três anos tinham virado a esquina do estacionamento e avistado Ove parado diante do portão fechado da garagem, com as mãos nos bolsos. O gato estava sentado a seus pés com olhar de culpado.

— O que você está fazendo? — perguntou Parvaneh.

— Nada — disse Ove, e tanto ele quanto o gato continuaram olhando para o asfalto.

Ouviram-se algumas batidas vindas do lado de dentro da garagem.

— O que foi aquilo? — perguntou Parvaneh, surpresa, olhando para eles.

Ove de repente pareceu estar muito interessado num ponto específico do asfalto embaixo do seu sapato. Também parecia que o gato a qualquer momento ia começar a assobiar e ir embora dali.

Bateram de novo no portão do lado de dentro da garagem.

— Oi? — disse Parvaneh, em voz alta.

— Oi? — respondeu o portão da garagem.

Parvaneh arregalou os olhos.

— Meu Deus... Você trancou alguém na garagem, Ove!? — gritou ela, agarrando o braço dele.

Ove não respondeu. Parvaneh o sacudiu como se estivesse tentando derrubar frutos de um coqueiro.

— Ove!

— Tranquei, tranquei. Mas não era essa a minha intenção — murmurou ele, desvencilhando-se dela.

Parvaneh balançou a cabeça.

— Não era a intenção?

— Não, não era — disse Ove, como se aquilo devesse encerrar a discussão. Quando ele viu que Parvaneh evidentemente estava aguardando alguma espécie de explicação sobre os fatos, ele coçou a cabeça e suspirou.

— Uma mulher. Isso. Tem uma tal jornalista aí. Eu não pretendia trancá-la aí dentro, caramba. Eu queria trancar a mim e ao gato lá dentro. Mas ela nos seguiu, e então deu nisso. Aconteceu uma coisa em vez de outra.

Parvaneh começou a massagear as têmporas.

— Eu não consigo...

— Ai-ai-ai — disse a de três anos, apontando para Ove com o indicador.

— Oi? — disse o portão da garagem.

— Não tem ninguém aqui! — respondeu Ove, injuriado.

— Mas eu estou ouvindo vocês! — disse o portão da garagem.

Ove suspirou profundamente e olhou resignado para Parvaneh. Como se ele pensasse em dizer: "Você ouviu como o portão da garagem está falando comigo?"

Parvaneh fez um gesto para ele se afastar, foi até o portão, aproximou-se e bateu cautelosamente. O portão respondeu batendo. Como se estivesse esperando que daí em diante a comunicação se desse por código Morse. Parvaneh pigarreou.

— Por que você quer falar com Ove? — disse ela, com o alfabeto mais convencional como ferramenta.

— Ele é um herói!

— Um... o quê?

— Sim, desculpe. É o seguinte: meu nome é Lena, eu trabalho no jornal local e quero fazer uma entre...

Parvaneh olhou para Ove chocada.

— Como assim, herói?

— Isso é bobagem! — protestou Ove.

— Ele salvou a vida de um homem que caiu na linha do trem! — gritou o portão da garagem.

— Você tem certeza de que procurou o Ove certo? — disse Parvaneh.

Ove pareceu ofendido.

— Ah, tá. Então eu ser um herói está fora de questão para você? — murmurou ele.

Parvaneh ficou olhando para ele, desconfiada. A menina de três anos, empolgada e balbuciando "gatinho! gatinho", tentou pegar o pouco do que tinha restado do rabo do gato. O bichano não parecia nada impressionado e tentou se esconder atrás das pernas de Ove.

— O que você fez, Ove? — disse Parvaneh, baixinho, um tanto confidencialmente, afastando-se dois passos do portão da garagem.

A menina de três anos ficou caçando o gato em volta dos pés de Ove, que tentava chegar a uma conclusão sobre o que devia fazer com as mãos.

— Ah, eu puxei um engravatado dos trilhos, não é nada do outro mundo — murmurou ele.

Parvaneh tentou segurar a risada.

— Também não tem graça nenhuma nisso — disse Ove, magoado.

— Desculpe — disse Parvaneh.

O portão da garagem gritou alguma coisa que parecia ser: "Oi? Vocês ainda estão aí?"

— Não! — disse Ove, bruscamente.

— Por que você está tão bravo assim? — perguntou o portão da garagem.

Ove pareceu hesitar. Inclinou-se na direção de Parvaneh.

— Eu... não sei como me livrar dela — disse Ove. Se Parvaneh já não o conhecesse um pouco, quase teria acreditado que havia uma súplica nos olhos dele. — Eu não quero que ela fique lá dentro sozinha com o Saab! — sussurrou enfim, muito sério.

Parvaneh fez que sim para confirmar a gravidade da situação. Ove baixou uma mão cansada, mas mediadora entre a menina de três anos e o gato antes que a situação ficasse completamente arruinada em volta de seus sapatos. A menina de três anos estava tentando abraçar o bicho. O gato parecia se preparar para acusá-la numa acareação na delegacia. Ove pegou a menina de três anos, e ela caiu na gargalhada.

— O que vocês estão fazendo aqui, para começo de conversa? — Ove exigiu saber, quando entregou a Parvaneh o pacotinho gargalhante como se fosse um saco de batata.

— Nós vamos pegar um ônibus até o hospital para trazer Patrick e Jimmy — respondeu ela.

A mulher viu como Ove se contraiu, um pouco envergonhado, quando ouviu a palavra "ônibus".

— Nós... — começou Parvaneh, como se tivesse interrompido um pensamento.

Ela olhou para o portão da garagem. Olhou para Ove.

— Não estou ouvindo o que vocês estão dizendo! Falem mais alto! — gritou o portão da garagem.

Ove na hora se afastou dali mais dois passos. Parvaneh, como se tivesse acabado de encontrar a solução de uma palavra cruzada, riu para ele com confiança.

— Ei, Ove! Vamos fazer assim: se você nos der carona até o hospital, eu ajudo você a se livrar dessa jornalista! Certo?

Ove ergueu o olhar. Ele não parecia nada convencido.

Àquela altura, ele não tinha na verdade nenhuma intenção de voltar ao hospital. Parvaneh balançou os braços.

— Ou então eu digo para a jornalista que eu tenho outra história para contar sobre você, Ove — disse ela, erguendo as sobrancelhas.

— História? Como assim, história? — gritou o portão da garagem, começando a bater agitada de novo.

Ove olhou para o portão da garagem com uma cara desanimada.

— Isso é chantagem — disse ele.

Parvaneh fez que sim, contente.

— Ove bateu no paiaço! — lembrou a menina de três anos, muito esperta, balançando a cabeça em direção ao gato. Evidentemente, porque ela sentia que a clara aversão de Ove ao hospital talvez precisasse ser esclarecida para quem não estava com eles na última vez que foram lá.

O gato parecia não entender o que isso significava. Mas supondo que o palhaço fosse alguém tão exasperante como essa garotinha de três anos, o bichano talvez não reprovasse totalmente a ideia de Ove espancá-lo.

— Eu não me curvo diante de chantagem! — disse Ove, decidido, apontando para Parvaneh e dando aquela discussão como encerrada.

E então é por isso que Ove está sentado no carro diante do hospital agora. O gato parece considerar uma traição imperdoável Ove tê-lo deixado durante todo o percurso com a menina de três anos no banco de trás. Ove, enquanto ajeita o papel-jornal nos bancos do carro, se sente enganado. Quando Parvaneh disse que ia "se livrar" daquela jornalista, talvez ele não tivesse uma noção clara do que exatamente ela iria fazer. Mas também sabia que Parvaneh não a faria desaparecer numa nuvem de fumaça ou bateria nela com uma pá para depois enterrá-la no deserto ou coisa assim.

O fato é que a única coisa que Parvaneh fez foi abrir o portão da garagem, dar seu cartão de visita para aquela jornalista e dizer "me liga para conversarmos sobre Ove". E que jeito era esse de se livrar de alguém? Ove não acha que isso seja jeito de se livrar de coisa alguma.

Mas é claro que agora já é tarde demais. Afinal, ele está sentado ali esperando diante do hospital pela terceira vez em menos de uma semana. Chantagem. Só por isso.

Além do mais, Ove ainda tem o olhar acusador desse gato com que se afligir. Há alguma coisa nesse olhar que o faz lembrar muito de como Sonja olhava para ele.

— Eles não vão levar Rune. Eles dizem que vão fazer isso, mas vão ficar enrolados com aquele processo durante anos — diz Ove para o gato.

Talvez ele esteja dizendo isso para Sonja também. Talvez para si mesmo. Ele não sabe.

— Você devia pelo menos parar de ficar com tanta pena de si mesmo. Não fosse por mim, você iria morar com aquele rapaz, e então não teria mais muita coisa sobrando dessa cauda aí. Pense nisso! — diz ele para o gato, autoritário, numa tentativa de mudar de assunto.

O gato rola para o lado, afastando-se de Ove, e pega no sono como forma de protesto. Ove olha de novo para fora, pela janela. Ele sabe muito bem que aquela menina de três anos não é alérgica. Sabe que Parvaneh só mentiu para obrigá-lo a cuidar desse gato velho.

———

Ele não é nenhum sujeito senil, porra.

23

UM HOMEM CHAMADO OVE
E UM ÔNIBUS QUE NUNCA CHEGOU

"Todo homem precisa saber pelo que lutar." Era isso que as pessoas diziam. Ou pelo menos era isso que Sonja tinha lido em voz alta para Ove certa vez em um de seus livros. Ove não se lembra em qual deles, afinal, havia tantos livros ao redor daquela mulher o tempo todo. Na Espanha ela tinha comprado uma mala cheia deles, apesar de nem entender espanhol. "Eu aprendo à medida que for lendo", disse ela. Como se fosse simples assim. Ove disse para ela que era mais de pensar por ele mesmo do que de ler o que um monte de outros idiotas tinha ficado pensando. Sonja riu e acariciou a bochecha dele. E contra isso Ove não tinha argumento nenhum.

Então ele carregou até o ônibus as malas dela, que estavam quase estourando. Ele sentiu como o motorista cheirava à bebida quando passou por eles, mas concluiu que devia ser assim que faziam na Espanha, então era assim que era para ser. Acomodaram-se nas poltronas, Sonja pôs a mão dele na barriga dela e ele sentiu o bebê chutar, daquela que seria a última vez. Em seguida, ele ainda se levantou para ir ao toalete. Ocorre que, logo em seguida, o ônibus se chocou na estrada contra a grade de proteção e capotou, e o que se seguiu pareceu um longo instante de silêncio. Como se o próprio tempo tivesse respirado profundamente. Depois veio a explosão de cacos de vidro. O guincho impiedoso das placas de metal que se retorciam.

As pancadas violentas quando os carros que não conseguiram parar batiam na traseira do ônibus.

E todos os gritos. Ove nunca os esqueceria.

Ele foi lançado de um lado para outro, e quando deu por si só se lembrava de ter batido a barriga contra alguma coisa. Vagueou apavorado tentando encontrá-la no tumulto de corpos, mas ela tinha sumido. Ove então se atirou para a frente, cortando-se na imensidão de cacos de vidro, mas era como se uma fera furiosa o contivesse. Como se o próprio Diabo o agarrasse numa gravata e o mantivesse à força no chão, numa humilhação impiedosa. Aquilo que ia acompanhá-lo todas as noites enquanto ele vivesse: a sensação de total impotência diante daquela situação.

Ele permaneceu sentado ao lado da cama dela o tempo todo, na primeira semana. Até que uma enfermeira decidida conseguiu fazê-lo sair para tomar banho e trocar de roupa. De modo geral, olhavam para ele com uma mistura de compaixão e sentimento de perda. Um médico entrou e disse a Ove, com uma voz clínica, indiferente, que ele devia "se preparar para o caso de ela não acordar mais". Ove arremessou o médico por uma porta. Uma porta que estava fechada.

— Ela não está morta! Pare de agir como se ela estivesse morta! — gritou Ove, expulsando o homem do quarto.

E depois disso ninguém no hospital teve coragem de tocar no assunto com ele de novo.

No décimo dia, enquanto a chuva tamborilava contra as janelas e o rádio falava da pior tempestade em várias décadas, Sonja abriu levemente os olhos, avistou Ove e, com enorme esforço, colocou a mão sobre a dele, cutucando-a com o dedo.

Depois ela dormiu a noite toda. Quando acordou de novo, as enfermeiras se ofereceram para conversar com ela, mas Ove insistiu que era ele quem deveria fazer isso. Então contou tudo com a voz controlada, enquanto acariciava as mãos de Sonja, como se elas estivessem muito, muito frias. Contou como o motorista estava cheirando a vinho e que o ônibus se chocou contra a grade na pista e sobre o acidente. O cheiro de borracha queimada. O estrondo ensurdecedor.

Sobre a criança que nunca viria.

E ela chorou. Um choro ancestral, inconsolável, que estraçalhou os dois por dentro durante incontáveis horas. O tempo, a tristeza e a raiva se misturavam numa só escuridão muito longa. E Ove soube naquele lugar e naquele momento que nunca iria se perdoar por não estar sentado naquele banco quando tudo aconteceu, protegendo os dois. Soube que essa dor seria eterna.

Mas Sonja não seria Sonja se deixasse a escuridão vencer. Então, certo dia de manhã, Ove não sabia quantos dias depois do acidente, ela simplesmente pediu para começar a fisioterapia. E quando Ove olhou para ela como se fosse a própria coluna que gritava como um animal ferido cada vez que se mexia, Sonja apoiou de leve a cabeça no peito dele e sussurrou: "Nós podemos nos ocupar de viver ou nos ocupar de morrer, Ove. Precisamos prosseguir."

Então foi assim.

Nos meses que se seguiram, Ove se deparou com incontáveis homens de camisa branca. Eles ficavam sentados atrás de escrivaninhas de madeira clara em várias repartições e aparentemente tinham um tempo infinito para instruí-lo sobre quais papéis precisavam ser preenchidos para qual finalidade, mas absolutamente nenhum tempo para discutir quais medidas de fato deviam ser tomadas para Sonja melhorar.

Foi enviada uma mulher de alguma das repartições para visitá-la no hospital, e ela logo explicou que Sonja poderia ser colocada numa "instituição" para "outros com a mesma condição". Tinha algo a ver com o fato de ser totalmente compreensível "o esforço do dia a dia" ser "insuportável" para Ove. Ela não disse isso de cara, mas o que ela queria dizer ficou claríssimo. A mulher não acreditava que Ove pudesse pensar em ficar em casa com Sonja agora, "nessas circunstâncias", como dizia ela o tempo todo, balançando a cabeça discretamente na direção da beira da cama. Ela falava com Ove como se Sonja nem estivesse no quarto.

Ove abriu a porta dessa vez, mas foi a mulher que teve de sair.

— O único lar para o qual nós iremos será a nossa casa! É lá que *nós moramos*! — urrou Ove pelo corredor, e de pura frustração e raiva ele arremessou um dos sapatos de Sonja pela porta.

Depois desse acesso, ele teve que sair e perguntar à enfermeira que quase acertou se ela tinha visto onde o sapato tinha ido parar. Claro que isso fez com que ele ficasse com mais raiva ainda. Essa foi a primeira vez desde o acidente que ele ouviu Sonja rir. Como se o riso jorrasse de dentro dela sem a menor possibilidade de ser impedido. Como se ela fosse vencida por sua própria risada. Ela riu, e riu, e riu até o som rolar por sobre as paredes e o chão como se pretendesse abolir o tempo e o espaço. Isso fez com que Ove sentisse o peito pouco a pouco reconstruindo a própria casa em ruínas depois de um terremoto, dando espaço para que seu coração batesse de novo.

Ele foi para casa e reformou a cozinha inteira, arrancou a pia antiga e instalou uma nova, mais baixa. Conseguiu até achar um fogão adaptado. Trocou as portas por outras mais largas e instalou rampas em todas as soleiras. Quando Sonja veio do hospital para casa, no dia seguinte ela já pôde voltar para seu curso de magistério. Na primavera, ela fez os exames finais. No jornal foi anunciada uma vaga de professor na escola com a pior reputação em toda a cidade, para aquele tipo de turma que nenhum professor bem-qualificado e com todos os parafusos no lugar se candidataria voluntariamente. Na turma todos os alunos tinham alguma sigla de classificação, mesmo antes de a classificação por siglas ter sido inventada. "Não há esperança nenhuma para esses meninos e meninas", disse o próprio diretor na entrevista, esgotado com a situação. "Isto não é uma instituição de ensino, está mais para uma instituição prisional." Sonja talvez entendesse bem como era a escola, pela descrição. Só houve uma candidata para a vaga, e ela conseguiu fazer os meninos e meninas lerem Shakespeare.

Durante esse tempo, Ove carregava consigo tanta raiva que Sonja de vez em quando à noite pedia a ele que saísse para não despedaçar a decoração da casa. Fazia um mal infinito a ela ver os ombros dele pesarem com tanta raiva. Ele tinha vontade de acabar com aquele motorista de ônibus. Com a empresa de turismo. Com a grade de proteção da estrada. Com o fabricante do vinho. Com tudo e com todos. Bater e bater até todos os desgraçados serem exterminados. Essa era a única coisa que ele queria. Ele despejava essa raiva no depósito. Despejava-a na garagem. Espalhava a raiva pelo chão durante suas rondas de inspeção pelo bairro. Mas isso não era suficiente. Então, por fim, começou a despejá-la em cartas. Ele escrevia para o governo espanhol. Para o governo sueco. Para a polícia. Para o tribunal. Mas ninguém assumia nenhuma responsabilidade. Ninguém se preocupava. Eles só respondiam com referências a parágrafos da legislação e a outros órgãos públicos. Eximiam-se da culpa. Quando a prefeitura se recusou a adaptar a escada da escola em que Sonja trabalhava, Ove escreveu cartas e petições durante meses. Ele escrevia cartas para editores de jornais. Tentava incitá-los. Fazia com que fossem literalmente inundados pelo desejo incontrolável de vingança de um pai enlutado.

Mas, em toda parte, mais cedo ou mais tarde, Ove era impedido por homens de camisa branca e fisionomias sérias e convencidas. E com eles não se podia brigar. Não era só o fato de terem o Estado do lado deles. Eles *eram* o Estado. O último recurso foi rejeitado. E depois disso não havia mais onde recorrer. A luta estava encerrada, porque os homens de camisa branca decidiram assim. E Ove nunca os perdoou por isso.

Sonja via tudo que Ove fazia. Ela entendia onde doía. Então ela o deixava brigar, deixava ele ficar bravo, deixava toda aquela raiva encontrar sua válvula de escape em algum lugar, de algum modo. Mas numa dessas noites de maio, que sempre vêm com promessas suaves de como será o verão, ela seguiu com a cadeira de rodas até chegar a seu lado, deixando de leve as marcas da borracha no piso. Ele continuava sentado à mesa da cozinha, escrevendo suas cartas, quando ela lhe tomou a caneta, colocou a mão por baixo da dele e cutucou com o dedo a palma áspera do marido. Depois apoiou a testa com carinho em seu peito.

— Agora chega, Ove. Chega de cartas. Não tem mais lugar aqui em casa para todas as suas cartas.

Ela ergueu o olhar, passou a mão com cuidado pelo queixo dele e sorriu.
— Agora chega, Ove querido.
Então foi assim.

Na manhã seguinte, Ove se levantou ao amanhecer, foi com o Saab até a escola e construiu com as próprias mãos a rampa para deficientes que a prefeitura se recusava a construir. E, a partir daquele dia, ao retornar para casa toda noite, ela contava com os olhos brilhantes sobre seus meninos e meninas, por tanto tempo quanto Ove conseguia se lembrar. Sobre os que entraram na turma dela com escolta policial e saíram de lá sabendo recitar poemas de quatrocentos anos atrás. Os que a faziam chorar, e rir, e cantarolar a ponto de sua voz ecoar pelas paredes da pequena casa à noite. Ove nunca entendeu como ela se apegava tanto àqueles alunos imprestáveis cheios de erros de ortografia, isso ele admitia. Mas não tinha como não apreciar o bem que eles faziam a Sonja.

Todo homem precisa saber pelo que lutar. Era o que diziam. E ela lutava pelo que era bom. Pelas crianças que ela nunca teve. Então Ove lutava por ela.

Porque essa era a única coisa no mundo pela qual ele de fato sabia lutar.

24

UM HOMEM CHAMADO OVE E UM MALDITO DESENHO TODO COLORIDO

O Saab está tão cheio de gente quando sai do hospital que toda hora Ove olha para o marcador de combustível, como se estivesse com medo de que ele fosse entrar em pane. Pelo retrovisor, ele vê Parvaneh dando papel e giz de cera colorido para a menina de três anos.

— Ela precisa fazer isso aqui no carro? — pergunta Ove.

— Você prefere que ela fique inquieta e comece a tentar arrancar o estofamento dos bancos? — responde Parvaneh com uma pergunta, tranquilamente.

Ove não responde. Apenas olha pelo retrovisor para a menina de três anos, que acena com um pequeno giz lilás para o gato e grita: "pintar!" O gato a observa com atenção, determinado a não ser promovido a pano de limpeza de pintor.

Patrick está sentado ao lado deles, fazendo careta e se contorcendo com todo o corpo para tentar encontrar uma posição confortável para sua canela engessada, que a muito custo ele conseguiu acomodar no apoio de braço entre os bancos dianteiros.

Isso não é algo fácil, já que ele está com bastante medo de derrubar as folhas de papel-jornal que Ove colocou tanto no banco dele como embaixo da perna engessada.

A menina de três anos deixa cair no chão um giz de cera, que sai rolando para debaixo do banco do passageiro, onde Jimmy está sentado. Em uma acrobacia digna de medalha olímpica, considerando sua compleição, Jimmy consegue se curvar e pescar o giz no tapete à sua frente. Ele fica alguns segundos avaliando o objeto, sorri, vira-se na direção da perna inclinada de Patrick e desenha um cara grande e feliz no gesso. A de três anos ri tanto que grita quando vê o desenho.

— Você também vai começar com isso agora? — diz Ove.

— Legal, não é? — diz Jimmy, prestes a convidar Ove para um "toca aqui".

Ove olha para ele de um modo que o faz abaixar a mão antes de completar a tentativa.

— *Sorry*, cara, acabei me empolgando — diz Jimmy, devolvendo um pouquinho envergonhado o giz de cera para Parvaneh.

Algo toca no bolso dele. Ele tira de lá um celular do tamanho da mão de um homem adulto e fica ocupado digitando freneticamente na tela.

— De quem é o gato? — pergunta Patrick, do banco de trás.

— Gato do Ove! — responde a menina de três anos, com convicção.

— Não é, *não* — corrige Ove de imediato.

Ele vê que Parvaneh ri de modo irritante para ele no retrovisor.

— É, sim! — diz ela.

— *Não é, não!* — insiste Ove.

Parvaneh continua rindo. Patrick parece muito curioso. Ela dá um tapa no joelho dele para animá-lo.

— Não dê ouvidos para o que Ove diz. Claro que o gato é dele.

— Ele é um maldito gato sem dono, é isso que ele é! — corrige Ove.

O gato levanta a cabeça para ouvir que barulheira toda é aquela, mas parece concluir que, apesar de tudo, não se trata de nada interessante, e se ajeita deitado de novo no colo de Parvaneh. Ou, antes, ajeita-se na barriga dela.

— Ele não vai ser deixado em lugar nenhum, então? — pergunta Patrick, observando o gato no colo de sua mulher.

O gato levanta a cabeça só um pouquinho, para demonstrar sua contrariedade.

— Como assim "ser deixado"? — intervém Ove.

— Ah... num abrigo para gatos ou... — começa Patrick, mas não consegue terminar a frase antes de Ove explodir:

— Ninguém aqui vai ser deixado em nenhuma porra de abrigo!

E com isso a discussão está encerrada. Patrick tenta não parecer assustado. Parvaneh tenta conter a risada. As coisas não estão muito boas para nenhum deles.

— Nós podemos parar em algum lugar para comer? Estou morrendo de fome — intervém Jimmy, tentando se ajeitar no banco e fazendo com que todo o Saab balance.

Ove observa o grupo à sua volta como se tivesse sido sequestrado e levado para um universo paralelo. Durante alguns instantes ele pensa em deixar o carro simplesmente perder a direção, mas logo conclui que isso poderia fazê-lo ser acompanhado por todos eles no além, na pior das hipóteses. Depois de se dar conta disso, ele diminui a velocidade e passa a manter uma distância segura do carro da frente.

— Xixi! — grita a menina de três anos.

— Podemos parar, Ove? Nasanin precisa fazer xixi — diz Parvaneh em voz alta, daquele jeito que faz quem acha que o banco de trás de um carro fica a duzentos metros da pessoa no banco da frente.

— Isso! Aí talvez a gente possa comer alguma coisa enquanto isso? — concorda Jimmy, esperançoso.

— Isso, vamos fazer isso, eu também preciso fazer xixi — diz Parvaneh.

— No McDonald's tem banheiro — informa Jimmy, prestativo.

— O McDonald's tá bom, pare aí, Ove — diz Parvaneh, apontando com a cabeça.

— Ninguém vai parar aqui — diz Ove, decidido.

Parvaneh olha para ele pelo retrovisor. Ove a encara com raiva. Dez minutos depois, ele está no Saab esperando todos os outros diante do McDonald's. Até o gato entrou com eles. Aquele traidor. Parvaneh sai de lá e bate na janela de Ove.

— Tem certeza de que não quer nada? — diz ela carinhosamente para ele.

Ove faz que sim, um tanto resignado. Ele sobe o vidro novamente. Ela dá a volta no carro e entra pelo lado do passageiro.

— Obrigada por ter parado — diz, sorrindo.

— Tá — diz Ove.

Ela está comendo batata frita. Ove se estica e coloca mais papel-jornal no chão diante dela. Parvaneh começa a rir. Ele não entende de quê.

— Eu preciso de sua ajuda, Ove — diz ela então, de repente.

Ove não parece muito entusiasmado.

— Eu pensei que você talvez pudesse me ajudar a tirar carteira de motorista — continua.

— O que você está dizendo? — pergunta Ove, como se tivesse ouvido errado.

Ela dá de ombros.

— É que Patrick vai ficar com o gesso por vários meses. Eu tenho que tirar carteira de motorista para poder levar as meninas aonde for preciso. Então pensei que você pudesse me dar aula de direção.

Ove está tão perplexo que até se esquece de demonstrar sua indignação.

— Então você não tem carteira de motorista?

— Não.

— Então não era brincadeira?

— Não.

— Você perdeu, foi isso?

— Não. Eu nunca tive.

O cérebro de Ove precisa de um bom tempo para processar essa informação absolutamente improvável.

— Em que você trabalha? — pergunta ele.

— O que isso tem a ver? — rebate ela.

— Talvez isso tenha tudo a ver.

— Eu sou corretora de imóveis.

Ove balança a cabeça.

— E não tem carteira de motorista?

— Não.

Ove balança ainda mais a cabeça, sério, como se aquilo fosse o cúmulo, digno de um ser humano que não assume responsabilidade por nada. Parvaneh dá aquele risinho irritante de novo, amassa o saquinho vazio de batata frita nas mãos e abre a porta.

— Pense o seguinte, Ove: você realmente quer que outra pessoa me ensine a dirigir dentro da nossa área residencial?

Ela sai do carro e vai andando até o cesto de lixo. Ove não responde. Ele só bufa.

Jimmy surge junto à porta.

— Posso comer no carro? — pergunta ele, com um pedaço de frango saindo do canto da boca.

Ove primeiro pensa em dizer não, mas se dá conta de que desse jeito eles nunca vão sair de lá. Então, em vez disso, ele espalha jornal no banco do passageiro e no chão, em tanta quantidade que parece estar pensando em pintar uma sala de estar.

— Entrem logo para podermos chegar alguma hora em casa, saco — resmunga ele, gesticulando para Jimmy.

Jimmy faz que sim, contente. O celular dele toca.

— E faz isso aí parar de tocar. Aqui não é um fliperama — diz Ove, ao pôr o carro em movimento.

— *Sorry*, cara, é que fica vindo e-mail do trabalho toda hora — diz Jimmy, equilibrando a comida numa das mãos e tirando o celular do bolso com a outra.

— Então quer dizer que você trabalha — afirma Ove.

Jimmy faz que sim, entusiasmado.

— Eu faço aplicativos para iPhone!

Ove não pergunta mais nada.

E então paira pelo menos um relativo silêncio no carro durante dez minutos, até eles entrarem no estacionamento diante da garagem de Ove. Ele para na altura do bicicletário, deixa o Saab em *drive* sem desligar o motor e dá uma olhada dramática em cada um de seus passageiros.

— Tudo bem, tranquilo, Ove, Patrick pode ir andando de muleta daqui, não se preocupe — diz Parvaneh, com evidente tom de ironia.

Ove aponta com a mão aberta para fora, pela janela na direção da placa, meio inclinada agora, onde está escrito que o tráfego de automóveis é proibido dentro da área residencial.

— O tráfego de automóveis é proibido dentro da área residencial.

— Tudo bem, Ove, obrigado pela carona! — intervém Patrick, ansioso para ser o mediador.

Com a perna engessada, ele sai com muito esforço do banco de trás do carro, enquanto Jimmy, com gordura de hambúrguer por toda a camiseta, esforça-se para se levantar do banco da frente.

Parvaneh ergue a de três anos na cadeirinha dela e a coloca no chão. A menina agita alguma coisa e grita algo incoerente. Parvaneh balança a cabeça, indicando que entendeu, vai andando até o carro, inclina-se pela porta da frente e entrega um papel para Ove.

— O que é isso? — pergunta Ove, sem dar nenhuma indicação de que vai pegá-lo.

— É um desenho de Nasanin.

— E o que eu tenho a ver com isso?

— Ela desenhou você — responde Parvaneh, colocando-o no colo dele.

Ove olha para o papel com relutância. Cheio de riscos e rabiscos.

— Esse é Jimmy, esse é o gato, e esses são Patrick e eu. E esse é você — explica Parvaneh.

Quando diz essa última frase, ela aponta para uma figura no meio do desenho. Tudo mais está pintado de preto, mas a figura central está numa verdadeira explosão de cores. Amarelo, e vermelho, e azul, e verde, e laranja, e roxo, numa mistura só.

— Você é a pessoa mais divertida que ela conhece. Por isso que ela sempre pinta você colorido — diz Parvaneh.

Depois disso ela fecha a porta do carro e sai.

Leva alguns segundos para Ove conseguir dizer em voz alta para ela "como assim 'sempre'? Que diabos você quer dizer quando fala que ela 'sempre' me pinta assim?". Mas então todos já começaram a ir juntos para casa.

Parecendo um pouco ofendido, Ove endireita o jornal no banco do passageiro. O gato vem do banco de trás para o da frente e se ajeita ali. Ove entra com o Saab de ré na garagem. Fecha o portão. Põe o câmbio em *drive* sem desligar o motor. Sente devagar os gases do escapamento encherem a garagem e olha pensativo para a mangueira que está pendurada na parede. Durante alguns minutos, a única coisa que se ouve é a respiração do gato e o estalar compassado do motor. Teria sido simples só ficar sentado lá e esperar o inevitável. Teria sido lógico, percebe Ove. Já faz tempo que ele anseia por isso. O fim. Ele tem tanta saudade dela que às vezes mal suporta o fato de ainda estar em seu próprio corpo. Essa seria a única atitude racional, apenas ficar sentado ali até a fumaça levá-los para o sono eterno.

Mas então ele olha para o gato. E desliga o motor.

Na manhã seguinte, eles levantam às quinze para as seis. Ove toma café e o gato come atum. Quando terminam a ronda de inspeção, Ove retira cuidadosamente a neve da frente de sua casa. Quando termina, fica parado diante de seu depósito, apoiado na pá de neve, observando as outras casas do bairro.

Depois ele atravessa a rua e começa a tirar a neve da frente das outras casas também.

25

UM HOMEM CHAMADO OVE
E UMA CHAPA DE AÇO CORRUGADO

Ove espera até depois do café da manhã, quando o gato espontaneamente sai para fazer suas necessidades. Então ele apanha um pote da última prateleira do armário do banheiro. Avalia seu peso na mão como se quisesse arremessá-lo em algum lugar. Joga-o de leve para o alto e o deixa cair na palma da mão, como se assim pudesse descobrir a quantidade exata de pílulas que há dentro dele.

No fim, os médicos tinham receitado tantos analgésicos para Sonja que o banheiro deles ficou parecendo um depósito da máfia colombiana. Claro que Ove não gosta nem um pouco de remédios, confia pouco neles, sempre teve a sensação de que seu único efeito real é psicológico e que por isso só funcionam com as pessoas de pouca massa encefálica.

Mas ele entendeu que as substâncias químicas são um jeito nada raro de alguém tirar a própria vida. A gente sempre vê isso nos pacientes com câncer em estágio terminal. E as substâncias químicas se encontram, como se diz, à disposição na própria casa.

Ele só se tocou disso agora.

Ove nota a chegada de alguma coisa do lado de fora da porta que dá acesso à rua. O gato voltou cedo. Está lá parado, miando. Enquanto a porta não é aberta, ele fica passando as patas na soleira como se alguém o tivesse aprisionado numa armadilha para ursos. Como se ele estivesse sentindo alguma coisa. Ove entende que o gato está decepcionado com ele. E não pede que o animal compreenda a situação.

Ove fica imaginando qual seria a sensação de tomar uma overdose de analgésicos. Ele nunca usou drogas. Mal tinha ficado alto com bebida alguma vez. Nunca gostou da sensação de perder o controle. Ove compreendeu, com o passar dos anos, que é justamente essa a sensação que as pessoas gostam e pela qual procuram. Mas, para ele, só alguém sem nada na cabeça pode achar que a perda do controle é uma experiência almejável. Ele então imagina se vai começar a passar mal, se vai sentir alguma coisa quando os órgãos do corpo pifarem e pararem de funcionar. Ou se só vai pegar no sono quando seu corpo se tornar supérfluo.

Agora o gato está uivando lá fora, na neve. Ove fecha os olhos e pensa em Sonja. Não que ele seja o tipo de homem que desiste e simplesmente morre, ele não quer que ela pense isso. Mas é *realmente* culpa dela isso aqui. Ela se casou com ele. E agora ele não sabe direito como se faz quando se dorme sem a ponta do nariz dela na cavidade entre o pescoço e o ombro dele. Só isso.

Ele tira a tampa do pote, despeja as pílulas no canto da pia. Observa-as como se esperasse que elas se transformassem em pequenos robôs assassinos. Claro que elas não fazem isso. Ove não fica impressionado. Ele considera incompreensível que aqueles pequenos pontos possam fazer mal a ele, independentemente de quantos tome. O ruído feito pelo gato dá a impressão de que ele está cuspindo neve na porta da casa. Mas de repente esse ruído é interrompido, e por um som completamente diferente. Latidos.

Ove ergue o olhar. Há alguns segundos de silêncio, e então ele ouve o gato guinchar de dor. E mais latidos. E a loira bocó gritando alguma coisa.

Ove fica parado e se apoia na pia. Fecha os olhos, como se assim pudesse afastar os sons da cabeça. Não funciona. Então, por fim, ele suspira e se apruma. Abre o pote de plástico e coloca os comprimidos de novo dentro dele. Desce a escada. Ao passar pela sala, coloca o pote no parapeito da janela. E pela janela vê a loira bocó na rua entre as casas. Ela sai correndo e vai na direção do gato.

Ove abre a porta no mesmo momento em que ela tenta chutar o bicho com toda a força na cabeça. O gato é ágil o suficiente para desviar do salto penetrante da mulher no último momento e recuar na direção do depósito de Ove. A bota de inverno da bocó late tão histericamente que a saliva escorre pelo focinho, como se fosse uma fera contaminada pela raiva. A bota está com pelos na boca. Ove se dá conta de que essa é a primeira vez que se lembra de ter visto a bocó sem óculos de sol. A maldade brilha naqueles olhos verdes. Ela toma impulso e tenta novamente chutar o gato, mas avista Ove e detém o passo. O lábio inferior dela treme de raiva.

— Eu vou mandar darem um tiro nele! — dispara ela, apontando para o gato.

Ove balança a cabeça muito lentamente sem deixar de olhar para ela, que engole em seco. Algo no rosto dele, uma expressão tão firme como que talhada em um muro, faz com que a autoconfiança assassina dela comece a se esvair.

— Esse é um... gato de rua dos infernos e... ele tem que morrer! Ele arranhou o Prince! — gagueja ela.

Ove não diz nada, mas sua visão escurece. E por fim até o cachorro começa a se afastar dele.

— Vem, Prince — diz a bocó em voz baixa, puxando a coleira.

O cachorro se vira imediatamente. A bocó olha para Ove uma última vez pelo canto do olho e desaparece, virando a esquina como se Ove a tivesse enxotado só com o olhar.

Ove fica parado, com a respiração pesada. Põe a mão fechada no peito. Sente seu coração bater descontroladamente. Dá um gemido breve. Então olha para o gato. O gato olha para ele. Ele está com um novo ferimento num lado do corpo. De novo, sangue no pelo.

— Sete vidas não vão ser suficientes para você, né, caramba? — diz Ove.

O gato lambe a pata, parecendo não ser do tipo que considera importante ficar fazendo contagem. Ove balança a cabeça e dá um passo para o lado.

— Para dentro.

O gato passa pela soleira. Ove fecha a porta.

O homem se posta no meio da sala de estar. Sonja parece olhar para ele de toda parte. Na verdade, só nesse momento ele se dá conta de ter colocado as fotos dela de um jeito que o acompanham pela casa, independentemente de onde ele se encontre. Ela está na mesa da cozinha, pendurada na parede do hall, no meio da escada. Está no parapeito da janela da sala, onde o gato agora chegou pulando e se sentou, exatamente ao seu lado. Ele olha torto para Ove e com a pata derruba o pote de comprimidos no chão. Ove o apanha, o gato olhando para ele como se de alguma forma pensasse em gritar: *"J'accuse!"*

Ove dá alguns chutes no rodapé, sai rumo à cozinha e coloca o pote de comprimidos num armário. Em seguida, prepara café e despeja água numa tigela para o gato.

Os dois bebem em silêncio.

— Você é um puta gato teimoso — diz Ove por fim.

O gato não responde. Ove pega a tigela vazia e a coloca ao lado de sua xícara de café na pia. Fica com as mãos do lado do corpo e parece pensativo por um bom tempo. Então vira-se e vai para o hall.

— Vem comigo — diz Ove para o gato, sem olhar para ele. — Assim nós daremos àquele vira-lata uma lição.

Ove veste a jaqueta azul de inverno, calça os sapatos e deixa o gato sair primeiro pela porta. Ele olha a foto de Sonja na parede do hall. Ela sorri para ele. Talvez morrer não seja algo tão importante assim que não possa esperar mais um pouco, pensa Ove, indo atrás do gato.

Leva alguns minutos para alguém atender. Um som demorado de algo deslizando precede o movimento na fechadura, como se um fantasma estivesse arrastando correntes pesadas pela casa. Então a porta se abre e lá está Rune, encarando Ove e o gato com um olhar vazio.

— Você por acaso tem chapa de aço corrugado — pergunta Ove, sem nenhuma chance para uma troca de amenidades.

Rune olha concentrado para ele por alguns segundos, como se o cérebro lutasse freneticamente contra forças estranhas para conseguir formar uma lembrança.

— Chapa? — diz ele em voz alta para si mesmo, como se saboreasse a palavra, meio como alguém que acabou de acordar e se esforça para se lembrar alguma coisa com que sonhou.

— Isso, uma chapa — confirma Ove.

Rune olha para ele como se seu olhar o atravessasse. Seus olhos têm o brilho de um capô recém-encerado. Ele está abatido e com os ombros curvados, a barba grisalha quase branca. Rune era um homem robusto e que inspirava respeito, mas agora parece mais um farrapo. Ele envelheceu. Envelheceu muito, muito mesmo, Ove acaba de perceber, e isso o atinge com uma força com a qual ele não contava. O olhar de Rune vagueia por um instante. Então de repente ele contrai o canto dos lábios.

— Ove? — ele chama.

— Quem está aqui não é o papa, sou eu mesmo, porra — responde Ove.

A pele frouxa do rosto de Rune de repente se abre num sorriso atordoado. Os dois homens, que já tinham sido tão amigos como homens do tipo deles podem de fato ser, fitam um ao outro. Um que se recusa a esquecer o passado e um que não consegue se recordar de nada do que passou.

— Você está velho — diz Ove.

Rune dá uma risadinha.

Então se ouve a voz inquieta de Anita, e no instante seguinte ela vem correndo na direção da porta com pezinhos furiosos.

— Tem alguém na porta, Rune? O que você está fazendo aí? — diz ela em voz alta, apavorada, aparecendo na abertura e avistando Ove. — Ah... oi, Ove — continua, interrompendo o passo.

Ove fica lá com as mãos nos bolsos. O gato ao lado dele parece que também faria isso se tivesse bolso. Ou mãos. Anita, com sua compleição pequena, está de calça azul e cardigã de tricô cinza, com cabelos grisalhos e a pele pálida. Mas Ove percebe que ela tem os olhos ligeiramente vermelhos e a cara inchada quando ela passa a mão pelo rosto para enxugar a dor. Como fazem as mulheres de sua geração. Como se persistentemente mandassem a tristeza embora da casa com uma vassoura todo dia de manhã, pela abertura da porta. Ela pega Rune com carinho pelos ombros e o conduz até a cadeira de rodas perto da janela da sala de estar.

— Oi, Ove — repete Anita de modo amigável, mas surpresa, quando volta até a porta. — Em que eu posso ser útil? — pergunta ela.

— Vocês por acaso têm uma placa de aço corrugado? — retruca.

Ela parece perplexa.

— Aço carregado? — murmura ela, como se ele estivesse procurando uma chapa carregada de eletricidade.

Ove dá um suspiro profundo.

— Ai, meu Deus do céu, ferro cor-ru-ga-do.

A perplexidade de Anita não parece ter diminuído nem uma gota.

— Era para eu ter isso em casa?

— Com certeza Rune tem no depósito — diz Ove, estendendo a mão.

Anita faz um gesto positivo com a cabeça. Apanha a chave do depósito na parede e a põe na mão de Ove.

— Aço... corrugado? — inquire ela novamente.

— Isso — diz Ove.

— Ah, mas nós não temos telhado metálico.

— Isso não tem nada a ver.

Anita faz que sim e que não com a cabeça, num só movimento.

— Na-não... não, claro que não.

— Mas as pessoas costumam ter em casa — diz Ove, como se fosse alguma coisa totalmente necessária.

Anita balança a cabeça. Assim como se faz quando se é colocado diante do fato incontestável de que um pouco de aço corrugado é algo que todas as pessoas lúcidas têm guardado no depósito, para o caso de necessidade.

— Mas então você não tem nenhuma chapa desse tipo? — lança ela, evidentemente mais para puxar conversa.

— Eu usei tudo que tinha — diz Ove.

Anita faz que sim como quem entendeu. Assim como quando alguém se vê diante de um fato incontestável, como se não fosse nada estranho que um homem normal que não tem telhado metálico usasse tanto aço corrugado até acabar com o estoque que mantém em casa.

Um minuto depois, Ove aparece triunfante na porta, arrastando uma chapa gigantesca de aço corrugado, do tamanho de um tapete de sala de estar. Anita, na verdade, não faz a menor ideia de como um pedaço tão grande de aço foi parar no depósito de sua casa sem ela jamais ter tido notícia disso.

— Bem que eu disse — diz Ove, balançando a cabeça e devolvendo a chave.

— Sim... sim, disse, sim — Anita se sente forçada a admitir.

Ove olha para a janela. Rune também olha para ele. E, assim que Anita se vira para entrar em casa, Rune sorri de novo, e levanta a mão para fazer um breve aceno. Como se justo naquele instante, apenas por um segundo, ele soubesse exatamente quem era Ove e o que ele estava fazendo lá. Ove emite aquele som que se ouve quando se muda um piano pesado de lugar por cima de um piso de tábuas.

Anita para, hesitante. E volta-se para ele.

— O pessoal do serviço social esteve aqui. Eles querem levar Rune de mim — diz ela, sem erguer o olhar.

A voz se rasga como jornal seco quando ela diz o nome do marido. Ove fica mexendo na chapa.

— Eles dizem que eu não posso cuidar dele. Agora com a doença e tudo o mais. Dizem que ele tem que ser levado para um asilo — ela conta.

Ove continua a mexer na chapa.

— Ele vai morrer se eu o colocar num asilo, Ove. Você sabe disso — sussurra ela.

Ove faz que sim e olha para os restos de uma guimba de cigarro, grudada num pedaço de gelo na junta entre duas lajotas. Pelo canto do olho ele vê Anita se inclinar um pouquinho. Sonja tinha explicado alguns anos antes que era aquela cirurgia nos quadris que a afligia, ele se recorda. Ela também tem tremores nas mãos. "Um estágio anterior da esclerose múltipla", Sonja tinha explicado. E há alguns anos Rune havia desenvolvido Alzheimer.

— O rapaz bem que podia vir aqui ajudar vocês, então — murmura ele em voz baixa.

Anita olha para ele. O olhar dela encontra o dele, e ela sorri, sem levar a mal.

— Johan? Ah... mas ele mora nos Estados Unidos, sabe como é. Ele já tem tanto com que se ocupar. Você sabe como são as coisas dos jovens!

Ove não responde. Anita diz "Estados Unidos" como se o filho egoísta tivesse se mudado para o próprio reino dos céus. Ove não tinha visto o rapaz nem uma única vez ali na rua desde que Rune adoecera. Ele era adulto agora, mas cuidar dos pais não estava em suas prioridades.

Anita se contrai, como se tivesse sido apanhada fazendo alguma coisa indecente. Ela ri para Ove, meio que se desculpando.

— Desculpe, Ove, não vou ficar aqui tomando seu tempo com minha tagarelice.

Ela entra em casa de novo. Ove fica parado com a chapa na mão, o gato a seu lado, e murmura alguma coisa meio para si mesmo logo antes de a porta se fechar. Anita, atônita, dá mais uma olhadinha pela fresta e o vê.

— Como? — ela diz, por fim.

Ove se contorce sem encontrar o olhar dela. Ele dá as costas e sai andando, como se as palavras pegassem ritmo e começassem a sair dele.

— Eu disse que, se você tiver mais problemas com a porcaria dos aquecedores, pode vir me chamar. O gato e eu estamos em casa.

O rosto marcado de Anita se abre num sorriso surpreso. Ela dá um curto passo para fora da porta, e a impressão é a de que talvez queira dizer mais alguma coisa. Talvez algo sobre Sonja, algo sobre como no fundo ela tem saudade de sua melhor amiga. Como ela tem saudade da vida que eles quatro tinham assim que se mudaram para o bairro, há quase quarenta anos. Que de vez em quando ela tem saudade de como Rune e Ove costumavam brigar. Mas Ove acaba de virar a esquina.

Quando ele e o gato voltam, Ove entra no depósito e vai buscar a bateria extra do Saab e duas grandes pinças de metal. Ele coloca a chapa atravessada sobre as lajotas do chão entre o depósito e a casa e a cobre cuidadosamente de neve.

Ove fica ao lado do gato durante um bom tempo, avaliando sua obra. Uma perfeita armadilha para cachorro, escondida embaixo da neve, carregadíssima de eletricidade, pronta para cumprir seu papel. E teria que ser uma vingança completamente proporcional. Na próxima vez que a bocó e aquele cachorro dos diabos se metessem a mijar nas lajotas de sua casa, o vira-lata ia ter que fazer isso numa chapa eletrificada.

"Veremos se eles vão continuar achando engraçado depois", pensa Ove.

— Ele vai levar um baita de um choque — ele explica, satisfeito, para o gato.

O gato inclina a cabeça e olha para a chapa.

— É como ser atingido por um raio na uretra — acrescenta Ove.

O gato fica bastante tempo olhando para ele. Como se quisesse dizer: "Mas você não está falando sério, né?" Ove põe as mãos nos bolsos e balança a cabeça.

— Não, não... — diz ele, suspirando. Ele e o gato ficam em silêncio. — Não, não, claro — acrescenta, coçando embaixo do queixo.

E então ele pega a bateria, as pinças e a chapa e os põe novamente na garagem. Não porque ele não ache que a bocó e o vira-lata mereçam um choque daqueles. Porque eles merecem, sim. Mas ele percebe que há bastante tempo alguém o lembrou da diferença entre ser mau porque é preciso ser e ser mau porque se pode ser.

— Mas era uma ideia muito boa — repete ele para o gato, quando entram em casa de novo.

Não parece que o gato tenha tanta certeza.

— Você com certeza acha que isso da corrente não funcionaria. Mas funcionaria, sim!

O gato entra na sala decidido, como se pensasse: "Claro, claro, com certeza funcionaria..."

Depois disso, os dois vão almoçar.

26

UM HOMEM CHAMADO OVE E UMA SOCIEDADE EM QUE NINGUÉM MAIS SABE CONSERTAR UMA BICICLETA

Não é que Sonja nunca incentivasse Ove a arranjar amigos. Ela fazia isso de vez em quando. Mas Ove sempre considerava uma das maiores provas de amor o fato de que ela nunca pegava no pé dele. Muita gente tem dificuldade de viver com alguém que aprecia a solidão. Dá uma sensação desconfortável naqueles que não conseguem estar sozinhos. Mas Sonja não reclamava mais do que o necessário para ele. "Quando te conheci, você já era do jeito que é", ela costumava dizer. Então as coisas eram como eram.

Claro que ser desse jeito não impediu Ove de ser feliz durante os anos em que ele e Rune, apesar de tudo, tinham em comum algo parecido com uma amizade. Não que os dois se comunicassem muito. Rune falava muito pouco. Ove, quase nada. E Sonja não era burra, ela entendia que mesmo homens como Ove apreciavam ter alguém para quem pudessem dizer alguma coisa de vez em quando. E já fazia muito tempo que ele não tinha isso. Muito.

— Ganhei — diz ele sucintamente, ao ouvir a caixa de correio rangendo.

O gato dá um pulo, desce do parapeito da janela da sala e vai para a cozinha. "Não sabe perder", pensa Ove, indo na direção da porta da frente. Já faz anos que ele não aposta com alguém quando vai chegar correspondência. Ele fazia esse tipo de aposta com Rune quando os dois tiravam férias no verão, e faziam isso com tanta frequência que eles desenvolveram um sistema complicado de zonas marginais e meios minutos para poder decidir quem havia se aproximado mais do resultado. Mas isso era naquela época em que o correio realmente vinha ao meio-dia, em que se precisava de limites claros para decidir quem tinha acertado mais. Hoje em dia é óbvio que não é assim. Hoje em dia o correio pode muito bem chegar no meio da tarde, seja lá como for. Como se a correspondência pudesse ser entregue só quando a porcaria do correio estivesse a fim e o destinatário só tivesse que ficar agradecido. Ove tinha tentado apostar com Sonja depois que ele e Rune pararam de se falar, mas ela não entendeu as regras. Então ele desistiu.

O rapaz diante da casa afasta o corpo para que a porta não o atinja ao ser aberta. Ove olha atônito para ele. Ele está com uniforme de carteiro.

— Pois não? — diz Ove.

O rapaz parece não conseguir responder. Ele estende um jornal e uma carta apoiados nos braços. E é só aí que Ove repara que é o mesmo rapaz com quem brigou por causa daquela bicicleta lá no bicicletário alguns dias antes. Aquela que o rapaz disse que ia "consertar". Mas Ove sabe muito bem como são essas coisas. "Consertar", para esses pilantras, significa "roubar e vender pela internet". É isso.

O rapaz parece, se é que isso é possível, ainda menos feliz por reconhecer Ove do que o contrário. Ele fica com uma expressão um pouco como a de uma garçonete na dúvida se vai lhe entregar o seu prato ou voltar para a cozinha e antes cuspir mais uma vez nele. O rapaz olha distante para Ove, olha para a carta e o jornal, olha de novo para Ove. Então finalmente os entrega com um "aqui" lacônico. Ove pega a correspondência sem tirar os olhos do pilantra.

— Sua caixa de correio está coberta de neve, então eu pensei em entregar essas coisas direto para você — diz o rapaz.

Um homem chamado Ove

Ele aponta com a cabeça para a pilha de sucata retorcida que costumava ser a caixa de correio de Ove, antes daquele magricelo que não sabe dar ré com um reboque meter o reboque nela, e aponta com a cabeça para a carta e o jornal na mão de Ove. Ove olha para os dois. O jornal é um tipo de jornal local, daqueles distribuídos de graça, apesar de haver uma placa em sua caixa de correios que diz expressamente que isso não lhe interessa. E a carta com certeza vai ser algum anúncio publicitário, Ove já adivinha. Na certa, o nome e o endereço dele estão escritos à mão na frente do envelope, mas afinal esse é um truque batido de publicidade. Para se acreditar que é a carta de uma pessoa de verdade, abri-la e pronto!, a pessoa está exposta a uma jogada de marketing. Na certa essa carta não é para ele, Ove constata.

O rapaz fica se balançando nos calcanhares e olhando para o chão. Como se estivesse lutando contra algo dentro de si que quisesse sair.

— Tem mais alguma coisa? — pergunta Ove.

O rapaz passa a mão pelo tufo de cabelo seboso típico do fim da puberdade.

— Bem... eu só fiquei pensando se você tem uma mulher chamada Sonja — diz ele, fazendo um ruído de algo que afunda na neve.

Ove parece desconfiado. O rapaz aponta para o envelope.

— Eu vi o sobrenome. Eu tinha uma professora com esse nome. Só fiquei pensando... sei lá.

O rapaz parece xingar a si mesmo por ter dito alguma coisa e dá meia-volta para ir embora. Ove pigarreia e chuta a soleira.

— Sim... pode ser. O que tem essa Sonja?

O rapaz para alguns metros mais adiante.

— Ah... sei lá. Eu só gostava dela. Eu só queria dizer isso. Eu sou... sabe como é... eu não sou muito bom para ler e escrever e essas coisas.

Ove pensa em responder que isso daria para adivinhar, mas acaba deixando para lá. O rapaz está visivelmente inquieto. Passa a mão meio desajeitado pelo cabelo, como se nele esperasse encontrar a formulação correta do que dizer.

— Ela foi a única, de todos os professores que eu tive, que não achava que eu era totalmente burro — murmura ele com algo pesado na voz. — Ela me fez ler o… Shakespeare, sabe. Tipo, eu nem sabia que eu sabia ler. Ela me fez ler livros supergrossos e coisa e tal. Foi uma sensação horrível quando eu fiquei sabendo que ela tinha morrido, sabe.

Ove não responde. O rapaz olha para o chão. Encolhe os ombros.

— É só que…

Ele fica em silêncio. E então os dois homens, o de cinquenta e nove anos e o adolescente, ficam a alguns metros um do outro chutando a neve. Como se chutassem um para o outro a lembrança de uma mulher que teimava em ver mais potencial em algumas pessoas do que elas próprias viam em si mesmas. Nenhum dos dois sabe o que fazer com essa experiência compartilhada.

— O que você vai fazer com a bicicleta? — diz Ove, por fim.

— Eu prometi para minha garota que ia consertar. Ela mora ali — responde o rapaz, apontando com a cabeça para a casa bem no fim da rua, em frente à de Anita e Rune.

Ali mora a família que faz separação do lixo reciclável, quando não está na Tailândia ou seja lá onde estejam agora.

— Tipo isso. Ela ainda não é minha garota. Mas eu achava que ela ia ser. Tipo isso.

Ove observa o rapaz como homens de meia-idade frequentemente observam homens mais jovens que parecem inventar sua própria gramática à medida que falam.

— Você tem ferramentas para isso? — pergunta ele.

O rapaz balança a cabeça.

— Como você poderia consertar uma bicicleta sem ferramentas? — pergunta Ove, mais com uma surpresa genuína do que indignação.

O rapaz dá de ombros.

— Não sei.

— Então por que você prometeu que ia consertar a bicicleta dela?

O rapaz dá um chute na neve. Coça o rosto, envergonhado, com a mão aberta.

— Porque eu estou apaixonado por ela.

Ove não consegue decidir ao certo o que responder. Então ele faz um rolo com o jornal local e a carta, e bate com ele na palma da mão, como um bastão. Fica ali parado um bom tempo, totalmente absorto naquele movimento monótono.

— Eu tenho que vazar — murmura o rapaz de modo quase inaudível, fazendo menção de se virar novamente.

— Vem aqui depois do serviço então, e eu te ajudo a consertar a bicicleta.

As palavras de Ove surgem como que de algum lugar. Como se ele tivesse pensado em voz alta em vez de tê-las pronunciado.

— Mas você tem que trazer suas próprias ferramentas — acrescenta ele.

O rosto do rapaz se ilumina.

— Sério, cara?

Ove continua batendo distraído com o bastão de papel na palma da mão. O rapaz engole em seco.

— Ah, sabe como é, quer dizer, é mesmo? Eu… sabe como é… bem… eu não posso vir hoje! Eu tenho de ir para meu outro trabalho! Mas amanhã, cara! Eu posso tipo vir consertar ela amanhã?

Ove inclina um pouco a cabeça e lhe parece que tudo o que acabou de ouvir foi pronunciado por um personagem de desenho animado. O rapaz inspira fundo e se recompõe.

— Amanhã? Tudo bem se eu voltar amanhã? — diz ele.

— Que outro trabalho? — pergunta Ove, como se tivesse acabado de receber uma pergunta incompleta numa final desses programas de tv.

— Eu também trabalho em um café de noite e nos feriados — diz o rapaz, com aquela esperança recente nos olhos de talvez poder salvar seu relacionamento de fantasia com uma namorada que nem sabe que é namorada dele. Essas coisas que só um adolescente com cabelo ensebado consegue enfiar na cabeça. — Lá no café tem uma caixa de ferramentas! Posso levar a bicicleta para lá!

— Outro trabalho? Um emprego só já não é suficiente? — diz Ove, apontando com o bastão de papel para o emblema do correio no peito da jaqueta do uniforme do rapaz.

— Tô juntando dinheiro — responde ele.

— Para quê?

— Para comprar um carro.

Ove não deixa de observar que ele se empertiga um pouquinho quando diz "carro". Ove parece ficar em dúvida por um instante. Depois deixa o bastão cair de novo lenta mas firmemente na palma da sua mão.

— Que tipo de carro?

— Eu andei olhando um Renault! — declara o rapaz, feliz, empertigando-se um pouco mais.

O ar ao redor dos dois para por um centésimo de segundo ou coisa assim, como o ar sempre tende a fazer em momentos como esse. Se fosse a cena de um filme, é bem provável que a câmera teria tido tempo justamente de fazer uma panorâmica de trezentos e sessenta graus ao redor deles, antes de Ove finalmente perder por completo a compostura.

— *Renault?* Mas é um carro *francês*, caramba! Você não pode comprar justo um carro *francês*, caramba!!

Parece que o rapaz pensa em responder alguma coisa, mas ele não tem nem tempo, pois Ove já está se sacudindo todo como se tentasse se desvencilhar de uma vespa teimosa.

— Meu Deus do céu, pirralho! Você não sabe nada de carro?

O rapaz balança a cabeça. Ove suspira profundamente e leva a mão à testa como se tivesse sido tomado por uma enxaqueca repentina.

— E como você vai conseguir levar a bicicleta até o café se não tem carro? — diz ele finalmente, um pouco mais calmo.

— Eu não... pensei nisso — diz o rapaz.

Ove balança a cabeça.

— Renault? Sério? — repete ele.

O rapaz faz que sim. Ove coça os olhos, frustrado. E murmura:

— E como se chama mesmo esse maldito café em que você trabalha?

Um homem chamado Ove

Vinte minutos depois, Parvaneh abre estupefata a porta de casa. Ove está sério diante dela, batendo o bastão de papel na palma da mão.

— Você tem uma daquelas placas verdes?

— Hã?

— É preciso ter uma daquelas placas verdes quando se está aprendendo a dirigir. Você tem ou não tem?

Ela faz que sim.

— Tenho... tenho, sim... mas o que...

— Eu venho buscar você em duas horas. Vamos com meu carro.

Ove se vira e volta a passos firmes pela rua estreita sem esperar resposta.

27

UM HOMEM CHAMADO OVE E UMA AULA DE DIREÇÃO

Acontecia de vez em quando, durante os quase quarenta anos em que moraram juntos naquela área residencial, de um ou outro vizinho recém-chegado imprudentemente se atrever a perguntar a Sonja qual era de fato o motivo da profunda inimizade entre Ove e Rune. Por que dois homens que tinham sido tão amigos de repente começaram a odiar um ao outro com uma intensidade tão atordoante?

Sonja respondia tranquilamente que era muito simples. Tratava-se pura e simplesmente do fato de que, quando os dois se mudaram para lá com suas esposas, Ove tinha um Saab 96, e Rune, um Volvo 244. Alguns anos depois, Ove comprou um Saab 95, e Rune comprou um Volvo 245. Três anos depois, Ove comprou um Saab 900, e Rune, um Volvo 265. Durante a década que se seguiu, Ove comprou mais dois Saabs 900 e depois um Saab 9000. E Rune comprou mais um Volvo 265 e depois um Volvo 745, mas alguns anos depois voltou para o modelo sedã e adquiriu um Volvo 740. Ao que Ove comprou mais um Saab 9000, e então Rune pouco a pouco passou para um Volvo 760, então Ove comprou outro Saab 9000, e Rune trocou seu carro por um Volvo 760 Turbo.

E então chegou um dia em que Ove foi à concessionária para olhar o recém-lançado Saab modelo 9-3 e, quando voltou para casa à noite, Rune tinha comprado uma BMW.

"Uma B-M-W!", gritou Ove para Sonja. "Como se pode *argumentar* com uma pessoa como essa, hein?"

Talvez não fosse esse o único motivo para os dois homens detestarem um ao outro, Sonja costumava explicar. Mas ou se entendia isso ou então não se entendia. E se a pessoa não entendia isso, então não fazia sentido tentar explicar o resto.

A maioria das pessoas nunca entendia, claro, Ove costumava comentar. É, mas as pessoas não sabiam mais nada sobre lealdade. Hoje em dia o carro era só um "meio de transporte", e o caminho só uma complicação entre dois pontos. Ove tem convicção de que é por isso que as coisas no trânsito estão como estão. Se as pessoas tivessem um pouco mais de medo de seus carros, não dirigiriam como idiotas, pensa ele, enquanto testemunha acanhado como Parvaneh retira o jornal que ele espalhou por sobre o banco do motorista. Ela teve que empurrar o banco da frente até o máximo para conseguir enfiar a barriga de grávida no carro e, em seguida, puxar o banco até o máximo para a frente de novo para conseguir alcançar o volante e os pedais.

A aula de direção não começa lá muito bem. Ou, para ser mais exato, ela começa com Parvaneh tentando se sentar no Saab com um refrigerante na mão. Ela não devia ter feito isso. Depois ela tenta mexer no rádio de Ove para colocar "numa estação mais divertida". Ela também não devia ter feito isso.

Ove pega o jornal do chão, enrola-o e começa a bater com ele na mão, nervoso, como se aquilo fosse uma variante agressiva da bola antiestresse. Ela segura o volante e observa o painel como uma criança curiosa.

— Por onde começamos? — pergunta ela, ansiosa, depois de finalmente ter concordado em largar o refrigerante.

Ove suspira. O gato fica sentado no banco de trás e parece desejar muito intensamente que os gatos soubessem como colocar o cinto de segurança.

— Pise na embreagem — diz Ove, um tanto emburrado.

Parvaneh olha ao redor como se estivesse procurando alguma coisa. Então olha para Ove e sorri, confusa.

— Qual é a embreagem?

O rosto de Ove fica cheio de incredulidade.

— Claro que você sa... ai, meu Deus!

Ela olha ao redor do banco mais uma vez, vira-se na direção do encaixe do cinto no encosto, como se fosse encontrar a embreagem lá. Ove põe a mão na testa. Parvaneh muda imediatamente a expressão, ofendida.

— Mas eu disse para você que quero tirar a carteira para carro com câmbio automático! Por que você me forçou a pegar seu carro?

— Porque você precisa tirar uma carteira de habilitação de verdade! — devolve Ove, enfatizando "de verdade" de modo a revelar que uma carteira para dirigir carro com câmbio automático, na sua concepção de mundo, está tão longe de uma "carteira de verdade" quanto um carro com câmbio automático está de um "carro de verdade".

— Pare de gritar comigo! — exclama Parvaneh.

— Eu não estou gritando! — exclama Ove em resposta.

O gato se aninha no banco de trás, evidentemente fazendo de tudo para ficar de fora daquilo, seja lá o que seja. Parvaneh cruza os braços e olha magoada para fora, pela janela. Ove bate com o bastão de papel metodicamente na palma da mão repetidas vezes.

— O pedal mais à esquerda é a embreagem — diz ele por fim, entre os dentes.

Depois de respirar muito profundamente, ele prossegue:

— O do meio é o freio. O mais à direita é o acelerador. Você tem de ir tirando o pé lentamente da embreagem até encontrar resistência; acelera, solta a embreagem e sai andando.

Obviamente, Parvaneh toma aquilo como um pedido de desculpas. Balança a cabeça e se acalma. Segura o volante, liga o carro e faz como ele diz. O Saab pula para a frente com um pequeno tranco, faz uma pequena pausa, lança-se então com um rugido alto na direção do estacionamento de visitantes e, por um triz, não chega a colidir com outro carro, porque Ove puxa o freio de mão. Parvaneh solta a direção e dá um grito de pânico com as mãos diante dos olhos quando o Saab finalmente para com um tranco brusco. Ove respira como se o freio de mão que ele acabara de puxar fosse parte de um terrível exercício militar. Os músculos do seu rosto se contraem como se alguém tivesse espremido limão nos olhos dele.

— O que eu faço agora? — berra Parvaneh, dando-se conta de que o Saab está a dois centímetros das lanternas traseiras do carro da frente.

— A ré. Você engata a ré — diz Ove por entre os dentes.

— Eu quase bati nesse carro! — solta Parvaneh.

Ove olha por cima do capô. E então um ar de tranquilidade transparece pelo seu rosto. Ove se vira para ela, com seriedade.

— Não tem problema. Esse carro é um Volvo.

Eles levam quinze minutos para sair do estacionamento e chegar à avenida. E então Parvaneh, com a primeira engatada, acelera e força tanto o motor que todo o Saab vibra como se estivesse a ponto de explodir. Ove lhe diz que troque de marcha, e ela responde que não sabe como se faz. Enquanto isso, o gato aparentemente tenta de tudo para abrir a porta de trás.

Quando chegam ao primeiro sinal vermelho, um 4x4 preto, com dois rapazes de cabeça raspada nos bancos da frente, para tão perto do para-choque traseiro deles que Ove tem certeza de que a placa verde estaria carimbada na pintura quando voltassem para casa. Parvaneh lança um olhar espremido no retrovisor. O carro range na aceleração, como que para marcar presença. Ove se vira e dá uma olhada pelo vidro de trás. Os pescoços dos dois rapazes estão cobertos de tatuagens, ele vê. Como se aquele carro enorme não fosse suficiente para mostrar ao mundo que eles eram completos idiotas.

O sinal fica verde. Parvaneh tira o pé da embreagem, o Saab dá uma engasgada no motor e tudo no painel de repente se apaga. Parvaneh gira estressada a chave na ignição, o que só faz um rangido de cortar o coração. O motor fica gritando, engasga e morre de novo. Os homens de cabeça raspada e tatuagens no pescoço buzinam. Um deles fica gesticulando.

— Pise na embreagem e acelere mais — diz Ove.

— Eu estou fazendo isso! — responde ela.

— Não está fazendo, não.

— Claro que estou!

— Agora você está gritando.

— *Eu não estou gritando, não, caramba!* — grita ela.

O 4x4 buzina. Parvaneh pisa na embreagem. O Saab desliza alguns centímetros para trás e bate na frente do utilitário. Os da tatuagem no pescoço agora se penduram com tudo na buzina como se fosse um alarme de ataque aéreo.

Parvaneh gira a chave, desesperada, mas é lógico que o motor, implacável, para novamente. Então de repente ela larga tudo e cobre o rosto com as mãos.

— Ai, meu Deus... agora você vai chorar? — exclama Ove.

— *Eu não estou chorando, caramba!* — berra ela, as lágrimas salpicando o painel.

Ove se encolhe e olha para o joelho. Fica mexendo no canto do bastão de papel.

— É tudo tão difícil, você entende? — diz Parvaneh, soluçando, pondo resignada a testa na borda do volante, como se esperasse que aquilo fosse fofo e macio. — Além disso, eu estou *grávida*! — explode ela, erguendo a cabeça e olhando para Ove como se fosse culpa dele. — Eu só estou um pouco *estressada*. Será que ninguém pode demonstrar um pouco de compaixão com uma maldita mulher grávida que está um pouco *estressada*, caramba!!!???

Ove se contorce desconfortavelmente no banco do passageiro. Ela esmurra a direção diversas vezes. Resmunga algo como "a única coisa que queria era tomar uma porcaria de um refrigerante". Em seguida, como se estivesse debilitada, deixa os braços caírem para o outro lado da direção, enterra o rosto nas mangas da blusa e começa a chorar de novo.

O 4x4 atrás deles buzina tão forte que parece que eles estão parados no convés de um navio prestes a partir para a Finlândia. Ove simplesmente escancara a porta, sai do carro, dá a volta no 4x4 com passos longos e abre a porta da frente com truculência.

— Vocês nunca foram principiantes em nada, não?

O motorista não tem tempo de responder.

— Seu maldito desgraçado do inferno! — grita Ove bem na cara do rapaz careca com tatuagens no pescoço, com tanta intensidade que sua saliva se espalha pelos bancos.

O rapaz também não tem tempo de responder ao insulto, e Ove não fica esperando. Em vez disso, ele o agarra pelo colarinho da camisa e o ergue tão rápido que seu corpo despenca atabalhoadamente para fora do carro. O jovem é um bocado musculoso, pesa tranquilamente mais de cem quilos, mas Ove o mantém seguro pelo colarinho da camisa numa posição inabalável. O rapaz evidentemente fica tão surpreso com a força daquele velho que nem consegue demonstrar resistência. Os olhos de Ove estão inflamados de ira quando ele arremessa o jovem, com certeza trinta e cinco anos mais jovem do que ele, contra a carroceria do 4x4. Ove crava a ponta do indicador no meio da cabeça raspada e aproxima os olhos tão perto dos dele que ambos sentem a respiração um do outro.

— Buzine mais uma vez e essa vai ser a última coisa que você vai fazer nesse mundo. Entendeu?

O tatuado dirige o olhar o mais rápido possível na direção de seu amigo igualmente musculoso dentro do carro, e depois na direção da fila cada vez maior de veículos que se formava atrás. Mas ninguém esboça a menor tentativa de vir em seu socorro. Ninguém buzina. Ninguém se mexe. Todos parecem pensar a mesma coisa: se um homem da idade de Ove, sem tatuagem no pescoço, vai andando sem hesitar até onde está um homem com tatuagem no pescoço muito mais jovem e o imprensa contra um carro daquela maneira, então não é com o de tatuagem no pescoço que alguém precisa evitar se desentender.

Os olhos de Ove estão arregalados de raiva. O tatuado parece, depois de uma breve reflexão, considerar que esse argumento é suficiente para ser convencido de que o velho sem dúvida nenhuma está falando sério. A ponta do nariz do rapaz se move quase imperceptivelmente para cima e para baixo.

Ove responde com o mesmo movimento e o larga no chão. Dá meia-volta, contorna com passos decididos o 4x4 e vai se sentar no Saab de novo. Parvaneh o observa de boca aberta.

— Agora você vai me escutar — diz Ove tranquilamente, enquanto fecha a porta com cuidado. — Você já deu à luz duas crianças e vai botar para fora uma terceira. Você veio de outro país para cá e com certeza fugiu de guerras e perseguições e todos os infernos possíveis. Aprendeu uma nova língua, conseguiu se formar, se estabelecer e mantém unida uma família inteira de incompetentes. E eu posso estar muito enganado, mas acho que durante esse tempo todo eu não vi você ter medo de coisa nenhuma.

Ove crava os olhos nela. Parvaneh permanece de boca aberta. Ele aponta de modo convidativo para os pedais sob os pés dela.

— Eu não estou pedindo uma neurocirurgia. Estou pedindo para você dirigir um carro. Tem acelerador, freio, embreagem. Alguns dos maiores idiotas da história da humanidade já entenderam como isso funciona. E você também vai fazer isso.

E, em seguida, ele diz sete palavras das quais Parvaneh vai se lembrar para sempre como o maior elogio que ele lhe faria em toda a vida:

— Porque você não é uma completa idiota.

Parvaneh tira um fio de cabelo da frente do rosto, grudado pela lágrimas. Agarra de novo o volante com as mãos, desajeitada. Ove balança a cabeça, coloca o cinto de segurança e se endireita no banco.

— Agora você pisa na embreagem, e aí vai fazer o que eu disser.

———

E nesta tarde Parvaneh aprende a dirigir.

28

UM HOMEM CHAMADO OVE E UM HOMEM CHAMADO RUNE

Sonja dizia que Ove era "ressentido". Porque, por exemplo, ele se recusou a frequentar a padaria local durante oito anos depois que lhe deram troco errado quando ele comprou uns pãezinhos no fim dos anos 1990. Ove chamava isso de "ter princípios rígidos". Ele e Sonja nunca concordaram muito com relação a palavras.

Ele sabe que ela estava decepcionada por ele e Rune não conseguirem se dar bem. Ove sabe que ele e Rune, com sua inimizade, destruíam em parte a chance de Sonja e Anita serem as amigas que realmente podiam ter sido. Mas um conflito que já dura um número suficiente de anos pode ser impossível de resolver, pelo único motivo de que ninguém sabe como ele começou.

Ele só sabia como tudo terminou.

Uma BMW. Devia haver gente que entendia e havia gente que não entendia. Devia haver gente que não achava que sentimentos e carros tinham alguma relação. Mas uma explicação mais clara de por que os dois homens se tornaram inimigos pelo resto da vida nunca seria encontrada.

Começou de forma inocente, pouco tempo depois do acidente e de Ove e Sonja terem voltado da Espanha. No verão, Ove pôs lajotas novas no piso do seu quintal, ao que Rune instalou uma cerca nova no dele. Ao que obviamente Ove fez questão de instalar uma cerca ainda mais alta ao redor do próprio quintal. Rune, depois disso, foi até a loja de materiais de construção e poucos dias depois estava por aí se exibindo para todo o bairro porque "tinha construído uma piscina". Não era porra nenhuma de piscina, Ove esbravejou com Sonja. Era uma pequena piscina infantil para o filho recém-nascido de Rune e Anita, isso é que era. Por um instante Ove teve planos de denunciar a obra como um puxadinho para a Defesa Civil, mas então Sonja falou que parasse com aquilo e que fosse cortar a grama para "se acalmar um pouco". Então Ove fez isso, embora a tarefa com certeza não o tenha deixado muito mais calmo.

O tapete de grama era comprido e estreito, com cerca de cinco metros de largura, e passava do lado da casa de Ove, da casa de Rune e da que ficava entre as duas, que logo seria batizada por Sonja e Anita como "zona neutra". Ninguém sabia ao certo por que aquele tapete de grama ficava lá ou que função se esperava que ele cumprisse, mas quando as casas do bairro foram construídas naquela época, deve ter havido algum arquiteto que enfiou na cabeça que tinha que haver um tapete de grama aqui e ali pelo simples motivo de que ficava muito bom no desenho. Quando Ove e Rune formaram a direção da associação de moradores, e ainda continuavam sendo amigos, os dois decidiram que Ove seria "chefe do gramado" e ficaria responsável por cortar a grama. Então Ove fez isso em todos os anos seguintes. Certa ocasião, todos os outros vizinhos sugeriram que a associação colocasse mesas e bancos no gramado formando um tipo de "espaço comunitário", mas é claro que Ove e Rune barraram a medida imediatamente. Afinal, aquilo ia se tornar um puta circo e gerar o maior barulho.

E até então tudo era paz e alegria. De qualquer modo, era assim enquanto alguma coisa podia ser "paz e alegria" quando pessoas como Ove e Rune estavam envolvidas.

Pouco depois que Rune construiu sua "piscina", um rato passou correndo pela varanda de Ove, atravessou o gramado recém-cortado e entrou pelo meio das árvores até chegar do outro lado. Ove convocou imediatamente uma "reunião urgente" da associação e exigiu que todos os moradores do bairro colocassem veneno de rato ao redor das casas. Lógico que os outros vizinhos protestaram, pois eles viam ouriços por entre as árvores da beira do bosque e tinham receio de que esses animais acabassem comendo o veneno. Rune protestou também, pois tinha medo de que os ratos carregassem o veneno até a piscina dele. Então, Ove cutucou Rune dizendo que ele devia abotoar a camisa e ir a um psicólogo para curar a ilusão de que morava na Riviera francesa. Rune fez então uma piada maldosa à custa de Ove, insinuando que Ove só tinha imaginado ter visto aquele rato. Todos os outros riram. Ove nunca perdoou Rune por isso. Na manhã seguinte, alguém tinha jogado alpiste na varanda de Rune, e ele teve que enxotar com uma pá uma dúzia de ratos do tamanho de aspiradores de pó durante as duas semanas seguintes. Depois disso, Ove teve permissão para colocar veneno, apesar de Rune ter ficado resmungando que ele não perdia por esperar.

Dois anos depois, Rune venceu o grande conflito da árvore, quando obteve autorização da assembleia anual para serrar uma que bloqueava o sol do entardecer dele e de Anita, mas que, por outro lado, impedia que o quarto de Ove e Sonja fosse inundado pela ofuscante luz do sol pela manhã. Além disso, ele conseguiu bloquear a proposta furiosa do vizinho, segundo a qual a associação deveria pagar então pela nova marquise para a casa de Ove.

Ove venceu, porém, como vingança, o conflito da remoção da neve, em que Rune queria ser nomeado "responsável pela remoção de neve" e ao mesmo tempo impor à associação a compra de um gigantesco removedor. Claro que Ove não pretendia deixar Rune andar por aí com alguma gigantesca "engenhoca", comprada às custas da associação, jogando neve na janela de Ove, isso ele deixou absolutamente claro na reunião da diretoria.

Por mais que Rune tivesse sido eleito responsável pela remoção de neve, para seu pesar logo depois ele teve que passar o inverno inteiro tirando neve à mão entre as casas. Claro que, por causa disso, ele removeu a neve da frente de todas as casas do bairro exceto da de Ove e Sonja. Mas Ove não se importou. E, só para irritar Rune, viajou no meio de janeiro e alugou um grande removedor de neve para tirar os dez metros quadrados que se acumulara diante de sua porta. Rune ficou totalmente louco de raiva por causa daquilo, Ove se lembra ainda hoje com grande prazer.

No verão seguinte, claro que Rune arranjou um jeito de revidar e comprou um daqueles monstruosos carrinhos cortadores de grama. Depois conseguiu, mediante mentiras e conspiração, aprovar na reunião anual que lhe encarregassem de cortar a grama atrás das casas, antes uma responsabilidade de Ove. Agora Rune contava com "equipamento um pouco mais adequado", conforme afirmou com um sorriso sarcástico na direção de Ove.

Lógico que Ove não conseguiu provar que havia mentiras e conspiração por trás da decisão da assembleia anual, que aprovou as novas responsabilidades de Rune, mas ele pressupôs que devia ter sido assim que as coisas se passaram. "Porcaria de motociclo de gente exibida", era como Ove chamava o cortador de grama cada vez que Rune passava diante de sua janela, montado nele com a sensação de superioridade de um caubói que está domando um touro.

Como uma espécie de compensação, Ove ao menos conseguiu, quatro anos depois, impedir os planos de Rune de trocar as janelas de sua própria casa, já que o departamento de obras, depois de trinta e três cartas e uma dúzia de telefonemas irados, cedeu e concordou com a argumentação de Ove, de que a mudança iria "prejudicar a experiência arquitetônica uniforme do bairro". Rune se recusou durante os três anos seguintes a se referir a Ove de alguma outra forma a não ser como "burocrata desgraçado". Ove tomou isso como um elogio. No ano seguinte, Ove trocou suas janelas.

Quando chegou o inverno, a diretoria decidiu que a área residencial precisava de um novo sistema coletivo para o aquecimento central. Por puro acaso, Rune e Ove acabaram tendo concepções diametralmente opostas de que tipo de aquecimento central era necessário, e aquilo que entre os outros vizinhos do bairro ficou conhecido por piada como "a batalha da bomba d'água" cresceu e se converteu numa luta eterna entre os dois homens.

E assim a coisa continuou.

Mas, como Sonja dizia, houve momentos diferentes. Não foram muitos, mas mulheres como ela e Anita conheciam a arte de tirar o máximo deles. Porque nem sempre havia conflito inflamado entre os dois homens. Num verão da década de 1980, por exemplo, Ove tinha comprado um Saab 9000, e Rune, um Volvo 760. E eles estavam tão satisfeitos cada qual com seu novo carro que se deram bem durante várias semanas. Sonja e Anita conseguiam fazer com que os quatro jantassem juntos em várias ocasiões. O filho de Rune e Anita, que àquela altura tinha acabado de entrar na adolescência com toda a divina ausência de charme e boas maneiras que o período traz consigo, ficou sentado em uma ponta da mesa, ensimesmado e parecendo um acessório. "Esse menino já nasceu bravo", dizia Sonja, com tristeza na voz. Ove e Rune de qualquer modo estavam conseguindo se dar tão bem que volta e meia tomavam seu uisquezinho juntos no final da tarde.

Durante o último jantar daquele verão, no entanto, infelizmente Ove e Rune enfiaram na cabeça que iam fazer um churrasco. E é claro que imediatamente começaram a brigar por causa do "procedimento mais eficiente" para acender a churrasqueira de Ove. Quinze minutos depois, o volume da briga tinha aumentado tanto que Sonja e Anita concordaram que seria provavelmente melhor cada família jantar em sua casa. Assim, antes de voltarem a se falar, os dois homens tiveram tempo de comprar e vender um Volvo 760 (Turbo) e um Saab 9000i.

Durante esse tempo, vários vizinhos chegaram e foram embora do bairro. Por fim, havia tantas caras novas na porta das outras casas que tudo se fundiu numa massa cinza. Onde antes havia bosque, agora havia só guindastes de construção. Ove e Rune ficaram parados diante de suas casas com as mãos obstinadamente enfiadas nos bolsos da calça, como monumentos antigos numa nova era, enquanto um desfile de corretores de imóveis cheios de pose, com gravatas com nós do tamanho de uma fruta, patrulhava a viela entre as casas e observava os dois como abutres vigiam búfalos que envelhecem.

Não iam sossegar até que fizessem algumas malditas famílias de consultores de TI se mudarem para o bairro, tanto Ove quanto Rune sabiam disso.

O filho de Rune e Anita saiu de casa quando fez vinte anos, no início dos anos 1990. Lógico que ele foi para os Estados Unidos, Ove ficou sabendo por Sonja. Eles mal o viram depois disso. De vez em quando, Anita recebia um telefonema na época do Natal, mas "ele já tem tanto com que se ocupar agora", como ela dizia quando tentava não desanimar, embora Sonja visse que ela engolia o choro. Alguns rapazes largam tudo e nunca mais retornam. Foi exatamente assim.

Rune nunca falava sobre o assunto. Mas, para quem o conhecia há bastante tempo, foi como se ele ficasse alguns centímetros mais baixo nos anos seguintes. Como se tivesse murchado num suspiro profundo e nunca mais conseguido inspirar direito.

Alguns anos depois, Rune e Ove já tinham se desentendido mais de cem vezes por causa do sistema de aquecimento comum. Ove saiu num rompante de um encontro da associação de moradores, cheio de raiva, e nunca mais voltou. A última vez em que os dois se enfrentaram foi quando, no início dos anos 2000, Rune comprou um daqueles tais robozinhos cortadores de grama automáticos que ele mandou vir da Ásia e que ficava para lá e para cá como doido no gramado atrás das casas, cortando-o sozinho. Rune podia programá-lo a distância para cortar em "padrões especiais", contava Sonja impressionada numa noite ao voltar da casa de Anita. Ove logo percebeu que aquele tal "padrão especial" era o robozinho de merda ficar passando animado com seu zumbido sistematicamente diante da janela do quarto de Ove e Sonja noites inteiras. Certa noite, Sonja viu Ove pegar uma chave de fenda e sair pela porta dos fundos. Na manhã seguinte, o robozinho inexplicavelmente tinha ido parar no fundo da piscina de Rune.

No mês seguinte, Rune foi parar no hospital pela primeira vez. Ele nunca chegou a comprar um cortador de grama novo. Ove não sabia direito como a inimizade deles tinha começado, mas soube que foi naquele momento em que ela se encerrou. Depois disso, só restaram lembranças para Ove e a ausência delas para Rune.

E com certeza devia haver gente que achava que não se pode interpretar os sentimentos das pessoas pelo carro que elas têm.

Mas quando eles se mudaram para aquele bairro, Ove tinha um Saab 96, e Rune, um Volvo 244. Depois do acidente, Ove comprou um Saab 95 para ter lugar para a cadeira de rodas de Sonja. No mesmo ano, Rune comprou um Volvo 245, para ter lugar para o carrinho de bebê. Três anos depois, Sonja ganhou uma cadeira de rodas mais moderna, dobrável, e Ove comprou um modelo mais compacto, o Saab 900. Rune então comprou um Volvo 265, depois que Anita começou a falar em ter mais um bebê.

Depois, Ove comprou mais dois Saab 900 e, depois disso, seu primeiro Saab 9000. Rune comprou um Volvo 265 e mais tarde um Volvo 745. Mas não vieram mais filhos. Certa noite, Sonja chegou em casa contando para Ove que Anita tinha ido ao médico.

E uma semana depois havia um Volvo 740 na garagem de Rune. Um sedã. Ove o viu quando lavava seu Saab. À noite, Rune encontrou meia garrafa de uísque diante de sua porta. Eles nunca conversaram a respeito disso.

Talvez a tristeza com os filhos que nunca vieram pudesse ter aproximado os dois homens. Mas a tristeza não é tão confiável: quando não compartilhada, ela pode separar as pessoas. Talvez Ove não perdoasse Rune porque ele, apesar de tudo, teve um filho com o qual nem conseguia se entender. Talvez Rune não perdoasse Ove porque ele não conseguia perdoá-lo por isso. Talvez nenhum deles se perdoasse porque não conseguiram dar às suas esposas, que eles amavam mais do que tudo, justamente aquilo que elas mais desejavam. Então o filho de Rune e Anita cresceu e saiu de casa na primeira chance que teve. Aí Rune pegou e comprou uma daquelas BMWs esportivas em que só cabem duas pessoas e uma bolsa. Porque, afinal, agora eram só Anita e ele, como Rune disse para Sonja quando se encontraram no estacionamento. "E não dá para andar só de Volvo a vida inteira", falou, com um sorriso meio sem graça. E ela pôde notar o homem engolindo o choro. Foi naquele momento em que Ove percebeu que uma parte de Rune tinha desistido para sempre. E por isso talvez não o tenha perdoado, nem ele próprio.

Então, com certeza devia haver gente que achava não ser possível interpretar os sentimentos das pessoas com base nos carros que elas têm. Mas era um engano pensar assim.

29

UM HOMEM CHAMADO OVE E UM HOMEM QUE É VIADO

— Mas sério, Ove, para onde nós vamos!? — pergunta Parvaneh, sem fôlego.
— Resolver uma coisa — responde Ove sucintamente, três passos à frente dela, com o gato ao lado correndo para alcançá-lo.
— Que tipo de coisa?
— Uma coisa!
Parvaneh para, tentando respirar.
— Aqui! — repete Ove, parando de repente diante de um pequeno café.
Pela porta de vidro vem o cheiro de croissants saídos do forno. Parvaneh olha para o estacionamento bem em frente, do outro lado da rua, onde está o Saab. Olhando agora, eles só precisavam ter atravessado a rua, mas Ove tinha certeza de que o lugar ficava do outro lado do quarteirão. Parvaneh até chegou a sugerir que eles estacionassem daquele lado, mas como ali o estacionamento custava uma coroa a mais por hora, ela podia simplesmente esquecer isso.
Acabaram estacionando mais longe e depois deram a volta no quarteirão a pé procurando o café. Pois Ove era, como Parvaneh logo descobriu, o tipo de homem que, se não soubesse aonde estava indo, simplesmente continuava andando com a firme convicção de que o caminho, mais cedo ou mais tarde, se adaptaria a ele. E agora que descobriram que o café na realidade fica jus-

tamente em frente ao estacionamento, claro que Ove faz aquela cara de que esse era mesmo o seu plano o tempo todo. Parvaneh limpa o suor da bochecha.

Há um homem com a barba suja sentado no chão mais à frente na rua, com as costas apoiadas na parede e um copo descartável diante dele. Em frente ao café, Ove, Parvaneh e o gato encontram um rapaz esbelto, de uns vinte anos, com o que parece ser fuligem preta em volta dos olhos. É necessário um tempo de reflexão antes de Ove perceber que se trata do mesmo rapaz que estava na garupa da bicicleta quando Ove o encontrou pela primeira vez, no bicicletário. Ele parece igualmente cuidadoso desta vez. Está carregando dois sanduíches num pratinho e sorri para Ove, que responde apenas com um aceno de cabeça. Como se dissesse que, mesmo não querendo retribuir o sorriso, quer pelo menos declarar que recebeu o sorriso do outro.

— Por que você não me deixou estacionar ao lado do carro vermelho? — Parvaneh quer saber, quando eles passam pela porta de vidro.

Ove não responde.

— Eu teria conseguido! — diz ela com confiança.

Ove balança a cabeça, cansado. Duas horas antes ela não sabia nem onde ficava a embreagem e agora é ela que está brava porque ele não a deixou fazer baliza.

Já dentro do café, pela janela, Ove vê pelo canto do olho como o rapaz esbelto com fuligem ao redor dos olhos se inclina para a frente, entregando um sanduíche para o homem da barba suja.

— Oi, Ove! — grita uma voz tão ávida que chega a falhar.

Ove se vira e avista o rapaz com quem brigou por causa da bicicleta. Ele está atrás de um reluzente e comprido balcão na outra ponta do estabelecimento. Está de boné, Ove repara. Dentro do café.

O gato e Parvaneh se acomodam cada um no seu banquinho diante do balcão. Parvaneh fica o tempo todo enxugando o suor da testa, apesar de estar gelado lá dentro. Mais que na rua, na verdade. Ali no balcão, ela encontra uma jarra de água e se serve. O gato lambe despreocupado o copo, quando ela não está olhando.

— Vocês se conhecem? — pergunta Parvaneh, surpresa, olhando para o rapaz.

— Ove e eu somos tipo amigos — diz o rapaz, fazendo que sim.

— Ah, são? Eu e Ove tipo também somos! — responde Parvaneh, sorrindo e imitando carinhosamente o entusiasmo do rapaz.

Ove para a uma distância adequada do balcão do bar. Como se alguém fosse tentar abraçá-lo se ele chegasse perto demais.

— Meu nome é Adrian — diz o rapaz.

— Parvaneh! — diz a mulher.

— Vocês querem beber alguma coisa? — pergunta Adrian, virando-se para Ove.

— Ah! Um café com leite! — diz Parvaneh, como se alguém tivesse acabado de massagear seus ombros e secar o suor de sua testa com uma toalha úmida. — De preferência gelado, se você tiver!

Ove transfere o peso do pé direito para o esquerdo e olha ao seu redor no café. Ele nunca gostou de cafés. Claro que Sonja sempre tinha amado esses lugares. Era capaz de ficar sentada um domingo inteiro "só olhando as pessoas", como ela dizia. Ove se sentava do lado dela e tentava ler o jornal. Todo domingo eles faziam isso. Ele não botava o pé num café desde que ela morreu. Ove ergue o olhar e vê que Adrian, Parvaneh e o gato esperam a resposta dele.

— Café, então. Puro.

Adrian coça o couro cabeludo embaixo do boné.

— Então, tipo *espresso*?

— Não. Café.

Adrian agora passa a coçar o queixo.

— Então... tipo café puro, né?

— É.

— Com leite?

— Se é com leite, não é café puro.

Adrian muda de lugar alguns açucareiros em cima do balcão. Mais para mexer em alguma coisa e assim não ficar parecendo totalmente idiota. Só que já é tarde para isso, pensa Ove.

— Café coado normal, de cafeteira normal. Café coado, mais normal impossível — repete Ove.

Adrian balança a cabeça.

— Ah… sim. Exatamente. Não. Não sei como se faz isso.

Ove mantém o olhar daqueles que, como ele, escutam alguém lhes dizer que não sabem encher uma jarra de água, pôr umas colheradas de pó de café em um filtro de papel e apertar um botão. Ele aponta para a cafeteira que está em um canto da pia, atrás do rapaz. Meio escondida atrás de uma gigantesca nave espacial prateada, uma máquina que Ove conclui que é onde fazem aquele *espresso*.

— Ah, essa aí — aponta Adrian com a cabeça na direção da cafeteira, como se tivesse acabado de se tocar de alguma coisa.

Então ele se vira na direção de Ove mais uma vez.

— Não, então, eu tipo não sei como isso funciona.

— Ah, mas como que… — murmura Ove, dando a volta no balcão.

Ele afasta o rapaz do caminho e levanta a jarra. Parvaneh pigarreia de um modo barulhento. Ove olha bravo para ela.

— Sim? — diz ele.

— Sim? — repete ela.

Ove ergue as sobrancelhas. Ela dá de ombros.

— Será que alguém pode me contar o que nós estamos fazendo aqui?

Ove começa a despejar água na jarra.

— O moço aqui tem uma bicicleta que precisa ser consertada.

Parvaneh fica radiante.

— A bicicleta que está pendurada no carro?

— Você trouxe ela para cá? — exclama Adrian, de repente empolgadíssimo, olhando para Ove.

— É que você não tem carro — responde Ove, começando a fuçar no armário procurando filtro de papel.

— Obrigado, Ove! — diz Adrian, dando um passo na direção dele, mas se detém antes de ter tempo de fazer alguma idiotice.

— Então aquela é sua bicicleta? — diz Parvaneh, sorrindo.

Adrian faz que sim. Mas logo em seguida balança a cabeça.

— Então. Ela não é minha. É da minha garota. Ou melhor, eu quero que ela seja minha garota... tipo isso.

Parvaneh sorri.

— Então Ove e eu viemos de carro só para trazer a bicicleta para você, para você poder consertá-la aqui? Para uma menina?

Adrian faz que sim. Parvaneh se inclina sobre o balcão e dá um tapinha no braço de Ove.

— Sabe, Ove, tem hora que a gente quase acredita que você tem coração!

Ove não gosta do tom dela.

— E você tem ferramentas aqui ou não? — diz ele para Adrian, agarrando o braço dele.

Adrian faz que sim.

— Vá buscá-las. A bicicleta está no Saab, no estacionamento.

Adrian assente e some apressado na direção da cozinha. Volta depois de alguns minutos com uma grande caixa de ferramentas e vai até a porta.

— E você, está meio calada aí — diz Ove para Parvaneh.

Parvaneh tem um daqueles sorrisinhos nos lábios que indicam que ela está prestes a fazer um comentário.

— Eu só trouxe a bicicleta até aqui para ele não ficar bagunçando o nosso depósito... — murmura Ove.

— Claro, claro — Parvaneh balança a cabeça, rindo.

Ove volta a procurar o filtro de café. Adrian entra correndo pela porta e literalmente dá de cara com o rapaz com fuligem em volta dos olhos.

— Eu vou só pegar uma coisa — diz Adrian com dificuldade, como se as palavras fossem uma pilha de caixas de papelão que tivesse acabado de cair.

— Este é meu chefe! — diz ele em voz alta para Ove e Parvaneh, apontando para o rapaz com fuligem ao redor dos olhos.

De imediato, Parvaneh se levanta educadamente e estende a mão. Ove está ocupado procurando algo no meio das caixas atrás do balcão.

— O que... vocês estão fazendo? — pergunta o rapaz com fuligem ao redor dos olhos, olhando ligeiramente interessado para aquele homem estranho de mais de cinquenta anos que se entrincheirou atrás do balcão do estabelecimento que ele dirige.

— O garoto vai consertar uma bicicleta — responde Ove, como se isso fosse algo absolutamente transparente. — Onde você guarda os filtros para café de verdade? — pergunta.

O rapaz com fuligem ao redor dos olhos aponta. Ove olha para ele apertando os olhos.

— Isso aí é maquiagem?

Parvaneh faz "shhh". Ove parece alguém que levou uma bronca.

— Como assim? A gente não pode nem mesmo perguntar?

O rapaz com fuligem ao redor dos olhos dá uma risadinha nervosa.

— É maquiagem, sim — diz ele, balançando a cabeça e começando a esfregar os olhos. — Eu saí para dançar ontem — diz, rindo e agradecendo quando Parvaneh, com uma piscadela rápida de cumplicidade, tira um lenço umedecido da bolsa e lhe entrega.

Ove assente com a cabeça e volta a preparar o café. E pergunta, como que de passagem:

— Você também tem problemas com bicicletas, amor e garotas?

— Não, não, com bicicletas, não. Com o amor também não, eu acho. Pelo menos... pelo menos não tenho problema com garotas — responde o rapaz da fuligem.

Ele ameaça um leve sorriso. Quando o silêncio dura mais que quinze segundos, começa a cutucar a barra da camiseta. Ove aperta o botão da cafeteira, escuta o borbulho começar e vira-se, apoiando os cotovelos no lado de dentro do balcão, como se preparar café num lugar onde não se trabalha fosse a coisa mais comum do mundo.

— É viado, então? — ele pergunta para o rapaz da fuligem.

— Ove! — diz Parvaneh, batendo no braço dele de novo.

Ove puxa o braço e parece muito ofendido.

— A gente não pode nem mesmo perguntar?

— Não é... assim que se fala — repreende Parvaneh, obviamente não querendo que a palavra saia de sua boca.

— Viado? — repete Ove.

Parvaneh tenta bater no braço dele novamente, mas Ove é mais rápido do que ela.

— Não é assim que se diz! — repreende ela.

Ove se vira na direção do rapaz da fuligem, sinceramente sem entender.

— Não se pode falar viado? Então, o que se diz hoje em dia?

— O nome é homossexual. Ou... LGBT — interrompe Parvaneh, tentando se conter.

Ove olha primeiro para ela, depois para o rapaz da fuligem, e depois para ela de novo.

— Ah, você pode falar como quiser, tudo bem — diz o rapaz da fuligem, sorrindo e dando a volta no balcão para colocar um avental.

Parvaneh resmunga e balança a cabeça para Ove, com reprovação. Ove sacode a cabeça com reprovação igual.

— Claro, claro... — começa ele, passeando pensativo um pouco com a mão no ar como se procurasse o movimento certo no meio da coreografia de algum tipo de dança latina.

— Mas e... "homem viado" então, você é ou não é?

Parvaneh olha para o rapaz da fuligem como se quisesse lhe explicar de todas as formas imagináveis que Ove na verdade fugiu de uma ala fechada de um hospital psiquiátrico e por isso não merece nem um pouco que alguém fique bravo com ele. Mas o rapaz da fuligem não parece mesmo ter ficado nada bravo.

— Isso. Isso, eu sou, sim. Eu sou um "desses".

— Ah, tá — diz Ove, balançando a cabeça. Ele começa a despejar café ainda fervente na xícara.

Então pega seu café e vai rumo ao estacionamento sem dizer uma palavra. O rapaz da fuligem não diz nada sobre o fato de ele sair com a xícara. Até porque isso parece meio sem importância, se comparado ao fato de que aquele homem já se nomeou barista no café dele e nem cinco minutos depois de conhecê-lo já o interrogou a respeito de suas preferências sexuais.

Lá fora, no Saab, está Adrian, parecendo um sujeito que se perdeu na floresta.

— Está tudo bem? — pergunta Ove retoricamente, tomando um gole de café e olhando para a bicicleta que Adrian nem chegou a tirar do carro.

— Não... sabe como é. Tipo... Então — começa Adrian, coçando o peito um pouco compulsivamente.

Ove o observa durante mais ou menos meio minuto. Toma mais um gole de café. Balança a cabeça, insatisfeito, como alguém que apertou um abacate maduro demais. Coloca a xícara de café na mão do rapaz, abre passagem e solta a bicicleta. Ele a vira de cabeça para baixo e abre a caixa de ferramentas que o rapaz acabara de trazer.

— Seu pai não te ensinou como se conserta uma bicicleta? — diz ele sem olhar para Adrian, enquanto se curva na direção do pneu furado.

— Meu pai está preso — responde Adrian de maneira quase inaudível, coçando o ombro.

Ele dá a impressão de procurar um grande buraco em que afundar a cabeça. Ove interrompe o movimento, olha para cima e o observa, avaliando-o. O rapaz olha para o chão. Ove pigarreia.

— Não é tão difícil — murmura ele, fazendo por fim um gesto para Adrian se sentar no chão.

Eles levam dez minutos para consertar o furo. Ove vai dando instruções. Adrian não diz nada o tempo todo, mas está atento e ágil. Ove chega a considerar admitir que o garoto não dá nenhuma mancada. Talvez, apesar de tudo, ele não seja tão completamente desajeitado com as mãos quanto é com as palavras. Eles limpam a sujeira do corpo com um pano do porta-malas do Saab, evitando contato visual um com o outro.

— Espero que a garota valha a pena — diz Ove, fechando o porta-malas.

Adrian parece não ter certeza do que responder.

Quando entram no café novamente, um homem baixo de tronco largo e camisa manchada está numa escada, parafusando alguma coisa que Ove imagina ser um aquecedor. O rapaz da fuligem está de pé embaixo da escada, com uma série de chaves de fenda na mão estendida no ar. Ele fica o tempo todo tirando os restos de maquiagem em volta dos olhos, mira com o canto do olho o homem gordo que está na escada e parece ligeiramente nervoso. Como se estivesse preocupado em ser pego com alguma coisa. Parvaneh vem saltitante na direção de Ove.

— Este aqui é Amel! Ele é o dono do café! — ela diz, como se as palavras escorregassem num tobogã aquático e caíssem de sua boca atropeladamente. Ela aponta para o homem gordo que está na escada.

Amel não se vira, mas emite uma longa série de consoantes ásperas que Ove com certeza não entende, mas mesmo assim desconfia que são várias combinações de palavrões e partes do corpo.

— O que ele está dizendo? — pergunta Adrian.

O rapaz da fuligem se contorce desconfortavelmente.

— Ah... é... é alguma coisa sobre o aquecedor ser do tipo que...

Ele olha para Adrian por um instante, mas imediatamente baixa o olhar.

— Está dizendo que o aparelho não vale nada, assim como um viado — diz ele, com a voz muito baixa.

Ove é o único que consegue ouvir, já que, por acaso, é ele quem está mais perto.

Parvaneh, no entanto, está ocupada apontando para Amel com entusiasmo.

— Não dá para entender o que ele diz, mas mesmo assim é possível perceber que quase tudo é palavrão! É como uma versão dublada de você, Ove!

Ove não parece muito entusiasmado. Nem Amel. Ele para de parafusar o aquecedor e aponta para Ove com a chave de fenda.

— O gato. É gato seu?

— Não — responde Ove.

Não tanto porque ele quer dizer que o gato não é dele, mas porque ele quer dizer que o gato não é de ninguém.

— Gato fora! Não bicho em café! — interrompe Amel, daquele modo em que as consoantes ficam pulando na frase como crianças desobedientes.

Ove olha interessado para o aquecedor acima da cabeça de Amel. Depois para o gato na banqueta perto do balcão. Depois para a caixa de ferramentas que Adrian continua segurando. Depois para o aquecedor novamente. E, por fim, para Amel.

— Se eu consertar isso aí para você, o gato fica.

Ele diz isso mais como um recado do que como uma pergunta. Amel parece perder a compostura por alguns instantes e, quando a recupera, de alguma forma que depois provavelmente não conseguirá explicar direito para si mesmo, ele passou a ser o homem que está segurando a escada em vez de ser o homem que está em pé na escada. Ove fica cutucando lá no alto durante alguns minutos, desce da escada, passa a palma da mão na perna da calça e entrega a chave de fenda e uma pequena chave inglesa para o rapaz da fuligem nos olhos.

— Você consertar! — exclama o homenzinho atarracado de camisa manchada, em êxtase, quando o aquecedor começa a fazer um ruído lá no teto.

Ele se vira e agarra sem acanhamento os dois ombros de Ove com suas mãos enrugadas.

— Uísque? Você quer? Na cozinha ter uísque!

Ove olha para o relógio. São duas e quinze da tarde. Ele nega com a cabeça e parece incomodado. Um pouco por causa do uísque, um pouco porque Amel o está segurando. O rapaz da fuligem desaparece pela porta da cozinha atrás do balcão, ainda esfregando os olhos febrilmente.

———

Quando o gato e Ove vão na direção do Saab meia hora depois, Adrian corre para alcançá-los e puxa com cuidado a manga da jaqueta de Ove.

— Cara, você não vai falar nada sobre o Mirsad ser...

— Quem? — Ove o interrompe sem compreender.

— Meu chefe — diz Adrian.

Mas quando Ove continua não parecendo perceber a coisa claramente, ele acrescenta:

— O da maquiagem.

— O viado? — diz Ove.

Adrian faz que sim.

— Então, o pai dele... então, Amel... ele não sabe que Mirsad é...

Adrian procura a palavra certa.

— Viado? — completa Ove.

Adrian faz que sim. Ove dá de ombros. Parvaneh vem se arrastando na direção deles, sem fôlego.

— Onde você estava? — Ove pergunta a ela.

— Eu só fui dar meus trocados para ele — responde Parvaneh, com um movimento de cabeça na direção do homem da barba suja que está lá perto do muro.

— Você sabe que ele vai usar esse dinheiro para comprar bebida — afirma Ove.

Parvaneh arregala os olhos, e Ove fica seriamente desconfiado de que aquilo é sarcasmo.

— É mesmo? Ele vai? E eu que esperava tanto que ele usasse esse dinheiro para pagar os créditos da sua formação universitária em física de partículas!

Ove esbraveja e abre o Saab. Adrian fica parado do outro lado do carro.

— O que foi? — pergunta Ove.

— Você não vai dizer nada sobre o Mirsad, né? Jura?

Ove aponta para ele de modo desafiador.

— Você! É você que quer comprar um carro francês. Não deve se preocupar tanto com a vida dos outros, já tem problemas suficientes.

30

UM HOMEM CHAMADO OVE E UMA SOCIEDADE DA QUAL ELE NÃO FAZ PARTE

Ove tira a neve de cima da lápide. Cava com energia a terra congelada para colocar as flores. Ele se levanta, espana a neve da roupa. Fica olhando um pouco envergonhado o nome de Sonja. Ele, que sempre pegava no pé dela só porque ela se atrasava, agora está nessa situação. É óbvio que ele está se sentindo completamente incapaz de ir atrás dela, como havia prometido.

— Tem sido uma vida dos infernos — murmura ele para a pedra.

E então se cala novamente.

Ove não sabe exatamente quando isso foi acontecer. Os dias e as semanas depois do enterro dela se fundiram de uma maneira que ele próprio não consegue explicar direito. Nem se lembra com o que se ocupou durante esse tempo. Antes de Parvaneh e aquele Patrick destruírem sua caixa de correio dando ré no reboque, ele de fato não se lembra de ter dito uma única palavra para qualquer ser vivo desde que Sonja morreu.

Algumas noites ele se esquecia de comer. Isso nunca havia acontecido, até onde ele pode se lembrar. Não desde que ele se sentou naquele trem ao lado dela, quase quarenta anos atrás. É que, enquanto havia Sonja, eles tinham a rotina deles. Ove se levantava às quinze para as seis, preparava o café, fazia a ronda de inspeção. Às seis e meia Sonja já estava de banho tomado e então os dois comiam juntos: Sonja, ovo; Ove, sanduíche. Às sete e quinze Ove a colocava sentada no banco de passageiro do Saab, guardava a cadeira de rodas no porta-malas e a levava para a escola. Depois ele ia para o trabalho. Às quinze para as dez, faziam uma pausa para um lanche, cada um para seu lado. Sonja tomava café com leite, Ove tomava café puro. Ao meio-dia era o almoço. Às quinze para as três, nova pausa para um lanche. Às cinco e quinze, Ove buscava Sonja na escola, colocava-a no banco do passageiro e a cadeira de rodas no porta-malas. Às seis eles estavam sentados à mesa da cozinha jantando. Na maioria das vezes, carne e batatas com molho. A comida favorita de Ove. Depois ela fazia palavra cruzada com as pernas dobradas e imóveis na poltrona, enquanto Ove separava o lixo no depósito ou olhava as notícias. Às nove e meia Ove a carregava para o quarto no andar de cima. Durante anos após o acidente ela pegou no pé dele, dizendo que deveriam mudar o quarto do casal para o quarto de hóspedes vazio no andar de baixo. Mas Ove se recusava. Depois de mais ou menos uma década, ela tinha percebido que esse era o jeito dele de lhe mostrar que não pretendia desistir. Que Deus e o universo e tudo não iam vencer. Que os demônios podiam ir para o inferno. Então ela parou de insistir.

Nas noites de sexta-feira eles ficavam acordados até dez e meia assistindo à TV. Aos sábados, tomavam café mais tarde, às vezes não antes das oito. Então saíam para fazer coisas na rua. A loja de materiais de construção, a loja de móveis e a de jardinagem. Sonja comprava terra adubada para as plantas, e Ove olhava as ferramentas. Eles só tinham uma pequena casa com uma pequena varanda no fundo e um pequeno canteiro, mas sempre parecia haver algo para plantar e algo para construir. Na volta, paravam para tomar sorvete. Sonja tomava um de chocolate. Ove, um de nozes. Uma vez por ano eles aumentavam o preço do sorvete em uma coroa, então, como Sonja dizia, "Ove soltava os cachorros". Depois de chegar, ela ia de cadeira de rodas pela portinha da cozinha para a varanda, e Ove a ajudava a descer da cadeira para o chão. Cuidar do canteiro era uma das atividades preferidas de Sonja, porque não era preciso que ela ficasse de pé para fazer isso. Enquanto Sonja cuidava das plantas, Ove ia buscar uma chave de fenda e entrava na cozinha. A melhor coisa daquela casa era que ela nunca ficava pronta. Sempre tinha algum parafuso em algum lugar que Ove precisava apertar.

Aos domingos, eles iam a um café. Ove lia o jornal enquanto Sonja falava. E então chegava a segunda-feira.

E chegou uma segunda-feira em que ela não estava mais lá.

―――

Ove não sabia exatamente quando passou a ficar tão calado. Talvez ele tivesse começado a falar mais dentro de sua própria cabeça. Talvez estivesse ficando louco. Às vezes ele ficava pensando nisso. Era como se não quisesse deixar outras pessoas falarem com ele, por ter medo de que o barulho do falatório delas afogasse a lembrança da voz de Sonja.

Ele passa os dedos de leve sobre a lápide, como se os passasse pelos longos fios de um tapete muito grosso. Ove nunca entendeu todos esses jovens que ficam falando de "se encontrar". Toda hora ele ouvia isso do pessoal de trinta anos, no trabalho. A única coisa de que eles ficavam falando era que queriam ter "mais tempo livre", como se esse fosse o único objetivo de trabalhar: chegar ao ponto em que se pode parar. Sonja ria de Ove e dizia que ele era "o homem menos flexível do mundo". Ove se recusava a encarar isso como um insulto. Ele achava necessário que houvesse um pouco de ordem, só isso. Que houvesse rotinas e que as pessoas pudessem confiar nas coisas. Ele não conseguia entender como isso poderia ser algo ruim.

Sonja contava para as pessoas sobre a vez em que Ove, num momento que só pode ter sido um delírio passageiro, em meados dos anos 1980, foi convencido por ela a comprar um Saab vermelho, apesar de durante todos aqueles anos que ela o conhecia ele ter tido sempre um azul. "Os três piores anos da vida de Ove", dizia Sonja com uma risadinha, e depois disso Ove nunca mais teve outro carro que não um Saab azul. "Outras mulheres ficam chateadas porque o marido não nota quando elas cortam o cabelo, mas quando eu corto meu marido fica chateado comigo por vários dias, porque minha aparência não é mais a de costume", Sonja dizia.

É disso que Ove mais sente falta. De tudo que era como de costume. A pessoa precisa ter uma função, ele reflete. E ele sempre teve uma função, isso ninguém pode negar. Ele fez tudo que a sociedade disse a ele que fizesse. Trabalhou, nunca ficou doente, casou-se, pagou as dívidas, pagou imposto, fez a sua parte, tinha um carro decente. E como a sociedade agradeceu? Vieram até ele em seu posto de trabalho e lhe disseram que fosse para casa, foi isso que fizeram.

E numa segunda-feira ele não tinha mais nenhuma função.

Treze anos antes, Ove tinha comprado seu Saab 9-5 sedã azul. Pouco depois, os ianques da General Motors compraram as últimas ações suecas da empresa. Ove fechou o jornal com raiva naquela manhã, proferindo uma série de palavrões, o que continuou por boa parte da tarde. Ele nunca mais comprou carro. Não tinha intenção de pôr seu pé num carro norte-americano, a não ser que tanto o pé quanto o restante do corpo tivessem sido primeiro colocados num caixão, isso tinha que ficar explícito para eles. Claro que Sonja havia lido o artigo com um pouquinho mais de atenção e tinha algumas objeções contra o relato de Ove a respeito da nacionalidade exata da empresa, mas isso não fazia a mínima diferença. Ove já se decidira e se mantinha fiel à sua decisão. Agora ele pretendia ficar com aquele carro até o carro ou ele próprio pifar. Não se faziam mais carros de verdade, foi o veredicto dele. Hoje em dia eles só vinham com um monte de eletrônica e essas merdas todas. Era como dirigir um computador. O sujeito nem podia desmontar o carro sem que os fabricantes começassem a tagarelar algo sobre "invalidar a garantia". Então tanto fazia. Sonja disse certa vez que aquele carro ia pifar de tristeza no dia em que Ove fosse enterrado. Talvez fosse mesmo.

"Mas há tempo para tudo", ela também dizia. Com frequência. Por exemplo, quando os médicos deram o diagnóstico a ela quatro anos antes. Perdoar foi mais fácil para ela do que para Ove. Perdoar a Deus e ao universo e a tudo. Em vez disso, Ove ficou com raiva. Talvez porque ele pensasse que alguém precisava ficar com raiva por ela. Porque já chega. Porque ele não podia viver mais um único dia consigo mesmo, quando tudo de ruim parecia atingir a única pessoa que ele conheceu que não merecia isso.

Então ele brigou com o mundo inteiro. Brigou com o pessoal do hospital, brigou com os especialistas e brigou com o chefe da equipe médica. Brigava com homens de camisa branca em tantas instruções que, no fim, não lembrava mais o nome delas. Havia um seguro para uma coisa, outro seguro para outra, havia um contato porque Sonja estava doente e um outro porque ela andava de cadeira de rodas. Um terceiro para ela poder parar de trabalhar e um quarto para convencer aquelas malditas autoridades de que a única coisa que ela queria era poder fazer exatamente aquilo: ir para o trabalho.

E não dava certo brigar com homens de camisa branca. E não dava certo brigar com diagnósticos.

E Sonja estava com câncer.

"Nós precisamos encarar o que vier", dizia Sonja. Então foi assim. Ela continuou trabalhando com seus queridos jovens problemáticos enquanto pôde, até Ove ter que levá-la de cadeira de rodas para a sala de aula toda manhã porque ela não tinha mais condições de fazer isso. Depois de um ano ela reduziu a carga horária para setenta e cinco por cento. Depois de dois anos, para cinquenta. Depois de três, para vinte e cinco. Quando por fim ela teve que ir para casa definitivamente, Sonja escreveu longas cartas pessoais para cada um de seus alunos e lhes pediu que ligassem para ela se alguma vez precisassem de alguém para conversar.

Quase todos ligaram. Eles vinham em longas caravanas. Num fim de semana havia tantos em casa que Ove teve que sair e ficar durante seis horas no depósito. Quando o último deles foi embora à noite, ele vistoriou cuidadosamente a casa para verificar se ninguém tinha roubado nada. Como de costume. Até que Sonja gritou para ele não se esquecer de contar os ovos na geladeira. Aí, ele parou. Carregou-a escada acima enquanto ela ria dele, colocou-a na cama e, logo antes de eles pegarem no sono, ela se virou para ele. Passou o dedo na palma de sua mão. Enfiou o nariz entre o ombro e o pescoço de Ove.

— Deus me tirou um filho, Ove querido. Mas em compensação ele me deu outros milhares.

No quarto ano ela morreu.

Agora ele está ali, passando a mão na lápide dela. Várias vezes. Como se tentasse trazê-la de volta à vida.

— Vou pegar a arma do seu pai no sótão. Eu sei que você não gosta dessa ideia. Nem eu — diz ele, baixinho.

Ove respira fundo. Como se tivesse que reunir forças para não deixar que ela o convença a desistir.

— Até muito breve! — diz ele, decidido, batendo o pé para tirar a neve dos sapatos, como se não quisesse dar a ela a chance de protestar.

Em seguida, ele desce a pequena trilha até o estacionamento, com o gato caminhando ao seu lado. Sai pelos portões negros do cemitério, contornando o Saab — que continua com a placa verde afixada no porta-malas —, e abre a porta do carro. Parvaneh olha para ele com os grandes olhos castanhos cheios de compaixão.

— Eu pensei numa coisa — diz ela cautelosamente, quando ele engata a marcha e o carro se movimenta.

— Não.

Mas Parvaneh não vai parar.

— Eu só pensei que, se você quiser, eu posso ajudar você a arrumar a casa. Talvez colocar as coisas de Sonja em gavetas e...

Ela não tem tempo nem de pronunciar direito o nome de Sonja antes que o rosto de Ove se mostre petrificado pela raiva.

— Nem mais uma palavra — ruge ele, e o carro inteiro reverbera sua voz.

— Mas eu só estava pensan...

— Nem mais uma porra de palavra, caramba! Está entendido?

Parvaneh faz que sim e se cala. Ove, tremendo de raiva, segue com o olhar fixo no para-brisa durante todo o caminho de volta para casa.

31

UM HOMEM CHAMADO OVE
DÁ RÉ COM UM REBOQUE. DE NOVO.

Este é o dia em que Ove deveria ter morrido. Ele tinha soltado o gato, colocado o envelope com a carta e todos os papéis no tapete do hall e pegado a arma no sótão. Não porque gostasse dela, mas porque decidiu que essa história de não gostar de armas nunca poderia prevalecer sobre quanto ele não gostava de todos os lugares vazios que Sonja deixou para trás naquela casa. Agora era a hora.

Então este é o dia em que Ove deveria ter morrido. Só que alguém em algum lugar deve ter percebido que a única forma de detê-lo era botar alguma coisa em seu caminho para fazê-lo ficar bravo a ponto de deixar seu plano de lado.

Portanto, agora, em vez de estar morto, ele está aqui fora na viela entre as casas, com os braços cruzados, meio revoltado, olhando para o homem de camisa branca e dizendo:

— Eu estou aqui porque não tinha nada de bom para ver na TV.

O homem de camisa branca o observou sem expressar nenhum sentimento durante toda a conversa. Ele, na verdade, agiu sempre mais como uma máquina do que como uma pessoa, em todas as ocasiões em que Ove o encontrou. Exatamente como todos os outros homens de camisa branca com que Ove se deparou ao longo da vida. Aqueles que disseram que Sonja ia morrer depois do acidente de ônibus, aqueles que se recusaram a assumir a responsabilidade depois disso, e os que se recusaram a responsabilizar outros. Os que não quiseram construir uma rampa para deficientes na escola. Os que não quiseram deixar que ela trabalhasse. Os que tentaram encontrar parágrafos com letra miúda em todo maldito documento que eles podiam desencavar, a fim de que alguém em algum lugar deixasse de pagar alguma indenização. Os que quiseram colocá-la num asilo.

Todos eles tinham o mesmo olhar vazio. Como se fossem carcaças sem alma que ficam por aí estraçalhando a vida de pessoas comuns.

Mas justamente quando Ove diz isso, que não tinha nada de bom na TV, é a primeira vez que ele nota um pequeno espasmo nas têmporas do homem de camisa branca. Como um sinal de frustração, talvez. Raiva e perplexidade, talvez. Puro desprezo, provavelmente. Mas é a primeira vez que Ove sente ter atravessado a couraça do homem de camisa branca. De algum homem de camisa branca, seja qual for.

O homem cerra o maxilar, vira-se e vai andando. Mas não é mais com o passo controlado, compenetrado de um funcionário público com total equilíbrio, mas tinha algo diferente. Raiva. Impaciência. Desejo de vingança.

Ove não consegue se lembrar de coisa nenhuma que o tenha feito se sentir tão bem em muito, muito tempo.

Claro que hoje era o dia em que ele deveria ter morrido. Tinha pensado em dar um tiro na cabeça em paz e tranquilidade logo depois do café da manhã. Tinha arrumado a cozinha, posto o gato para fora, pegado a arma no sótão e sentado ereto em sua poltrona. Ove tinha planejado deste modo porque o gato costumava pedir para sair nessa hora para fazer suas necessidades. Esse era um dos poucos traços de caráter que Ove avaliava com respeito nos gatos, eles não gostarem de fazer cocô na casa dos outros. Ove era um homem do mesmo tipo.

Mas então é claro que Parvaneh veio bater na porta dele, como se ali se encontrasse o último toalete em funcionamento da civilização. Como se ela não tivesse um lugar onde fazer xixi em casa, aquela mulher. Ove guarda a arma atrás do aquecedor para ela não ver e começar a se intrometer. Ele abre a porta, e ela praticamente o obriga a pegar o telefone que carrega na mão.

— O que é isso? — Ove quer saber, segurando o aparelho entre o indicador e o polegar, como se estivesse fedendo.

— É para você — diz Parvaneh, sem fôlego, pondo a mão na barriga e enxugando o suor da testa, apesar de a temperatura estar abaixo de zero lá fora.

— É aquela jornalista.

— O que eu tenho a ver com o telefone dela?

— Ai, meu Deus. Não é o telefone dela. É o meu telefone. Ela quer falar com você! — responde Parvaneh, impaciente.

Então ela passa por ele e vai na direção do toalete, antes que Ove tenha tempo de protestar.

— Ah, pois bem! — diz Ove, aproximando o telefone a alguns centímetros da orelha, sem saber ao certo se é com Parvaneh ou com a pessoa na linha que ele está falando.

— Oi! — grita a jornalista chamada Lena, num tom que faz com que Ove ache agora razoável afastar o telefone alguns centímetros da orelha. — Então, você está pronto para fazer a entrevista agora? — berra ela, contente.

— Não — disse Ove, segurando o telefone diante de si para tentar decifrar como se desligava.

— Você leu a carta que eu mandei? — grita a jornalista. — Ou o jornal? Você leu o jornal? Eu pensei que você fosse olhar como ele é para poder formar uma opinião sobre nossa linha editorial! — diz ela, mais alto, quando ele não responde imediatamente.

Ove vai para a cozinha. Pega o jornal e a carta que aquele Adrian tinha trazido em seu uniforme de carteiro.

— Você leu? — berra a jornalista.

— Acalme-se um pouco. Eu vou ler! — retruca Ove de frente para o telefone, inclinando-se por cima da mesa da cozinha.

— Eu só estava pensando se vo... — tenta prosseguir, insistentemente.

— Mas *acalme-se*, mulher! — berra Ove.

Ela se cala.

A mulher escutava na linha o som das folhas do jornal sendo viradas. Ove podia ouvir do telefone o som de uma caneta tamborilando insistente numa mesa.

— Vocês não fazem nenhuma pesquisa hoje em dia? — troveja Ove, por fim, olhando com raiva para o telefone, como se fosse culpa do aparelho.

— Como?

— Aqui está escrito que "O restaurante Atmosphere, no edifício Burj Khalifa, em Dubai, com seus quatrocentos e quarenta e dois metros, é o restaurante mais alto do mundo"

Ove lê em voz alta.

— Ah, certo. Eu não escrevi esse artigo, então não sei...

— Mas você tem que assumir alguma responsabilidade, caramba!

— O quê?

— Isso está errado!

— Então... falando sério, Ove, de todos os artigos no jornal inteiro você se agarra ao que está bem no fim que é...

— Há restaurantes nos Alpes!

Fez-se uma certa pausa reflexiva. A jornalista respira fundo.

— Certo, Ove. Deve estar errado. E, como eu disse, não fui eu que escrevi isso. Mas imagino que o autor do artigo quis dizer altura a partir do chão. Não do nível do mar.

— Faz uma baita diferença!

— Sim. Certo. Faz, sim.

Ela respira fundo de novo, mais forte ainda. E é bem possível que logo depois de tomar fôlego tenha planejado chegar ao assunto e descrever o objetivo de sua conversa, ou seja, pedir a Ove para reavaliar essa história de se negar a ser entrevistado. Mas agora ela já pode esquecer isso. Porque, a essa altura, Ove já foi para a sala de estar e avistou um homem de camisa branca dentro de um Škoda branco passando por sua casa. E na verdade deve ter sido principalmente por isso que hoje não é um bom dia para Ove morrer.

— Alô? — grita a jornalista, antes de Ove sair voando pela porta da frente.

— Ai, ai, ai — murmura Parvaneh, inquieta, quando ela sai do toalete a tempo de vê-lo sair correndo entre as casas.

O homem de camisa branca sai do Škoda pelo lado do motorista diante da casa de Rune e Anita.

— Agora já chega! Está ouvindo? Você não pode andar de carro aqui dentro desta área residencial! Nem um metro, caramba! Está entendendo? — grita Ove, muito antes de conseguir alcançá-lo.

O homenzinho de camisa branca endireita de uma maneira extremamente superior o maço de cigarros no bolso do peito e olha tranquilamente nos olhos de Ove.

— Eu tenho autorização.

— Tem autorização merda nenhuma!

O homem de camisa branca dá de ombros. Como se quisesse espantar um inseto irritante mais do que qualquer outra coisa.

— E o que exatamente você vai fazer a respeito, Ove?

A pergunta na verdade causa certa surpresa em Ove.

De novo. Ele para, com as mãos tremendo de raiva e com no mínimo uma dúzia de insultos preparados. Mas, para seu próprio espanto, ele não consegue de fato responder com nenhum deles.

— Eu sei quem você é, Ove. Sei tudo sobre todas as cartas que você escreveu sobre o acidente da sua mulher e a doença dela. Você é uma espécie de lenda lá nos nossos escritórios, fique sabendo — diz o homem de camisa branca, com uma voz totalmente monocórdica.

A boca de Ove abre numa fresta. O homem de camisa branca balança a cabeça para ele.

— Eu sei quem você é. E eu só estou fazendo meu trabalho. Uma decisão é uma decisão. Você não pode fazer nada com relação a isso. Já devia ter aprendido, a essa altura.

Ove dá um passo em sua direção, mas o homem de camisa branca coloca a mão no peito dele e o empurra para trás. Sem violência. Sem agressividade. Só de leve e decidido, como se a mão não pertencesse a ele, mas fosse diretamente controlada por algum robô numa central de dados em uma repartição pública.

— Vá para dentro e fique assistindo à TV. Antes que você tenha mais problemas com esse coração.

Do Škoda, do lado do passageiro, sai a mulher determinada, com o mesmo tipo de camisa branca, com uma pilha de papéis nos braços. O homem de camisa branca fecha o carro com um bipe. Depois vira as costas, como se Ove nunca tivesse nem estado lá conversando com ele.

Ove fica parado, com os punhos cerrados do lado do corpo e o queixo projetado para a frente, como se tivessem ofendido o líder da matilha, enquanto os camisas brancas entram na casa de Anita e Rune. Leva alguns minutos para que ele consiga ao menos se virar. Mas então ele faz isso com uma fúria decidida e sai andando na direção da casa de Parvaneh, que está parada na metade desse curto caminho.

— Aquele marido imprestável que você tem está em casa? — diz Ove, brandindo o punho e passando por ela sem esperar resposta.

Parvaneh não tem tempo de fazer nada além de balançar a cabeça antes que Ove, com quatro passos longos, já esteja diante da porta deles. Patrick abre a porta de muletas, com gesso que parece cobrir metade do seu corpo.

— Oi, Ove! — ele o cumprimenta com alegria, tentando acenar com a muleta, o que o faz perder o equilíbrio, tropeçar e ir de encontro a uma parede.

— Aquele reboque que vocês tinham quando se mudaram para cá. Onde vocês arranjaram? — Ove quer saber.

Patrick se apoia com o braço saudável na parede. Um pouco como se tentasse dar a entender que sua intenção era mesmo tropeçar e cair.

— Como? Ah... o reboque. Eu pedi emprestado de um rapaz do trabalho.

— Ligue para ele. Você precisa pedir emprestado de novo! — diz Ove, e vai entrando no hall sem nenhum convite.

E é mais ou menos por isso que Ove não morreu hoje. Porque ele está ocupado com algo que o deixou suficientemente bravo para deixar seu plano de lado.

Quando pouco mais de uma hora depois o homem e a mulher de camisa branca saem da casa de Anita e Rune, encontram seu carro branco com o emblema da prefeitura encurralado por um grande reboque. Um reboque que foi estacionado com precisão, enquanto eles estavam lá dentro da casa, para bloquear completamente a saída atrás deles. Até se poderia achar que alguém realmente fez aquilo com capricho.

A mulher parece apenas genuinamente preocupada. Mas o homem de camisa branca vai logo na direção de Ove.

— Foi você quem fez isso?

Ove cruza os braços e olha com frieza para ele.

— Não.

O homem de camisa branca ri, irônico. Assim como fazem os homens de camisa branca que estão acostumados a sempre ver sua vontade ser realizada quando alguém os contradiz.

— Mude ele já de lugar.

— Acho que não vou fazer isso — responde Ove.

O homem de camisa branca suspira, como se a ameaça que ele pronuncia em seguida fosse dirigida a uma criança.

— Você vai mudar o reboque de lugar, Ove. Senão eu vou chamar a polícia.

Ove balança a cabeça, inabalado, apontando para a placa na rua.

— "Tráfego de automóveis proibido dentro da área residencial." Está claro ali na placa.

— Você não tem nada melhor para fazer do que ficar aqui dando ordens? — rosna o homem de camisa branca.

— Eu estou aqui porque não tinha nada de bom para ver na TV — diz Ove.

E é então que surge o espasmo nas têmporas do homem de camisa branca. Como se a máscara estivesse rachando e se abrisse uma fresta bem pequenininha. Ele observa o reboque, seu Škoda encurralado, a placa e Ove, que está diante dele de braços cruzados. Por um segundo, o homem parece avaliar se deve convencer Ove à força, mas parece logo perceber que isso provavelmente seria uma péssima ideia.

— Isso aqui foi uma burrice, Ove. Foi uma burrice muito grande mesmo — esbraveja ele, por fim.

E pela primeira vez os olhos azuis ficam cheios de fúria genuína. O rosto de Ove permanece inalterado. O homem de camisa branca vai embora, subindo em direção à garagem e à avenida, com o tipo de passo que diz que esse não é o fim dessa história. A mulher com os papéis segue apressada atrás dele.

Bem que se poderia esperar que Ove os seguisse com um olhar triunfal. Na verdade, ele próprio também esperava por esse momento. Mas agora, em vez disso, só parece estar triste e cansado. Como se não dormisse há vários meses. Como se ele mal conseguisse erguer os braços. Ove deixa as mãos deslizarem até os bolsos e volta para casa. Mal fecha a porta, batem nela de novo.

— Eles querem levar Rune de Anita — grita Parvaneh, chocada, abrindo a porta antes mesmo de Ove conseguir tocar a maçaneta.

— Ah — responde Ove, cansado.

A resignação na voz de Ove aparentemente choca tanto Parvaneh quanto Anita, que estão atrás dele. Talvez choque até ele próprio em alguma medida. Ele inspira o ar num fôlego curto pelo nariz. Olha para Anita. Ela está mais pálida e triste do que nunca.

— Eles dizem que vão vir buscá-lo esta semana. Que eu não consigo cuidar dele sozinha — diz ela, com uma voz tão frágil que mal consegue ultrapassar os lábios.

Os olhos dela estão avermelhados.

— Você precisa dar um jeito de eles não fazerem isso! — declara Parvaneh, pegando Ove pelo braço.

Ove puxa o braço de volta e evita o olhar dela.

— Ah, ainda vai levar anos para que eles venham buscá-lo. Vocês podem recorrer e se fiar naquela merda de burocracia — responde Ove.

Ele tenta parecer mais seguro e convicto do que está de fato. Mas não consegue se preocupar com a impressão que está dando. Ele só quer vê-las fora dali.

— Você não sabe do que está falando! — diz Parvaneh.

— É você que não sabe do que está falando. Nunca teve que lidar com essas repartições, você não sabe nada sobre como é brigar com eles — responde Ove sem emoção, com os ombros encolhidos.

— Mas você precisa fal... — começa ela, perturbada, porém é como se toda a energia de Ove estivesse sendo drenada do corpo enquanto ela está falando.

Talvez por estar vendo o rosto cansado de Anita. Talvez só por perceber que uma batalha vencida não seja nada, dentro do conjunto. Um Škoda encurralado não faz diferença. Eles vão voltar. Exatamente como fizeram com Sonja. Exatamente como sempre fazem. Com seus parágrafos e seus documentos. Os homens de camisa branca sempre vencem. E homens como Ove sempre perdem pessoas como Sonja. E nada pode trazê-las de volta.

No final das contas, só resta uma longa série de dias de semana sem razão de ser, além de ter de polir a bancada da cozinha. E Ove não tem mais condições. Ele sente isso claramente nesse momento, mais do que jamais sentiu. Ele não consegue mais lutar. Não quer mais brigar. Agora ele só quer poder morrer.

Parvaneh continua tentando argumentar, mas ele simplesmente fecha a porta. Ela bate, mas ele não ouve. Ele afunda no banquinho do hall e sente as mãos tremerem. O coração bate tão rápido que ele acha que seus canais auditivos vão explodir. A pressão no peito, como se uma grande escuridão pisasse em seu pescoço para impedi-lo de respirar, não cede antes de terem se passado mais que vinte minutos.

E então, Ove começa a chorar.

32

UM HOMEM CHAMADO OVE E SUA CASA QUE NÃO É A DROGA DE UM HOTEL

Sonja disse certa vez que para alguém entender homens como Ove e Rune era necessário, para começar, entender que eles eram homens vivendo na época errada. Homens como eles buscavam poucas coisas simples na vida, ela dizia. Um teto sobre a cabeça, uma rua silenciosa, uma marca de carro e uma mulher a quem ser fiel. Um trabalho onde se tem uma função. Uma casa em que as coisas quebram com intervalos regulares, de modo que se tenha sempre alguma coisa para parafusar.

"Todas as pessoas só querem viver uma vida digna, só que a dignidade é diferente na percepção de pessoas diferentes", Sonja tinha dito. Para homens como Ove e Rune, a dignidade talvez fosse pura e simplesmente a sensação de sempre terem conseguido se virar enquanto cresciam, e por isso eles viam como direito nunca precisar depender de outros quando ficaram adultos. Havia um orgulho em ter o controle. Em ter razão. Em saber qual rumo se devia tomar e qual era ou não a maneira correta de apertar um parafuso. Homens como Ove e Rune pertenciam a uma geração em que as pessoas eram o que faziam, não aquilo sobre o que falavam, Sonja dizia.

Claro que ela sabia que os homens de camisa branca não assumiam a culpa por ela estar numa cadeira de rodas. Ou por ela ter perdido o bebê. Ou por ela ter tido câncer. Mas também sabia que Ove não sabia como carregar uma raiva sem nome. Ele precisava pôr etiquetas. Categorizá-la. Então, quando homens de camisa branca de repartições cujo nome nenhuma pessoa sensata conseguia descobrir tentavam fazer tudo que Sonja não queria — induzi-la a largar o trabalho e se mudar de sua casa, aceitar que ela valia menos do que uma pessoa saudável que podia andar, a aceitar que ela própria estava morrendo —, era nesse momento em que Ove brigava com eles. Com documentos, e cartas, e recursos, e cartas a jornais, até sobre coisas tão insignificantes como construir uma rampa para deficientes numa escola. Ele brigou pelos direitos dela contra homens de camisa branca durante tanto tempo, e com tanto afinco, que ele por fim deve ter começado a considerá-los pessoalmente responsáveis por tudo o que aconteceu a ela e à criança. Pela morte de ambos.

E, então, ela o deixou sozinho num mundo cuja língua ele não entendia mais.

Quando o gato volta para casa, Ove continua sentado no hall. Ele fica arranhando a porta. Ove abre. Eles olham um para o outro. Ove fica de lado e o deixa entrar. Em seguida, eles jantam assistindo à TV. Às dez e meia, Ove apaga a luz da sala e vai para o andar de cima. O gato segue alerta, como se desconfiasse que ele pretende fazer alguma coisa de que não seria informado. Alguma coisa de que ele, o gato, não ia gostar. Quando Ove tira a roupa, o bichano fica sentado no chão do quarto, parece que tentando decifrar um truque de mágica.

Ove vai se deitar e fica ali, quieto, esperando até que o gato acabe dormindo no lado de Sonja da cama. Demora mais de uma hora. Claro que Ove não faz isso porque acha que tem alguma obrigação de levar em conta os sentimentos desse gato velho. Mas ele não consegue brigar com o gato. Não acha que é razoável explicar os conceitos de vida e de morte para um animal que nem consegue preservar sua cauda de ficar toda arrebentada. Só isso.

Então, quando o gato por fim rola na cama e fica de costas para Ove, fazendo um ruído com a boca aberta, deitado atravessado por cima do travesseiro de Sonja, ele vai deslizando até sair da cama com os passos mais silenciosos. Desce para a sala de estar, alcança a arma no esconderijo atrás do aquecedor. Pega quatro folhas de lona plástica que ele tinha trazido do depósito e escondido no armário de vassouras para o gato não as ver. Começa a fixá-las com fita nas paredes do hall. Depois de fazer uma avaliação, Ove concluiu que aquele seria o melhor cômodo para o planejado, já que era o menor. Ove supõe que vai jorrar um monte de sangue quando der o tiro na cabeça, e ele não está a fim de deixar para trás mais bagunça do que o necessário. Sonja sempre detestava quando ele bagunçava a casa.

Ele coloca de novo os sapatos de sair e o terno. Está sujo e continua cheirando a fumaça, mas vai ter que ser assim. Ele sopesa a arma com as duas mãos, como se tentasse avaliar onde fica seu ponto de equilíbrio. Como se isso fosse ter um papel decisivo no desenrolar dessa operação. Ele se vira e força um pouco o cano de metal, como se pretendesse curvar a arma no meio. Não porque Ove saiba muito sobre armas, mas, afinal, a gente quer saber que vai mexer em coisas que funcionam, de certa maneira. E como Ove sabe que não se pode chutar uma arma para testar a qualidade dela, ele supõe que se faz isso tentando dobrá-la e vendo o que acontece.

Enquanto faz isso, ele se toca de repente que, apesar de tudo, é uma péssima ideia ficar totalmente vestido. Vai ter uma quantidade terrível de sangue e essas coisas no terno, Ove já imagina. Parece idiota. Então ele põe a arma de lado, entra na sala de estar, tira a roupa, dobra o terno com cuidado e o põe arrumadinho no chão ao lado dos sapatos de passeio. Depois ele pega a carta com as instruções para Parvaneh e anota "Ser enterrado de terno" no item "Instruções sobre o enterro", deixando-a em cima da pilha de roupas. Na carta também já está perfeitamente claro, aliás, que não é para haver enfeites. Não quer cerimônia exagerada e essas bobagens. Simplesmente quer estar embaixo da terra o quanto antes, ao lado de Sonja. O lugar já está pago e pronto, e Ove deixou dinheiro no envelope para o transporte.

Então, usando só meia e cueca, Ove volta para o hall e apanha a arma novamente. Ele avista o próprio corpo no espelho da parede. Com certeza ele não se vê desse jeito há trinta e cinco anos. Seu corpo continua bastante musculoso e robusto. Com certeza Ove está mais em forma que a maioria dos homens de sua idade. Mas aconteceu algo com sua pele que faz com que ele pareça estar derretendo. Isso não parece nada agradável.

Está o maior silêncio na casa. Em toda a vizinhança, na verdade. Todos estão dormindo. E é só aí que Ove se dá conta de que provavelmente o gato vai acordar com o tiro. Provavelmente ele vai matar de susto o coitado do gato velho, Ove se dá conta. Ele fica refletindo um bom tempo antes de, decidido, pôr a arma no chão e ir até a cozinha ligar o rádio. Não que agora ele precise de música para conseguir tirar sua própria vida, e também não porque goste da ideia de o rádio ficar aí gastando energia quando ele já estiver morto. Mas ele acha que se o gato acordar com o estrondo e depois ouvir o rádio, talvez pense que foi só uma parte daquelas canções pop modernas que o rádio toca o tempo todo hoje em dia. E depois pegue no sono de novo. É o que Ove imagina.

Não há nenhuma música pop moderna no rádio agora, constata Ove quando volta para o hall e apanha de novo a arma. São as notícias locais da noite. Então ele fica parado lá um tempo escutando. Não porque sejam tão importantes as notícias locais quando alguém vai dar um tiro na cabeça, mas Ove agora não acha que fará mal se manter um pouco atualizado. Estão falando do tempo. Da economia. Do trânsito. E que se recomenda que as pessoas redobrem os cuidados nos fins de semana, pois vários grupos de arrombadores de casas assolam a cidade.

— Pilantras desgraçados — resmunga Ove, agarrando a arma com um pouco mais de força quando escuta isso.

E é claro que, de uma perspectiva puramente objetiva, possivelmente teria sido útil a dois outros pilantras, Adrian e Mirsad, se eles tivessem ouvido essa informação no rádio antes de se dirigirem assim, totalmente despreocupados, até a porta da casa de Ove alguns segundos depois. Eles provavelmente teriam imaginado que Ove ouviria seus passos na neve lá fora e seu primeiro pensamento não seria "visita! Que legal!", mas sim "aqui não, pilantras!". E saberiam provavelmente que Ove, vestido só de meias e cueca, com uma arma de caça de três quartos de século de idade nos punhos, abriria a porta da casa com um chute, tal como se fosse o Rambo seminu e envelhecido do bairro. E éntão Adrian talvez não tivesse gritado, com uma voz tão aguda que penetrou em todas as janelas da vizinhança, e saído em disparada tão apavorado até trombar direto com a parede do depósito, quase perdendo os sentidos.

Depois de certo tumulto e gritaria, Mirsad consegue explicar que é um rapaz totalmente normal e não um arrombador, e Ove consegue entender o que está se passando. Antes disso, ele só havia tido tempo de brandir a arma na direção dos dois, provocando os gritos de Adrian como um alarme de ataque aéreo.

— Shhh! Você vai acordar o gato, caramba! — diz Ove, irritado, enquanto Adrian recua tropeçando e acaba caindo num monte de neve. Isso lhe causa um galo do tamanho de um pacote de ravióli na testa.

Mirsad olha fixamente para a arma e parece ter começado a se questionar se tinha sido uma boa ideia dar uma passada na casa de Ove no meio da noite. Adrian se aproxima com as pernas bambas, apoiado na parede do depósito, dando a entender que a qualquer momento pretende berrar "não me mate!". Ove o observa com olhos arregalados e acusadores.

— O que vocês acham que estão fazendo?

Ele brande a arma. Mirsad está com uma grande mala na mão que ele cuidadosamente coloca no chão coberto de neve. Adrian impulsivamente joga suas mãos para o alto como se estivesse sendo assaltado, ao que ele quase perde o equilíbrio e despenca de bunda na neve mais uma vez.

— Foi ideia do Adrian — começa Mirsad, baixando o olhar.

Ove vê que hoje ele não está maquiado.

— Mirsad saiu do armário hoje! — Adrian balança a cabeça entusiasmado, afastando-se trôpego ao lado da parede do depósito, com uma das mãos na testa.

— O quê? — diz Ove, erguendo novamente a arma, desconfiado.

— Sabe como é, ele… saiu do armário. Ele contou que é… — Adrian tenta, mas parece um pouco desconcentrado, em parte por estar na mira de um homem de cinquenta e nove anos armado e só de cueca, e em parte por estar começando a se convencer de que deve ter se machucado feio.

Mirsad se estica e, mais decidido, olha para Ove e assente.

— Eu contei para meu pai que sou homossexual.

O olhar de Ove fica um pouco menos ameaçador.

Mas ele não abaixa a arma.

— Meu pai odeia os homossexuais. Ele sempre disse isso, que tiraria a própria vida se ficasse sabendo que um de seus filhos era assim... — continua Mirsad.

Depois de o que parece uma hora de silêncio, ele acrescenta:

— Então ele não encarou muito bem a notícia, pode-se dizer.

— Ele pôs ele para fora de casa! — intervém Adrian.

— Ele o pôs para fora de casa — corrige Ove.

Mirsad pega a mala do chão e balança a cabeça para Ove de novo.

— Foi uma ideia idiota. Nós não devíamos ter vindo incomodar você.

— Me incomodar com o quê? — corta Ove.

Mas agora, ali só de cueca e exposto a uma temperatura abaixo de zero, já dava para saber por que, pensa Ove. Mirsad respira fundo. Como se o orgulho dele fosse descendo a custo pela garganta.

— Meu pai disse que eu era doente e que eu não era bem-vindo debaixo do teto dele com minhas... sabe como é... "perversões" — diz ele, engolindo com dificuldade antes de dizer a última palavra.

— Porque você é viado? — pergunta Ove.

Mirsad faz que sim.

— Eu não tenho parente aqui na cidade. Pensei em dormir na casa do Adrian, mas a mãe dele estava com o namorado em casa...

Ele se cala. Balança a cabeça. Parece estar se sentindo muito burro.

— Foi uma ideia idiota — diz por fim em voz baixa, fazendo menção de se virar e ir embora.

A essa altura, no entanto, Adrian parece ter recuperado a vontade de argumentar e vem tropeçando ansioso pela neve na direção de Ove.

— Puta merda, Ove, você tem um monte de espaço! Então, sabe como é, a gente pensou que talvez ele pudesse passar a noite aqui.

— Aqui? Isso aqui não é nenhuma droga de hotel! — Ove informa, apontando a arma bem para o tórax de Adrian.

O rapaz se detém. Mirsad dá dois passos rápidos na neve e põe a mão sobre o cano.

— Nós não tínhamos mais lugar nenhum para ir, desculpe — diz ele em voz baixa, olhando para Ove bem nos olhos enquanto cuidadosamente afasta a arma da direção de Adrian.

Ove parece se acalmar um pouco e abaixa a arma. Quando ele dá um passo para trás e quase imperceptivelmente entra no hall, como se só agora se desse conta do frio que envolve seu corpo quase despido — falando de forma diplomática —, ele vê a foto de Sonja na parede com o canto do olho. Aquele vestido vermelho. A viagem de ônibus à Espanha quando ela estava grávida. Ele pediu tantas vezes a ela para tirar aquela maldita foto da parede, mas ela se recusava. Dizia que era "uma lembrança com tanto valor como todas as outras".

Aquela mulher teimosa.

———

Então era para *este* ter sido o dia em que Ove estaria morto. Em vez disso, acaba sendo a noite antes da manhã em que ele acorda não apenas com um gato, mas também com um viado como hóspede em casa. Sonja teria gostado disso, claro. Ela gostava de hotéis.

33

UM HOMEM CHAMADO OVE E UMA RONDA DE INSPEÇÃO QUE NÃO FOI COMO DE COSTUME

À s vezes é difícil explicar por que algumas pessoas de repente fazem as coisas que fazem. Claro que às vezes isso acontece porque elas sabem que vão ter que fazer aquilo mais cedo ou mais tarde, então podem muito bem fazer agora. E às vezes é justamente o contrário, porque elas percebem que talvez devessem ter feito aquilo há muito tempo. Ove provavelmente já sabia o tempo todo o que ele deveria fazer, mas todas as pessoas no fundo são otimistas com relação ao tempo. Nós sempre acreditamos que vai sobrar tempo para fazer algo com outras pessoas. Sobrar tempo para dizer coisas a elas. E aí acontece um imprevisto, e então de repente nós ficamos pensando em palavras como "se".

Ele para desconcertado enquanto está descendo a escada. Não sentia esse cheiro pela casa desde que Sonja morreu. Ele desce com cautela os últimos degraus, chega ao piso de madeira e se posta na passagem para a cozinha como um homem que acabou de descobrir um ladrão.

— Foi você quem torrou o pão?

Mirsad faz que sim, preocupado.

— Foi... espero que não tenha problema. Desculpe. Tudo bem?

Ove vê que ele também fez café. O gato está sentado no chão, comendo atum. Ove faz que sim, mas não responde à pergunta.

— Eu e o gato vamos dar uma volta nas imediações — explica ele.

— Posso ir junto? — pergunta Mirsad.

Ove olha para Mirsad um pouco como se ele o tivesse parado num calçadão e lhe pedido que adivinhasse embaixo de qual das três xícaras de chá está a moeda de prata.

— Talvez eu pudesse ajudar em alguma coisa — prossegue Mirsad, ansioso.

Ove vai para o hall e põe os sapatos nos pés.

— Esse é um país livre — murmura ele, ao abrir a porta e soltar o gato.

Lógico que Mirsad interpreta isso como um "adoraria" e coloca rapidinho a jaqueta e o sapato para acompanhá-lo. E se Ove achava que essa seria a única companhia não convidada que ele teria hoje, estava redondamente enganado.

— E aí, *boys*! — exclama Jimmy, quando saem pela viela entre as casas.

Ele surge ofegante por trás de Ove. Está vestindo um agasalho verde reluzente tão justo no corpo que Ove fica se perguntando se aquilo é roupa ou pintura corporal.

— E aí? — diz Mirsad, timidamente.

— Jimmy! — ele se apresenta, bufando e estendendo uma das mãos na direção de Mirsad.

Enquanto isso, o gato ensaia se esfregar amorosamente na perna de Jimmy, mas parece mudar de ideia, como se soubesse que Jimmy foi parar no hospital com alergia da última vez que ele fez isso. O bichano então escolhe a segunda melhor opção e fica rolando na neve. Jimmy sorri entusiasmado para Ove.

— Eu costumo ver você sair para caminhar a essa hora, cara, então eu pensei em verificar se tudo bem se eu for junto. Sabe como é, né? Decidi começar a fazer exercícios!

Ele diz isso satisfeito, balançando a cabeça e fazendo a gordura embaixo do queixo chacoalhar como a vela de um navio numa tempestade. Ove parece extremamente cético.

— Você costuma levantar a essa hora?

Jimmy explode numa gargalhada ruidosa.

— *Shit!* Não, cara. Eu ainda nem fui deitar!

Um homem chamado Ove

───

E então acontece de um gato, um alérgico obeso, um viado e um homem chamado Ove irem fazer uma ronda de inspeção no bairro naquela manhã. Ove os observa enquanto andam na direção do estacionamento e conclui que ele provavelmente acabou de compor o comitê de vigilância menos imponente da história universal.

— O que você está fazendo aqui, então? — pergunta Jimmy, curioso, dando um soco no ombro de Mirsad ao se dirigirem para a garagem.

Mirsad explica sucintamente que ele e o pai não se dão bem e que está temporariamente hospedado na casa de Ove.

— Por que você está numa *fight* com seu pai? — pergunta Jimmy.

— Isso não lhe diz respeito — responde Ove imediatamente, por cima dele.

Jimmy parece um tanto surpreso, mas dá de ombros e parece esquecer a pergunta no instante seguinte. Mirsad olha agradecido para Ove. Ove dá um chute em sua placa.

— Mas, fala sério, cara. Você vem aqui *toda* manhã? — pergunta Jimmy, alegre.

— É — responde Ove, um pouquinho menos alegre.

— E por quê?

— Para verificar se houve algum arrombamento.

— Sério? Costuma ter por aqui?

— Não.

Não parece muito que Jimmy tenha compreendido.

Ove dá três puxões no portão da sua garagem.

— Nunca acontece um arrombamento até acontecer um arrombamento pela primeira vez — resmunga ele, indo na direção do estacionamento de visitantes.

O gato olha para Jimmy como se estivesse muito decepcionado com o talento do rapaz. Jimmy entorta os lábios e põe a mão na barriga, como se quisesse verificar se parte dela já não tinha evaporado depois de toda essa caminhada.

— Mas, então, você ficou sabendo de Rune? — diz ele em voz alta, começando a dar uma corridinha para alcançar Ove.

Ove não responde.

— O serviço social vai vir buscá-lo, e coisa e tal — explica Jimmy, quando consegue alcançá-lo.

Ove pega seu bloco e começa a anotar a placa dos carros. Jimmy claramente toma o silêncio como uma indicação de que Ove, mais que tudo, quer continuar a ouvi-lo. Então o que ele faz é continuar falando.

— Sabe como é, o troço é que Anita se candidatou a receber mais atendimento domiciliar. Afinal, Rune está totalmente ferrado, e ela meio que não consegue cuidar dele. Então o serviço social fez uma análise, e depois um cara ligou para ela e disse que eles não iam poder ajudar mais. Então por isso eles iam pôr Rune numa tal instituição, sabe? Daí, a Anita disse que nesse caso eles podiam ir à merda, porque ela não queria droga de atendimento nenhum. Mas então o velho tipo ficou superagressivo e começou a ficar pê da vida com ela. Ficou falando que agora o comitê não podia voltar atrás e que era ela mesma quem tinha pedido que eles fizessem a análise. E agora a análise tinha saído desse jeito e então meio que era isso, sabe como é? Não faz a menor diferença o que ela diz, porque o tiozinho do serviço social só está fazendo o trabalho dele. Tá ligado?

Jimmy se cala e aponta com a cabeça na direção de Mirsad. Ele parece buscar algum tipo de confirmação de sua narrativa.

— Que chato... — declara Mirsad, hesitante.

— Chato pra cacete! — diz Jimmy, balançando a cabeça e o resto do corpo, consequentemente.

Ove coloca a caneta e o bloco no bolso de dentro da sua jaqueta e parte na direção do depósito de lixo.

— Ah, leva uma eternidade para eles tomarem uma decisão dessas. Eles dizem que vão levá-lo agora, mas não vão se mexer em menos de um ano ou dois — diz Ove.

Ele sabe como essa "bosta de burocracia" funciona.

— Mas... a decisão está tomada, cara — fala Jimmy, coçando o couro cabeludo.

— É só recorrer! Leva vários anos! — diz Ove, rabugento, quando passa por ele.

Jimmy o segue com o olhar, como se estivesse tentando decidir se vale a pena o esforço de tentar segui-lo.

— Mas foi isso que ela fez! Ela ficou escrevendo cartas e coisa e tal durante dois anos!

Ove não para ao ouvir isso, mas diminui o ritmo. Ele nota os passos pesados de Jimmy se aproximando pela neve.

— Dois anos? — pergunta ele, sem se virar.

— Até mais — diz Jimmy.

Ove parece estar contando meses mentalmente.

— É mentira. Senão a Sonja ia saber — descarta ele rapidamente.

— Eu não podia dizer nada para você e Sonja. Anita não queria isso. Sabe como é... — Jimmy se cala. Baixa o olhar para a neve. Ove franze as sobrancelhas.

— Sei o quê?

Jimmy inspira fundo.

— Ela... achava que vocês já tinham problemas suficientes — diz ele em voz baixa.

O silêncio que se segue é tão denso que poderia ser cortado com um machado. Jimmy não ergue o olhar. E Ove não diz nada. Ele entra no depósito de lixo. Sai de lá. Entra no bicicletário. Sai de lá. Mas provavelmente acontece algo com ele. "O marcador do tanque de combustível vai baixando aí dentro", Sonja dizia. As últimas palavras de Jimmy pendem como um véu sobre seus movimentos, e uma raiva irracional se acumula dentro de Ove, cada vez mais depressa, como se um tornado crescesse em seu peito. Ele vai abrindo as portas cada vez com mais força. Chuta as soleiras. E quando Jimmy por fim murmura algo como "então agora já era, cara, agora vão colocar Rune num asilo, tá ligado?", Ove dá novamente uma pancada numa das portas, de forma que todo o depósito de lixo chacoalha. Ele fica calado, com as costas viradas para os outros e com a respiração cada vez mais pesada.

— Está... tudo bem? — pergunta Mirsad.

Ove se vira e aponta o indicador para Jimmy com uma raiva nem um pouco contida.

— Foi isso que ela disse? Que ela não queria pedir ajuda a Sonja porque nós tínhamos "problemas suficientes"?

Jimmy faz que sim, assustado. Ove baixa o olhar, com o tórax oscilando embaixo da jaqueta. Ele fica pensando em qual seria a reação de Sonja se ela tivesse ficado sabendo disso. Se ela ficasse sabendo que seus melhores amigos deixaram de pedir ajuda porque Sonja tinha "problemas suficientes". O coração dela teria explodido.

Às vezes é difícil explicar por que algumas pessoas fazem as coisas que fazem. E Ove provavelmente sempre soube o que tinha que fazer, quem ele precisava ajudar antes de poder morrer. Mas todas as pessoas no fundo são otimistas com relação ao tempo. Nós sempre acreditamos que vai sobrar tempo para fazer coisas que pretendemos com outras pessoas.

Sobrar tempo para dizer coisas para elas. Sobrar tempo para recorrer a uma sentença.

Ove se vira para Jimmy novamente, determinado.

— Dois anos?

Jimmy faz que sim. Ove pigarreia. Pela primeira vez nesse tempo todo ele parece inseguro.

— Eu pensava que ela tinha acabado de começar. Eu pensava que eu... tinha mais tempo — murmura ele.

Jimmy parece não saber se Ove está falando com ele ou consigo mesmo. Ove ergue o olhar.

— E agora vão vir buscar Rune? Vão mesmo? Sem absurdos burocráticos, recursos e essas merdas? Tem certeza disso?

Jimmy faz que sim novamente. Ele abre a boca para dizer mais alguma coisa, porém Ove já saiu andando. Ele desaparece com o passo de um homem que está indo vingar uma injustiça mortal, num bangue-bangue em preto e branco na viela entre as casas. Entra na última delas, onde o reboque e o Škoda branco continuam estacionados, e bate com força na porta, como se fosse apenas uma questão irrelevante se ela vai ser aberta antes de ele estraçalhá-la. Anita abre, assustada. Ove entra sem esperar convite.

— Você está com os papéis aqui?

— Estou, mas eu pensei...

— Pegue esses papéis para mim!

———

Algum dia, futuramente, Anita vai contar para os outros vizinhos que ela "não tinha visto Ove tão bravo desde 1977, quando disseram na TV que a Saab e a Volvo tinham se fundido".

34

UM HOMEM CHAMADO OVE E UM RAPAZ NA CASA AO LADO

Ove pega uma cadeira dobrável de plástico azul para colocar na neve e se sentar. O que ele vai fazer pode levar um tempo, Ove sabe disso. É sempre assim quando ele vai contar a Sonja que pretende fazer alguma coisa de que ela não gosta. Ele tira cuidadosamente toda a neve da lápide, para que possam se ver direito.

Ao longo de quarenta anos, passaram muitos tipos de pessoas naquela área residencial em que eles moravam. Na casa entre a de Ove e a de Rune tinham morado pessoas de voz baixa, de voz alta, notáveis, insuportáveis e outras quase imperceptíveis. Haviam morado lá famílias com filhos adolescentes que mijavam na cerca quando estavam de porre, famílias que tentavam plantar arbustos no jardim fora do regulamento e famílias que metiam na cabeça que precisavam pintar a fachada de rosa. E, se havia uma única coisa sobre a qual Ove e Rune, por menos que eles se dessem bem, sempre podiam concordar durante todos aqueles anos era que, independentemente de quem fosse, quem morava naquela casa ao lado sempre era completamente idiota.

No final dos anos 1980, a casa foi comprada como "investimento" por um homem que obviamente era algum executivo de banco. Isso Ove o ouviu explicar para o corretor. Ele então alugou a casa para uma série de inquilinos nos anos que se seguiram. Em certo verão, por exemplo, para três rapazes que fizeram uma tentativa corajosa de transformá-la em um território livre para viciados, prostitutas e criminosos. As festas duravam vinte e quatro horas, garrafas de cerveja quebradas cobriam a viela entre as casas, e a música reverberava até fazerem cair os quadros das paredes da sala de Sonja e Ove.

Ove foi lá para pôr fim àquela pouca vergonha, mas os rapazes riram sarcasticamente dele e quiseram expulsá-lo de lá. Quando Ove se recusou a ir embora, um deles o ameaçou com uma faca. No dia seguinte, Sonja tentou fazer com que eles fossem razoáveis, mas a chamaram de "velha inválida". Na noite seguinte, eles ouviam música mais alto do que nunca, e Anita, em puro desespero, ficou de pé em sua varanda gritando para eles. Mas a resposta que teve foi uma garrafa arremessada pela janela da sala de estar.

Claro que aquilo foi uma péssima ideia.

Ove imediatamente pôs-se a bolar planos de vingança, começando por sondar as atividades econômicas do senhorio deles. Ele ligou para advogados e para a Receita Federal para dar um fim naquela casa de aluguel, mesmo que fosse necessário "levar a questão até o último tribunal", como ele disse para Sonja. Mas ele nunca tinha tempo de pôr seus planos em ação. Certo dia, tarde da noite, Ove viu Rune indo na direção do estacionamento com as chaves do carro na mão. Ao voltar, Rune estava carregando uma sacola de plástico cujo conteúdo Ove não conseguia identificar. No dia seguinte, a polícia apareceu e levou embora os três rapazes algemados por posse de grande quantidade de narcóticos que, de acordo com uma denúncia anônima, se encontrava no sótão daquela casa.

Tanto Ove quanto Rune estavam na rua quando a prisão aconteceu. O olhar dos dois se encontrou. Ove coçou o queixo.

— Eu nunca saberia nem onde arranjar droga nessa cidade — disse Ove, pensativo.

— No fim da rua atrás da estação de trem — respondeu Rune, com as mãos no bolso. — Pelo menos é isso que ouvi falar — acrescentou ele, com um sorriso.

Ove só assentiu com a cabeça. Os dois ficaram bastante tempo sorrindo em silêncio.

— Como vai o carro? — Ove então perguntou.

— Funcionando tão bem quanto um relógio suíço — respondeu Rune.

Eles ficaram de bem durante dois meses. Depois, claro que se desentenderam por causa do sistema de aquecimento novamente. Mas "foi bom enquanto durou", como disse Anita.

―――

Os inquilinos da casa ao lado chegaram e partiram nos anos seguintes, a maioria deles com surpreendentes tolerância e aceitação por parte de Ove e Rune. Uma mudança de perspectiva pode fazer grandes coisas pela reputação das pessoas.

Num verão em meados dos anos 1990, uma mulher se mudou para lá com um filhinho rechonchudo de nove anos a quem Sonja e Anita se afeiçoaram imediatamente. O pai do menino os tinha deixado quando ele era um bebê recém-nascido, Sonja e Anita ficaram sabendo. O homem de pescoço de touro de quarenta e poucos anos que morava com eles agora, com um bafo que durante muito tempo as duas mulheres tentaram ignorar, era o novo amor dela. Ele raramente estava em casa, e Anita e Sonja evitavam fazer muitas perguntas. Elas presumiam que a moça via qualidades nele que talvez elas não percebessem. "Ele cuidou de nós, e vocês sabem como é, não é fácil ser uma mãe solteira", dizia ela com um sorriso corajoso em algumas ocasiões, e as mulheres das casas vizinhas até se convenceram.

Na primeira vez em que elas ouviram o grito do homem de pescoço de touro atravessar as paredes, concordaram que cada um deve poder ter seus assuntos particulares em sua própria casa. Na segunda vez, pensaram que todas as famílias brigam às vezes, e que talvez tudo aquilo não fosse algo mais sério.

Na vez seguinte, depois de o homem de pescoço de touro ter se ausentado, Sonja convidou a mulher e o menino para tomarem café em sua casa. A mulher explicou com um sorriso forçado que aquelas manchas roxas apareceram porque ela abriu a porta de um dos armários da cozinha com muita pressa. À noite, no estacionamento, Rune encontrou o homem de pescoço de touro, que saiu do carro visivelmente apressado. Nas duas noites seguintes, as duas casas vizinhas ouviram, cada uma de seu lado, como o homem gritava lá dentro e como as coisas caíam no chão. Eles ouviam que a mulher emitia um fraco grito de dor. Quando o choro suplicante do garoto de nove anos para o homem "parar de bater parar de bater parar de bater" cruzou as paredes, Ove foi para fora de casa e se postou na varanda. Rune já estava na varanda dele.

Ove e Rune estavam bem no meio de uma de suas piores brigas de todos os tempos pelo poder na diretoria da associação de moradores. Não falavam um com o outro havia quase um ano. Agora eles ficaram se olhando brevemente, e em seguida entraram cada um em sua casa sem dizer palavra. Dois minutos depois, eles se encontraram já vestidos na frente da casa vizinha. O homem de pescoço de touro tentou investir sobre eles num violento ataque de raiva já ao abrir a porta, mas o punho de Ove acertou-o bem no meio do nariz. O homem cambaleou, ficou de pé de novo, catou uma faca da cozinha e se precipitou na direção de Ove. Mas não conseguiu avançar. O punho poderoso de Rune desabou sobre o homem como uma marreta. Em seu auge, Rune era um sujeito bem alto. Foi muita burrice do homem querer lutar mano a mano com ele.

No dia seguinte, o homem foi embora do bairro e nunca mais voltou. A mulher dormiu na casa de Anita e Rune durante duas semanas, antes de ter coragem de voltar para casa com o menino. Então Rune e Ove se dirigiram à cidade para ir ao banco, e à noite Sonja e Anita explicaram que ela podia considerar aquilo como um presente ou talvez um empréstimo, como ela preferisse. Mas que o caso não estava aberto a discussões. E então aconteceu de a mulher ficar morando na casa com o filho. Um menininho rechonchudo que amava computador e se chamava Jimmy.

Agora Ove se inclina para a frente, olhando sério para a lápide.

— Eu só pensava que teria mais tempo. Para... para tudo.

Ela não responde.

— Eu sei o que você acha de caçar briga, Sonja. Mas dessa vez você tem que entender. Não adianta argumentar com essas pessoas.

Ele cutuca a palma da mão com a unha do polegar. A lápide fica onde está, sem dizer nada, mas Ove não precisa de nenhuma palavra para saber o que ela teria pensado. O tratamento silencioso sempre tinha sido o melhor truque dela nas discussões. Independentemente do fato de ela estar viva ou morta.

Nesta manhã, Ove ligou para o tal do Serviço Social ou seja lá como chamavam essa merda. Ele foi até a casa de Parvaneh para ligar, já que ele mesmo não tinha mais telefone. Parvaneh recomendou a ele que "fosse razoável e flexível". As coisas não começaram lá muito bem, pois Ove foi rapidamente passado para o "funcionário responsável". Que era o fumante de camisa branca. Ele logo manifestou um significativo grau de irritação pelo fato de o pequeno Škoda branco continuar encurralado no fim da rua, diante da casa de Rune e Anita. E é claro que Ove talvez estivesse em melhores condições de negociação se tivesse pedido desculpas por isso imediatamente e concordado que foi desnecessário ele colocar o pequeno homem de camisa branca nessa situação conscientemente, sem meio de transporte. Pelo menos teria sido melhor que protestar com a frase "assim talvez você aprenda a ler placas, seu analfabeto de merda!". É o que se pode dizer da abordagem de Ove.

O próximo ponto da discussão foi Ove tentar convencer o homem de que Rune não devia ser colocado num asilo. O homem informou que "analfabeto de merda" era uma escolha de palavras muito ruim para pôr o assunto em pauta. A isso se seguiu uma verdadeira série de xingamentos dos dois lados do telefone, antes que Ove dissesse com toda a clareza que assim as coisas não iam andar de jeito nenhum. Não se vai chegando e arrancando as pessoas da casa delas e levando-as para instituições de qualquer jeito, só porque elas começaram a ficar com a memória um pouco ruim. O homem do outro lado da linha respondeu friamente que não fazia mais a menor diferença onde eles colocariam Rune, pois "no estado" em que Rune está agora "não faz diferença onde será colocado". Ove desatou uma série de insultos como resposta. E então o homem da camisa branca disse algo muito idiota:

— A decisão está tomada. A análise durou dois anos. Não há nada que você possa fazer, Ove. Nada. Absolutamente nada.

Em seguida, ele desligou.

Ove olhou para Parvaneh. Olhou para Patrick. Jogou o celular de Parvaneh na mesa da cozinha e gritou que eles precisavam de "um novo plano!

Imediatamente!". Parvaneh estava com uma expressão profundamente infeliz, mas Patrick balançou a cabeça e logo calçou os sapatos, desaparecendo porta afora. Como se ele só estivesse esperando Ove dizer aquilo. Cinco minutos depois, para grande desprazer de Ove, Patrick voltou com aquele almofadinha do Anders da casa ao lado. E com Jimmy feliz a reboque.

— O que ele está fazendo aqui? — perguntou Ove, apontando para o almofadinha.

— Você não precisava de um plano? — disse Patrick, apontando com a cabeça na direção do almofadinha e parecendo muito satisfeito.

— Anders é o nosso plano! — interveio Jimmy.

Anders olhou ao seu redor um tanto desajeitado e assustado ao perceber a expressão de Ove. Mas Patrick e Jimmy o empurravam sem a menor hesitação para dentro da sala.

— Conte! — Patrick incentivou.

— Contar o quê? — Ove quis saber.

— Ah, então... eu ouvi que você teve problemas com o dono daquele Škoda — disse Anders, olhando nervoso para Patrick.

Ove fez um sinal impaciente com a cabeça para que ele prosseguisse.

— Bem... talvez eu nunca tenha contado para você de que tipo de firma eu sou dono, não é mesmo? — continuou Anders, cautelosamente.

Ove colocou as mãos no bolso. Assumiu uma postura mais relaxada. E então Anders contou. E até Ove teve que admitir que realmente, apesar de tudo, parecia mais prático do que ele imaginava.

— Onde está aquela loira bo... — ele começou quando Anders parou de falar, mas se conteve porque Parvaneh deu um chute na sua canela. — A sua namorada — corrigiu.

— Ah. Nós não estamos mais juntos. Ela se mudou — respondeu Anders, olhando para os sapatos.

Ele teve que explicar que era óbvio que ela tinha ficado um tanto indignada pelos desentendimentos com Ove por causa do cachorro. E também que essa indignação, no entanto, não tinha sido nada se comparada à indignação que ela teve quando Anders soube que Ove chamava o bicho de "bota de inverno" e não conseguiu parar de rir.

— O novo namorado dela veio aqui para buscar as coisas. Ficou óbvio que eles já estavam tendo um relacionamento pelas minhas costas durante alguns meses.

— Cruzes! — exclamaram Parvaneh, Jimmy e Patrick em uníssono.

— Ele tem um Lexus — acrescentou Anders.

— Cruzes! — exclamou Ove.

E então aconteceu que, quando o homem de camisa branca que fumava sem parar surgiu naquela tarde em companhia de um policial, para exigir que Ove liberasse o Škoda branco de seu cativeiro, tanto o reboque quanto o Škoda branco já tinham sumido. Ove ficou parado diante de sua casa com as mãos sossegadamente colocadas nos bolsos enquanto o homem de camisa branca por fim perdia a compostura por completo e começava a berrar para ele coisas sem sentido. Ove insistiu que não tinha a menor ideia de como aquilo havia acontecido, mas apontou cordialmente que, claro, tudo aquilo muito provavelmente não teria acontecido se o homem de camisa branca tivesse respeitado a placa que informava a proibição do tráfego de automóveis na área residencial. Claro que ele omitiu os detalhes de que Anders por acaso era dono de uma empresa de guinchos automotivos, e que durante o horário do almoço um dos seus funcionários tinha carregado o Škoda para uma grande mina de cascalho a quarenta quilômetros da cidade. E, quando o policial humildemente perguntou se ele de fato não tinha visto nada, Ove olhou para o homem de camisa branca direto nos olhos e respondeu:

— Não sei. Pode ser que eu tenha esquecido. Na minha idade, as pessoas começam a ficar com a memória um pouco ruim.

O policial então olhou em volta e depois perguntou o que Ove estava fazendo na rua no meio do dia se ele não tinha nada a ver com o Škoda que desapareceu. Ove encolheu os ombros inocentemente e piscou na direção do homem de camisa branca.

— Continua sem nada de bom passando na TV.

O ódio drenou tanto a cor do rosto do homem que agora ele parecia ainda mais branco do que sua camisa. Ele saiu de lá em disparada, jurando que de forma nenhuma aquele era "o fim da história". E é claro que não era. Poucas horas depois, Anita recebeu em sua porta uma urgente carta registrada da repartição, assinada pelo próprio homem de camisa branca. Com data e horário do "encaminhamento".

―――

E agora Ove está ali ao lado da lápide de Sonja, dizendo com esforço como ele "está triste".

— Você sempre fica aborrecida quando eu brigo com as pessoas, eu sei. Mas agora as coisas estão assim. Você simplesmente vai ter que me esperar um pouco mais aí em cima, porque eu não tenho tempo para morrer agora.

Então ele arranca da terra congelada as velhas rosas, mortas pelo frio, planta flores novas, levanta-se, dobra a cadeira de plástico, vai na direção do estacionamento e enquanto isso resmunga algo como "agora é guerra, porra".

35

UM HOMEM CHAMADO OVE
E A INCOMPETÊNCIA SOCIAL

Quando Parvaneh, com pânico no olhar, entra correndo na casa de Ove e segue rumo ao toalete sem nem se preocupar em dar um bom-dia, claro que Ove pensa em questionar como ela pode estar tão apertada, nesses vinte malditos segundos que levou para atravessar a rua até a casa dele, que não tem tempo nem de dar um bom-dia como gente decente antes de entrar correndo no banheiro. Mas "o inferno não conhece a ira de uma mulher grávida quando está apertada", a mulher de Ove tinha informado a ele certa vez. Então ele fecha o bico.

Os vizinhos dizem que ele "parecia outra pessoa" nos últimos dias, que nunca o tinham visto tão "comprometido" antes. Mas, afinal, isso só se devia ao fato de que Ove nunca ficara comprometido com as questões *deles* antes, caramba, Ove explicou. Comprometido ele sempre foi, oras.

Pela forma como Ove foi de uma casa para outra, batendo nas portas dia sim, dia não nos últimos dias, Patrick o descreve como o "exterminador do futuro". Ove não entende o que ele quer dizer com isso. De qualquer forma, passa várias horas à noite na casa de Parvaneh com ela e as meninas, enquanto Patrick tenta evitar o tempo todo que Ove fique metendo os dedos na tela do computador quando ele quer lhe mostrar alguma coisa. Jimmy, Mirsad, Adrian e Anders também estavam lá. Jimmy tentou fazer todos começarem a chamar a cozinha de Parvaneh e Patrick de "Estrela da Morte" e Ove de "Darth Ove".

Ove não compreende o que isso possa significar, mas ele desconfia que seja algo completamente idiota. Primeiro Ove tinha sugerido que eles copiassem o truque de Rune, deixando um bocado de maconha no depósito do homem de camisa branca. Parvaneh não gostou dessa ideia, então começaram a trabalhar em um plano B. Na noite anterior, porém, Patrick havia dito que não conseguiria levar esse plano a cabo sozinho. Todos estavam em um beco sem saída. Então Ove assentiu com a cabeça, muito sério, pediu o telefone de Parvaneh e foi telefonar em outro cômodo.

Não que ele gostasse do que iria fazer. Mas, se era guerra, então que fosse.

―――

Parvaneh sai do toalete.

— Acabou? — pergunta Ove, esperando que aquilo tenha sido apenas uma pequena interrupção.

Ela faz que sim, mas justamente quando eles estão saindo pela porta ela avista alguma coisa na sala dele e se detém. Ove já está na soleira da porta, e mesmo assim sabe muito bem o que chamou a atenção dela.

— Isso é... Ah, que saco! Não é nada especial — murmura ele, tentando incentivá-la a sair pela porta.

Quando vê que ela não se mexe, ele dá um chute forte no batente da porta.

— Isso só ficava juntando poeira. Eu só lixei, repintei e passei uma nova camada de verniz. Não foi nada especial, porra — resmunga ele, irritado.

— Nossa, Ove... — sussurra Parvaneh.

Ove continua dando chutes no batente, para verificar se está firme mesmo.

— Nós podemos lixar de novo e pintar de rosa... Caso seja uma menina — murmura ele e pigarreia. — Ou mesmo que seja um menino. Os meninos também podem ter coisas cor-de-rosa hoje em dia.

Parvaneh olha para o berço azul-claro com a mão diante da boca.

— Mas só se você não começar a chorar agora — adverte Ove.

E quando ela, mesmo assim, começa a chorar, Ove suspira "essas mulheres", vira-se e começa a descer a rua.

Passada cerca de meia hora, o homem de camisa branca apaga o cigarro com a sola do sapato e bate na porta de Anita e Rune. Parece que ele também está indo para a guerra. Tem com ele três jovens aparentando ser enfermeiros, como que esperando que vá haver resistência violenta. Quando a pequena mulher abre a porta, os três rapazes até parecem um pouco envergonhados, mas o homem de camisa branca vai avançando na direção dela brandindo seu papel, como se fosse um machado que tem nas mãos.

— Está na hora — informa ele, com certa impaciência, tentando entrar na casa.

Mas ela se posta no caminho. Até onde uma pessoa do tamanho dela consegue se postar no caminho de alguma coisa.

— Não! — diz ela, sem arredar um centímetro.

O homem de camisa branca para e fica olhando para ela. Balança a cabeça, cansado, e contrai a pele em volta do nariz.

— Você teve dois anos para fazer isso do jeito fácil, Anita. E agora a decisão já foi tomada. É isso.

Ele tenta passar por ela de novo, mas Anita permanece na entrada, inabalável como uma pedra ancestral à beira de um precipício. Ela respira profundamente, sem desviar o olhar do homem.

— Que tipo de amor é esse que abandona alguém quando a situação fica difícil? Que entrega a pessoa para os outros quando ela precisa de cuidados? Me diga, que tipo de amor é esse?

Sua voz embargada prenuncia o choro. O homem de camisa branca aperta os lábios. Os músculos do rosto se contraem.

— Rune não sabe nem onde ele está durante boa parte do tempo, pelo que a análise mostr...

— Mas *eu sei*! — Anita o interrompe, apontando para os três enfermeiros. — *Eu sei!* — grita para eles.

— O homem de camisa branca suspira de novo.

— E quem vai cuidar dele, Anita? — pergunta ele retoricamente, balançando a cabeça.

Ele dá um passo à frente e faz um gesto para que os três enfermeiros entrem na casa com ele.

— Eu vou tomar contar dele! — responde Anita, com o olhar tão sombrio quanto um túmulo no fundo do mar.

O homem de camisa branca continua só balançando a cabeça e tentando forçar a passagem por Anita. E é só então que ele vê a sombra que se agiganta atrás dela.

— E eu — diz Ove.

— E eu — diz Parvaneh.

— E eu! — dizem Patrick, Jimmy, Anders, Adrian e Mirsad, numa só voz, esgueirando-se pela porta um por cima do outro.

O homem de camisa branca para. Ele aperta os olhos. Uma mulher de uns quarenta e cinco anos com cabelo amarrado num rabo de cavalo malfeito, usando jeans e uma jaqueta verde impermeável um pouco grande demais para ela, aparece ali do lado de fora.

— Eu sou do jornal local e gostaria de fazer algumas perguntas — diz ela, segurando um gravadorzinho.

O homem de camisa branca fica bastante tempo olhando para ela. Em seguida, vira o olhar na direção de Ove. Os dois ficam se encarando. Vendo que o homem de camisa branca não diz nada, a jornalista pega um maço de papéis na bolsa e põe nas mãos dele.

— Tenho aqui as fichas de pacientes cujos casos estiveram sob responsabilidade da sua seção nos últimos anos. Todos eles são pessoas como Rune, que foram encaminhadas para asilos contra a própria vontade e de seus parentes. Todas as irregularidades encontradas se referem aos asilos pelos quais vocês são responsáveis. O ponto em comum de todos os casos é que as regras foram burladas e os procedimentos de tomada de decisão não foram seguidos — declara ela, num tom de quem entrega as chaves de um carro para alguém que acaba de ganhar na loteria. E acrescenta, com um sorriso: — O bom de investigar a burocracia quando se é jornalista é que a gente descobre que os primeiros a quebrar as regras são os próprios burocratas, sabe?

O homem de camisa branca não concede a ela nem um segundo de atenção. Ele permanece olhando fixamente para Ove. Nenhum deles emite nem um som sequer. O homem de camisa branca contrai lentamente o maxilar.

Patrick pigarreia atrás de Ove e sai pulando com suas muletas, apontando-as para a pilha de papéis que o homem de camisa branca tem nas mãos.

— Ah, e se você está imaginando o que é esse documento que está por cima, saiba que são os seus extratos bancários dos últimos sete anos. E todas as passagens de trem e avião que você pagou com cartão, e a despesa dos hotéis em que ficou hospedado. E todo o histórico de navegação do seu computador no trabalho. E todos os seus e-mails, tanto os de trabalho quanto os pessoais...

O olhar do homem de camisa branca fica agora indo de Ove para Patrick. As mandíbulas seguem tão cerradas que a pele chega a ficar esbranquiçada.

— Não que estejamos afirmando que de fato *existe* alguma coisa que você queira manter em segredo — detalha a jornalista, amigavelmente.

— De forma alguma! — afirma Patrick, sério, balançando a cabeça.

— Mas você sabe... — recomeça a jornalista, coçando o queixo, distraída.

— Quando se começa a cavar o passado de alguém... — acrescenta Patrick, balançando a cabeça.

— ... Sempre se acaba encontrando alguma coisa sobre tudo que eles mais querem manter segredo — a jornalista finaliza, com um sorriso de superioridade.

— Alguma coisa que eles querem mais é... esconder — esclarece Patrick, gesticulando com a cabeça na direção da janela da sala, onde a cabeça de Rune aparece por cima de uma das cadeiras.

A TV está ligada lá dentro. Pela porta vem o cheiro de café recém-passado. Patrick aponta mais uma vez com a muleta para a pilha de papel nas mãos do homem, salpicando um pouco de neve por cima de sua camisa branca.

— Se eu fosse você, me preocuparia ainda mais com essa parte do histórico da internet — explica ele.

E então ficam todos juntos. Anita e Parvaneh, a tal jornalista e Patrick, Ove, Jimmy e Anders, o homem de camisa branca e os três enfermeiros, naquele tipo de silêncio que só se encontra nos segundos antes de todos os jogadores ao redor de uma mesa de pôquer arriarem suas cartas na mesa numa rodada em que acabaram de apostar tudo que têm.

Por fim, após um lapso em que todos os envolvidos ficam com a sensação de estarem presos embaixo d'água sem respirar, o homem de camisa branca começa a folhear lentamente a papelada.

— Onde vocês arranjaram essa... essa merda? — dispara ele, com os ombros cada vez mais encolhidos.

— Na *internet*! — berra Ove, repentina e furiosamente, saindo da casa de Anita e Rune com os punhos cerrados na altura dos quadris.

O homem de camisa branca ergue o olhar mais uma vez. A jornalista pigarreia e aponta para a pilha de papéis, prestativa.

— Talvez não haja nada ilegal em nenhum desses casos, mas meu redator-chefe tem certeza de que, com a cobertura adequada da mídia, vai levar meses para a sua seção dar conta dos processos judiciais. Anos, talvez...

Ela pousa a mão suavemente no ombro do homem.

— Então eu acho que talvez seja mais fácil para todos se você simplesmente... for embora — sussurra ela.

E assim, para sincero espanto de Ove, é isso que faz o homem da camisa branca. Ele se vira e sai andando, com os três enfermeiros atrás. Dobram a esquina e desaparecem como sombras sob o sol a pino. Como os vilões no fim das histórias.

A jornalista olha satisfeita para Ove.

— Eu te falei! Ninguém consegue brigar com os jornalistas!

Ove enfia as mãos nos bolsos.

— Agora não esqueça do que você me prometeu — diz ela, sorrindo.

Ove emite um ruído que mais parece o ranger de uma porta ao se abrir depois de uma enchente.

— Aliás, você leu a carta que eu enviei para você? — pergunta a jornalista.

Ele balança a cabeça.

— Leia! — insiste ela.

Ove responde com algo que se pode interpretar como um "certo" ou uma expiração intensa pelas narinas. Não dá para saber direito. Anders permanece parado diante da casa por um tempo, meio sem saber o que fazer com as mãos antes de finalmente pousá-las um pouco acanhado sobre a barriga.

— Oi — diz ele, por fim, como se as palavras saíssem da sua boca no meio de um ataque de tosse.

— Oi — responde a jornalista, com um sorriso.

— Eu sou... amigo de Ove — diz Anders, como se as sílabas tropeçassem umas nas outras dentro de uma sala escura.

— Eu também — responde a jornalista.

E tudo acabou do jeito como essas coisas sempre acabam.

―――

Ove sai da casa uma hora depois. Nesse meio-tempo, ele esteve sentado na sala de estar conversando com Rune em particular, em voz baixa. Pois Rune e ele precisavam "falar sem serem perturbados", é o que explica Ove a Parvaneh, Anita e Patrick na cozinha.

―――

Se as circunstâncias fossem outras, Anita poderia jurar que nos minutos seguintes tinha ouvido Rune rir alto várias vezes.

36

UM HOMEM CHAMADO OVE E UM UÍSQUE

É difícil alguém admitir que está errado. Principalmente quando a pessoa está errada há muito tempo.

———

Sonja costumava dizer que Ove só admitiu estar errado numa única ocasião em todos os anos em que os dois permaneceram casados, e isso se deu no início dos anos 1980, quando ele concordou com ela sobre algo que depois acabou se revelando incorreto. Claro que o próprio Ove não admitiu erro algum, só afirmou que era ela quem tinha errado, e não ele.

"Amar alguém é como se mudar para uma outra casa", Sonja dizia. "No começo a gente se apaixona por todas as coisas novas, a gente se pergunta toda manhã se aquilo é nosso de fato, como se tivesse medo de que alguém de repente entrasse correndo pela porta e reclamasse que tinha havido um grande engano, e que não era de jeito nenhum seu direito morar num lugar tão lindo. Mas com o passar dos anos a fachada da casa fica gasta, a madeira racha aqui e ali, e a gente começa a amar esse lugar não tanto porque ele nos parece perfeito, mas por todas as suas imperfeições. A gente fica conhecendo todos os detalhes dessa casa. Por exemplo, como evitar que a chave emperre na fechadura na época de frio. Quais placas do chão cedem um pouquinho quando se pisa nelas, e como se deve abrir as portas dos armários para elas não rangerem. E é isso, são exatamente todos os pequenos segredos que fazem desta a sua casa."

Claro que Ove desconfiava que, no exemplo dado por ela, as portas dos armários na verdade eram ele. E de vez em quando, nos momentos em que ela ficava brava com ele, Ove pegava Sonja murmurando que "às vezes a gente fica pensando se há alguma coisa a fazer quando todo o alicerce ficou torto já desde o início". Ele sabia muito bem o que ela queria dizer com isso.

— Eu só estou dizendo que talvez dependa de quanto custa esse motor a diesel. E quanto ele consome de combustível e coisa e tal — diz Parvaneh, despreocupada, diminuindo a velocidade do Saab ao chegar num sinal vermelho, gemendo de leve enquanto tenta se ajeitar no banco.

Ove olha para Parvaneh muito decepcionado, como se ela não tivesse escutado nada do que ele acabava de dizer, tentando instruí-la a respeito do que é essencial saber sobre ter um carro. Ele explicou que se deve trocar de carro a cada três anos para não perder dinheiro. Falou didaticamente que qualquer um com um pouco de raciocínio sabe que, para quem roda mais de vinte mil quilômetros por ano, é vantajoso escolher motor a diesel em vez de gasolina. E o que ela faz, então? Retruca, exatamente como de costume. Ela começa a argumentar que "não se economiza dinheiro comprando uma coisa nova" e que isso dependeria de "quanto o carro custa".

— Mas por quê? — Ela ainda pergunta.

— Porque sim! — diz Ove.

— Tá bom, tá bom — responde Parvaneh, revirando os olhos, fazendo Ove desconfiar que ela não está aceitando de forma alguma a autoridade dele naquela questão, como seria de se esperar.

— Nós temos que abastecer na volta para casa — diz ela, quando o sinal fica verde. — E dessa vez eu pago, sem discussão — acrescenta.

Ove cruza os braços, pronto para discutir.

— Como você e aquele magricelo costumam abastecer?

— Ué, não é gasolina comum que põe nesse carro? — diz ela, sem entender.

Ove faz uma cara como se ela tivesse acabado de dizer que pretende abastecer o Saab com jujubas.

— Claro que eu não estou falando do tipo de gasolina, caramba. Em qual posto vocês abastecem?

Ela vira para a esquerda num cruzamento com a maior facilidade, e Ove teme que a qualquer momento ela vá começar a assobiar.

— Não serve qualquer um?

— Mas de qual rede vocês têm cartão fidelidade?

Ove diz as últimas palavras com tanta ênfase que o corpo dele chega a tremer. Porque, assim como sempre desconfiou de cartões de banco e cartões de crédito, sempre foi igualmente óbvio para ele que se devia ser fiel a um posto de gasolina. Porque era assim que se fazia. A gente tirava carteira de motorista, comprava o primeiro carro e depois escolhia uma rede de postos de gasolina, e aí ficava com ela. A gente não ficava galinhando com coisas importantes como a marca de carro e os postos de gasolina.

— Nós não temos cartão de fidelidade — diz Parvaneh, com toda a calma, como se não houvesse absolutamente nada de errado com isso.

Ove fica calado durante cinco minutos ameaçadores, e Parvaneh, preocupada, por fim sugere um "Statoil?".

— Quanto está custando o litro lá, agora? — pergunta Ove, cheio de incerteza.

— Não faço ideia — responde ela, simplesmente.

Claro que Ove fica tão indignado que não consegue dizer nada.

Dez minutos mais tarde, Parvaneh reduz a velocidade do Saab e para no estacionamento do outro lado da rua.

— Eu espero aqui — diz ela.

— Não vai mexer nas estações de rádio — instrui Ove.

— Nããão! — solta ela, sorrindo do jeito que nas últimas semanas Ove tinha aprendido a detestar. — Foi ótimo você ter vindo ontem — acrescenta.

Ove responde com um daqueles ruídos que é menos uma palavra e mais uma limpada das vias aéreas. Ela dá um tapinha no joelho dele.

— As meninas ficam contentes quando você vem. Elas gostam de você!

Ove sai do carro sem responder. O jantar do dia anterior não foi ruim, isso ele pode até estar disposto a admitir. Claro que Ove não acha necessário ser tão metido com a culinária, como Parvaneh pensa. Na realidade, carne com batata e molho já é suficiente. Mas, já que ela faz questão de preparar outros pratos, então Ove bem que pode admitir que aquele arroz com açafrão estava bastante comível. Afinal, ele tinha comido duas porções. E o gato, uma porção e meia.

Depois do jantar, enquanto Patrick lavava a louça, a menina de três anos pediu a Ove que lesse uma história para ela, antes de dormir. Ove achava muito complicado discutir com aquele duendezinho, que não parecia entender uma argumentação sensata. Então ele foi seguindo-a insatisfeito pelo hall na direção do quarto, sentou-se na beira da cama dela e leu. Com aquela "sua empatia de sempre", como Parvaneh chamava. Ove não sabia o que ela queria dizer exatamente. Quando a menina de três anos pegou no sono com a cabeça meio apoiada no braço dele e meio apoiada no livro aberto, Ove de alguma forma conseguiu pôr a menina e o gato na cama, e depois apagou a luz.

No caminho de volta, ele passou pelo quarto da menina de sete anos. Ela estava sentada diante de seu computador, pressionando as teclas, entretida com alguma coisa. Parecia que os jovens só faziam isso hoje em dia, Ove já tinha percebido. Patrick explicara que "tinha tentado dar a ela jogos mais novos, mas ela só quer jogar o mesmo de sempre", e isso fez Ove ter uma opinião melhor tanto da menina de sete anos quanto dos jogos de computador. Ove gostava das pessoas que não seguiam as recomendações de Patrick.

Havia desenhos por todas as paredes do quarto dela. Esboços em preto e branco feitos a lápis, na maior parte. Nada mal para uma menina de sete anos, que ainda não desenvolveu muito bem a coordenação motora fina e a capacidade de raciocínio lógico, isso talvez Ove pudesse admitir. Nenhum desenho retratava pessoas. Só casas. Ove achava aquilo bastante simpático.

Ele entrou no quarto e se postou ao lado dela. O olhar da menina foi do computador para ele com aquela expressão mal-humorada que ela sempre parecia carregar para todo lado; não se mostrou muito impressionada com a presença dele. Mas, porque Ove não saiu do lugar, ela apontou por fim para uma grande caixa de plástico que estava de cabeça para baixo no chão. Ove se sentou em cima dela. E ela começou a explicar em voz baixa que o jogo consistia em construir casas e depois construir cidades com aquelas casas.

— Eu gosto de casas — murmurou ela.

Ove olhou para ela. Ela olhou para ele. Ove colocou o indicador na tela, deixando uma grande marca de dedo, apontou para uma superfície vazia na cidade e perguntou o que acontecia se ela clicasse ali. Ela colocou o cursor lá e clicou. E, tcharam!, o computador construiu uma casa no lugar. Ove pareceu extremamente desconfiado. Então endireitou a coluna no assento improvisado e apontou para outra superfície vazia. Duas horas e meia depois, Parvaneh entrou no quarto muito aborrecida, ameaçando puxar o fio da tomada se os dois não fossem dormir imediatamente.

Assim que Ove se pôs de pé na porta para ir embora, a menina de sete anos puxou-o cuidadosamente pela manga da camisa e apontou para um desenho na parede bem do lado dele.

— Essa é a sua casa — sussurrou ela, como se aquilo fosse um segredo a ser mantido entre os dois.

Ove fez que sim com a cabeça. Talvez, apesar de tudo, elas não fossem completamente imprestáveis, aquelas duas meninas.

Ele deixa Parvaneh no estacionamento, atravessa a rua, abre a porta de vidro e entra. O café está vazio. O aquecedor do teto solta algo como uma espessa fumaça de charuto. Amel está atrás do balcão, de camisa manchada, enxugando copos com um pano branco.

Seu corpo atarracado está curvado, como no fim de uma respiração muito profunda. Seu rosto carrega aquela combinação de grande tristeza e raiva irracional que só as pessoas da geração dele e de sua parte do mundo parecem de fato dominar. Ove fica de pé no meio do lugar. Os dois homens observam um ao outro durante alguns minutos. Um que não é capaz de mandar um jovem homossexual embora de casa e outro que evidentemente não consegue deixar de fazer isso. Por fim, Ove balança a cabeça para si mesmo, avança e se senta numa das banquetas disponíveis. Entrelaça as mãos sobre o balcão e olha muito sério para Amel.

— Eu poderia aceitar aquele uísque agora, se a oferta estiver de pé.

O tórax de Amel se estica e se contrai numa curta respiração por baixo da camisa manchada. Parece que quer dizer alguma coisa, mas se detém. Enxuga os óculos em silêncio. Dobra o pano de prato e o coloca ao lado da máquina de café expresso. Desaparece indo para a cozinha sem dizer uma palavra. Volta com uma garrafa cujo rótulo Ove não consegue ler e dois copos. Coloca-os no balcão entre os dois.

―――

É difícil alguém admitir que está errado. Principalmente quando a pessoa está errada há muito tempo.

37

UM HOMEM CHAMADO OVE E UM BANDO DE INTROMETIDOS

— Eu estou triste com isso — murmura Ove. Ele afasta a neve de cima da lápide. — Mas você sabe como é. As pessoas não têm mais nenhum respeito pelos limites dos outros. Entram correndo na casa da gente com todo ímpeto sem bater na porta, e não se pode mais nem ficar em paz no banheiro — explica, enquanto tira as flores congeladas do chão e enfia as novas no mesmo lugar.

Ele olha para ela como se esperasse um gesto de concordância em resposta. Claro que ela não faz isso. Mas o gato está sentado ao lado de Ove na neve e parece concordar veementemente com as palavras dele. Sobretudo quanto à parte de não poder ir ao toalete em paz.

───

Aquela jornalista, Lena, passou na casa de Ove de manhã para deixar um exemplar do jornal. Ele estava na foto da primeira página e parecia mal-humorado. Ove cumprira sua promessa, dera a tal da entrevista e respondera às perguntas dela. Mas ele não ia ficar sorrindo para tirarem foto dele como se fosse um idiota, isso ele deixou bem claro.

— A entrevista foi fantástica! — insistiu a jornalista, com orgulho.

Ove não respondeu, mas isso não pareceu incomodá-la nem um pouco. Ela estava inquieta, batendo os pés. Olhou para o relógio como se estivesse com pressa de ir para algum lugar.

— Não quero atrapalhar você, de forma alguma — murmurou Ove.
Ela deu um sorrisinho contido de adolescente como resposta.
— Anders e eu vamos patinar no lago!

Ove fez que sim, considerando que isso encerrava a conversa, e fechou a porta. O jornal, ele pôs embaixo do capacho da entrada. Servia bem para absorver a neve e a lama que Mirsad e o gato traziam ali para dentro dia após dia.

Na cozinha, ele tinha jogado fora os anúncios e jornais grátis que Adrian havia entregado com a correspondência do dia, embora estivesse escrito em sua caixa de correio "Nada de material publicitário, por favor!" com letras garrafais. Sonja não tinha conseguido ensinar o pilantra a ler essas coisas enquanto ele foi aluno dela, era evidente. Mas é lógico que isso tinha a ver com o fato de que o tal Shakespeare não escrevia placa nenhuma, supôs Ove, e decidiu se desfazer de todos os outros papéis que estavam jogados pela casa.

Na parte de baixo da pilha de panfletos e afins da mesa da cozinha, ele encontrou aquela carta que a tal jornalista Lena tinha lhe enviado. Aquela que Adrian trouxe na primeira vez que tocou a campainha de sua casa, e que ele ainda não tinha aberto.

"Naquela época, o danado ao menos tocava a campainha. Hoje em dia ele entra e sai correndo pela porta como se morasse aqui", pensou Ove, insatisfeito, enquanto segurava a carta contra a luz da cozinha, como se tentasse verificar a autenticidade de uma cédula. Então ele pegou uma faca na gaveta. E fez isso lembrando que Sonja ficava louca toda vez que ele abria uma carta com a faca em vez de ir buscar o abridor de cartas.

Olá, Ove,

Espero que você me desculpe por contatá-lo desta maneira. A Lena, que trabalha no jornal, me disse que você não queria fazer nenhum estardalhaço sobre tudo que tinha acontecido, mas ela fez a gentileza de ao menos me dar seu endereço. Porque para mim aquilo foi uma grande coisa, e eu não quero ser uma pessoa do tipo que não diz isso para você, Ove. Eu respeito o fato de não querer me deixar agradecer a você pessoalmente, mas quero pelo menos te apresentar algumas pessoas que sempre vão ser gratas por sua coragem e seu altruísmo. Não se fazem mais pessoas como você. Obrigado é uma palavra muito pequena para o que você fez por mim.

A carta estava assinada pelo homem de terno preto e sobretudo cinza que Ove havia resgatado da linha do trem, após cair lá desmaiado. Aquela jornalista Lena tinha contado a Ove que os médicos constataram, após o episódio, que o desmaio foi causado por algum tipo complicado de doença cerebral. E que, se não tivessem descoberto a tal doença e começado um tratamento logo, a vida do homem duraria pouco tempo. "Então, na verdade, você salvou a vida dele duas vezes", ela exclamou, com aquele entusiasmo característico que fazia Ove se arrepender ao menos um pouquinho de não tê-la deixado trancafiada dentro da garagem quando ele teve a chance.

Ele dobrou a carta. Pegou a foto que estava no envelope e ficou segurando-a diante dos olhos. Três crianças, a mais velha já adolescente e os outros mais ou menos da idade da filha mais velha de Parvaneh, olhavam para ele. Ou melhor, estavam deitadas uma por cima da outra na parte de baixo da foto, cada qual com sua pistola d'água na mão e parecendo gritar de tanto rir. Atrás deles havia uma loira de uns quarenta e cinco anos, sorriso largo, os braços estendidos como uma grande ave de rapina, com um balde de plástico transbordante em cada mão. Bem embaixo das crianças estava o homem do terno preto, usando uma camisa polo azul ensopada, tentando em vão se proteger de toda aquela água.

Ove jogou no lixo a carta junto com os anúncios, deu um nó na sacola e a colocou do lado de fora da porta. Entrou novamente na cozinha, pegou um ímã na última gaveta e prendeu a foto na geladeira. Bem ao lado daquele turbilhão de cores do desenho que a menina de três anos tinha feito dele na volta do hospital.

Ove passa a mão na lápide de novo, apesar de já ter tirado dela toda a neve que podia.

— Sim, é claro que eu disse a eles que você talvez pudesse querer um pouco de paz e tranquilidade, como uma pessoa normal. Mas esse pessoal não escuta — diz ele, contrariado, abrindo os braços virado para a pedra.

— Oi, Sonja — diz Parvaneh atrás dele, acenando feliz, fazendo com que suas grandes luvas deslizem das mãos.

— Ô! — grita feliz a menina de três anos.

— É "oi" que se diz — corrige a de sete.

— Oi, Sonja — dizem em sequência e balançando a cabeça Patrick, Jimmy, Adrian e Mirsad.

Ove bate os pés para tirar a neve dos sapatos e balança a cabeça soltando um grunhido para o gato ao seu lado.

— Bom, o gato você já conhece.

A barriga de Parvaneh está tão grande que ela parece uma tartaruga gigante quando se agacha no chão com uma das mãos apoiada na lápide e a outra no braço de Patrick. Ove não se atreveria a lhe contar sobre essa semelhança, claro. Existem modos mais divertidos de se tirar a própria vida, pensa ele. E ele até já experimentou alguns.

— Essa flor foi o Patrick, as crianças e eu que trouxemos para você — diz ela, sorrindo carinhosamente para a lápide.

Ela coloca mais uma flor e acrescenta:

— E essa é de Anita e Rune. Eles mandam muitas lembranças!

Quando aquele grupo totalmente heterogêneo dá meia-volta para ir até o estacionamento, Parvaneh para ao lado da lápide. Ove quer saber por que, e ela responde simplesmente com um "Ah, Ove, vá à merda!" e o tipo de sorriso que o faz querer jogar coisas nela. Nenhum objeto pesado, talvez, mas simbólico.

Ele solta um rosnado em tom grave, mas depois de certa reflexão considera que discutir ao mesmo tempo com essas duas mulheres seria algo terrível. Então ele vai andando na direção do Saab.

— Papo de mulher — explica Parvaneh sucintamente quando ela por fim desce até o estacionamento e entra com esforço no banco da frente. Ove não sabe o que ela quis dizer com aquilo, mas decide deixá-la em paz. A menina de sete anos ajuda a de três a pôr o cinto, no banco de trás. Enquanto isso, Jimmy, Mirsad e Patrick conseguiram se enfiar no carro de Adrian, mais à frente. Um Toyota. Longe de ser a escolha ideal para qualquer pessoa com alguma coisa na cabeça, Ove tinha comentado várias vezes quando estavam na concessionária. Mas, afinal, pelo menos não era um carro francês. E Ove fez questão de pechinchar, conseguindo baixar o preço em quase oito mil coroas, além de exigir que o cara incluísse os pneus de inverno como brinde da compra. Então até que deu para ficar aceitável, apesar de tudo.

Quando chegaram à loja, não é que o pirralho tinha ficado olhando para um Hyundai? Então, poderia ter sido pior.

―――

No trajeto para casa, param no McDonald's, para grande delírio de Jimmy e das meninas. E porque Parvaneh precisava fazer xixi. Principalmente por isso, na verdade. Quando voltam para a área residencial, eles se separam e vão cada um para o seu lado. Ove, Mirsad e o gato acenam, despedindo-se de Parvaneh, Patrick, Jimmy e as meninas, e viram a esquina ao chegarem ao depósito de Ove.

É difícil avaliar há quanto tempo o homem atarracado está parado diante da casa, esperando. Talvez a manhã inteira. Ele tem a expressão firme e a postura ereta de uma sentinela em plena atividade. E a temperatura abaixo de zero não lhe parece cair nada bem. Mas, quando avista Mirsad virando a esquina, o homem atarracado transfere brevemente o peso do corpo de um pé para o outro e diz:

— Oi.

— Oi, pai — murmura Mirsad, parado a três metros dele sem saber direito o que fazer.

Nessa noite, Ove janta na casa de Parvaneh e Patrick, enquanto pai e filho conversam sobre decepções, esperanças e masculinidade em duas línguas diferentes na cozinha de Ove. O tema sobre o qual eles mais falam é coragem. Sonja gostaria de presenciar aquela cena, Ove sabe. Mas ele tenta disfarçar o sorriso para que Parvaneh não veja.

Antes de a menina de sete anos ir deitar, ela põe um papel na mão de Ove, no qual está escrito "Convite para minha festa de aniversário". Ove o lê como se fosse um documento jurídico de transferência de bens imóveis.

— Certo, certo. E é claro que você quer ganhar um presente, não é mesmo? — resmunga ele por fim.

A de sete anos olha para o chão e balança a cabeça.

— Você não precisa comprar nada. Eu só quero mesmo uma coisa...

Ove dobra o convite e o coloca no bolso de trás da calça. Põe as mãos na cintura muito seriamente.

— Ah, é?

— Mas é caro demais, a mamãe diz, então tudo bem — responde a menina de sete anos, sem erguer o olhar e mais uma vez balançando a cabeça.

Ove concorda, como um criminoso que acabou de sinalizar para o comparsa que o telefone que estão utilizando está grampeado. Tanto ele quanto a menina olham em volta, para ver se nem o pai nem a mãe dela esticaram os ouvidos para bisbilhotar o que eles estavam dizendo. E então Ove se inclina para a frente, a menina forma uma concha com as mãos em redor da boca e sussurra no ouvido dele:

— Eu quero um iPad.

Ove faz uma cara como se o que ela tivesse acabado de dizer fosse algo como "um rwyttsczyckdront!".

— É um tipo de computador — a menina sussurra.— Tem uns programas especiais de desenho pra ele. Pra criança! — explica ela, já um pouquinho mais alto.

E algo brilha em seus olhos.

Algo que Ove reconhece.

38

UM HOMEM CHAMADO OVE E O FIM DE UMA HISTÓRIA

Existem, grosso modo, dois tipos de pessoas. Aquelas que entendem como os cabos de cor branca são maravilhosos e aquelas que não entendem. Jimmy é do primeiro tipo de pessoa. Ele ama os cabos brancos. E telefones brancos. E telas de computador brancas com uma fruta desenhada do lado de trás. Esta é mais ou menos a essência que Ove conseguiu captar dele durante a viagem de carro para a cidade, na qual Jimmy tagarelou tanto sobre coisas que não despertariam interesse em qualquer pessoa racional que Ove afundou numa espécie de estado meditativo, até a tagarelice do rapaz obeso ter se tornado apenas um zumbido surdo chegando aos seus ouvidos.

Claro que, assim que Jimmy se afundou no banco de passageiro do Saab com um grande sanduíche cheio de mostarda na mão, Ove se arrependeu de lhe pedir ajuda para tratar daquele assunto. E se arrependeu mais ainda quando eles entraram na loja, e Ove viu Jimmy desaparecer pelos corredores para "procurar uns cabos". Se você quer alguma coisa bem-feita, é melhor você mesmo fazer, pensa Ove, dirigindo-se sozinho ao caixa. E realmente é só quando Ove grita "mas fizeram uma lobotomia frontal completa em você, porra?" para o rapaz que está tentando lhe mostrar os modelos de computadores portáteis da loja que Jimmy vem em disparada para aliviar a situação. E nesse momento não se trata de alívio para Ove, mas sim para o pessoal da loja.

— Nós estamos juntos — diz Jimmy, balançando a cabeça para o vendedor com um olhar que funciona mais ou menos como um secreto aperto de mão para comunicar "não se preocupe, eu sou um de vocês!".

O vendedor inspira longa e frustradamente e aponta para Ove.

— Eu só estou tentando ajudá-lo, mas...

— Você está é querendo empurrar um monte de porcarias para cima de mim, é isso que você está fazendo — retruca Ove, sem deixar que ele acabe de falar. E ameaça o rapaz brandindo algo que pegou na prateleira mais próxima.

Ove não sabe direito o que é aquilo que está em sua mão, talvez um plugue branco de algum tipo, mas pelo menos parece algo que ele poderia jogar com toda a força no vendedor, se necessário. O vendedor fica olhando para Jimmy com movimentos tão rápidos no canto dos olhos que Ove tem a impressão de que ele é portador de alguma síndrome.

— Ele não teve má intenção, cara — Jimmy tenta amenizar.

— Eu estou tentando mostrar a ele um MacBook, e ele começa a me perguntar "que carro você tem?" — declara o vendedor, parecendo genuinamente ofendido.

— É uma pergunta relevante — murmura Ove, fazendo um sinal com a cabeça na direção de Jimmy.

— Eu não tenho carro! Porque acho que é desnecessário e prefiro usar transportes ecológicos! — responde o vendedor, com um tom de voz entre a raiva irracional e a doçura de um bebê.

Ove olha para Jimmy e agita os braços, como se as coisas agora tivessem tido explicação.

— Não adianta querer argumentar com esse homem — diz Ove, balançando a cabeça como que esperando concordância imediata.

Jimmy põe a mão no ombro do vendedor, para consolá-lo, e recomenda a Ove com voz branda que é "melhor se acalmar um pouco". Ove insiste sem um pingo de calma que "está calmo como um monge!". E então dispara:

— Aliás, onde você estava, porra?

— Eu? Fui dar uma olhada nuns monitores novos que eles têm aqui, sabe como é — explica Jimmy.

— Você vai comprar um monitor? — pergunta Ove.

— Não — diz Jimmy, encarando Ove como se aquela fosse uma pergunta muito esquisita, assim como Sonja dizia "o que isso tem a ver?" quando Ove lhe perguntava se ela "precisava" realmente de mais um par de sapatos.

O vendedor tenta se virar e sair de fininho, mas logo Ove estende a perna para detê-lo.

— Aonde você vai? Nós ainda não terminamos!

O rapaz parece profundamente infeliz. Jimmy dá um tapinha nas costas dele para animá-lo.

— Meu amigo Ove aqui só quer comprar um iPad, sabe? Dá pra você ver isso?

Resignado, o vendedor olha para Ove. Então olha para Jimmy. Desvia o olhar na direção do caixa, onde Ove um instante atrás gritava que não ia ficar com nenhum "maldito computador sem teclado". O rapaz suspira e se recompõe.

— Ok... então vamos voltar para o caixa. Que modelo o senhor quer? De 16, 32 ou 64 gigas?

Ove olha irado para o vendedor como se ele devesse parar de despejar em pessoas decentes aquelas combinações aleatórias de consoantes e palavras inventadas.

— Existem várias versões com memória de tamanhos diferentes — traduz Jimmy para Ove, como se fosse intérprete no setor de imigração.

— E é claro que para cada modelo a gente tem que pagar um monte de dinheiro a mais — retruca Ove.

Jimmy balança a cabeça como quem entendeu e se volta para o vendedor.

— Acho que Ove quer saber mais sobre as diferenças entre os vários modelos.

O vendedor geme.

— Então seria o modelo normal? Ou você prefere o 3G?

Jimmy se vira na direção de Ove.

— Ele vai ser usado mais em casa ou ela vai usá-lo fora de casa também?

Como resposta, Ove ergue o indicador no ar e o aponta para o vendedor.

— Escuta, eu quero comprar para ela o melhor! Compreendeu?

O vendedor dá um passo para trás, preocupado. Jimmy sorri contente para ele, balançando os braços enormes como se se preparasse para um grande abraço.

— Cara! O Ove só quer *o melhor*!

Alguns minutos depois, Ove puxa a sacola com a embalagem do iPad por cima do balcão, murmura alguma coisa sobre "sete mil, novecentas e noventa e cinco coroas! E isso sem incluir nem um maldito teclado!" e "ladrões, bandidos!", enfatizando o final das palavras, e sai batendo os pés na direção da porta. Jimmy fica parado, observando um pouco pensativo e com uma leve e contida ansiedade a parede atrás do vendedor.

— Ah, já que eu estou aqui, sabe... eu queria dar uma olhada num cabo.

— Certo. Que tipo de cabo? — fala o vendedor, suspirando, totalmente exausto.

Jimmy se inclina para a frente e esfrega as mãos, um pouco curioso.

— O que você tem aí?

―――

E então acontece que naquela noite a menina de sete anos ganha um iPad de Ove. E um cabo de Jimmy.

— Eu tenho um desses. Ele é sinistro! — Jimmy fala entusiasmado, apontando para a embalagem.

A menina de sete anos está de pé diante da porta e não parece ter certeza do que se espera que ela faça com essa informação. Então ela só balança a cabeça e diz:

— Que lindo... obrigada.

Jimmy balança a cabeça, animado.

— Tem algum salgadinho?

A menina de sete anos aponta para dentro da casa, cheia de gente. No meio da sala há um bolo com oito velas acesas, que o rapaz corpulento imediatamente parece mirar. A menina que acabou de fazer oito anos fica ali na entrada, passando o dedo, maravilhada, pela caixa do iPad. Como se ela nem mesmo se atrevesse a acreditar que está com o aparelho nas mãos. Ove inclina-se para a frente na direção dela.

— Era assim que eu me sentia sempre que comprava um carro novo — diz ele em voz baixa.

Ela olha em volta para verificar se ninguém está vendo, sorri e dá um abraço nele.

— Obrigada, vovô Ove — sussurra ela, e vai correndo para o seu quarto.

Ove fica ali parado, em silêncio, e cutuca os calos da palma de uma das mãos com a chave de casa. Patrick chega mancando com suas muletas e desaparece, indo atrás da menina de oito anos. Está óbvio que ele recebeu a missão mais ingrata da noite: convencer a filha de que é mais divertido permanecer sentada de vestido comendo bolo com um monte de adultos chatos do que ficar no quarto ouvindo música pop e baixando aplicativos em seu novo brinquedinho. Ove, vestido com sua jaqueta, continua com o olhar fixo e vazio para o chão durante pelo menos dez minutos.

— Está tudo bem com você?

A voz de Parvaneh o traz para a realidade como se ele acordasse de um sono profundo. Ela está na sala de estar com as duas mãos sobre a barriga redonda, como se carregasse um grande cesto de roupas diante de si. Ove olha para cima, com o olhar um pouquinho enevoado.

— Ah, sim, claro que sim.

— Quer entrar e comer um pedaço de bolo?

— Não… não. Eu não gosto de bolo. Vou só dar uma volta com o gato.

Parvaneh crava seus grandes olhos castanhos nele, daquela forma penetrante que ela tem feito cada vez mais nos últimos tempos e que sempre o deixa desconfortável. Como se estivesse cheia de maus pressentimentos.

— Ok — diz ela por fim, sem muita convicção. E pergunta em seguida: — Vamos ter aula de direção amanhã? Eu te chamo às oito.

Ove faz que sim. O gato vem desfilando com bolo no bigode.

— Já terminou? — Ove resmunga para ele e, quando o gato parece confirmar, lança um curto olhar para Parvaneh, fica mexendo um pouco em suas chaves e diz em voz baixa: — Isso. Amanhã às oito, então.

A densa escuridão do inverno já baixou sobre o bairro residencial quando Ove e o gato saem para a viela entre as casas. O riso e a música escorrem da festa de aniversário como um grande tapete quente na frente das casas. "Sonja ia gostar disso. Ela ia amar ver o que o bairro está se tornando com essa estrangeira grávida louca e sua família completamente intratável. Ela ia rir muito. Meu Deus!", pensa Ove. E como ele tinha saudade da risada da mulher.

Ele sai andando com o gato ao seu lado na direção do estacionamento. Verifica o estado das placas dando nelas um chute. Dá uma puxada no portão das garagens. Dá uma volta até o estacionamento de visitantes e volta. Olha o depósito de lixo. Na volta, descendo por entre as casas na altura do depósito de Ove, ele vê algo se movendo perto da última casa, no lado da rua de Parvaneh e Patrick. Primeiro pensa que é algum dos convidados da festa, mas logo percebe que a figura se desloca perto do depósito da casa de luzes apagadas, daquela família que separa o lixo reciclável. Até onde Ove sabe, eles ainda devem estar na Tailândia. Ele aperta os olhos para ter certeza de que as sombras na neve não estão lhe pregando uma peça, e durante alguns segundos realmente não vê nada. Mas então, justamente quando está pronto para admitir que sua visão talvez não seja mais como antes, a figura aparece novamente. E atrás dela, mais duas. E então ouve-se o som inconfundível de alguém que bate numa vidraça com um martelo envolvido com fita adesiva. Para conter os estilhaços do vidro. Ove sabe exatamente como é. Ele aprendeu isso na estrada de ferro quando precisavam esmigalhar os vidros quebrados dos trens sem cortar os dedos.

— Ei! O que vocês estão fazendo? — grita ele na escuridão.

As figuras perto da casa se detêm. Ove escuta suas vozes.

— Ei, vocês! — urra, começando a correr na direção deles.

Vê que um deles dá alguns passos em sua direção e escuta outro gritar alguma coisa. Ove aperta o passo e dispara em linha reta como um tanque de guerra vivo. Ele pensa que deveria ter pegado alguma coisa no depósito para lhe servir de arma durante uma luta, mas agora já é tarde. Com o canto do olho, percebe uma das figuras brandindo algo comprido e fino em uma das mãos, então Ove conclui que precisa atacar esse antes de qualquer coisa.

Um homem chamado Ove

Quando sente o golpe no peito, primeiro ele acha que é um dos vultos que conseguiu atacá-lo por trás e lhe acertar um soco nas costas. Mas aí, acertam de novo, pior que nunca, como se alguém lhe perfurasse o couro cabeludo com uma espada e a pressionasse vagarosamente, fazendo-a atravessar todo o seu corpo até sair pela sola dos seus pés. Ove respira com dificuldade, mas parece não haver mais ar. Ele cai na neve, despencando todo o seu peso de uma vez. Meio inconsciente, ele consegue sentir a dor abafada quando o rosto raspa no gelo, e é como se alguma coisa comprimisse o lado de dentro do seu peito, um grande punho impiedoso. Assim como se amassa uma latinha de alumínio com a mão.

Ove escuta os passos dos arrombadores correndo pela neve e sabe que eles estão fugindo. Ele não pode precisar quanto tempo chega a transcorrer, mas a dor na sua cabeça, uma longa série de lâmpadas fluorescentes explodindo uma após a outra numa chuva de vidro e aço, é insuportável. Quer gritar, mas não há oxigênio em seu peito. Ele ouve apenas a voz de Parvaneh ao longe, entrecortada pela pulsação ensurdecedora do sangue em seus ouvidos. Ove logo percebe os passos cambaleantes dela, quando vem tropeçando e escorregando pela neve com seu corpo desproporcional sobre aqueles pés pequenos. A última coisa que ele tem tempo de pensar antes de tudo ficar escuro é que precisa convencê-la de que não vai deixar a ambulância passar entre as casas.

———

O tráfego de automóveis é proibido na área residencial.

39

UM HOMEM CHAMADO OVE E A MORTE

A morte é algo bastante notável. As pessoas vivem a vida inteira como se ela não existisse e, no entanto, é um dos maiores motivos para se viver a maior parte do tempo. Alguns de nós ficam já desde cedo tão cientes da sua existência que vivem com mais intensidade, mais teimosia, mais fúria. Outros precisam da sua presença constante para ao menos se dar conta de como é a vida. Alguns ficam tão ocupados com ela que sentam na sala de espera muito antes de ter anunciado sua chegada. Nós a tememos e, mesmo assim, a maioria de nós tem mais medo que ela atinja outra pessoa do que a nós mesmos. Porque o maior medo com relação à morte é sempre que ela vá passar batida por nós. E nos deixar sozinhos.

As pessoas sempre diziam que Ove era "amargo". Mas ele não era amargo, porra. Ele só não ficava andando por aí sorrindo o tempo todo. Tinham de tratá-lo como um criminoso só por causa disso? Ove realmente achava que não. Mas existe algo que se quebra dentro de alguém quando enterra a única pessoa que o entendia. Não há tempo que cure esse tipo de ferida.

E o tempo é algo notável. A maioria de nós vive só para o que está diante de nós. Alguns dias, algumas semanas, alguns anos. Um dos momentos mais angustiantes na vida de qualquer pessoa é provavelmente o dia em que se percebe ter chegado a uma idade em que há mais tempo olhando para trás do que para a frente. E, quando o tempo não está mais diante da gente, é preciso encontrar outras coisas pelas quais se possa viver. As memórias, talvez. As tardes ao sol com a mão de alguém apertada contra a sua. O perfume de canteiros recém-floridos. Domingos num café. Até netos. Encontra-se um jeito de viver para o futuro de outra pessoa. E não é que Ove também tenha morrido quando Sonja o deixou. Ele só parou de viver.

A tristeza é algo notável.

———

Quando o pessoal do hospital se recusou a deixar Parvaneh acompanhar Ove na maca até a sala de cirurgia, foi necessário que Patrick, Jimmy, Anders, Adrian, Mirsad e quatro enfermeiros juntos segurassem seus braços para detê-la. Quando um médico lhe pediu que lembrasse que estava grávida e recomendou a ela que se sentasse e se acalmasse, Parvaneh virou um dos bancos de madeira da sala de espera em cima do pé dele. E quando outro médico saiu por uma porta, com fisionomia clinicamente neutra e um discurso-padrão sobre "se preparar para o pior", ela ficou gritando e desabou como um vaso de porcelana se despedaçando no chão, o rosto afundado na palma das mãos.

O amor é algo notável. Ele pega a gente de surpresa.

São três e meia da manhã quando uma enfermeira vem ao seu encontro. Ela se recusou a sair da sala de espera, apesar de todas as pessoas por perto terem tentado convencê-la. Sim, claro que Patrick não tinha feito isso, ele sabia que não deveria nem tentar. Mas os outros tentaram, os que não a tinham visto com raiva um número suficiente de vezes para saber que essa de fato não é uma mulher a quem se dá ordens impunemente, estando grávida ou não. O cabelo dela está um emaranhado só, os olhos inflamados de sangue e rodeados pela maquiagem borrada. Quando Parvaneh entra na pequena sala bem no fim do corredor, parece tão fraca que a enfermeira se apressa para impedir que a mulher grávida pura e simplesmente despenque ali na soleira da porta. Parvaneh se apoia no batente, respira bem fundo, dá um sorriso sem forças para a enfermeira e afirma que "está tudo bem". Ela dá um passo para dentro da sala e fica parada lá alguns segundos, como se pela primeira vez na noite inteira tomasse consciência do que aconteceu.

Ela avança até a cama, posta-se ao lado com novas lágrimas nos olhos e bate várias vezes com força no braço de Ove.

— Seu filho da puta! — grita ela, ininterruptamente, batendo nele cada vez mais forte. — Você não vai morrer, está entendendo?

Os dedos de Ove se mexem cansados lá na ponta do braço. Ela os agarra com as duas mãos, coloca a testa na palma da mão dele e começa a chorar de novo.

— Agora você tem que se acalmar um pouco, mulher — sussurra Ove, com a voz rouca.

Então ela bate novamente no braço dele. Ele acha melhor ficar calado por um tempo. Mas enquanto ela fica sentada lá, com a mão dele embaixo das suas, afundada na cadeira com uma mistura de revolta, compaixão e puro pavor naqueles grandes olhos castanhos, Ove levanta sua outra mão e passa pelo cabelo dela. Ele está com tubos no nariz e seu peito oscila com esforço embaixo do cobertor. Como se cada respiração fosse um único e longo impulso de dor. As palavras vêm como assobios.

— Você não deixou aqueles imbecis entrarem com a ambulância na área residencial, né?

Passam quarenta minutos para que alguma das enfermeiras tivesse coragem de colocar a cabeça para dentro do quarto novamente. Então entra no quarto um jovem médico, usando óculos e sandálias de plástico. Ove julga sua aparência distinta como a de qualquer bundão. Ele se posta ao lado da cama e fica olhando um papel.

— Parr...man? — arrisca ele, olhando preocupado para Parvaneh.

— Parvaneh — ela corrige.

O médico não parece muito preocupado com o erro.

— Você está listada como "parente mais próxima" aqui — diz ele, observando primeiro a mulher de trinta anos, com traços evidentemente árabes, e depois o homem de cinquenta e nove anos que está na cama, evidentemente não árabe.

Ao ver que nenhum dos dois faz a mínima menção de explicar como isso faz sentido — e depois de Parvaneh ter dado um cutucão em Ove e falado "viu só? Parente mais próxima!", ao que ele respondeu com um "fica quieta" —, o médico suspira e continua:

— Ove tem um problema cardíaco... — começa ele, com uma voz monótona, prosseguindo com uma série de palavras que nenhuma pessoa com menos de dez anos de formação médica ou um relacionamento altamente doentio com os seriados de TV pode sequer compreender.

Parvaneh devolve a ele um olhar que expressa uma longa série de pontos de interrogação e pontos de exclamação, e o médico suspira de novo, daquele jeito que os jovens médicos bundões, de óculos e sandálias de plástico, frequentemente fazem quando são confrontados repetidas vezes por pessoas que ignoram uma formação médica antes de adentrar um hospital.

— O coração dele é grande demais — declara o médico, bruscamente.

Então Parvaneh fica olhando um bom tempo para ele. Em seguida, observa Ove atentamente na cama. Ela olha de novo para o médico, como se esperasse que ele sacudisse os braços, começasse a mexer a ponta dos dedos e dissesse: "Brincadeirinha!"

Como ele não faz isso, ela ri. Primeiro como uma tosse, depois como se tentasse conter um espirro, mas logo depois é apenas uma longa risada contínua, sonora. Ela se apoia na beira da cama, sacode a mão diante de si como se quisesse se abanar, mas não adianta. E então é só uma única gargalhada alta, ininterrupta, que se lança no quarto e faz com que as enfermeiras lá no corredor coloquem a cabeça para dentro e perguntem abismadas "o que está acontecendo aqui, afinal?".

— Você está vendo o que eu tenho que aguentar? Hein? — esbraveja Ove para o médico, revirando os olhos, cansado, enquanto Parvaneh enterra o rosto num dos travesseiros em uma crise de riso incontrolável.

O médico não parece ter estudado sobre acessos desse tipo em sua formação, então por fim ele pigarreia alto e meio que bate o pé no chão secamente, para, com isso, por assim dizer, lembrá-los de sua autoridade. Claro que adianta muito pouco, mas depois de muito esforço Parvaneh se recompõe a ponto de pelo menos conseguir recuperar o fôlego e dizer:

— "O coração de Ove é grande demais." Assim eu vou morreeer!

— Sou eu que vou morrer, porra! — intervém Ove.

Parvaneh balança a cabeça e ri afetuosamente para o médico.

— Era só isso?

O médico reúne seus papéis, resignado.

— Se ele tomar os remédios, podemos manter tudo sob controle. Mas nunca se sabe, com essas coisas. A pessoa pode aguentar meses ou anos.

Parvaneh só sinaliza para que ele se afaste.

— Então não há nada com que se preocupar. Afinal, tá na cara que Ove é *duro de matar*!

Ove parece muito ofendido com esse comentário.

Quatro dias depois, Ove, andando meio manco pela neve, chega de volta a sua casa. Ele tem um braço apoiado em Parvaneh e o outro em Patrick. "Um está de muleta e a outra de barriga, que maravilha de apoio", pensa ele, mas se abstém de dizer isso em voz alta. Afinal, há alguns minutos Parvaneh já tinha ficado brava quando ele insistiu para ela não entrar com o Saab na viela entre as casas. "*Eu sei*, Ove! Tá bom? *Eu sei*! Se você disser isso mais uma vez, juro por Deus que ponho fogo na droga da sua placa!", ela tinha gritado. O que, como é óbvio, Ove achou ter sido no mínimo um tanto desnecessariamente dramático.

A neve estala sob seus sapatos. Há luz detrás das janelas. O gato está sentado diante da porta, esperando. Há alguns desenhos em cima da mesa.

— As meninas fizeram para você — diz Parvaneh, colocando as chaves reserva que Ove havia lhe dado no cesto ao lado do telefone.

Quando vê que a atenção de Ove vai dar nas letras bem embaixo num canto de um dos desenhos, ela fica com o olhar ligeiramente envergonhado.

— De... desculpe, Ove. Não precisa se preocupar com isso que elas escreveram! Você sabe como são as crianças. Meu pai morreu no Irã. Elas nunca tiveram um... sabe como é...

Ove nem presta atenção nela, só pega os desenhos e vai andando com eles na mão rumo à cozinha.

— Elas podem me chamar do que quiserem. Não precisa se preocupar com isso.

Em seguida, ele coloca os desenhos um depois do outro na porta da geladeira. Aquele em que está escrito "Para o vovô" fica no alto.

Parvaneh tenta não sorrir. Não dá muito certo.

— Pare de rir e faça o café. Eu vou pegar caixas de papelão no sótão — murmura Ove, mancando na direção da escada.

Então, naquela noite, Parvaneh e as meninas o ajudam a arrumar a casa. Elas envolvem cada uma das coisas de Sonja em jornal e embalam cuidadosamente todas as suas roupas. Uma lembrança de cada vez. E às nove e meia, quando tudo está pronto e as meninas pegaram no sono no sofá de Ove, com tinta na ponta dos dedos e sorvete de chocolate nos cantos da boca, a mão de Parvaneh de repente envolve o antebraço de Ove como se fosse uma impiedosa garra metálica. E, quando Ove responde com um "ai!", ela replica com um "fica quieto!".

E eles então têm que ir novamente para o hospital.

Vai ser um menino.

EPÍLOGO

UM HOMEM CHAMADO OVE E UM EPÍLOGO

A vida é algo notável.

O inverno se torna primavera e Parvaneh é aprovada no exame de direção. Ove ensina Adrian como trocar um pneu. Tudo bem que o pirralho tem um Toyota, mas isso não significa que ele seja um caso perdido, explica Ove a Sonja quando ele a visita num domingo de abril. Depois disso, mostra a ela fotos do filho de Parvaneh. Quatro meses, gordo e saudável como uma foquinha. Patrick tentou lhe empurrar um desses celulares com câmera, mas Ove não confia nesses aparelhos. Então, em vez disso, ele anda com uma pilha grossa de fotos impressas dentro da carteira, presas com um elástico em volta. E as mostra a todo mundo que encontra. Até para os funcionários da floricultura.

A primavera se torna verão e, quando chega o outono, aquela jornalista, Lena, que está sempre com uma jaqueta grande demais para seu tamanho, se muda para a casa do almofadinha: o Anders, do Audi. Ove dirige o caminhãozinho de mudança. Afinal, ele não confia que aqueles trapalhões consigam se virar para dar ré entre as casas sem danificar a caixa de correio dele. Então melhor dirigir ele mesmo. Claro que aquela jornalista Lena não acredita no "casamento como instituição", conta Ove para Sonja, com um desdém que revela que tiveram algumas discussões sobre isso no bairro, mas ele assegura que na primavera voltará ali com um convite de casamento.

———

Mirsad está usando terno preto. Ele treme tanto de nervoso que Parvaneh precisa lhe dar uma dose de tequila antes de ele entrar no cartório. Jimmy está esperando lá dentro. Ove é seu padrinho. Até comprou terno novo. A festa vai ser no café de Amel, o homem atarracado, que por três vezes tenta iniciar um discurso, mas está com a garganta apertada demais para conseguir emitir mais que algumas trôpegas palavras. Mas ele batizou um sanduíche do café com o nome de Jimmy, e o próprio Jimmy diz que esse é o presente mais grandioso que ele ganhou em toda sua vida. Jimmy ainda mora na casa da mãe com Mirsad. No ano seguinte, eles adotam uma menina. Jimmy a leva para tomar café na casa de Anita e Rune toda tarde às três horas, sem exceção.

Rune não melhorou da sua doença. Tem época em que ele passa dias inteiros sem conseguir se comunicar. Mas toda vez que aquela menina passa correndo pela porta da casa dele com os braços estendidos na direção de Anita, um sorriso eufórico se estende por todo o rosto de Rune. Sem exceção.

———

Mais e mais casas foram construídas no entorno da pequena área residencial. Com o passar de alguns anos, o local passa de um bairro isolado a um distrito. Claro que nem por isso Patrick adquire mais competência para abrir janelas e montar cômodas da IKEA, e numa manhã ele aparece na porta de Ove com dois outros sujeitos da mesma idade que evidentemente também não são muito bons nisso. Cada um tem uma casa no bairro vizinho, eles explicam. Estão fazendo reformas e encontraram problemas nas vigas de uma parede. Eles não sabem o que fazer. Claro que Ove sabe. Então ele resmunga alguma coisa parecida com "idiotas!" e vai lá mostrar como se faz. No dia seguinte, aparece um novo vizinho. E depois mais um. E depois mais um. Durante alguns meses, Ove andou consertando uma coisa ou outra em quase todas as casas num raio de quatro quarteirões. Claro que a cada vez ele continua esculhambando da mesma forma a completa incapacidade das pessoas. Mas, quando está sozinho ao lado do túmulo de Sonja, ele murmura carrancudo que "até pode ser bom ter alguma coisa para fazer durante o dia, no fim das contas".

———

As filhas de Parvaneh celebram seus aniversários e, antes que alguém possa explicar como isso ocorreu, a de três anos já está com seis. As crianças de três anos crescem assim, simplesmente, sem o menor respeito. Ove a acompanha até a escola no primeiro dia de aula. Ela ensina para ele como se coloca um emoticon numa mensagem, e ele a faz prometer que nunca vai contar para Patrick que ele agora tem um celular. A de sete anos, que também sem o menor respeito passou a ter dez, faz sua primeira festa do pijama. O irmãozinho delas espalha seus brinquedos por toda a cozinha de Ove. Ove monta uma piscininha para ele na sua varanda, mas quando alguém chama aquilo de piscininha Ove diz com raiva que "é uma piscina, porra!". Anders é eleito presidente da associação de moradores. Parvaneh compra um novo cortador de grama para usar nos fundos das casas.

Os verões se tornam outonos e os outonos se tornam invernos. E, numa manhã gelada de domingo em novembro, quase quatro anos depois que Parvaneh e Patrick deram ré com aquele reboque contra a caixa de correio de Ove, Parvaneh acorda como se alguém tivesse acabado de pôr uma mão gelada na sua testa. Ela fica de pé, olha pela janela do quarto, olha para o relógio. São oito e quinze. A neve não foi removida da frente da casa de Ove.

Ela vai apressada pela rua estreita de roupão e chinelo, gritando o nome dele. Abre a porta com a chave extra que ele tinha lhe dado, entra apressada na sala de jantar, sobe a escada escorregando com as pantufas molhadas e, tateando no ar, com o coração quase parando, entra no quarto dele.

Ove parece apenas estar dormindo muito profundamente. Ela nunca o viu com expressão tão serena. O gato está deitado ao seu lado na cama com a cabecinha cuidadosamente na palma de sua mão. Quando vê Parvaneh, o bicho se levanta bem devagarinho, como se só nesse momento aceitasse por completo o que aconteceu, e sobe no joelho dela. Os dois permanecem sentados juntos na beirada da cama, e Parvaneh fica passando a mão nos finos tufos de cabelo na cabeça de Ove até o pessoal da ambulância, com palavras carinhosas e movimentos cautelosos, explicar que precisa levar o corpo. Então ela se inclina para a frente e sussurra "dê lembranças a Sonja e agradeça a ela pelo empréstimo" no ouvido dele. Em seguida, ela pega no criado-mudo o envelope grande onde está escrito à mão "Para Parvaneh" e desce a escada.

Ele está cheio de documentos e certidões, a escritura original da casa, o manual de instruções do videocassete, o livro de manutenção do Saab. O número da conta bancária e a apólice de seguro. O telefone de um advogado com quem Ove "deixou tudo que é mais importante". Uma vida inteira reunida de forma prática e organizada numa pasta. Um encerramento de contas de uma existência. No topo da pilha de papéis há uma carta para ela. Parvaneh senta-se à mesa da cozinha e põe-se a ler. Não é comprida. Como se Ove soubesse que ela ia mesmo era manchá-la com lágrimas antes de acabar a leitura.

Adrian fica com o Saab. Você pode cuidar de todo o restante. As chaves da casa ficam com você. O gato come atum duas vezes por dia e não gosta de fazer cocô na casa de outras pessoas. Respeite isso. Há um advogado na cidade que tem todos os papéis bancários e essas coisas. Há uma conta com 11.563.013,67 coroas. Do pai de Sonja. O velho tinha ações. Pão-duro como o diabo também. Sonja e eu nunca soubemos o que íamos fazer com esse dinheiro. Suas filhas ficam com um milhão cada uma, quando completarem dezoito anos, e a filhinha de Jimmy e Mirsad também vai receber um milhão. O resto é seu. Só não deixe Patrick cuidar do dinheiro. Sonja ia gostar de você. Não deixe os desgraçados dos novos vizinhos entrarem de carro na área residencial.

Ove

Bem na parte de baixo do papel ele escreveu, com letra de forma: "você não é uma completa idiota!" E depois disso ele desenhou uma carinha sorridente, como Nasanin tinha lhe ensinado.

Havia instruções claras na carta de que o funeral em nenhuma circunstância poderia ser "um grande estardalhaço". Ove não queria grandes cerimônias, só gostaria de ser jogado na terra ao lado de Sonja, e já estava tudo certo. "Sem gente. Sem enfeites", ele certa vez declarou pura e simplesmente para Parvaneh.

Mais de trezentas pessoas comparecem ao sepultamento.

Quando Patrick, Parvaneh e as meninas chegam, há gente ao longo de todas as paredes e por todos os corredores. Cada um está segurando uma vela acesa nas mãos, com os dizeres "Fundação Sonja" gravados na cera. Parvaneh resolveu que o dinheiro que Ove deixou vai ser usado nisso, uma fundação beneficente para crianças órfãs. Os olhos dela estão inchados de tanto chorar, sua garganta está tão seca que parece que ela não respira direito há vários dias. Mas as luzes aliviam alguma coisa no seu peito. E, quando Patrick vê todas aquelas pessoas que vieram se despedir de Ove, ele a cutuca de leve com o cotovelo e lhe diz, sorrindo satisfeito:

— Porra... Ove ia odiar isso, hein?

Então ela cai na risada. Porque ele ia odiar mesmo.

À noite, Parvaneh mostra a casa de Ove e Sonja a dois recém-casados. A moça está grávida. Ao passar pelos quartos, os olhos dela brilham como brilham os olhos de alguém que vê as futuras lembranças de seu filho se descortinando à sua frente. Claro que o marido não parece tão impressionado. Ele está de macacão, e prefere ficar andando e chutando desconfiado os rodapés, com uma cara mal-humorada. É lógico que Parvaneh sabe que isso não faz a menor diferença, pois ela vê nos olhos da moça que a decisão já está tomada. Mas, quando o rapaz mal-humorado pergunta sobre "aquela vaga de garagem" que estava no anúncio, então Parvaneh o examina detalhadamente de alto a baixo, balança a cabeça muito séria e lhe pergunta que carro ele tem. E é a primeira vez em todo esse tempo que o rapaz se empertiga, dá um sorrisinho quase imperceptível e olha fundo nos olhos dela, com aquele tipo de orgulho irreprimível que só uma palavra pode transmitir.

— Saab.

AGRADECIMENTOS

Jonas Cramby. Jornalista brilhante e um verdadeiro gentleman. Porque você descobriu Ove e deu a ele um nome naquela primeira vez, e por me deixar, de forma tão generosa, prosseguir com sua história.

John Häggblom. Meu editor. Pelo talento e pelo rigor com que me ajudou em todos os problemas linguísticos do original, e pela paciência e humildade com que aceitou todas as vezes em que ignorei totalmente suas sugestões.

Rolf Backman. Meu pai. Porque espero que eu seja o menos diferente possível de você.

Impressão e Acabamento:
BARTIRA GRÁFICA